KB050847

암실문고

A Ghost in the Throat

Doireann Ní Ghríofa

암실문고
목구멍 속의 유령

발행일
2023년 8월 25일 초판 1쇄

지은이 | 데리언 니 그리파
옮긴이 | 서제인
펴낸이 | 정무영, 정상준
펴낸곳 | (주)을유문화사

창립일 | 1945년 12월 1일
주소 | 서울시 마포구 서교동 469-48
전화 | 02-733-8153
팩스 | 02-732-9154
홈페이지 | www.eulyoo.co.kr

ISBN 978-89-324-6139-7 04840
ISBN 978-89-324-6130-4 (세트)

목구멍 속의 유령

A Ghost in the Throat

데리언 니 그리파

서제인 옮김

지은이. 데리언 니 그리파 Doireann Ní Ghríofa

1981년 아일랜드 골웨이 출생. 아일랜드어와 영어를 함께 구사하는 이중 언어 작가다. 2011년에 첫 시집 『주소 *Résheoid*』를 출간한 뒤 2023년까지 여섯 권의 시집을 출간하며 중견 작가로 자리 잡았다. 2020년에는 첫 산문 『목구멍 속의 유령』을 출간했다. 이 작품은 아이리시 북 어워드와 제임스 테이트 블랙 기념상을 비롯한 여러 문학상을 받았으며, 이후 미국과 독일 등 각국에 소개되면서 국제적인 호평을 얻었다.

옮긴이. 서제인

기자, 편집자, 작가 등 글을 다루는 다양한 일을 하다가 번역을 시작했다. 거대하고 유기체적인 악기를 조율하는 일을 닮은 번역 작업에 매력을 느낀다. 옮긴 책으로 『잃어버린 단어들의 사전』, 『노마드랜드』, 『아파트먼트』, 『아무도 지켜보지 않지만 모두가 공연을 한다』, 『코펜하겐 삼부작』, 『사람들은 죽은 유대인을 사랑한다』 등이 있다.

일러두기

1. 본 작품의 번역 판본은 『A Ghost in the Throat』(Tramp Press, 2020)이다.
2. 모든 주석은 한국어판 번역자와 편집자가 작성한 것이다.

내가 세상을 비춰 보는 등에 불을 밝혀 준
세 명의 아일린,

아일린 블레이크, 아일린 포컨,
그리고 아일린 더브 니 호널에게

우리는 달리는 그림자, 줄지어 늘어선 방들을 지나
정신없이 달려가는 그림자.
― 체스와프 미워시 ―

내 울부짖음이 저 멀리 웅장한
데리네인까지 닿는다면
Dá dtéadh mo ghlao chun cinn
Go Doire Fhíonáin mór laistiar
― 아일린 더브 니 호널 ―

1.

여성의 텍스트

thug mo shúil aire duit,

thug mo chroí taitneamh duit,

내 마음은 당신 때문에 얼마나 기뻤는지、

내 눈은 당신 모습에 얼마나 반짝였는지、

이것은 여성의 텍스트다.

　　이것은 여성의 텍스트, 다른 누군가의 옷을 개는 동안에 쓰였다. 내 심장이 이것을 단단히 품으면, 이것은 내 두 손이 자질구레한 일들을 수없이 수행하는 동안 부드럽게, 천천히 자라난다.

　　이것은 여성의 텍스트, 죄책감과 욕망에서 태어나 어린이용 애니메이션 사운드트랙에 꿰매진 텍스트다.

　　이것은 여성의 텍스트, 존재하는 것조차 작은 기적인 텍스트다. 이것이 활자라는 평범한 경이를 만나 또 다른 의식까지 들어 올려진 지금 이 순간처럼. 평범, 그래, 지금 내 몸에서 튀어나온 생각이 당신의 몸을 덮치는 것, 그 또한 평범한 일이다.

　　이것은 여성의 텍스트, 21세기에 쓰였다. 얼마나 늦었는지. 얼마나 많은 게 변했는지. 얼마나 변한 게 없는지.

　　이것은 여성의 텍스트, 또한 애가caoineadh이기도 하다. 장송곡이자 노동요, 찬양을 위한 송가, 노래이자 통곡, 애도이자 메아리, 합창이자 성가다. 함께하라.

2012

내 아침은 날마다 거의 똑같다. 나는 남편에게 키스하면서 문득 가슴이 아려 오는 걸 느낀다. 우리의 아침 작별

14　　메가폰 세히 야꼬

의식은 수없이 반복되었지만, 그가 집을 나서고 나면 늘 그가 그립다. 남편의 모터바이크가 으르렁거리며 저 멀리 달려가기 시작할 때쯤, 나는 벌써 내 하루에 서둘러 뛰어들고 있다. 우선 아들들을 먹이고, 그런 다음 식기세척기에 그릇들을 집어넣고, 장난감을 치우고, 엎질러진 것들을 닦고, 시계를 힐끗 보고, 첫째를 학교에 데려다주고, 걸음마를 배우는 둘째와 아기인 막내와 함께 집에 돌아와서는, 한숨을 쉬고, 버럭 화를 내고, 웃고 뽀뽀하고, 소파에 털썩 주저앉아 막내에게 모유 수유를 하고, 다시 시계를 힐끗 보고, 『아주아주 배고픈 애벌레』를 여러 번 읽고, 욕실 세면대로 가 내 포니테일에서 아기의 토사물을 씻어 내려 애쓰고, 실패하고, 블록으로 (이내 무너뜨려 버릴) 탑을 쌓고, 걸레질을 시도하고, 아기가 울어서 포기하고, 반쯤 닦아 놓은 바닥에서 미끄러진 둘째의 양 무릎에 뽀뽀하고, 다시 시계를 힐끗 보고, 또 다른 곳에 엎질러진 주스를 문질러 닦고, 둘째를 탁자에 앉힌 뒤 조각 그림 퍼즐을 주고, 낮잠을 재우려고 막내를 위층으로 데리고 올라간다.

아기는 두 명의 주인을 거쳐 온, 검은색 강력 테이프로 붙여 놓은 중고 아기 침대에서 잠을 잔다. 우리가 세 들어 사는 방의 벽은 파스텔로 그린 벽화가 아니라 검은곰팡이 무더기로 장식돼 있다. 자장가는 아무것도 떠오르질 않아서, 나는 대신 10대 취향의 믹스테이프에 의

지한다. 너무도 집요하게 「카르마 폴리스」[1]를 되감기해 들은 바람에 그 갈색 테이프는 툭 끊어질 것만 같았지만, 재생 버튼을 누를 때마다 기계는 그 곡을 다시 들려주곤 했다. 지금, 완전히 지친 나는 그 멜로디로 돌아간다. 아기가 내 가슴에서 꿀꺽꿀꺽 젖을 먹는 동안 부드럽게 콧노래를 부른다. 아기의 턱에서 힘이 빠지고 두 눈이 감기면 나는 살금살금 빠져나온다. 그러면서 다시금 떠오른 생각에 새삼 놀란다. 수많은 방 안에 있는 다른 여자들, 내 하루 속 얼마나 많은 순간이 그들의 하루와 똑같은 모습을 하고 있을까. 우리가 똑같이 공유하는 텍스트를 통해서 말이다. 그들이 나처럼 지루하고 고된 일을 사랑할지, 또 그들 역시 다음과 같이 너무도 단순한 말들로 채워진 목록을 천천히 지우는 일에서 나와 똑같은 기쁨을 느낄지 궁금하다.

~~등교~~
걸레질
진공청소기로 위층 청소
유축
쓰레기통 비우기
식기세척기
빨래
화장실 청소

우유 / 시금치 / 닭고기 / 오트밀

하교

은행 + 놀이터

저녁 식사

목욕

재우기

이 목록을 스마트폰만큼이나 가까운 곳에 두는 나는 거기서 할 일 하나를 지울 때마다 깊은 만족감을 느낀다. 그렇게 지우는 행위 속에는 기쁨이 있다. 아무리 온 힘을 다해 집안일을 하더라도, 청소를 마친 각각의 방은 다시금 저절로, 또 재빨리 흐트러지게 마련이다. 마치 어떤 보이지 않는 손이 아직 작성되지 않은 그다음 날들의 목록—더 많은 정리 정돈, 진공청소기 돌리기, 먼지 털기, 닦아 내기, 걸레질, 가구 광내기—을 벌써부터 작성하고 있는 것 같다. 남편이 집에 돌아오면 그와 집안일을 분담하지만, 혼자 있을 때면 나는 혼자 일을 한다. 남편에게 말하지는 않지만 나는 혼자 하는 쪽을 더 좋아한다. 내 마음대로 하는 게 좋다. 목록에는 엄청나게 많은 집안일이 적혀 있고, 나는 그것들을 끝내는 데 엄청나게 몰두하

고, 집 안은 여전히 어린아이가 있는 다른 집들처럼 명랑하게 어질러져 있다. 더 깨끗하지도, 더 지저분하지도 않다. 딱 그만큼.

오늘 아침, 지금까지 나는 겨우 등교에만 줄을 그었을 뿐이다. 하지만 그 일에는 아이들을 깨우고, 옷을 입히고, 씻기고, 먹이고, 아침 식탁을 치우고, 코트와 모자와 신발을 챙겨 주고, 이를 닦이고, 몇 번이고 "신발 신어"라고 소리치고, 도시락을 싸고, 책가방을 확인하고, 신발 신으라고 다시 외치고, 그런 다음 마침내 학교로 함께 걸어갔다가 돌아오는 일이 포함되어 있다. 집에 온 뒤로도 식기세척기를 채우고, 아이가 조각 그림 퍼즐 맞추는 걸 도와주고, 바닥을 걸레질했지만, 그 각각의 일은 아직 절반씩밖에 하지 못했다. 달리 말하자면 목록에서 지울 만큼 끝낸 건 아무것도 없다. 나는 목록에 집착한다. 이 목록은 하루가 지나는 동안 내 손을 잡아 주고, 24시간을 조그맣고 성취 가능한 일련의 일들로 쪼개 주기 때문이다. 목록을 괜찮게 마무리한 내가 잠든 남편의 팔에 다시금 안겨 들 즈음이면, 이 텍스트는 죽 휘갈겨 쓴 낙서처럼 보인다. 그럴 때마다 나는 기쁨과 만족감에 젖은 채 그 말소의 기록을 바라본다. 이 목록을 서서히 지워 가다 보면 내게 주어진 시간들 속에서 무언가 가치 있는 것을 성취한 듯한 느낌이 든다. 나의 할 일 목록은 내 지도이자 나침반이다.

슬슬 일정이 밀리고 있음을 느낀 나는 방향을 잡기 위해 오늘의 할 일을 나열해 놓은 텍스트를 훑어본다. 그러고는 콧노래를 부르며 식기세척기를 작동시키고, 해당 단어 위에 줄을 긋는다. 둘째가 제자리에 없는 퍼즐 조각을 찾아내도록 도와주면서 미소를 짓고, 퍼즐을 완성하자 손뼉을 쳐 주고, 결국에는 리모컨에 도움을 요청하고 만다. 나는 〈바다 탐험대 옥토넛〉을 보는 아이를 바짝 끌어안지 않는다. 함께 소파에 앉아 지친 눈을 10분쯤 붙이지도 않는다. 그러는 대신 서둘러 부엌으로 가서 걸레질을 끝마치고, 쓰레기통 여러 개를 비우고, 과장된 몸짓으로 그 일들을 목록에서 지운다.

싱크대에서 양손과 손톱과 손목을 문질러 씻은 다음, 한 번 더 문질러 씻는다. 증기 소독기에서 깔때기와 필터를 꺼내 유축기를 조립한다. 이 유축기는 중고로 샀다. 이런 기계들은 꽤 비싸고, 나는 더 이상 유급 노동을 하지 않기 때문이다. 이 유축기를 파는 사람이 올렸던 문구, 스마트폰 화면에 떠 있던 그 문구는 어니스트 헤밍웨이가 썼다고들 하는 아기 신발 이야기만큼 가슴 아파 보였다.

209유로에 구입, 45유로에 판매, 절충 가능. 1회 사용.

몇 달간, 아침마다, 한결같이, 나는 이 기계와 함께 다른 사람들의 아기에게 줄 모유를 짜내는 작은 의식을 치러 왔다. 먼저 브래지어 후크를 풀고 유방을 깔때기에 밀어 넣는다. 언제나 오른쪽 유방인데, 내 왼쪽 유방은 못된 게으름쟁이이기 때문이다. 출산하고 한 달이 지났을 때부터 왼쪽 유방의 젖이 거의 말라 버려서, 아기와 유축기 둘 다 오른쪽에서 나오는 모유에만 의존하는 중이다. 나는 스위치를 누르고, 깔때기가 유두를 거북하게 확 당길 때 얼굴을 찡그리고, 다시금 내 몸을 기계에 맞추고, 기계가 살을 잡아당기는 강도를 조절한다. 이 기계 장치는 모유가 나오기 시작했다고 인식할 때까지는 빠르게 젖을 빠는 아기의 패턴을 모방한다. 빠르고 힘차게 유방을 잡아당기는 것이다. 그러다 조금 지나면 그 동작은 길게 잡아당겼다가 풀어 주는 동작으로, 안정적인 리듬으로 바뀌어 간다. 유두에 느껴지는 감각은 정전기가 불러일으키는 작은 찌릿함이 계속되는 것과 비슷하고, 핀과 바늘이 찌르는 느낌을 기묘하게 섞어 놓은 것과도 비슷하다. 아기에게 젖을 먹일 때와는 달리, 이 과정은 언제나 쿡 찌르듯 아픈 데다가 아무런 기쁨도 안겨 주지 않는다. 그래도 참을 만한 불편함이다. 마침내 내 겨드랑이 아래 어디쯤에서 풀려나온 모유가 기계의 요구에 맞춰 움직인다. 한 방울이 유두에서 떨어져 빠르게 기계 속으로 빨려 들어가고, 또 한 방울, 그리고 또 한 방울이, 젖병 밑바닥에 작은 초승달 모양으로 모일 때까지, 그 일은 그렇게 계속된다. 나는 시선을 먼 곳으로 돌린다.

유독 피곤하다고 느껴지는 아침에는 잠깐 공상에 잠기거나 도서관에서 빌린 책을 10분쯤 읽기도 하지만, 오늘 나는 다른 대부분의 날처럼 움직인다. 즉 『아트 올리어리를 위한 애가Caoineadh Airt Uí Laoghaire』의 지저분한 복사본을 집어 든 뒤, 또 다른 여자의 목소리를 초대해 내 목구멍 속에 잠시 출몰하게 한다. 하루 가운데 유일하게 존재하는 작은 침묵의 시간을 나는 이렇게 채운다. 그 여자의 목소리를 더 크게 만들어 씨근거리고 윙윙거리는 유축기 소리와 합친 다음, 그것 말고는 아무것도 들리지 않을 때까지 듣는 것이다. 복사본의 여백 위에서, 내 연필이 대화를 시작한다. 수많은 나와의 대화. 생각을 적어 둔 기록들과의 대화. 변경할 수 있는 기록들과의 대화. 그 대화 속에 있는 각각의 물음표는 『아트 올리어리를 위한 애가』를 쓴 시인의 삶에 대해 묻지만, 나 자신의 삶에 대해서는 결코 묻는 법이 없다. 몇 분 뒤, 유축기에 하얗고 따뜻한 액체가 가득 찬 것을 발견한 나는 깜짝 놀라 몸을 뺀다.

———

우리가 처음으로 만났을 때 나는 어린애였고, 그 여자는 수백 년 전에 세상을 떠나 있었다.

보라. 막 열한 살이 된 나는 산수와 운동에는 젬병이고, 창밖을 내다보는 버릇이 있고, 진정한 재능이라고는 오직 몽상하기뿐인 소녀다. 선생님이 매서운 말투로 내 이름을 부르는 바람에 나는 깜짝 놀라 엉성하게 지어진 조립식 건물로 돌아온다. 선생님의 목소리는 1773년의 어느 화창한 하루를 불러내고, 매복 장소에 쭈그려 앉은 영국인 병사들을 배치한다. 나는 그들의 무릎이 젖도록 도랑물을 추가한다. 그들의 머스킷 총은 막 안장에서 천천히, 슬로 모션으로 굴러떨어지고 있는 한 젊은 남자를 향하고 있다. 말을 타고 달려 들어온 한 여자가 그의 곁에 무릎을 꿇는다. 여자의 목소리는 호흡과 음절로 이루어진 오래된 공식에 따라 높아져 간다. 그 공식은 선생님이 '애가caoineadh', 그러니까 죽은 이를 애도하기 위한 통곡이라고 부르는 것이다. 여자의 목소리가 자아낸 메아리는 저 멀리, 물어뜯은 손톱을 하고 앉아 있는 검은 머리 소녀에게 닿을 만큼 강렬하다. 바로 나에게.

교실 안에 있는 우리는 이 여자가 혼자 서 있는 모습을 떠올린다. 때마침 불어온 바람을 맞은 듯 장밋빛으로 붉어진 볼. 우리는 이 여자가 아일린 더브 니 호널이며, 옛날 아일랜드의 계급으로는 마지막 귀족 부인 중한 명이었다는 설명을 듣는다. 이 여자에 관한 이야기는 슬프긴 하지만 약간 지루하기도 하다. 학교 수업. 재미없음. 내 시선은 벌써 까마귀 떼를 따라 멀리 솟아올라 있고, 그러는 동안 내 생각은 내가 가장 싫어하는 팝송의 한 소절, '당신은 자신을 던져 버리죠……'[2]로 되돌아간다. 아무리 몰아내려 애써도 그 가사들은 나를 가만히 내버려 두지 않는다.

———

그 여자를 다시 발견했을 무렵, 그때 내 기억 속에 그 여자와 나의 첫 만남은 겨우 절반쯤만 남아 있다. 이제 청소년이 된 나는 『아트 올리어리를 위한 애가』에 여학생답게 반한다. 시행詩行 속에 새겨진 비극적인 로맨스에 빠져든 것이다. 아일린 더브가 첫눈에 반한 낯선 이와 결혼하기 위해 가족을 버린 일을 묘사할 때, 나는 영원한 도피에 관한 이야기에 흠뻑 빠지곤 하는 여느 10대 소녀처럼 황홀해한다. 살해된 연인을 발견한 아일린이 그 연인의 피를 몇 모금이나 들이켤 때, 나는 꿰뚫린 하트 모양 여러 개를 그곳에 끄적끄적 그려 넣는다. 나는 아직 그런 행동을 불러일으키는 마음을 이해하지 못하지만, 무릎을 꿇고 앉아 연인의 몸에서 흐르는 피를 마시는 이

[2]   'and you give yourself away.' U2의 노래 「With or Without You」의 한 소절이다.

여자의 모습을 떠올릴 때마다 무언가가 내 안에서 튀어 나온다. 그것은 10대인 내 남자 친구가 자기 엉덩이를 내 엉덩이에, 자기 입술을 내 목에 댈 때마다 내 안에서 번 뜩이던 어떤 느낌을 떠오르게 한다.

내가 돌려받은 숙제에는 크고 새빨간 가위표가 쳐져 있다. 그보다 나쁜 건 선생님이 주의를 주기 위해 휘갈겨 쓴 문구다. '상상의 나래를 너무 펴지 말 것!' 이 시에 너무도 깊이 공감했던 만큼 내 답이 당연히 옳을 거 라고 생각한 나는 얼굴을 찡그린 채 시를 다시 살펴본다. 그러다 정당한 분노를 표출한다. 숙제장의 한 쪽 한 쪽 을 주먹으로 힘껏 내리친다. 나는 '시인과 아트 올리어리 의 첫 만남을 묘사하라'라는 문항의 답을 이렇게 써 놓았 다. '시인은 그의 말에 뛰어올라 타고, 그와 함께 영원히 저 멀리 도망친다.' 하지만 집으로 돌아오는 길에 선생님 이 옳았다는 걸 깨달은 나는 당혹감을 느낀다. 그 장면은 실제 시 속에는 존재하지 않았다. 그렇다면, 그게 시에서 온 게 아니라면, 그러면 어디서 온 걸까? 아일린 더브의 두 팔이 연인의 허리를 감싸고, 그의 손가락들이 연인의 따스한 배 위에 깍지 끼워져 있고, 말발굽 소리가 요란하 게 울리고, 시인의 가늘고 긴 머리카락이 뒤로 나부끼는 모습. 나는 그 모습을 똑똑히 그려 낼 수 있다. 그 모습은 선생님에게는 진짜가 아니었고, 내게는 진짜였다.

메가폰 세히 야꾸

내가 어린 시절에 이 시를 이해했던 방식은 좀 유치하기는 했다. 10대 때 이 시를 해석한 방식은 그저 반해 버리는 것과 별다르지 않았다. 하지만 성인이 되면서 나는 이 시를 다른 방식으로 읽게 되었다.

이제 내게는 더 이상 들어야 할 수업도, 공부해야 하는 교과서나 시도 없었다. 대신에 나는 새로운 종류의 과제를 얻었고, 그 과제를 완벽하게 정복할 수 있는 커리큘럼을 스스로 작성해 왔다. 나는 남편의 수입으로만 살림을 꾸려 가려고 시도하면서 엄격할 만큼 검소하게 생활하는 법을 스스로 터득해 가고 있었다. 광고란과 슈퍼마켓 행사를 주의 깊게 살펴보았고, 인터넷에서 모르는 사람들을 만나 그들의 아기들이 입었던 옷 무더기를 동전 몇 닢과 교환했다. 내 아이들의 옷 무더기를 팔기도 했다. 여기저기서 열리는 자동차 트렁크 세일을 돌아다니며 유아용 장난감과 계단에 설치하는 안전문 가격을 흥정했다. 상점에서 구입한 건 카시트뿐이었다. 그런 식의 절약 속에서 나는 어떤 집요한 마음가짐을 배웠고, 이내 거기에 익숙해졌다.

피로와 경이로움과 조바심으로 가득했던 초보 엄마 시절은 도심 빈민 지역에 있는 여러 셋방을 거치며 지나갔다. 나는 시골에서 자라났지만 내가 도시 생활을 무척 좋아한다는 걸 알게 되었다. 얼룩 고양이와 테리어를 품에 안은 이웃들이 미소 지어 주는 테라스, 나란히 줄지어 있던 우리의 쓰레기통, 어둠 속에서 우연히 듣게 되는 분노나 욕망에 찬 비명, 술에 취한 사람들이 행복한 합창을 일삼는 주말의 파티. 우리 집 수도꼭지에선 언제나 물이 똑똑 떨어졌고, 조그만 마당에는 쥐가 있었고, 밤의 별들은 깜박이는 도시의 불빛 때문에 보이지 않았지만, 첫째를, 그리고 그다음엔 둘째를 먹이려고 잠에서 깨어나 커튼을 열면 첨탑 사이에 걸린 달을 볼 수 있었다. 도시의 그 어느 방들 속에서 나는 시를 한 편 썼고, 그러고는 또 한 편을 썼다. 책 한 권을 썼다. 그런 밤들에 나를 찾아온 시들을 사랑 시라고 한다면, 그 사랑은 비와 고산식물의 꽃들, 임신한 몸이 이해하게 된 낯선 어휘들, 구름들, 그리고 할머니들을 향한 것이었다. 내가 시를 쓰는 동안 늘 곁에 잠들어 있던 남자, 그러니까 달빛에 비친 그 피부를 보면 언제나 내 입술을 가져다 대게 되는 그를 향한 숭배에서 나온 시는 한 편도 없었다. 내가 그에게 품은 사랑은 시라는 단정한 그릇에 부어 넣기엔 너무 거대했다. 나는 그것을 언어로 표현할 수 없었다. 지금도 하지 못한다. 그가 꿈을 꾸는 동안, 나는 어둠을 뚫고 나를 향해 서둘러 다가오는 시들을 지켜보았다. 도시는 내 안의 무언가에 불을 붙였다. 무언가 맥이 뛰는 것, 아기의 숨구멍처럼 연약한 것, 나와 마찬가지로 더없는 행복과 완전히 지친 상태 사이에서 떨고 있던 그것에.

　　　우리는 3년간 이미 두 번이나 이사했는데, 신문 기사들은 여전히 집세가 오르고 있다고 알려 주고 있었다. 그런 뉴스는 언제나 기회를 뜻했다. 집주인들에게 말이다. 그렇다고 누가 그들을 비난할 수 있겠는가? 나다. 그들이 어깨를 으쓱하며 우리를 쫓아낼 때마다 나는 그들을 비난했다. 그들이 써 준 추천서가 아무리 휘황찬란하더라도, 나는 또다시 집을 떠나야 한다는 사실 자체를 늘 싫어했다. 우리는 또다시 이사하기 직전이었다. 나는 몇 주 동안 검색한 끝에 집세가 저렴한 인근의 소도시를 찾아냈다. 우리는 또 한 장의 임대차 계약서에 서명하고 차에 짐을 실은 다음 그 도시를 떠났다. 떠나고 싶지는 않았다. 나는 천천히 차를 몰았다. 곰 인형을 담은 쓰레기봉투와 낡은 텔레비전 사이에 낀 내 팔꿈치는 기어를 바꿀 때마다 안간힘을 썼고, 내 목소리는 '어느 날 다섯 마리 아기 오리가 수영하러 갔네'[3]라고 선창하며 합창을 이끌어 냈다. '언덕 너머 멀리' 펼쳐진 낯선 길을 따라 달리며, '엄마 오리 하는 말 꽥 꽥 꽥……' 하고 노래를 부르며, 비숍타운과 밴든과 머크룸과 블라니라는 지명을 찾

---

[3]　　영미권의 전래 동요 「다섯 마리 아기 오리Five Little Ducks」의 가사. 이 문단의 나머지 인용 부분도 모두 이 노래의 가사다.

아 도로 표지판을 훑던 내 시선은 킬크레아라고 쓰인 표지판에 붙들렸다.

킬크레아. 킬크레아. 그 단어는 새집의 문을 여는 내 머릿속에 되풀이해 울렸고, 내가 그 집의 타일에서 물 때를 벗겨 내고 매트리스 위에 역사처럼 얼룩져 있는 오래된 피와 정액을 보며 얼굴을 찌푸리는 동안에도 반복되고 또 반복되었다. 킬크레아, 킬크레아, 그 단어는 내가 책과 코트와 아기를 살피는 모니터와 숟가락과 수건과 이리저리 얽힌 스마트폰 충전기들을 짐에서 꺼내는 동안에도 멈추지 않았고, 그런 식으로 며칠 동안이나 나를 괴롭혔다. 그러다 마침내 기억이 났다. 그래! 학교에서 배운 그 오래된 시에서 시인이 자기 애인을 묻었던 묘지 이름이 킬크레아 아니었나? 그 시에 반했던 시절이 떠오르자 민망해졌다. 마치 10대 시절 잡지에서 뜯어내 내 방에 붙여 두었던 사진 속 그 모든 말라깽이 록스타들이 떠올랐을 때처럼. 그리고 그들이 내게 가르쳐 준 단어들, 막 시작된 내 욕망을 표현할 수 있게끔 만들어 준 그 단어들이 떠올랐을 때처럼. 10대 때의 내 모습이 떠오르면 대체로 움찔하게 된다. 자신의 결핍을 그토록 경솔하게 전시하던 그 소녀는 나를 불편하게 했다. 누군가가 좋아 죽겠어서 수정액으로 그의 이름을 써 놓은 책가방을 자랑스레 메고 다니고, 골목길에 겹겹이 그려진 그래피티 위에 자기를 상징하는 표시를 휘갈기고, 버스 차창 밖으로 낯선 사람들을 외설스럽게 노려보고, 그들의 눈 속에 자신의 그것처럼 일렁이는 욕망이 드러날 때까지 마주친 눈을 피하지 않던 소녀. 학교 뒤에서 금지된 행위를 하다 붙잡혀 제적 경고를 받은 소녀. 걸레, 창녀, 비싸게 구는 쌍년이라고 불리던 소녀. '묵살'이라는 형에 처해진 소녀. 응징되고 응징되고 또 응징되었던 소녀. 그런 건 하나도 신경 쓰지 않던 소녀. 이제 나는 여기 있었다. 모르는 사람이 썼던 화장실에서 묵은 배설물을 문질러 닦아 내면서, 아이에게 노래를 불러 주면서. 그러면 그 소녀는 어디로 갔을까?

———

큰아이를 데리러 학교 주차장에 도착한 나는 조금 일찍 온 것을 깨닫고 나무 아래에서 비를 피했다. 작은아이는 유아차의 플라스틱 덮개 밑에서 여전히 단꿈을 꾸고 있었고, 나는 루비처럼 붉은 그 애의 두 볼을, 그리고 포동포동하고 옴폭 들어간 데가 있는, 내가 담요 밑으로 다시 밀어 넣은 두 팔을 어쩔 수 없이 감탄하며 바라보았다. 거기. 콘크리트 바닥의 가장자리, 키 작은 수풀 속을 호박벌들이 여기저기 뒤적이고 있었다. 나는 생각했다. 내게 정원이 생긴다면 녀석들이 좋아해 마지않는 클로버와 온갖 볼품없는 잡초들로 가득한 키 작은 숲을 만들 거라고. 그런 다음 무릎을 꿇고 벌들을 섬길 거라고. 나는 벌들 너머 저 멀리 있는 구릉지 쪽을 바라보다가 문득 그 도로 표지판을 다시 떠올렸고, 주머니를 뒤져 스마트폰을 찾았다. 서른 개가 넘는 연으로 이루어진 『아트 올리어리를 위한 애가』는 기억보다 긴 시였다. 그 시를 읽는 동안 되살아난 풍경은 나를 온통 둘러싼 채 살아 있었고, 비를 맞아 쏴 하는 소리를 내면서 살아 있었고, 나는 그 안에서 살아 있는 나를 느꼈다. 흠뻑 젖은 그 나무 밑에서 나는 시인의 두 아들을 발견했다. 'Conchubhar beag an cheana is Fear Ó Laoghaire, an leanbh', 내가 번역하기로는 '우리 작고 귀여운 크라호르와 아가 파울 올리어리'였다. 아일린 더브가 꼭 나처럼 다시 임신해 셋째를 품고 있었다는 사실을 발견한 나는 깜짝 놀랐다. 이 시를 열렬히 탐독하던 시절에는 시인을 한 명의 어머니로 상상해 본 적이 한 번도 없었던 것이다. 어쩌면 10대 시절의 나는 아일린 더브라는 인간의 일부를 그냥 간과해 버렸던 건지도 모른다. '어머니'라는 캐릭터와 욕망이 충돌하는 모습은 그 무렵의 내 자아가 시인의 모습으로 원하던 상에는 들어맞지 않았을 테니까 말이다. 하지만 흉터가 난 손가락 끝으로 텍스트를 따라가며 읽던 그때, 내 귀에는 그가 어둠 속에서 콧노래로 불렀던 자장가가 정말로 들려오는 듯했다. 텍스트를 스크롤하며 처음부터 끝까지 읽은 나는 다시 처음부터 읽기 위해 맨 위로 되돌아갔다. 이번에는 조금 더 천천히 읽기 시작했다.

그 시는 시장을 한가롭게 거니는 한 남자를 지켜보는 아일린 더브의 시선을 따라가며 시작되었다. 남자의 이름은 아트였고, 그가 걸어가는 모습을 본 아일린은 그를 원했다. 눈이 맞아 함께 달아났을 때부터 그들은 호화롭다고밖에는 묘사할 수 없는 삶을 살았다. 오, 호사스러운 침실들이여, 오, 맛 좋은 음식들이여, 오, 고급스러운 옷들이여, 오, 값비싼 오리털 이불 속에서 잠든 채 보내는 길고 긴 아침들이여. 아트의 아내였던 아일린에게는 부족한 게 없었다. 나는 아일린의 저택이 부러웠고, 그 저택 전체를 굴러가게 하는 데 얼마나 많은 하인이 필요했을지, 그러니까 나 같은 부류의 그림자 같은 여자들이 얼마나 많은 그림자 노동을 하고 있었을지 궁금했다. 아일린은 자신의 연인을 너무도 생생하게 묘사하는 데 시 전체를 바치고 있었고, 그래서 이 시의 모든 행은 깊디깊은 사랑과 여전히 짜릿하게 느껴지는 욕망으로 온통 전율한다. 하지만 이 시가 그 연인이 살해된 뒤에 쓰였다는 사실은 숭배가 담긴 그 한 줄 한 줄 위에 음울하고 슬픈 그림자가 드리워져 있음을 말해 준다. 그가 살해되었다는 사실이 안겨 주는 후유증 속에서 이런 식으로 사랑을 나열하는 일은 얼마나 강렬하게 느껴졌을까. 하나의 디테일이 말해질 때마다 나무랄 데 없는 옷차림을 한 생전의 그가 되살아났을 테니 말이다. '당신을 위해 외국에서 실을 잣고 바느질한 / 좋은 옷감으로 만든 옷'을 입은 그의 모습. 모자 위에서 반짝이는 장식 핀. 시인이 우리에게 보여 주는 아트는 시인 자신뿐 아니라 다른 사람들의 욕망까지 불러일으키는 인물이었다. 도시의 상류층 여성들. 그 여성들은—

언제나
몸을 굽혀 인사했지.
얼마나, 똑똑히 보였을까,
당신이 얼마나 애정 어린 남편인지,
함께 안장에 오를 만큼 멋진 남자인지,
함께 아이를 만들 만큼 근사한 남자인지.

부부는 형벌법[4]으로 공포와 잔학 행위를 가하는 정권하에 살고 있었지만, 아일린의 남편은 반항적인 인물이었다. 그에게는 수많은 적이 있었지만, 아일린이 보기에 아트는 어떻게 해도 무너뜨릴 수 없는 사람이었다. 적어도 '당신의 말, 그 말이 내게 오기 전까지는, / 고삐를 자갈길에 끌며, 당신 심장의 피를 / 옆얼굴에서 안장까지' 묻힌 채 다가왔던 그날을 마주할 때까지는. 그 무시무시한 순간에, 아일린은 주저하지도 도움을 청하지도 않았다. 그 대신 피에 흠뻑 젖은 안장 위로 뛰어올라 남편의 말이 자신을 시신이 있는 곳으로 데려가게 했다. 그런 다음 아일

메가폰 세히 야프

린은 고통과 슬픔에 젖어 남편의 몸 위로 쓰러졌고, 통곡하면서 남편의 피를 몇 모금 들이켰다. 날것의 공포로 이루어진 그런 순간에조차 욕망은 남아 있었다. 아일린은 남편의 시체 위로 울부짖으며 그가 죽음을 떨치고 일어나기를, 그래서 자신이 '눈부신 담요와 / 아름답게 장식된 누비이불로 / (……) 당신 땀방울이 튀고 흘러내릴 침대를' 꾸밀 수 있기를 바랐다. 하지만 아트는 죽었고, 시인이 쓴 텍스트는 숭배와 슬픔, 욕망, 그리고 추억을 담은 채 진화해 가는 기록이 되었다.

슬픔으로 만들어진 어둠 속에서, 막 불꽃이 피어오르는 황린 성냥과도 같은 분노가 피어난다. 아일린은 아트를 살해하라고 명령한 남자를 저주한다. '모리스, 이 하찮은 새끼, 나는 네가 고통받길 바란다! / 네 심장과 간에서 나쁜 피가 뿜어져 나오기를! / 네 두 눈에 녹내장이 생기기를! / 네 양 무릎뼈가 박살 나기를!' 이런 분노는 타올랐다가 사라졌다가 다시 타오른다. 이 시의 연료가 분노와 욕망이라는 두 개의 쌍둥이 같은 불꽃이기 때문이다. 아일린은 '입으로 똥을 싸는 그 광대 자식'인 자신

---

4   영국과 아일랜드의 가톨릭교도들을 탄압하기 위한 법안을 형벌법Penal Laws이라 하며, 그 법안이 효력을 발휘하던 시기를 형벌법 시대Penal Times라 한다. 영국이 가톨릭 국가인 프랑스와 긴장 국면을 맞이한 17세기 말에 시행되어 18세기 중반까지 이어졌다.

의 제부를 포함해 아트를 배신하는 데 연루된 모든 사람에게 악담을 퍼붓는다. 분노. 분노와 고통. 분노와 고통과 사랑. 시인은 자신의 두 어린 아들과 '아직 내 배 속에 있는 / 어쩌면 숨 쉴 일이 없을지도 모르는 셋째'에 대한 생각으로 절망한다. 이 여성이 겪어 온 상실은 얼마나 거대한가. 그는 앞으로 얼마나 더한 상실을 겪게 될까. 그는 고통에 차 있고, 이 시 자체도 그렇다. 이 텍스트는 고통 속에서 쓰인 텍스트다. 이 시는 아파한다. 학교 종이 울리자 첫째가 빗속에 서 있는 나를 발견했다. 나는 한때 아일린 더브가 살았던 구릉지 쪽으로 얼굴을 향하고 있었다.

그날 밤, 아기가 배 속에서 꿈틀거렸다. 나는 결국 잠자기를 포기하고 서둘러 스마트폰을 집어 들었다. 잠든 몸을 본능적으로 웅크린 남편이 내 품으로 파고들었다. 그는 코를 골고 있었지만, 내 허리 움푹 들어간 부분에 눌린 그의 신체 일부가 단단해지는 게 느껴졌다. 나는 얼굴을 찡그린 채 가만히 참고 있다가 그가 잠들었다는 확신이 들자 조금씩 몸을 움직여 빠져나왔다. 그 시를 나 자신에게 속삭이기 위해서였다. 그 여자의 임신한 몸으로부터 수백 년을 뛰어넘어, 내 임신한 몸으로 하나의 목소리를 불러내기 위해. 다른 모두가 꿈속을 거니는 동안 내 두 눈은 어둠 속에서 열려 있었다.

마침내 내가 잠들었을 때, 또 다른 어미가 잠에서 깨어나고 있었다. 자신의 젖을 단단히 물고 있는 주둥이 하나를 느낀 어미는 발톱을 꽉 움켜쥐며 몸을 살짝 끌어올렸고, 다시 쫙 폈고, 그런 다음 야회용 외투처럼 매끄러운 두 날개를 펼쳤다. 오래전 인간의 손이 꿈꾸고, 끌어오고, 쌓고, 배열해 놓은 돌들로부터 날아오를 준비를 하며 어미가 몸을 실룩일 때, 그 털가죽에는 젖먹이 하나가 매달려 있었다. 이내 어미는 움직이며 몸을 던졌고, 솟아오르고 급강하하고 떨어져 내리며 더 로[5] 곳곳에서 찾아낸 온갖 물벌레들을 삼켰고, 그러는 동안 어미의 기세에 두 눈을 감은 젖먹이는 어미 몸을 단단히 붙잡은 채 조용히 젖을 빨았다. 비행 중인 박쥐를 일별하는 일은 인간의 시야 가장자리에 어른거리는, 어둠 속에서 유령처럼 위아래로 흔들리는 따옴표 모양의 몸을 감각하는 일이다. 반향 정위라는 복잡한 시스템은 박쥐가 자신의 울음소리에 대답하는 메아리의 인도를 받아 밤을 뚫고 나아가게 해 준다.

[5]   The Lough. 아일랜드 코크에 있는 작은 호수

식료품 목록, 노로바이러스, 부활절 달걀, 진공청소기 돌리기, 전기요금 고지서 들이 정신없이 지나가며 언제나와 같은 몇 달이 흘러갔다. 내 몸은 불어나고 또 불어났고, 마침내 모르핀에 젖은 7월의 어느 화창한 날, 셋째 아들이 내 배 속에서 천천히 나와 가슴 위로 올라왔고, 다시 정신을 차렸을 때 내 몸은 심각한 탈진 상태에 빠져 있었다. 또다시 밤중에 젖을 먹여야 했기 때문이다. 노란 기저귀들을 갈며 보낸 그 몇 주 동안, 내 모든 것이 타인들의 욕구라는 불규칙한 궤도에 맞춰 정신없이 돌아가는 동안, 오직 『아트 올리어리를 위한 애가』의 한 줄 한 줄만이 변치 않는 존재로 남아 있었다.

　　나는 그 회전목마 같은 나날에 빠져들며 무척 소중하고 모호한 무언가를, 그것 없이는 나로 살 수 없는 무언가를 나 자신으로부터 빼앗아 버렸다. 그건 욕망이었다. 출산 후 희미하게 일던 욕구들이 죄다 말끔하고 완벽하게 내게서 지워졌고, 그러면서 나는 완전히 공허해졌다. 친밀감에 대한 모든 욕구는 또 하나의 작은 몸에게 무언가를 제공하고 제공받으면서 충족되었다. 여전히 강렬한 육체적 충동이 느껴졌지만, 그 충동은 성적인 것과는 거리가 멀었다. 나는 이제 모유의 지배를, 자신만의 조수의 법칙에 따라 밀려오고 밀려가는 그 대양의 지배를 받고 있었다.

　　섹스는 골치 아픈 문제가 됐다. 그것은 고통스럽
고 또 고통스러웠다. 출산 후 몇 달 동안 내 안에서 어떤
문 하나가 꽝 닫혀 버린 느낌이었다. 내가 삶에서 구하는
것이라고는 해가 떠 있는 동안 짐승처럼 탈진한 몸을 질
질 끌고 다니며 마침내 어둠이 나를 침대로, 또다시 다가
올 하룻밤의 조각난 잠 속으로 이끌어 주길 기다리는 것
뿐이었다. 욕망은 얼마나 재빠르게 나를 버리고 떠났던
지, 마치 작은 물웅덩이가 하늘로 제 몸을 돌려보내듯 보
이지 않을 정도로 재빠르게 증발해 버렸다. 나는 나 자신
이 아니었다. 낡을 대로 낡은 커다란 점퍼 한 벌이었다.
솔기들은 다 닳아 해졌지만, 그런데도 이 옷은 너무도 편
안해서, 너무도 부드럽고 안락해서, 나는 그 부드러운 덩
어리 속에 영원히 파묻혀 있는 것 말고는 아무것도 원하
지 않게 됐다. 나는 뼛속까지 지친 채로도 대체로 만족한
채 지냈다. 그러나 곧 그런 금욕 상태가 내가 그토록 사
랑하는 남자에게는 너무도 공포스러운 일이라는 걸 알
게 되었다. 남편은 모든 게 괜찮다고, 탈진 상태가 지나
가고 내가 그를 다시 원하게 될 때까지 기꺼이 기다리겠
다고 했지만, 나는 그런 너그러운 선물을 받을 수는 없다
는 걸 깨달았다. 그래서 나는 거짓말을 했다. 나는 욕망
을 또 하나의 노동으로, 괴롭게 해내야만 하는 작업으로,
할 일 목록 맨 아래쪽을 보이지 않게 서성이는 하나의 항

목으로 만들어 버렸다. 실제로 종이 위에 쓸 수는 없었던 항목. 억지로 행위를 할 때마다 나는 나 자신에게 두 가지를 강요했다. 그중 하나는 신체적인 강요였다. 그 잠긴 문을 밀어 여는 일이 너무도 고통스러웠기 때문이다. 나머지 하나는 감정적인 강요였다. 남편은 좋은 사람인데, 나는 그런 사람을 의도적으로 속여야 했던 것이다. 섹스에 관해 말하자면, 나는 고통 때문에 엄지와 검지 사이에 있는 축 늘어진 살을 계속 깨물고 있어야 했다. 그 잇자국들이 사라지고 며칠이 지난 뒤에도 멍든 흔적은 여전히 피부 위에 드문드문 남아 있었다. 나는 다른 누군가의 쾌락에 도움이 된다면 그런 고통을 참는 것도 좋은 일일 거라며 스스로를 설득했었다. 이제야 깨닫는다. 나는 남편의 육체를 할 일 목록 속 하나의 항목으로 만들었고, 심지어 그 과정에서 그의 동의조차 구하지 않았던 것이다. 내가 가진 결함들이 너무 부끄러웠던 나는—솔직하지도 못했고, 몸이 말을 듣지도 않았으니까—이 재앙을 그저 숨기려고만 했다. 그에게 일찌감치 잘 자라는 인사를 건넸다. 변명을 했다. 침대 끄트머리에 누워 잤다. 나는 『아트 올리어리를 위한 애가』를 거기 있는 내 베개 밑에 넣어 두었고, 아기에게 젖을 먹이려고 몸을 움직일 때마다 아일린 더브의 단어들이 멍하니 탈진해 몽롱해진 나를 뚫고 들어왔다. 아일린의 삶과 욕망은 내 삶과 욕망에서 너무도 멀었지만, 그런데도 그는 너무도 가깝게 느껴졌다. 오래지 않아 그 시는 내 하루하루에 스며들기 시작했다. 점점 자라난 호기심은 결국 나를 집에서 몰아냈고, 도움이 될 만한 공간들로 향하게 했다.

———

보라. 화요일 아침, 구겨진 푸른색 유니폼을 입은 보안 요원이 문을 열어 준다. 문 옆에 선 그가 유쾌하게 고개 숙여 인사한다. 내가 여기 와 있기 때문이다. 머리는 빗어 대충 쪽을 지고, 블라우스에는 모유 얼룩을 묻히고, 슬링에는 아기를 넣고, 걸음마를 하는 아이는 유아차에 앉혀 데리고, 책들로 터져 나올 것 같은 기저귀 가방을 들고, 위험하다고밖에 말할 수 없는 눈빛을 하고서. 아기의 째지는 비명이 시작되기까지 길어야 6분 정도밖에는 시간이 없다는 걸 알기에, 나는 유아차 클립을 빨리, 더 더 빨리 풀고는, 걸음마를 하는 둘째에게 계단을 올라가게 시킨다. "중간에 서지 말고." 슬링 속에서 잠들어 눈꺼풀을 이리저리 움직이는 아기를 슬쩍 들여다보고, 둘째를 내 발 옆에 털썩 내려놓고는—두 눈으로는 전에 나를 나무랐던 사서가 있는지 보려고 주위를 정신없이 살피면서—열람실 안에서 먹으면 안 되는 바나나를 둘째 손에 밀어 넣는다. "부탁할게." 내가 속삭인다. "엄마가 부탁할게, 잠깐만 가만히 앉아 있어. 엄마가 조금만- 조금만- 응?" 나는 손가락 끝으로 책등들을 빠르게 훑다가 기저귀 가방에서 구겨진 목록 하나를 꺼낸다. 딱 2분만, 나는 생각한다. 2분만. 슬링이 꿈틀거리더니, 아기가 엄청난 볼일을 기저귀에 시원하게 갈긴다. 나는 미소를 지으며(안 그러면 어쩌겠는가?) 마지막 두 권의 책을 선반에서 홱 잡아 뺀다. 웃으며 둘째의 머리칼에 뽀뽀하고, 웃으며 짐을 옆으로 들어 올리고, 끈끈한 바나나가 묻은 둘째의 손을 잡고, 슬링에서 몹시 친숙한 냄새가 피어오르는 걸 느끼며 천천히 한 걸음씩 계단을 내려온다.

　나 같은 상황에 처한 여자가 아일린 더브의 글을 번역한 책들을 죄다 추적하려면 이런 식으로 작업하는 수밖에 없다. 번역본이 워낙 많다 보니 도서관을 여러 번 방문해야만 하는 것이다. 이 시를 번역한 사람은 정말 많아서, 그 번역본들은 마치 어떤 통과 의례처럼, 혹은 사랑받는 옛 명곡을 뒤따르는 일련의 리메이크곡들처럼 느껴진다. 내가 보기에는 많은 번역본이 부실하지만—아일린 더브라는 존재가 자아내는 강렬한 맥박을 재현하는 데 실패한 텍스트들, 죽은 것에 가까운 텍스트들—몇몇은 기억에 남을 정도로 강렬하다. 나를 만족시킬 만큼 시인의 목소리에 가까이 간 번역본은 몇 안 되고, 시인이 처해 있던 상황을 거시적으로 설명하는 첨부 자료 페이지들은 너무 드물어서 나를 허기지게 만든다. 그냥 허기진 게 아니다. 나는 굶어 죽어 가고 있다. 시인의 삶을, 그 시를 쓰기 전과 쓰고 난 후의 삶을 너무나도 더 알고 싶다. 아일린이 누구였는지, 어디서 왔는지, 그리고 그 일 다음에는 무슨 일이 일어났는지 알고 싶다. 그의 아이들과 손주들이 어떻게 되었는지 알고 싶다. 무덤에 꽃을 바칠 수 있도록 그가 묻힌 장소가 어딘지 읽고 싶다. 그러나 나는 게으르고, 그래서 내 궁금증을 해결해 줄 대답들이 눈앞에 가지런히 놓이기를 바란다. 도서관의 책 한 권 속에 다 담겨 있다면 더 좋겠다. 하지만 내가 가져다 볼 수 있는 문헌들은 그렇게 지엽적인 호기심에 대답해 주는 일에는 대체로 관심이 없다. 그래도 나는 찾아 본다. 어딘가에 나와 같은 궁금증을 품은 텍스트가 있을 거라고 확신하기 때문이다.

공공 도서관을 남김없이 뒤지고 난 뒤, 나는 대학에 있는 친구들에게 도움을 청하는 일에 착수한다. 그렇게 가짜 신분을 얻은 나는 여러 도서관을 들락거리며 역사를 다룬 다양한 문서와 『아트 올리어리를 위한 애가』의 번역에 관한 여러 책들, 그리고 신문 기사들을 몰래 복사하기 시작한다. 각각의 자료들은 내 머릿속에서 형태를 갖춰 가는 아일린 더브의 초상에 한두 번씩 붓질을 더해 준다. 나는 복사한 자료를 침대 밑에, 차 안에, 유축기 옆에 일단 밀어 넣는다. 그러고는 틈틈이 그것들을 흡수하며 내가 숨겨 놓은 정보에 새로운 말들을 추가한다. 그렇게 모유와 텍스트라는 쌍둥이 같은 힘 사이에 놓인 나는 양쪽의 잔에 번갈아 따라지는 듯한 몇 주를 보낸다. 그렇게 들이부어진 몇 주는 곧 몇 달이 되고, 다시 몇 년이 된다. 자리에 앉을 때마다 모유의 하얀 음절들을 내보내고, 잉크로부터 추출한 나만의 검은 자양분을 홀짝이는 삶. 나는 나 자신에게 그런 삶을 마련해 준다.

2.

액체로 된 메아리

go ngeobhainn é im' thaobh dheas

nó i mbinn mo léine,

    is go léigfinn cead slé' leat

당신을 자유로이 달리게 할 일이라면 뭐든 했을 텐데、

아니면 여기、내 블라우스 주름 속에、뭐든、

나라면 여기 내 오른 옆구리에 붙잡았을 텐데、

여러 날 동안, 나는 ~~빨래~~와 ~~도시락 싸가~~, ~~예방 접종~~으로 점철된 혼돈의 아침을 통과하면서 유축기 앞에 앉을 시간을 기다린다. 그 시간이 내게는 휴식 시간에 가장 가깝기 때문이다. 만족을 모르는 내 유축기에 묶여 있는 동안 앉아서 글을 읽는 일, 그건 잠시 할 일 목록을 잊어버리고 아일린 더브가 열어 주는 여러 개의 문으로 들어가 산책하는 것과 같다. 유축기 옆에 앉아 나 자신을 조금 더 내주는 일은 늘 기쁘지만, 그와 동시에 읽기를 통해 아일린의 삶을 조금 더 받아들일 수 있을 때면 그 기쁨은 더욱 커진다. 나는 내주는 일과 받아들이는 일이 함께 만들어 내는 그 기묘한 균형에 빠져든다. 용기 위쪽까지 액체가 차오르면 나는 유축기 스위치를 끄고, 읽던 페이지를 표시하고, 한숨을 쉬고는 다시 작업에 착수한다. 유축기를 조리대에 올려놓고, 살균한 병에 마지막 작은 방울을 따르고, 뚜껑을 돌려 꽉 닫은 다음 손으로 라벨을 쓴다. '데리언 니 그리파– 03 / 10 / 2012 – 250ml'.

　　　모유 은행에 관한 이야기는 아기 엄마들의 모임에서 처음 들었다. 구글에서 그 단어를 검색한 나는 조산아들의 위장에 관한 이야기를 읽었다. 그 아이들의 위장은 아주 작고 민감해서 분유에 노출되면 괴사성 장염이나 심혈관 허탈 같은 내장 질환이 생길 수 있다는 거였다. 가끔 조산의 충격으로 산모의 모유량이 줄어들기도 하는데, 그렇게 되면 아기에게 모유 수유를 조금밖에, 혹은 전혀 못 하게 되기도 한다는 이야기도 있었다. 그런 두려운 이야기들을 읽고 나니 모유 은행에 연락할 수밖에 없었다. 살균, 비누 거품과 증기, 문질러 씻은 피부, 새것처럼 깨끗한 기구. 그 일련의 과정에 요구되는 세심함은 내 일상에서 유쾌하면서도 중요한 부분을 차지하게 됐다. 내 모유가 조산아들과 아픈 아이들의 몸에 흡수되리란 걸 알고 있었으므로, 나는 언제나 최상의 상태를 유지하려고 꼼꼼히 주의했다. 모유를 담은 병들은 먼저 냉장고에서 식히고 나서야 냉동고에 넣었다.

이제 나는 냉장고 온도계에 표시된 정보를 확인한 뒤 주의를 기울이며 숫자들을 적어 넣는다. 머리글자로 서명을 한다. 그러고는 최근에 식힌 모유가 담긴 병을 냉동고 안에 집어넣는다. 그 병은 똑같이 벽돌 모양으로 생긴 여덟 개의 병 옆에 놓인다. 한 주의 산출량으로는 퍽 만족스러운 양이다. 매일 아침 일정한 시간이 되면 우리 집 부엌은 실험실처럼 변한다. 여기는 온도를 적어넣은 표가 있고, 여기는 증기를 내뿜는 살균기가, 여기는 유축기의 분해된 부품이, 여기는 웬 지친 여자가 있고, 또 여기는 살균된 용기들이 늘어서 있다. 여기서는 매일이 똑같다.

완두콩 한 봉지를 집어넣으려면 안간힘을 써야 할 만큼 냉동고가 꽉 차자, 나는 어빈스타운에 있는 모유 은행에 전화를 건다. 그들은 우편집배원의 두 팔에 꽉 찰

만큼 커다란 폴리스티렌 박스 하나를 보낸다. 나는 그 안에 병을 최대한 많이 끼워 넣고는 양식에 서명하고, 테이프로 박스를 봉하고, 뚜껑 주위로 두꺼운 갈색 테이프를 빙 둘러 감는다. 한 번. 두 번. 이제 아기에게 아노락을 입히고, 뽀뽀를 하고, 유아차에 앉힌 뒤 클립을 채우고, 곰인형을 줘서 달래 줘야 한다. 둘째는 레고 블록으로 쌓은 탑을 그만 가지고 놀게 설득한 다음, 코트를 입히고, 지퍼를 채우고, 막대 사탕을 뇌물로 바치면서 시내로 데려가야 한다. 부피가 큰 데다가 무겁기도 한 박스를 옮기는 방법은 하나뿐이다. 나는 유아차 손잡이 위에 그것을 얹고, 한쪽 팔꿈치와 턱으로 눌러 어설프게 균형을 잡으면서, 다른 쪽 손으로는 둘째의 손을 잡으려고 안간힘을 쓴다. 평소에는 10분이면 걸어갈 수 있는 우체국이지만 이 난관을 짊어진 채로는 20분이나 걸린다. 그 고생 끝에 우체국의 대기열 끝에 선 나는 몹시 화가 나 있다. 다음번에는 남편에게 박스를 부쳐 달라고 해야겠다고 다짐한다.

접수대 유리 뒤에는 내가 좋아하는 우편집배원이 있다. 나는 그의 곱슬곱슬한 반백의 머리칼과 기우뚱한 안경을, 니코틴에 전 미소를, 그리고 나를 언제나 '자기'라고 부르는 그 특유의 말투를 좋아하게 되었다. 나는 접수대의 옆문을 열고 다가온 그가 소포에 '특급 우편, 익일 배송'이라는 라벨을 붙이는 모습을 지켜본다. 그는 내게 우편요금 환불용 영수증을 건네주는데, 그것은 이 모유 거래에서 유일하게 오가는 돈의 기록을 담고 있다.

　나는 이 모유를 삼킬 아기, 저 멀리 있는 아기에게 직접 젖을 물리지 않으며, 그 아이의 따뜻한 팔다리를 바짝 끌어안을 일도 없다. 하지만 내 모유가 그 아이에게 도착하기까지의 경로는 확실히 알고 있다. 구글에서 퍼매너주에 있는 어빈스타운을 찾아본 나는 그 마을의 예쁘장한 공원과 세 군데의 학교, '니칸 암스'라는 술집과 '조 나인티스'라는 피시 앤 칩스 가게를 보았다. 부티크들과 미용실 사이에 있는 어느 단정한 테라스에는 눈에 띄지 않는 간판이 달려 있고, 거기에는 '국민 보건 서비스 모유 은행 서부 위탁 지점'이라고 적혀 있다. 박스에 담긴 내 모유는 여기서 소독되고 저온 살균된 다음, 해마다 아일랜드 전역에 있는 '신생아 집중 돌봄 부서'로 보내지는 엄청난 양의 모유에 합류함으로써 나름의 작은 몫을 할 것이다. 이것은 액체로 된 메아리다.

　나는 모유를 기부함으로써 어려운 가족들을 돕고 싶어 한다. 그건 분명 공감이 촉발시킨 충동이지만, 그 과정에 다른 무언가가, 말하자면 '업karma'에 대한 미성숙하고 서구화된 관념이 들어가 있는 건 아닌지 의심스럽다. 내가 남들에게 도움이 될수록 그만큼 막 꾸린 내 가족 또한 보호받을 수 있지 않을까, 나는 그런 믿음을 어느 정도 지니고 있는 것이다. 업에 대한 이런 미성숙한 관념, 그리고 상상 속의 아기들과 가족들을 향한 공감. 하지만 내게 모유를 기부하도록 만드는 원동력이 하나 더 있다. 늘 숨어 있는 그 원동력은 바로 통제에 대한 환상이다. 내 삶에는 내가 통제할 엄두조차 낼 수 없는 것들이 많다. 나는 잠깐잠깐 토막잠을 자야 하는 그 모든 밤을 통제할 수 없다. 나는 눈을 감자마자 내 뇌가 되새기려 드는 그 모든 끔찍한 가능성들—뇌막염, 혼수상태, 차가 바다에 빠지는 사고, 집에 일어나는 화재, 소아성애자들, 돌아가는 회전목마처럼 반복적으로 떠오르는 그 모든 일들—을 통제할 수 없다. 나는 우리 집주인의 변덕스러운 기분을, 갑자기 커진 그의 욕심 때문에 우리가 다시 이사해야 할지도 모른다는 사실을, 또 그게 언제가 될지를 통제할 수 없다. 내 아이들이 가톨릭 신자 등록 여부로 입학을 결정짓는 지역 초등학교에 들어갈 수 있을지(대부분의 아일랜드 학교가 그렇다), 그것 역시 내가 통제할 수 없는 일이다. 하지만 나는 매일 모유를 생산하는 의식은 통제할 수 있다. 병들을 소독하고, 유축기 부품을 올바른 순서로 끼워 넣고, 꼭 필요한 기록을 공들여 써넣는 일. 내가 조심스럽게, 그리고 정확하게 수행하기로 한 그 모든 절차만큼은 통제할 수 있는 것이다.

　　매일 이 보험에 보험금을 납입하다 보면 한 달에 한 번씩 A4 용지 한 장에 적힌 메모가 도착한다. 두 번 접어 클립아트로 장식한 그 종이에는 내가 마지막으로 보낸 모유를 받은 익명의 아기들에 관한 자세한 사항이 손

글씨로 적혀 있다. 어쩌면 산후 합병증을 앓는 어느 산모의 쌍둥이 아기일지도 모르고, 어쩌면 괴사성 장염이 생긴 아주 작은 여자 아기일 수도 있고, 아니면 크럼린에서 심장 수술을 받고 회복 중인 아기일 수도 있다. 카드 안쪽에는 언제나 정확히 내가 낸 우편 요금에 해당하는 동전 몇 개가 스카치테이프로 붙어 있다. 그 동전에 남아 있는 접착 물질은 내 지갑 안 여기저기에 달라붙는다. 알디[6]의 계산원이나 매대에 있는 생선 장수에게 그 끈끈한 동전을 건넬 때마다, 나는 어딘가에서 몸이 아픈 조그만 아기의 입술이 내 모유를 들이켜고 있음을 기억하게 된다. 나는 어느새 유모가 되어 있다. 모르는 사람의 아기와 나 사이의 연결을 중재하는 건 기계와 기구, 그리고 우리 사이의 거리다.

모유와 빨래와 설거지, 동요와 잠자리에서 들려주는 이야기, 찢어진 식료품 봉지, 찌그러진 통조림, 생일 파티, 숙취, 그리고 청구서들. 이렇게 몇 달이 채워진다. 나는 내 세계를 구슬려 작은 기쁨들을 여럿 얻어낸다. 침대 선에 딱 맞게 똑딱이 단추가 채워지는 깨끗한 시트, 남편의 품에 안긴 채 숨이 넘어갈 정도로 웃는 일, 신문 광고란에서 보고 헐값에 사들인 정원 미끄럼틀, 바닷가로 떠난 소풍, 반짝반짝 윤이 나게 머리를 감은 세

---

6   Aldi. 독일에서 시작된 할인점 체인

개의 조그만 머리통, 장보기 목록을 완료하자마자 작성한 새로운 장보기 목록. 완료, 완료, 완료. 자그맣게 씌어 있는 내 모든 승리.

나는 날마다 바닥에 떨어진 장난감을 정돈하고 팔꿈치 부분이 더러워진 후드 티셔츠를 빨면서, 아이들이 소용돌이 모양으로 흘려 놓은 파스타 가닥과 던져 놓은 빵 부스러기들을 하나하나 쓸어 담으면서, 이 방들을 휩쓸고 지나간 힘의 흔적이 조금도 남아 있지 않을 때까지 얼룩과 접시를 문질러 닦으면서 엔트로피와 사투를 벌인다. 늘 똑같은 엉망진창이 매시간 순서만 바꿔 찾아온다. 나는 청소를 한다. 빨래를 한다. 정돈을 한다. 나는 딱히 퇴근 시간이 정해져 있지 않은 수많은 노동자 가운데 한 명이다. 하루가 가사 노동을 중심으로 돌아가는 사람이라면 그런 노동 속에서 발견되는 만족감을 알 것이다. 엉망진창을 구성하는 수많은 요소를 명시하고 목록으로 만든 다음, 일련의 명확한 조치들로 그 각각을 수월하게 해결할 때의 만족감 말이다. 타인들의 욕구에 포섭된 채 이런 식으로 자신을 텅 비우는 행위, 그 일은 어딘가 기묘한 만족감을 안겨 준다. 내 경우를 보면, 나는 그렇게 나를 지워 가는 과정에서 기쁨을 느꼈다. 할 일 목록을 좇으며 끝없이 움직이다 보면 바삐 오가게 되는 그 방들 너머를 바라보지 않을 수 있었다. 끈적끈적한 바닐라 아이스크림이 떨어져 카펫에 스며들 때 아이가 짓는 엄마 미안이라는 미소를 보면 나는 곧바로 걸레를 가지러 달려간다. 아이들이 밤에 열이 나면 누가 흔들어 깨운 듯 잠에서 깨어나 전속력으로 달려가서 체온계와 약을 가져온다. 아이들이 다른 어딘가에서 놀려고 자리를 뜨자마자 허둥지둥 달려가 그 애들이 떨궈 놓은 블록을 주워 담는다. 나는 거울을 급하게 닦아 광을 내지만, 거기 비치는 내 얼굴을 자세히 보지는 않는다. 청소를 할 때면 내 노동은 스스로를 지워 간다. 만약 하루하루가 글자들로 가득한 페이지라면 나는 거기 적힌 글자들을 문질러 닦으며 내 시간을 보내는 셈이다. 그 속에서 내 노동은 내 존재를 지우는 행위가 된다.

———

셋째 아들이 걷기 시작하더니 곧 말도 하기 시작한다. 나는 계속 돌진하듯 하루하루를 살아가고, 그 와중에 정신은 여기저기로 흩어져 있다. 한쪽 어깨에 걸쳐 안은 셋째에게 노래를 불러 주면서 한 무더기의 빨래를 처리하고, 새로운 시를 타이핑하고, 벽장을 청소하고, 어딘가에 찧은 둘째의 이마에 뽀뽀해 준다. 모유 은행은 비교적 어린 아기가 있는 어머니들의 모유를 받는 쪽을 선호하기에, 나는 유축하는 시간을 서서히 줄여 가다가 마침내 마지막 박스를 우편으로 보낸다. 완료.

유방에 지워져 있던 부담이 줄어들자 내 몸속 시계 장치가 째깍거리며 원래의 설정으로 돌아가더니 예상치 못한 호르몬 변화를 가져온다. 욕망이 문을 쾅 열며 되돌아온다. 욕망은 나를 무릎 꿇게 하고, 몸을 떨면서 애원하게 하고, 어둠 속을 기면서 숨을 헐떡이게 한다. 욕망은 침대 위에, 탁자 위에 팔다리를 쫙 펼치고 드러누운 나를, 한 마리 짐승처럼 축축해진 몸으로 고동치는 나를 남겨 놓고 사라진다. 오르가슴을 느낄 때마다 나는 울음을 터뜨린다. 이토록 그리웠던 욕망. 행복으로 가득한 그 보통의 감정. 내가 이토록 해방감을, 행복을 느꼈던 적은 없었던 것만 같다.

그러던 어느 날, 집주인이 자신의 친척 한 명에게 살 곳이 필요하다며 때 이른 통보를 한다. 그렇게 훌륭한 추천서를 또 한 장 받아 든 우리는 집을 나가야 하는 상황이 된다. 나는 곧바로 검색에 착수하고, 이후 몇 년 동안 우리의 다섯 번째 집이 되어 줄 집을 찾아낸다. 이사를 하고 몇 주가 지났을 때, 한 친구가 우리가 지난번에 살던 집이 인터넷 광고에 올라와 있는 걸 발견한다. 월세가 훨씬 올라 있다. 나는 신경 쓰지 않는다. 나는 내가 또다시 임신한 걸 알아차리고, 그 사실에 기뻐하면서 먼지를 털고, 페인트를 칠하고, 잡동사니를 치운다. 여섯 살도 채 안 된 아이 넷을 데리고 이를 닦거나 옛날 시를 읽거나 아침에 차를 마실 시간을 내려면 어떻게 해야 할까.

아무것도 떠오르지 않는다. 모르는 사람의 아기에게 모유를 기부할 시간을 내는 건 말할 것도 없다. 두 번, 나는 유축 용품이 담긴 가방을 손에 든 채 이걸 버려야 하는 게 아닐까 생각해 본다.

그러고는 두 번 다 도로 내려놓는다.

혹시 모르니까.

———

여성은 임신을 유지하기로 결정하면서 이타심을 자기 몸에 부여하는데, 그 마음가짐은 너무 일상적인 모습을 하고 있어서 여성 자신조차 알아차리지 못하고 지나간다. 여성의 몸은 마치 배고픔을 느낄 때처럼 본능적으로 이타심을 품게 된다. 만약 임신한 여성이 칼슘을 충분히 섭취하지 못하면 그 무기질은 그 여성의 뼛속 깊은 곳에서 저절로 빠져나와 아기에게 공급되고, 그렇게 여성 자신의 신체를 칼슘 부족 상태로 만들 것이다. 가끔 여성의 몸은 스스로에게서 무언가를 훔치는 행위를 통해 또 다른 몸에 봉사한다.

3.

다른 숨 쉴 곳을 찾아

chuiris parlús á ghealadh dhom,

당신이 나를 위해 응접실에 빛을 내고,

하나의 몸에는 눈에 보이는 것보다 훨씬 많은 것이 담겨 있다. 『아트 올리어리를 위한 애가』는 문자로 기록되기 전에는 일련의 여성들의 몸을 통해, 그러니까 한 여자의 입으로부터 또 다른 여자의 귀를 향해 수없이 오랜 세월에 걸쳐 울려 퍼지면서 구어 전승의 형태로 보존되었다. 그렇게 수십 년을 이어져 오던 이 시는 어느 순간 다른 방식으로 퍼지기 시작했다. 시는 목소리에서 손으로, 손에서 종이 위로 옮겨지기 시작했고, 어느새 정전의 반열에 올랐다. 피터 레비는 옥스퍼드대학교 시학 교수직 취임 연설에서 이 시가 "18세기 영국과 아일랜드에서 쓰인 시 가운데 가장 뛰어난 작품"이라고 말했다. 이 시의 무엇이 그런 열렬한 선언을, 그런 애착을 불러일으켰을까?

　　나는 아일린 더브의 작품에 시간을 내준 수많은 번역가에게 감사해야 한다—그런 배려의 행위가 없었다면 시인의 언어는 내게 닿지 못했을지도 모른다—. 하지만 나의 이기적인 부분은 그들을 깔보고 싶어 한다. 나는 그들의 허술한 번역을 나무라고 싶어 안달이 나 있다. 모든 버전의 리메이크곡을 들어 본 나는 나만큼 열성적으로 원곡을 대할 수 있는 사람이 있을 리 없다고 확신하고, 그렇게 나 역시 노래를 부르고 싶어 한다는 사실을 알아차린다. 물론 나는 알고 있다. 내게 이 시를 직접 번역할 만한 자격 같은 건 하나도 없다. 나는 박사 학위도 없고, 교수도 아니며, 어떤 허가서도 받아 본 적 없는 사람이다. 나는 그저 이 시를 사랑하는 한 여자일 뿐이다. 그런데도 번역하는 일 자체는 어쩐지 낯설게 느껴지지 않는다. 그건 나 자신의 시들을 직접 번역했던 경험이 있어서이기도 하지만, 무엇보다 번역이라는 작업이 집안일과 너무도 비슷하게 느껴져서인 것 같다. 시의 연을 뜻하는 단어 'stanza'는 이탈리아어로는 '방'을 의미한다. 나보다 앞서 이 방들을 거쳐 간 사람들의 전문성을 접하다 보면 내가 준비가 덜 된 사람처럼 느껴지고, 그렇게 기가 꺾일 때면 나는 그저 내 집안일을 하고 있는 것뿐이라며 나 자신을 안심시킨다. 그런 생각을 하면 곧 침착해진다. 방 하나를 관리하는 일은 나도 할 수 있으니까. 그건 누구나 할 수 있는 거니까.

저녁 식사와 아이들을 재우는 시간 사이, 그 짧은 틈새에 남편은 식탁을 치우고, 나는 계단을 두 개씩 올라 서둘러 위층으로 달려간다. 나는 낯선 이의 집에 들어가기 위해 나 자신의 집을 뒤에 내버려 둔다. 탁 소리를 내며 노트북 컴퓨터를 열고, 아일린 더브의 말들이 기다리고 있는 문서를 클릭하고, 새로운 연에 나 있는 문으로 서둘러 들어간 다음, 가구와 카펫의 치수를 재고, 엄지와 검지 사이에 직물을 끼운 뒤 그 촉감을 느껴 보고, 무게를 확인한다. 그런 다음 복제 작업을 시작한다. 아일린의 존재를 불러낼 작정이라면 우선 그에게 어울리는 집부터 지어야 한다. 방 하나하나를 조심스럽게 만들고, 가구들로 그 안을 채우고, 그의 모습이 비치도록 거울도 하나씩 걸어 두어야 한다.

나는 첫 연을 끝내자마자 뒤로 물러나 내가 불러낸 방을 놀라워하며 바라본다. 최선의 노력을 쏟아부었음에도 방의 문은 제대로 닫히지 않고, 바닥 널은 너무 거칠거칠해서 독자가 맨발로 방에 들어왔다가는 가시가 박힐 것만 같다. 그래, 어쨌든 첫 번째 연이 완성되기는 했다. 이제 남은 연은 서른다섯 개다. 이렇게 시작된 내 번역은 이렇게 계속될 것이다. 흠 없는 번역과는 거리가 멀지만, 그래도 나를 쏟아부은 번역이다. 나는 이 불완전한 첫 연을 평가하면서 이 일을 시작한 걸 후회하지 않으리라는 사실에 자부심을 느낀다. 다음 날 저녁, 두 번째 연으로 접어든 나는 그 연을 여는 'Is domhsa nárbh aithreach', 즉 '그러고는 절대 후회하지 않았지'라는 구절을 발견한 것을 좋은 징조로 여긴다. 이 연은 아트가 아일린 더브를 위해 신혼집 준비를 어떻게 했는지 자세히 묘사하는 목록의 일부다.

> 당신이 나를 위해 응접실에 빛을 내고,
> 침실들을 반짝이게 하고,
> 화덕을 예열하고,
> 두툼한 빵 덩어리들을 부풀게 하고,
> 꼬치에 꿴 고기가 돌아가게 하고,

소를 잡아 고기를 잘라 두고,
정오에 우유를 짤 때까지, 아니 원하면
그보다 늦게까지, 내가 오리털 이불
속에서
잠잘 수 있게 해 주었기에.

이 연의 행들을 하나씩 번역하다 보면 이런 생각이 든다. 지금 나는 수 세기 전의 집안일에 속하는 행위들을 모방하고 있는 것 같다고. 나는 누비이불을 오리털로 채우고, 벽을 칠하고, 밀가루 반죽을 치대면서 몇 달을 보낸다. 동의어 사이에서 신중히 고민하고, 커튼 솔기가 정확하게 딱 떨어질 때까지 몇 번이나 다시 꿰매고, 동사 사이로 시선을 이리저리 움직이며 러그를 정돈하고, 언어로 된 장식품 하나하나에 광을 낸다. 내 번역은 내가 하는 집안일과 비슷한 결과를 낸다. 정말 열심히 하지만 어딘가에 틈이 생기고 만다. 나는 의자 밑을 진공청소기로 미는 걸 깜빡하기도 하고, 몇 시간이나 창문을 닦고도 여전히 얼룩을 남겨 놓기도 한다. 가끔은 거미줄을 못 보고 지나친다. 종종 어딘가에 발이 걸려 비틀거린다. 그래도 나는 계속한다. 이 작업은 내게 아름다운 시들이 존재하는 이유를 알려 주었으니, 내 삶의 몇 달 정도는 전혀 아깝지 않다. 오히려 시의 끝이 다가오자 나는 공포에 가까운 감정을 느낀다. 이 시가 끝나지 않았으면 좋겠다.

아일린 더브의 단어들을 그토록 가까이에서 돌보면서, 나는 번역이 아니었다면 결코 접하지 못했을 여러 가지 방식으로 그의 화법을 이해하게 된다. 이렇게 공을 들이는 작업에는 신중한 고민이, 속도를 늦춰 읽는 일이, 그리고 일종의 구간 반복—다시, 또다시, 그리고 또다시 돌아가 읽는 일—이 필요하다. 나는 얼굴을 찡그리고 화면을 노려보면서, 시인이 쓴 구절을 포착한 뒤 그것을 다른 언어의 한계 속에서 재창조하려 노력하면서, 나 자신에 맞서 씨름하면서 많은 시간을 보냈다.[7] 그런 몰두를 통해 나는 그의 생각이 방향을 바꾸는 독특한 방식을 발견했고, 또 그의 언어 속에서 뛰는 맥박을 감지했다. 그렇게 나는 아일린 더브와 천천히 친밀해졌다. 아일린의 방들을 남겨 놓고 떠나자니, 내 목록에서 그의 이름을 지우자니 슬퍼진다. 나는 종종 내 번역이 끝났다는 확신이 든 뒤에도 그 방들을 다시 찾아간다. 그러고는 이쪽에 걸린 거울의 각도를 바로잡고, 저쪽에 있는 문 손잡이의 놋쇠를 닦아 광을 낸다. 음절과 연 하나하나를 매번 다시 닦고 매만진다. 하지만 완성된 텍스트는 너무 초라해 보인다. 그건 마치 나 자신처럼 느껴진다. 균형이 틀어지고 결함을 품은 존재. 나는 내 번역에 애착이 생겼지만, 이 애착이 예술적인 만족감 때문에 생겨난 게 아니라는 걸 알고 있다. 그건 그저 친밀함 때문이다. 내 몸과 마음이 이 시와 가까워졌다는, 다분히 개인적인 기쁨뿐. 노트

북을 탁 닫고 아래층으로 달려 내려간 나는 흐느껴 울며 남편에게 말한다. 내가 그동안 흠잡아 온 다른 번역들과 똑같다고. 내가 한 시도도 실패하고 말았다고. 내 번역도 시인의 목소리에 깃든 음색에—적어도 내가 바랐던 것만큼은—가까이 가지 못했다고. 남편이 두 팔로 나를 안아 준다.

　　나는 내 번역을 실패작으로 평가한다. 거기엔 시인의 목소리 같은 것이 담겨 있지 않기 때문이다. 필연적인 실패이긴 하지만, 어쨌든 실패다. 나는 이 사실을 받아들이려 애쓰면서 나 자신에게 너그러워지려고 해 본다. 나는 이 작업에서 많은 것을 얻었다. 그중 하나만 예를 들면, 나는 내가 아일린 더브의 작품에서 가장 소중하게 여기는 요소가 어디에 있는지 알게 되었다. 그것은 내가 오랜 시간을 두고 숙고했던 그 많은 방 안 어딘가에 있는 게 아니었다. 내가 좋아하는 그 요소는 텍스트 너머에서, 연과 연 사이의 공백에서, 번역할 수 없는 곳에서 맴돌았다. 그 공백에 난 계단 위에 서면 한 여자의 숨결을, 여전히 남아 있는 그 숨결을 느낄 수 있다. 나는 그 숨결을 느낄 때마다 어째서일까 하고 생각한다. 어째서일

7　　여기서 나 자신에 맞서 씨름한다는 표현은 이중 언어를 구사하는 저자의 특성을 말하는 것으로 보인다. 아일랜드어와 영어가 모두 자신 안에 있으므로, 두 언어를 맞대는 과정을 자기 자신과 맞서는 일로 비유한 것이다.

까, 그 숨을 쉬었던 몸은 이미 다른 숨 쉴 곳을 찾아 서둘
러 달려 나간 지 오래인데도. 숨결. 내가 이 번역문 속에
내 어떤 일부를 남겨 두었다면, 그건 마침내 스스로를 다
그치며 노트북을 닫은 내가 그다음 할 일로 나아가면서
깊이 내뱉은 한숨뿐일 것이다.

4.

유축실에서

Do bhuaileas go luath mo bhasa

    is do bhaineas as na reathaibh

빨리, 더 빨리, 온 힘을 다 해 달렸지,

황급히, 나는 손으로 말을 때렸고,

볼펜과 연필로 번갈아 쓰인, 똑같은 필체로 휘갈겨진 가족 달력—이것은 여성의 텍스트다. 몇 달이고 이어지는 약속과 수영 수업, 반차 휴가, 빵 판매 행사, 모금 행사, 도서 반납일, 출산 예정일, 생일 파티, 그리고 학교 휴일들. 완료. 완료. 완료. 해마다 11월이 되면 나는 슈퍼마켓에서 새 달력을 고른다. 1월이 되면 옛 달력은 달력 무무더기 사이로 들어간다. 흰색과 검은색과 종이와 잉크의 형태로 보관된 그 무더기는 내 가장 행복한 해들을 담은 기록이다.

2012.

2013.

2014.

2015

6월의 어느 화요일 오전 7시 46분, 초음파 봉이 내 배의 경사면을 따라 미끄러진다. 그것은 한자리에서 미적거리다 천천히 맞은편으로 나아간다. 초음파 봉이 느려질수록 내 맥박은 빨라진다. 내가 한층 더 느려진 초음파 봉을 보려고 머리를 들어 올리자 느리게 구보하던 내 맥박이 전력으로 달리듯 빨라진다. 천천히. 더 천천히. 봉이 멈춘다.

나는 전문의가 배꼽에 발라 놓은 겔을 닦아 내고, 바로 그 순간 의사는 산부인과 병원에 전화를 걸어 얼마나 빨리 제왕 절개 수술이 가능할지 의논한다. 한쪽 이야기만 들리는데도 이내 공포를 느낀 내 근육의 감각이 대화의 빈 곳을 메꾸기 시작한다. 전화를 끊은 의사는 내 태반에 석회화된 부분, 그러니까 경색이나 혈행 장애가 일어났음을 뜻하는 흰색 병변이 여러 군데 보인다고 설명한다. 이렇게 병변이 진행된 부위는 태반 조직이 괴사해서 아기를 떠받쳐 줄 수가 없다고 한다. 아기는 현재 예상보다 많이, 아주 많이 작고, 줄어든 양수 속에서 살아남으려고 발버둥 치고 있다고 한다. 아기. 내 아기.

얼마 지나지 않은 것 같은데, 정신을 차려 보니 나는 산부인과 병원에 있다. 직접 운전해서 온 게 틀림없는데 온 길이 기억나지 않는다. 간호사가 내 레깅스를 잡아당겨 내리고 엉덩이에 스테로이드 주사를 찔러 넣는다. 아기의 폐 기능을 촉진하기 위해서다. 나는 다음 날 제왕 절개 수술을 받으러 와야 할 시간을 안내받는다. 병원 측은 내게 말한다. 아기의 움직임에 어떤 변화가 아주 조금이라도 생기면 곧바로 달려와야 한다고. 대기실로 가지 말고, 접수처에서 확인도 하지 말고, "그냥 보안 요원을 지나쳐서 조산사 구역으로 곧장 달려오라"고. "하지만 사람들이 못 들어오게 할 텐데요." 내가 웃으며 말한다. 그들은 함께 웃어 주지 않는다.

"아뇨, 안 그래요. 거기서도 알 겁니다."

"제 파일을 보여 줘야 하나요?"

"아뇨, 산모분 얼굴을 보면 알 겁니다."

무슨 일이 있었는지 남편에게 문자를 보낼 때는 엄지손가락이 후들거린다. 나는 그가 안심하기를 바라면서 나 자신도 안심시킨다. 지금 내가 멀리 그곳에 있는 당신을 안심시키려고 시도하는 것처럼. 나는 '다 괜찮아. 아기는 어쩌면 내일 나올 거래. 뭐 좀 사려고 가게에 나왔어'라고 쓴다. 그런 다음 엄마에게 문자를 보낸다. '와서 우리 애들 좀 봐줄 수 있어? 의사가 아기가 곧 나올지도 모른데. ♥♥' 나는 그 메시지들이 전하는 분위기에 힘입어 의류 매장 '페니스Penneys'로 간다. 그러고는 10분 동안 매장 안을 느긋하게 걸어 다닌다. 지금 나는 만화 캐릭터가 그려진 슬리퍼와 후드 티셔츠가 진열된 선반들 사이를 느긋하게 걸어 다니고 있으니까, 층층이 쌓인 플리스와 레이스와 기모 잠옷을 손가락으로 게으르게 훑을 수 있을 정도니까, 그런 내게 정말로 나쁜 일은 생길 수 없을 것이다. 스마트폰이 답 메시지들을 받아 울린다. 말없이 찍히는 점, 대시 기호, 웃는 얼굴을 나타내는 타원 모양의 텍스티콘들. 통로를 거니는 동안에는 아기가 조용해서, 나는 아기가 내 움직임 덕분에 진정해 잠든 모양이라고 상상한다.

집에 돌아온 나는 남편에게 아무 일도 아닌데 괜히 요란을 떠는 건지도 모르겠다고 말한다. 그러고는 미소를 지으면서 그를 문밖으로 밀어내 전화 사용이 금지된 공장으로 돌려보낸다. 그는 나를 믿고, 나도 나 자신을 믿는다. 나는 할 일들을 시작한다. 설거지를 하고 있으면 모든 게 괜찮을 것이다. 냄비에서 스크램블드에그를 문질러 긁어내고 있으면 모든 게 괜찮을 것이다. 나는 전화를 걸어 온 친구 에이미를 안심시키려 애쓴다. "응, 나 완전 괜찮아." 내가 축축한 빨래를 햇볕에 널고 있다면 그건 모든 게 괜찮다는 뜻이야, 안 그래? 이제 나는 진공청소기로 거실을 밀고 있다. 앞뒤로 반복되는 그 재미없는 몸 움직임은 늘 그랬듯 똑같다. 확실히, 누군가가 진공청소기를 밀고 있을 때는 그 사람의 삶에서 어떤 일도 잘못될 수가 없다. 사촌 시얼샤가 문자를 보낸다. '아기 움직여?'

나는 대답한다. '아직은 아니지만 다 괜찮아.' 웃는 얼굴. 웃는 얼굴을 지운다. 글자를 하나씩 지운다. 나는 샤워를 한 다음 드라이어로 머리를 말리려 애쓰지만, 주머니에 든 스마트폰이 진동하는 바람에 주의를 집중할 수가 없다. 다시 시얼샤다.

아기 아직 안 움직여?
아직 아니지만 우리 둘 다 괜찮아! 방금 샤

워했어. ♥♥

　걱정되기 시작하네. 언제 입원해?

　다 괜찮대도 :-)

　의사한테 전화해! 얼른!!

내가 아무리 쾌활하게 말하려 애써도 시얼샤는 내 말을 곧이듣는 대신 나를 훤히 꿰뚫어 보고 있다. 결국 시얼샤의 상황 인식은 내게도 전해지기 시작한다. 나는 소파에 누워 코르네토 아이스크림 하나를 먹으면서 아기가 언제나처럼 차가운 아이스크림에 반응해 주기를 바란다. 꿈틀거리고 항의하듯 발로 차겠지. 하지만 아무 움직임도 없다. 나는 얼룩덜룩한 천장을 노려보며 기다린다. 여전히 아무 움직임도 없다. 모든 것이 나를 향해 무너져 내리고, 갑자기 숨이 쉬어지지 않는다.

　아기가 더 이상 움직이지 않는다.

　아기가 움직임을 멈췄다.

　빌어먹을, 내가 뭘 하고 있는 거지?

　부모님이 아직 도착하지 않아서 나는 아이 셋을 차에 밀어 넣는다. 에이미에게 그 애들을 맡길 것이다. 나는 입원 가방을 움켜쥐고, 너덜너덜해진 『아트 올리어리를 위한 애가』 복사본도 차에 던져 넣은 다음, 눈물을 흘리면서, 아이들에게 그 눈물을 숨기려고 애를 쓰면서 가속해 단지를 빠져나간다.

작은 개 한 마리가 길가를 어슬렁거리고 있다. 나는 브레이크를 밟은 뒤 지나가는 청소년 몇 명에게 잠깐만 개를 붙잡아 달라고 부탁한다. 그 애들은 개의 목걸이를 붙잡고 부드러운 머리를 쓰다듬는다. 그렇지. 모든 게 괜찮고, 내가 다 알아서 할 수 있다. 나는 속도를 내고, 그 순간 차바퀴가 개를 치는 느낌이 척추뼈 하나하나를 타고 올라온다. 백미러 속에서는 아이들이 쓰러진 개의 몸을 향해 서둘러 달려가고 있지만 나는 여전히 달리고 있다. 나는 멈추지 않는다. 왜 멈추지 않았지? 내 아이들이 묻는다. "무슨 소리였어요?" "아무것도 아니야." 나는 거짓말을 한다. 첫째는 뒷좌석 창문으로 내다보고, 막내는 묻는다. "저 강아지도 병원에 데려갈 거예요?" "조금 있다가 다시 와 볼 거야." 내가 말한다. "왜 울어요?" "아니, 안 울어. 엄마 괜찮아." 나는 차바퀴에 묻은 개의 피를 상상한다. 뇌수를 상상한다. 곤죽을. 아기가 움직이지 않고 있다. 호흡이 거칠게 갈라져 나오면서 목구멍이 아파 온다. 나는 아이들을 차에서 안아 올려 에이미에게 건네고, 그 애들의 카시트를 끌어당겨 빼내고, 산부인과 병원 쪽으로 차를 향한다. 혼자가 되고 나서야 울부짖는다.

아기는 여전히 움직이지 않는다. 내가 바로잡을 수 있는 게 뭐지? 나는 주택 단지로 돌아가고, 그 주위를 빙빙 돌며 달리다가 그 청소년들을 찾아낸다. 그 애들은 내게 개 주인의 집 쪽을 가리켜 보인다. 나는 엉망이 돼 있다. 아기는 여전히 움직이지 않지만, 개 주인 여자는 "개는 괜찮아요"라고 말하며 바구니를 가리킨다. 바구니 속에서 슬픈 눈을 한 개가 내게 앞발을 내민다. 나는 울음을 터뜨린다. 여자는 나를 병원으로 쫓아 보낸다.

———

고속 도로를 따라 이동하는 길은 너무 빨라서, 길가에 핀 가시금작화조차 흐릿하고 미친 듯한 형상으로 보일 뿐이다. 비뚜름한 각도로 차를 댄 나는 숨을 헐떡이며 복도를 달려간다. 마주치는 보안 요원과 간호사와 환자 모두가 옆으로 비켜선다. 나는 곧 기계에 묶이고, 기계 아래쪽에서 긴 종이 두루마리 하나가 풀려 나오는 걸 지켜본다. 그 종이에는 몸부림치다 축 늘어지는 서사가 새겨지고 있다. 내 침대 주위로 잡아당겨 쳐진 커튼은 엉성한 경계를 형성한다. 간호사들이 하는 말은 알아들을 수가 없다. 하지만 그들은 나에 관해 이야기하고 있는 것 같고, 그 목소리의 리듬에는 걱정이 묻어 있다. 남편이 너무 그립다. 그 누구보다도 그가 보고 싶다. 그에게 문자를 보내는 내 손가락이 떨린다. '놀라지 마. 나 병원에 있어. 빨리 와 줘.'

몇 시간이 지나간다.

아무 움직임도 없다.

그러다 아기가 한 번, 약하게 발로 찬다. 라이딩 팬츠를 입고 겨드랑이에 헬멧을 낀 남편이 도착한다. 그를 보자 말로 다 할 수 없는 안도감이 느껴진다. "전부 다 괜찮아." 내가 말한다. "내가 알아서 할 수 있어."

다음 날, 간호사들이 와서 제왕 절개 수술에 나를 들여보낼 준비를 한다. 수술복을 입은 여러 사람이 서로 다급하게 이야기를 나누며 들어온다. 마취 전문의가 내 두 다리에 감각이 없어진 걸 확인한다. 담당 의사가 들어온다. 두 눈이 마스크 위에서 미소 짓고 있다. 따뜻한 그 웃음에 마음이 놓인다. 의사와 나 사이에 시트 한 장이 쳐진다. 떨리는 한순간, 나는 내 몸 위로 겨눠진 칼날을 상상한다. 곧 의사가 칼날을 갖다 댄다. 내 몸을 갈라 연다. 남편이 내 손에 자기 입술을 가져다 누르며 나와 눈을 맞춘다. 시트 너머에서 의사가 무언가를 한바탕 잡아당기고 끌어당기는 것 같더니, 갑자기 압박감이, 그다음엔 무언가를 들어 올리는 느낌이, 이어서 기묘하게 가벼워진 느낌이 찾아온다. 시트가 내려간다. 나는 아기가 내 몸에서 나오는 걸 지켜본다.

아기가 보인다. 여자 아기. 아주 작은 여자 아기.

척추에 투여한 모르핀으로, 기쁨과 흥분과 아드레날린으로 너무 멍해진 나는 아기가 지나치게 작다는 사실에 아무런 두려움도 느끼지 않는다. 내게 아기는 완벽해 보인다. 사람들이 재빨리 아기를 안아 올려 방 반대편 인큐베이터로 옮기자 그곳에 어수선하게 모여 있던 의사들이 아기를 진찰하기 시작한다. 바비큐 냄새, 뭔가 타는 냄새가 서서히 느껴지는데, 그 뭔가는 나다. 내 몸에서 올라오는 냄새다. 담당 의사는 내게 말하는 내내 미소를 띠고 있다. 그는 내 딸을 무사히 꺼내게 돼서 굉장히 기쁘다고, 스캔 결과를 보고 짐작했던 것보다 실제 몸속 상황이 훨씬 더 안 좋았다고 말한다. 아기는 지난 몇 주 동안 아예 자라지 못했고, 태반과 탯줄 둘 다 거의 기능을 상실했었다고 한다. 조금만 더 시간이 지났으면 사산됐을지도 모른다고 한다. 대답할 말을 떠올리지 못한 나는 미소를 지으려고 애쓴다. 내 딸이 여기 있다. 살아 있다. 방 한구석에서 그 애의 가냘픈 울음소리가 들린다.

회복실로 옮겨진 아기는 두 눈을 뜨고 내 가슴에 달라붙어 맹렬하게 젖을 빤다. 새로 온 의사가 자신을 소개하더니 아기에게 분유 한 병을 먹이자고 한다. 나는 딱딱하게 웃어 보인다. 그러고는 거절한다. "제 아이 중에 분유를 먹어 본 애는 아무도 없는데요." 나는 말한다. "그리고, 아기는 결국 괜찮아질 거예요. 이제 전부 다 괜찮잖아요." 의사의 태도가 냉정하고 완고해진다. 분유를 먹이는 건 선택이 아니고 필수라고 그는 말한다. 내 태반이 석회화되는 바람에 아기에게 충분한 영양분을 공급해주지 못했고, 그래서 아기의 움직임이 느려진 거라고 말이다. 아기의 혈당 수치가 지나치게 낮을 수도 있다고 의심한 의사들은 테스트를 원했다. 아기가 일정량의 젖을 먹기 전과 후에 검사를 하면 아기의 몸이 당을 효율적으로 만들어 내는지 확인할 수 있을 터였다. 그런데 내 유방에서 나오는 모유의 양은 측정할 수가 없기 때문에, 지금 바로 젖병 하나 분량의 분유를 아기에게 먹여야 한다는 것이다. 나는 고개를 끄덕이고는 내 딸이 낯선 사람의 품에 안겨 분유를 먹는 모습을 지켜본다. 내 아기의 조그만 입술에 플라스틱 젖꼭지가 물려 있다. 그게 너무도 쉬워 보여서, 그리고 너무도 이질감이 느껴져서 웃음이 나온다. 내 세계가 살짝 뒤틀린 것 같다. 지금 이곳은 비현실적이면서도 으스스할 만큼 정상적으로 느껴진다. 마치 옛날 TV 시트콤에서 잠자리에 드는 등장인물들이 불을 끌 때처럼. 갑자기 모든 게 푸르게 빛나던 그 순간처럼. 아기와 내가 함께 누워 있는 이 회복실은 앞서 태어난 세 아이와도 함께했던 곳이지만, 이번에는 어딘가 다른 종류의 빛이 드리워 있다.

　　검사 결과가 나오면서 아기와 나는 작은 승리를 거둔다. 우리는 떨어지지 않고 함께 병동으로 실려 간다.

면회 시간이 지난 뒤여서, 남편은 아기와 내게 키스한 다음 우리의 아들들을 재우러 집으로 향한다. 아기는 자고 또 잔다. 모유 수유는 엄두도 낼 수 없고, 아예 눈을 뜨려고도 하지 않는다. 나는 다른 세 아이에게 썼던 방법 중에서 머릿속에 떠오르는 것들을 하나도 빠짐없이 시도해 본다. 아기의 뺨을 젖은 탈지면으로 문지르고, 배에 입김을 불면서 간지럼을 태운다. 아들들에게 불러 주었던 노래를 콧소리로 부른다. "난 줄 수 있는 모든 걸 줬어, 충분치는 않지만, 모든 걸 줬어." 그래도 아기는 깨어나지 않는다.

나는 아기를 내게서 데려가고 싶어 하는 의사들 앞에서 두려움을 내보이면 안 된다고 다짐한다. 그러고는 서서히, 조금씩 공황 상태에 빠지기 시작한다. 모든 게 괜찮다고, 조금만 있으면 모유 수유도 제대로 할 수 있을 거라고 고집하는 나 때문에 의사들은 점점 화가 나는 모양이다. 그들은 아기가 자기들이 혈액 수치를 지속적으로 점검할 수 있는 환경 속에 있기를 바란다. 만약 내가 모유를 손으로 짜낸 다음 일정량만 주사기에 넣어 아기에게 먹일 수 있다면 어떨까. 그들은 혈당 검사 결과를 기다리는 동안 우리에게 몇 시간을 더 줄 것이다. 그러다 괜찮은 결과가 나오면 그들은 아기와 나를 함께 있게 해 줄 것이다. 나아지지 않으면, 글쎄…… 위험은 계속 내 곁을 따라다닌다. 나는 생각을 멈추고 결론을 내린다. 일단은, 모유를 짜내는 시험을 통과하기만 하면 아기랑 같이 있을 수 있다는 거지? 쉽네. 나는 종이와 펜 한 자루와 젖병 몇 개를 달라고 한다. 그러고는 내 유방에서 밝은 노란색을 띤 초유를 천천히 한 방울씩 손으로 짜내기 시작한다. 나는 잊지 않고 밤중 수유 상황을 기록하려고 애쓴다. 아기가 얼마나 잘 먹었는지 의사들에게 증명해 보여야 하기 때문이다. 그 노력은 다음과 같은 작품을 남긴다. 혈관 속에 남은 모르핀 찌꺼기 때문에 흐리멍덩해진 이야기. 간신히 읽을 수 있는 슬픈 기록.

5ml 짜냄. 아기는 잠듦.

조금 더 짜냄. 젖병 수유를 시도했지만 아기가 깨어나지 않음. 가슴에서 아기 입으로 몇 방울을 직접 짜 넣었지만 그대로 흘러나옴. 우주복 갈아입힘. 기저귀 약간 촉촉

계속 초유를 짜고 있음- 상당히 많이 짜냈지만 아기는 여전히 잇몸을 꾹 다물고 있음. 아기가 안 먹어 주는데 어떻게 먹이나?

깜빡 잠든 듯. 어쨌든 몇 분밖에 지나지 않았다. 다시 몇 방울을 아기 입에 짜 넣었지만 전부 흘러나온 듯. 전혀 안 먹음

아기가 자다가 몸을 뒤척이더니 토했다. 우주복 갈아입힘. 기저귀 마른 상태

왜 깨어나지 않는 걸까??? 다시 젖병 수유 시도. 못하겠다.

이제 눈물이 난다. 아직도 젖병으로 먹일 수가 없다. 뭐가 잘못된 걸까? 아기일까, 나일까?

다른 간호사에게 도움을 청함. 간호사가 곧바로 아기에게 젖을 전부 먹임. 이제 잔다. 너무 피곤

아기가 방금 토했다. 전부 날렸다. 수유 시도했지만 잇몸 닫혀 있음. 끔찍하다. 우주복과 담요 교체. 기저귀는 아직도 마른 상태

너무 걱정된다. 간호사가 곧 아기를 다시 깨워 보라고 함

조금 더 짜냄. 입술에 몇 방울 떨어뜨렸지만 별로 삼킨 것 같지 않음. 아기가 깨어나지 않는다. 이제 겁이 난다.

트림시키고 다시 젖병 수유 시도. 실패. 조산사에게 전화했지만 응답 없음

눈물이 자꾸 난다- 아기는 자고, 기저귀는 바싹 말라 있다 ─v

겁이 난다. 뭘 해야 할지 모르겠다.

간호사가 수련의와 얘기해 보겠다고 함. 아기는 여전히 잠

아무것도 아무것도

나는 이 메모를 누구에게도 보여 주지 않는다. 새벽 3시 15분이 되자 목구멍이 다시 아파 온다. 절망에 빠져 울었기 때문이다. 나는 초유를 손으로 짜내 젖병 하나를 가득 채웠지만, 그 소중한 한 방울 한 방울이 아기의 꽉 다문 턱을 타고 흘러내리는 모습을 지켜보아야 했다. 아기가 젖을 삼키게 할 수가 없다. 나는 이제 어쩔 줄 모르는 상태로 공황에 빠져 있다. 수련의가 내 딸의 발을 침으로 찌르더니 혈당 수치 측정기에 혈액을 집어넣고는 두 눈썹을 치켜올린다. 수련의의 목소리는 차분하지만, 채 5분도 지나지 않아 젊은 의사 두 명이 오더니 아기를 실어 멀리 데려간다. 나는 정맥 주사와 소변줄을 제거할 때까지 아기를 보러 갈 수 없다.

　　문이 닫힌다.

　　틀렸다. 그들이 아기를 데려갔다. 다른 숨 쉴 곳을 찾아 주겠다고 서둘러 데려간 것이다. 나는 벽을 노려보며 누워 있다. 내 몸에서 모유가 보일 듯 말 듯 새어 나온다. 하얀 시트에 적히는 하얀 텍스트.

———

내 병실은 아기의 치료실에서 여러 층 위의 병동에 있지만, 병원에서는 내가 손으로 짜낸 모유를 전부 아기에게 갖다 준다. 내 병실에는 모유가 최고입니다라고 커다랗게 적힌 포스터가 붙어 있다. 간호사는 내가 병원 유축기를 사용하지 못하게 한다. "손으로 짜내는 것만 가능해요." 간호사는 부드러운 목소리로 그렇게 말한다. 나는 다른 의견을 구해 보지만, 수련의의 의견도 똑같다. 출산하고 사흘이 지날 때까지는 어떤 산모도 유축기를 사용해서는 안 된다는 게 병원 방침이다. 내가 이유를 물으면 매번 '병원 방침'이라는 대답이 돌아온다. 나는 목소리를 높인다. 욕을 한다. 내가 지금 당장 유축을 하지 않으면 모유량이 줄어들 거라고, 그러면 퇴원한 뒤에 아기에게 먹일 모유가 나오지 않을 거라고 말한다. 자꾸 안 된다고 하면 그냥 남편을 시켜 집에서 내 유축기를 가져오게 할 거라는 말도 한다. 나는 두 주먹으로 내 두 다리를 때리고, 몸을 떨면서 으르렁거린다. 그제야 그들은 양보한다.

병실로 들어오는 그 기계는 내가 본 어떤 유축기와도 다르다. 그 최고급 유축기는 운반된다기보다는 운반차에 모셔져 들어온다고 해야 할 것 같다. 하지만 내가 스위치를 누르자 내 것과 똑같은 소리가 흘러나온다. 쭉 빨아들였다 쉬익 풀어지고, 쭉 빨아들였다 쉬익 풀어지는 소리. 똑같은 후렴구. 내 유방이 모유를 흘리기 위해 필요한 건 속삭이는 듯한 그 소음뿐이다. 이 작업이 무언가 위로가 된다고 말할 수 있었으면 좋겠다. 하지만 그렇지 못하다. 나는 지쳤고 속은 듯한 기분이 든다. 마음 어딘가가 꺾인다. 신생아 집중치료실에 있는 아기들을 위해 젖을 짜내고 그 아기들의 어머니들을 안타까워하면서 그렇게 많은 아침을 보낸 끝에, 지금 나는 여기 앉아 있다. 아기는 곁에 없고, 내 몸은 수많은 체액을 흘리는 중이다. 유축기로 들어가는 모유, 소변줄 속으로 흘러 들어가는 오줌, 휴지 속으로 터져 나가는 콧물. 그리고 눈물. "더 나쁠 수도 있었어요." 간호사들이 말한다. "사산될 뻔했던 아기 엄마시죠? 아기는 아래층 사람들이 아주 잘 돌봐 줄 거예요. 걱정 마세요. 긴장 푸시고 쉬세요. 얼른요." 모두가 나가고 나자 문이 부드럽게 닫힌다. 내 곁에 남은 건 하나뿐이다. 절대 나를 떠나지 않는 하나의 목소리. 아일린 더브. 종이 위에 내려앉은 잉크처럼 가깝고, 조용한 맥박처럼 변하지 않는 것.

남편이 인큐베이터 속 우리 딸의 사진을 문자 메시지로 보낸다. 아기는 알몸에 기저귀만 걸친 채 전선과 튜브로 덮여 있다. 내 다른 아이들과는 어딘가 달라 보이는 이 아기는 모유 은행 광고지에 나오는 아기 같다. 나는 겁에 질려 사진을 노려본다.

그 슬픈 병실에서 잠이 들었던 기억은 한 번도 없지만, 나는 매번 나도 모르게 잠들었다가 내 아기가 아닌 다른 아기들의 울음소리에 깨어난다. 그 애들, 모르는 사람들의 아기들은 밤새 울부짖는다. 살균된 어둠 속에서 밤새 울고 또 운다. 나는 어느 아기의 울음소리에 깜짝 놀라 깨어날 때마다 똑같은 꿈을 꾼 것 같은 기분에 휩싸이지만, 그게 무슨 꿈이었는지는 조금도 기억나지 않는다. 무언가- 어둡고- 무언가- 조금 열려 있다. 나는 깨어날 때마다 손을 뻗어 유축기를 켜고, 무언가 증명할 게 있는 사람처럼 젖을 짜낸다. 복도를 지나던 간호사들이 내 침대맡에 갑자기 나타난다. 그들은 진통제가 든 조그만 종이컵 여러 개와 클립보드를 들고 있다. 아, 나는 소리 내며 팔꿈치로 몸을 지탱하고 일어나 앉는다. 아.

링거와 소변줄이 치워지고, 이제 나는 종이 양동이에 능숙하게 소변을 볼 수 있음을 증명해 보여야 한다. 내 소변의 찰랑거리는 잔물결을 들여다본 간호사가 고개를 끄덕인다. 나는 우쭐해진다. 곧이어 운반 요원이 휠체어를 밀고 들어오고, 나는 아픈 몸으로 침대에서 내려와 휠체어에 앉는다. 직원은 휠체어를 밀며 나를 신생아 집중치료실로 곧장 데려간다. 아래로, 아래로, 아래로.

마침내 내 딸의 인큐베이터 옆에 앉고 나서야 나는 우리가 그동안 거쳐 온 길이 보통의 경로에서 벗어나 있었다는 사실을 받아들이기 시작한다. 나는 허락 없이 그 애를 안아 올릴 수 없다. 나는 유리 너머로 그 아이를 바라본다. 등에 난 솜털과 속눈썹, 조그만 두 손과 팔 위에 얹힌 창백한 뺨. 몇 번인가 울고 나니 몇 시간이 지나가 있다. 내 내밀한 근심을 그렇게 공적인 장소에서 드러내는 건 당황스러운 일이다. 하지만 나는 내 울음이 다른 사람들의 울음소리와 함께 메아리치게 둔다. 나와 마찬가지로 이 방에 갇혀 있는 사람들의 울음소리. 그건 합창이 된다. 나는 그들과 함께한다.

신생아 집중치료실은 큼직하고 기다랗고 분주하다. 거기서는 온갖 장면이 한꺼번에 펼쳐진다. 지친 시선으로 그곳을 훑다 보면 각각의 인간에게 일어날 수 있는 수많은 대참사를 계속 목격하게 된다. 그런 참사들은 모두 누군가의 내면에서부터 천천히 터져 나온다. 인큐베이터에서 시선을 들어 올릴 때마다 그 공간의 동시성 때문에 현기증이 난다. 여기서는 한 무리의 수련의들이 차트를 들여다보며 고개를 젓고, 저기 소리가 들리지 않는 곳에서는 한 여자가 울고 있다. 여기서는 간호사가 젖병을 데우고, 저기서는 또 다른 간호사가 몸 뒤에 튜브를 주렁주렁 달고 있는 아기를 안아 올린다. 여기서는 따뜻한 맨가슴에 각자 조그만 쌍둥이 하나씩을 안은 아버지와 어머니가 미소를 짓고, 저기서는 세 명의 의사가 정면에 있는 문을 밀치고 들어온다. 여기서는 한 남자가 무릎에 팔꿈치를 괴고, 두 손에 얼굴을 묻고, 건장한 어깨를 들썩인다. 남자는 울고 있다. 여자도 울고 있다. 빌어먹을, 우린 모두 울고 있다. 남자가 앉은 의자 너머에는 세 커플이 인큐베이터 옆에 앉아 있다. 그들은 아무 말 없이 스마트폰 화면을 넘기기만 한다. 그러는 동안 새로 온한 아기 엄마는 느릿느릿 걸어가며 양손에 손소독제를 문지른다. 어느 순간을 보더라도 마찬가지다. 우리는 모두 견디거나 무너지고 있고, 싸우거나 울고 있고, 웃거나 꾸벅꾸벅 졸고 있고, 응시하거나 응시의 대상이 되고 있다. 진짜일 수도 있고 그저 내 망상일 수도 있지만, 어쨌든 이곳에서 내가 감시받고 있다는 감각은 정말로 강렬하다. 새로운 전문가와 마주칠 때마다 나는 이름 없는 어떤 시험을 통과해야 하는 기분에 빠져든다. 유축기 때문에 울화통을 터뜨린 일이 분명 내 파일에 기록되었을 테니, 이제 나는 예의 바르게 웃으려고 애쓴다. 내가 정상적인 상태를 훌륭하게 연기해 낼수록 우리 딸이 제대로 된 보살핌을 받을 수 있으리라는 생각이 들어서다. 내가 하고 싶은 일이라고는 의사들 앞에 무릎을 꿇고 내 딸을 안아 보게 해 달라고 애원하는 것뿐이지만, 그럴 수는 없다. 그 애를 집으로 데려가려면 나는 나 자신을 통제해야 하고, 동시에 통제권을 그들에게 내주기도 해야 한다.

　　나는 병동 안에 있는 작고 좁은 방으로 안내된다. 차가운 가죽 소파 여러 개, 싱크대 하나, 냉장고 하나, 텔레비전 하나, 그리고 일렬로 놓인 유축기들이 있는 방이다. 간호사는 그 방을 '유축실'이라고 부른다. 방문 너머로 다른 아기 엄마들이 눈에 띈다. 스누피 잠옷을 입은 금발의 10대 소녀, 양쪽 귓불에 진주 귀고리를 한 교사, 농부, 훈제업자, 그리고 다른 여자들도 있다. 두 시간에 한 번씩, 우리는 지키고 있던 인큐베이터를 떠나 유축기로 가서 기계를 몸에 연결한다. 그런 다음 〈이스트엔더스)[8]와 〈룸 투 임프루브〉[9]의 오후 재방송을 보면서 귀리, 호로파, 민들레차 같은 모유 촉진 식품의 효능에 관해 이야기한다. 우리는 끔찍한 일이 새로 생길 때마다 서둘러 입에서 귀로, 다시 입에서 귀로 그 이야기를 속삭여 전한다. 우리가 하는 이야기들은 일종의 예방 접종, 그러니까 우리 자신의 아기에게는 같은 일이 생기지 않기를 바라는 무의식적인 소망 속에서 되풀이되는 말들이다. 우리가 자기 아기에게 생기는 잔인한 일에 논리적인 판단을 거의 덧붙이지 못하듯, 이런 무의식적인 충동에도 논리 같은 건 뒤따르지 않는다. 이 방에서는 울 때보다 웃을 때가 더 많지만, 우리는 모두 지치고 겁에 질려 있다. 한 여자는 니캅을 쓰고 있고, 나머지 여자들은 파자마와 슬리퍼 차림이고, 우리 모두는 지옥에 함께 있다.

집중치료실은 각 아기의 상태에 따라 구분되어 있다. 내 딸이 처음 들어간 곳은 C구역인데, 거기 있는 아기들은 가끔 들어온 지 몇 시간 만에 내보내진다. 나는 C구역에 머무르는 동안은 아기를 다시 산부인과 층으로 데려가고 싶다는 바람 속에서, 또 언제든 그래도 된다는

---

[8] 〈Eastenders〉. 1985년에 시작해 지금까지도 이어지고 있는 영국의 인기 드라마 시리즈

[9] 〈Room to Improve〉. 주택을 개조하는 모습을 보여 주는 아일랜드의 TV 쇼

허락이 떨어질 것 같다는 희망 속에서 시간을 보낸다. 하지만 아기가 A구역으로 옮겨지자 나는 그 애를 다시 C구역으로 데려오고 싶다는 생각밖에 하지 못한다. 회진 나온 의사들이 내 딸의 최근 혈당 수치에 관해 이야기하더니 그 애의 몸에 꽂힌 포도당 링거를 만지작거린다. 나는 남편의 손을 꽉 붙잡는다. 간호사들이 조그만 칼날로 발뒤꿈치를 찔러 대는데도 우리 아기는 너무 힘이 없어서 울지도 못한다. 탈진해 버린 행복 속에서 그 애를 내 가슴에 안는 일이 허락되는 순간, 나는 오직 그 순간만을 위해 살아가는 사람이 된다. 검사를 받느라 그 애의 발뒤꿈치에서 피가 나면, 나는 거기 입술을 가져다 대고 누르면서 그 애 살갗이 깨끗해질 때까지 작은 핏방울들을 훔친다.

   아기는 계속 A구역에 머물지만, 왠지 운이 좋을 것 같다는 생각이 든다. 아기의 내분비계에 생긴 여러 문제가 복잡할지는 몰라도, 의사가 말하는 치료 계획은 유축실에서 들려오던 이야기들에 비하면 수월하게 느껴진다. 어떤 날들은 암울하다. 의사들이 보고하면서 고개를 젓는다. 하지만 다른 날들에는, 어떻게든, 언젠가는, 신생아 집중치료실을 나갈 수 있을 거라는 확신이 든다. 아기는 힘이 있을 때면 내 가슴에서 젖을 먹지만, 힘이 없을 때면 튜브나 주사기나 젖병으로 받아 마신다. 나는 두 시간마다 한 번씩 유축실로 간다. 모유가 계속 돌게 할 필요도 있지만, 무엇보다 그 일이 지금 내가 할 수 있는 일 가운데 유일하게 쓸모 있는 일이라고 느껴지기 때문이다. 나는 유방이 얼얼해질 때마다 팔꿈치와 갈비뼈 사이에 시가 적힌 문서를 끼운 다음 슬리퍼를 끌고 그 좁은 방으로 돌아간다. 그러고는 집에 있을 때 늘 그랬던 것처럼 젖을 짜내며 시를 읽는다. 그 일은 가끔은 거의 정상처럼 느껴진다. 나는 냉장고 속에 내 젖병들을 밀어 넣고, 거기에는 이미 수많은 젖병이 들어차 있다. 모유 은행에서 보내온 젖병들, 단정한 손 글씨가 적힌 라벨이 붙어 있고 모르는 사람들의 이름이 쓰여 있는 젖병들.

　　신생아 집중치료실에 있다 보면 불현듯 시간의 흐름이 이상해지곤 한다. 일이 일어나는 순서가 예기치 않게 흐트러지고 헝클어지는 것처럼 느껴진다. 나는 잠을 거의 자지 못한다. 자해를 한다. 벽으로 쓰러져 머리를 모서리에 찧거나, 문을 향해 무너져 내리며 어깨를 쾅 부딪치기도 한다. 타박상, 유방 통증, 붕대, 꿰맨 자국, 느리고 부드럽게 다리를 저는 걸음걸이. 내 몸은 이런 어휘들을 사용해 이 몇 주 동안의 보고서를 스스로 써낸다. 어느 날 오후, 내 부모님이 우리 인큐베이터 근처에 있는 출구 유리문에 나타나더니 내 아들들을 한 명씩 차례로 들어 올린다. 나는 그 애들이 너무도 그립다. 잠들어 있는 조그만 동생을 향해 세 아이가 허공에 뽀뽀를 날리는 동안, 나는 눈물 젖은 얼굴을 다른 데로 돌린다. 저 유리문을 통해 바깥에 있는 새 한 마리가 진입로 너머로 푸드

득 날아가 어린나무의 가지에 내려앉는 걸 본 적이 있었다. 구급차 한 대가 차고 쪽으로 조용히 관성 주행을 하는 걸 지켜본 적도 있었다. 그 차고 쪽에서 영구차를 두 번 보았다. 영구차 바퀴들은 그림자를 달고 천천히 굴러가고 있었다.

나는 새것처럼 깨끗한 작업복을 입은 청소부들을, 그리고 그들이 소박한 일과를 수행할 때 선보이는 안무를 좋아하게 된다. 산업용 대걸레를 재빨리 빙글빙글 돌리기, 미소 짓기, 손걸레로 문지르기, 고개 끄덕이기. 곧 나는 그들의 이름과 그들 각자가 지닌 개성도 알게 된다. 파일 캐비닛 앞에 있는 전등 스위치에 카드를 읽히는 게 누구인지, 나와 시선을 곧잘 맞추는 사람이 누구인지, 농담을 좋아하는 건 또 누구인지. 그리고 내가 또다시 훌쩍훌쩍 우는 걸 발견했을 때 존중을 표하듯 시선을 바닥에 고정해 주는 건 누구인지. 그들이 춤추듯 청소하는 걸 지켜보던 나는 집이 그리워 병이 날 지경이 된다. 내 세탁기가, 빗자루가, 부엌 시계의 째깍 소리가, 목록의 완료 표시들이 너무나 그립다. 이곳에서 예상할 수 있는 날은 단 하루도 없고, 똑같이 반복되는 날 역시 존재하지 않는다. 나는 다음에 무슨 일이 일어날지 생각하며 초조해한다. 초조해하기를 거듭하다가 그 공포 속에 나를 밀어 넣으며 억지로 진정해 보려 한다. 하지만 여기 있는 그 어떤 것도 이해되지 않는다. 내 눈에 들어오

메가폰 세히 야폄

는 모든 일이, 내게서 너무도 가까운 곳에서, 그와 동시에 엄청나게 멀리서, 다급하게 일어나는 것만 같다. 어느 날 오후 화장실에 가던 나는 자기 여자 친구의 휠체어를 밀고 치료실로 들어오는 한 10대 소년을 보게 된다. 주근깨 난 여자아이의 얼굴은 몹시 창백하다. 간호사가 여자아이를 안아 준다. 그들 뒤로 한 무리의 의사들이 아기를 싣고 들어오고, 곧이어 목사 한 명이 따라 들어온다. 치료실이 그들 주위에서부터 조용해진다—아니면 그건 내 상상이었는지도 모른다. 내가 돌아와 보니 그들은 모두 사라졌고, 신생아 집중치료실은 평소처럼 분주히 돌아가고 있다.

———

간호사들이 자리를 비켜 달라고 할 때마다 화가 난다. 그들은 어떤 절차든 수행하기 직전에 나타나서는 나더러 나가라고 복도를 향해 손짓한다. 짜증이 난 내가 난폭하게 한숨을 내쉬면 그들은 더 강하게 나가 달라고 요구한다. 이곳에서 나 자신에 대해 알게 된 사실이 있다면, 그건 바로 내가 약하다는 것이다. 나는 언제나 양보한다. 나는 복도의 가죽 소파에 앉아 어린아이처럼 눈을 부라리다가, 마침내 그들이 나를 다시 들여보내 주면 안으로 들어가 아기 몸에 새로 생긴 상처와 그 위에 새로 감긴 붕대를 발견한다. 내가 아기 곁에 있어야 할 때 아기와 나를 각각 홀로 고통받게 하는 그들이 싫다.

어느 날 오후, 나는 내 건너편에 앉아 있던 가족이 나와 똑같은 안무를 펼치는 모습을 바라본다. 고개를 젓는 부모와 거기다 대고 손가락을 쫙 펴 보이는 간호사, 간호사의 삐딱하게 기울어진 고개, 비위 맞추기, 부드럽게 비위 맞추기, 그리고 결국 화를 내며 나가 버리는 부모. 나는 아이 아버지가 등 뒤로 두 주먹을 꽉 쥐고 있는 걸 알아본다. 그들이 자리를 뜬 후, 나는 칸막이 하나가 그들의 아기를 둘러싸고 조립되는 광경을 지켜본다. 프라이버시라는 환상을 만들어 낼 목적으로 세워지는 경계다. 하지만 칸막이는 아기의 비명을 소거하지 못한다. 아기의 이마를 쓰다듬고 정다운 말을 속삭이면서 아기를 움직이지 못하게 붙잡고 있는 간호사들이 내는 소리를 차단하지도 못한다. 아기는 곧 주사기나 차가운 메스로 고통을 경험할 것이고, 나는 그 조그만 비명을 기억에서 결코 지우지 못할 것이다. 나는 그 소리에 귀를 기울이며 운다. 내가 우는 건, 그래, 무력감 때문이지만, 한편으로는 부모가 아이의 고통을 목격하지 못하도록 그들의 등을 떠미는 간호사들의 굳건한 믿음에 감사하는 마음 때문이기도 하다. 간호사는 고집하는 사람, 부모들을 대신해 그 자리에 서 있는 사람이다.

유축실에서 이루어지는 대화는 원을 그리며 돌고, 돌고, 또 돈다. 그곳은 누설된 비밀들과 두려움으로 묶인 방, 스스로를 반복하는 나선 구조 속에 존재하는 방이다. 피가 나는 유두, 중얼거림, 감염된 상처, 심장 수술, 점점 줄어드는 모유, 수술, 설명되지 않는 고통, 누군가에게 주어지는 권유, 의심스러운 혈전. 목록은 계속되고, 계속되고 또 계속된다. 희망. 집. 뇌막염. 크럼린. 집. 혼수상태. 집. 집. 집.

한 아기가 퇴원해 집으로 갈 때마다 나는 그 아기의 어머니를 주의 깊게 살펴본다. 작별 인사를 하려고 유축실에 들어오는 그 얼굴에는 해방감과 계속 여기 있어야 하는 우리를 향한 연민이 혼란스럽게 뒤섞인 감정이 떠올라 있다. 나는 그들에게 생긴 일이 기쁘지만, 그래도 이런 순간들은 언제나 배신처럼 느껴진다. 내 안에 있는 어떤 유치한 부분은 이곳의 모든 것이 언제나 똑같이 유지되기를 바란다. 아기 엄마들이 새로 도착하면, 우리는 유축기를 어떻게 사용하는지, 모유를 어디에 보관하면 되는지 가르쳐 준다. 그러고 나서 그들의 이야기를 듣고 휴지를 건네주며 전부 다 괜찮아질 거라는 마법의 주문을 외워 준다. 우리는 그들의 손을 어루만지며 웃어 보인다. 물론 여기 있는 모두는 알고 있다. 전부 다 괜찮아지는 일은 일어나지 않을 것이다. 적어도 우리가 여기서 벗어나기 전까지는, 그런 일은 일어날 수 없을 것이다. 하지만 이 방에서 해야 하는 말들은 정해져 있고, 우리는 충성스럽게 그 규칙에 따른다. 지난 몇 주 동안의 시간이 내게 이렇게 행동하는 법을 가르쳐 주었다. 의자에서 자는 법을 가르쳐 주었을 때처럼 말이다. 고개는 숙인 채 축 처지고, 시선은 눈부신 형광등과 저 어느 구석에 있는 따스한 어둠 사이에서 흔들리게 놓아둔 채로 잠드는 법을, 나는 시간으로부터 배웠다.

⟍

어느 날 아침, 전문의가 내 딸의 차트를 높이 들더니 오늘이 바로 그날이라고 우리에게 선언한다. 그는 내가 그토록 듣고 싶어 한 그 말을 입 밖에 낸다. 집. 나는 너무 기쁜 나머지 말이 나오지 않는다. 그저 의사의 양손을 붙잡고, 고개를 끄덕이고 또 끄덕일 뿐이다. 나는 그의 시선이 바닥을 향하고 입가가 굳어질 때까지 그의 손을 꽉 붙잡고 있다가 또다시 감사의 말을 하고, 그의 손을 놓기가 너무도 두렵다는 듯 또다시 움켜쥐고 또 움켜쥔다. 내가 손을 놓으면 의사가 마음을 바꿔 버릴 것만 같다. 그런가 하면 지금 내 안의 어떤 이상한 부분은 이곳을 떠나고 싶어 하지 않는다. 두렵기 때문이다. 기계들과 전문가

메가폰 세히 야쯔

들의 모니터링을 받는 이곳에서는 내 딸이 안전하지만, 집에 가면 나 혼자 그 모든 역할을 감당해야 것이다. 이제 혼자야. 집에 돌아가게 된 나는 해방감을 느끼지만, 이토록 지독하게 친밀해진 곳을 떠나게 되어 두렵기도 하다. 심지어 공포조차도 아늑해질 수 있는 것이다. 내 얼굴에 스쳐 가는 이 모든 움직임을 지켜보던 의사는 양손을 잡아 빼고 내 어깨를 힘 있게 두드린다. "다 괜찮아질 겁니다." 그가 말한다.

벽장을 비우는 내 두 손은 조금 떨린다. 기저귀와 아기 우주복,, 담요, 구겨진 종이컵들, 『아트 올리어리를 위한 애가』의 복사본과 반납일이 한참 지난 도서관 대출 도서. 나는 딸의 손을 잡고 살짝살짝 움직여 작별을 뜻하는 손짓을 한다. 마침내, 아기를 밖으로 데리고 나가는 것이다.

마지막 순간, 유축실에 있는 내 선반을 떠올린 나는 서둘러 그곳으로 돌아간다. 비닐봉지 하나를 움켜쥔 다음 차가워진 내 모유를 죄다 그 안에 던져 넣는다. 그곳의 어둠 속에서, 모유 은행에서 온 수많은 젖병이, 모든 준비를 마친 새하얀 젖병들이 갑자기 유령처럼 나를 마주 본다. 나는 문을 닫는다. 걸어 나간다.

5.

비과학적인 뒤죽박죽

mar a bhfásaid caora

is cnó buí ar ghéagaibh

is úlla 'na slaodaibh

na n-am féinig.

양들이 토실토실 살찌고, 가지에는

견과류 다발이 묵직이 열리는,

그리고 달콤한 계절이 차오를 때

사과들이 술을 흘리는,

아기가 병원에서 집으로 오고 몇 주가 지나자 내 모든 일상은 예전처럼 되돌아오고, 그 덕분에 나는 출산 직후 이어졌던 이상한 몇 주에 대해 그렇게 많이는 생각하지 않게 된다. 그 시간을 채워 줄 목록과 매일의 할 일—진공청소기 돌리기, 식료품 구입, 목욕, 빨래—이 있다는 게 그 어느 때보다도 다행스럽다. 한 가지 할 일 위에 줄을 긋는 단순한 즐거움, 그건 마음을 붙들어 매는 일이다. 딸아이가 젖을 먹으려고 내 팔에 안길 때마다 나는 책으로 손을 뻗는다. 학술서와 18세기 아일랜드를 다룬 역사책, 번역서, 오래된 지도들. 나는 아일린 더브의 삶에 대해 찾을 수 있는 모든 정보를 계속 찾는다. 아주 사소한 거라도 괜찮고, 별 관계가 없어 보여도 상관없다. 내가 자료를 읽을수록 메모로 가득 찬 내 폴더는 더욱 두툼해진다.

　　딸아이가 태어나고 몇 달 동안, 『아트 올리어리를 위한 애가』를 낭독하는 행위는 마치 시간 여행처럼 느껴진다. 나는 이 아이의 오빠가 썼던 슬링에 아이를 넣어 데리고 다니고, 아이의 오빠에게 들려준 것과 똑같은 연들을 속삭인다. 잠든 딸아이가 내 가슴에 머리를 기댈 때면 아이의 귀에는 아일린 더브의 단어들이 울려 퍼진다. 이 속삭임을 듣는 아이는 어떤 꿈을 꾸게 될까? 질주하는 어떤 말의 발굽 소리를 들을까? 어떤 울부짖음을 들을까?

———

공중 보건 간호사가 가정 방문 날짜를 잡자 나는 집 안을 문질러 청소하는 일에 몰두한다. 나는 두려움에 사로잡혀 있다—이 여자는 미처 못 치운 거미줄이나 엎지른 주스 자국을 보고서 그걸 내 아이들을 데려갈 근거로 삼을 수도 있어. 공중 보건 간호사는 평가 기준표를 우리 집 부엌 식탁에 펼쳐 놓고, 그걸 지켜보는 내 양 손바닥은 땀으로 미끌거린다. 그는 차를 한잔 달라고 하고, 나는 티포트를 미리 준비해 놓지 않은 나 자신을 말없이 저주한다. 우리 집에 있는 이 빠진 찻잔 중에서 가장 좋은 잔을 꺼내 들고 돌아와 보니 그가 내 폴더를 훌훌 넘겨보고 있다. 나는 식탁 위로 몸을 던지며 <u>안 돼! 내 거야!</u> 하고 으르렁거리고 싶다. 그러는 대신 그 여자에게 차를 따라주며 미소를 지으려고 애를 쓴다. 그는 페이지를 톡톡 두드리며 자조의 웃음을 짓는다. "아트 올리어리라니! 우리 때는 보이 밴드에 가까운 존재였죠, 아마." 나는 찡그려지는 표정을 숨기려고 애를 쓴다.

공중 보건 간호사가 자기 학창 시절을 즐겁게 회상하는 동안, 나는 내 피로한 시선이 찻잔으로 흘러가게 둔다. 푸른색의 꼬인 무늬로 장식된, 귀 모양으로 굽어진 손잡이의 곡선. 나는 찻잔을 가지고 무슨 동작을 해야 하는지를 생각해 내고, 입을 향해 기울어지는 찻잔과 그 안

으로 흘러 들어가는 음료를 떠올린다. 그러고는 찻잔에
그려진 그림을 눈으로 읽다가 움찔한다. 어떻게 이걸 못
알아차린 걸까? 나는 몇 년 동안이나 찌르레기들이 그려
진 찻잔으로 차를 마시고 있었던 것이다. 이제 나는 찌르
레기들의 노랫소리를 떠올린다. 녀석들이 자기가 오래
도록 기억해 둔 소리 가닥을 다시 꺼내어, 그것들을 자신
이 새로 만들어 낸 선율에, 다리 역할을 하는 그 선율 사
이에 엮어 넣는 순간을 떠올린다. 녀석들이 그토록 능숙
하게 엮어 부르는 노래는 있었던 사실과 지어낸 것, 그리
고 과거와 현재의 결합물이다. 하지만 질문 하나마다 뒤
따르는 침묵이 나를 다시 간호사에게로 끌어당긴다. 내
대답을 기다리는 침묵들. 지금 그는 내가 휘갈겨 쓴 글에
무단으로 침입한 손가락을 멈춘 채로 나를 쳐다보고 있
다. 그가 질문을 반복한다. "야간 강의를 들으시는 건가
요?" 나는 고개를 젓는다. "그럼 이것들은 다 뭘 위한 거
죠?" 온몸이 새빨갛게 물들고, 내 어깨가 나를 대신해 대
답한다. 그는 그 이야기를 그만두더니 아기에 관해 나를
꾸짖는 일로 넘어간다. 수유 계획표도 없고, 수면 패턴도
불규칙하고, 아이 넷을 둔 엄마라면 아무래도 조금은 더,
음……. 공중 보건 간호사가 두 눈썹을 치켜올리며 양 손
바닥을 들어 올린다.

그가 떠난 뒤 나는 흐느껴 운다. 수치심 때문이라
기보다는 화가 나서다. 간호사의 말이 귓가를 맴돈다. 그

럼 이것들은 다 뭘 위한 거죠? 그것들이 다 뭘 위한 건지는 나도 모르겠지만, 어쨌든 나는 작업을 이어 가고 있다. 내 집념을 소진해 버릴 수만 있다면 결국에는 그 일에 싫증을 낼 수도 있으리라는 그릇된 소망을 품고서. 하지만 그런 소망은 상황을 더 악화시킬 뿐이다. 자료를 더 많이 읽을수록 내 분노는 더 날카로워지기 때문이다. 그 분노는 이 시의 몇몇 번역문 앞에 등장하는 단락과 밀접하게 연관되어 있다. 아일린 더브의 삶을 엉성하게 스케치해 놓은 소개 글 말이다. 그런 글은 거의 다 똑같은 내용을 담고 있고, 거기에 담겨 있는 건 두 가지 사실뿐이다. 아트 올리어리의 아내. 대니얼 오코넬의 고모. 학자들의 시선은 이 시인을 얼마나 신속하게 남성들의 그림자 속에 위치시키는가. 마치 그가 오직 남성들의 삶 주위를 도는 위성으로서만 흥미로운 존재일 수 있다는 듯이.

나는 분노 속에서 어떤 프로젝트의 존재를 깨닫기 시작한다. 공중 보건 간호사의 질문에 대답이 될 만한 커다란 작업 말이다. 어쩌면 나는 '이것들이 다 뭘 위한 건지' 늘 알고 있었는지도 모른다. 어쩌면 지금껏 내 발목을 붙들었던 그 일들은 내가 진정으로 해내야 할 일이었는지도 모른다. 어쩌면 이 조각 그림 퍼즐의 흩어진 조각들을 세세히 조사하며 보낸 수년간의 세월은 헛수고가 아니었는지도 모른다. 어쩌면 그 모든 작업은 하나의 준비 과정이었는지도 모른다. 어쩌면 나는 아일린 더브가 보낸 시간을 더 진실한 모습으로 그려 냄으로써 그의 삶에 경의를 표할 수 있을지도 모른다. 우리가 가진 모든 사실을 그러모아서 하나의 만화경을 만들어 내고, 그렇게 부서진 채로도 황홀한 이미지를 생생하게 쏟아 내는 것이다. 심장이 조금 빨리 뛴다. 난 그 사람의 하루하루를 찾아내는 일에 내 하루하루를 바칠 수 있어, 나는 그렇게 되뇐다. 난 그 일을 할 수 있고, 할 거야.

———

나는 몽상과 사실을 섞어 비과학적인 뒤죽박죽 상태를 만든다. 그게 작업의 시작이다. 그 뒤죽박죽 상태는 질척거리는 오트밀 죽 찌꺼기를 긁어내 쓰레기통에 버리고, 책가방과 코트를 챙기고, 아이들을 재촉한 끝에 차에 태우고, 신호등에서 욕설을 꾹 참고, 세 아들에게 잘 다녀오라고 뽀뽀하고, 다시 집으로 운전해 돌아오는 동안 만들어진다. 그러는 내내 나는 한쪽 눈을 아일린 더브에게, 다른 쪽 눈은 카시트에 앉은 내 딸에게 둔다. 아이는 그 백미러 속에서 자라난다. 오래지 않아, 내가 집으로 돌아올 때 딸아이는 두 눈을 뜨고 있다. 오래지 않아, 나는 아이의 까르륵거리는 소리를 거의 말처럼 해석할 수 있게 된다. 오래지 않아, 아이는 내가 자기 몸을 묶어 놓은 벨트를 잡아당긴다. 그리고 오래지 않아, 아이는 나를 마주

보고 미소 짓는다. 그 백미러 속에서 시간은 이런 식으로 흘러간다. 빨라도 너무 빠르다.

어느 날 아침 9시 23분, 나는 교문 앞에서 잠시 멈춘다. 거기서 좌회전해 집으로 가서 한 바구니 분량의 옷을 다리미질…… 하는 대신 우회전하고, 손가락으로 라디오 채널을 이리저리 오가면서 운전을 계속한다. 전직 수상이 세상을 떠났고, 그의 업적이 그를 맹목적으로 좋아하는 남자들의 캐러멜빛 추억 속에서 반복해 언급되고 있다. 위대한 남자여. 오, 위대한 남자여. 나는 다이얼을 눌러 라디오를 꺼 버린다. 우리가 달리는 아스팔트 포장도로 위에는 이제 세 개의 목소리만 남아 있다. 그 셋은 모두 여성이다. 내 목소리, 내 딸의 목소리, 그리고 단조로운 명령조로 우리를 킬크레아 쪽으로 이끄는 GPS의 목소리. [좌회전입니다.] 여성에게 사회적으로 기대되는 요소가 말끔히 제거된 목소리로 여자가 명령한다.

우리는 강 위로 놓인, 폭이 아주 좁아서 자동차 엔진 소리보다 사람 발소리가 더 많이 들려오는 다리를 건넌다. 나는 차창을 열고 엔진을 끈다. 새소리가 휠휠 날아 들어온다. 10월 말인데도 여전히 무성한 이곳의 나뭇잎들은 산들바람에 흔들리며 낭랑한 소리를 내고 있다. 아일린 더브가 이 장소를 찾았을 때 나무들이 불렀던 것과 정확히 똑같은 방식으로 부르는 노래. 소름이 내 살갗 여기저기에 돋아난다. 그가 여기 있었다. 말 한 마리가 그를 태운 채 이 다리를 타고 강을 건너갔다. 강의 이름은 브라이드Bride. 약혼한Betrothed. 신부Bríd. 이 강은 곧 리Lee강을 만나면서 이름이 바뀌고, 그러면서 브라이드강이 아닌 다른 것으로 변할 것이다. 하지만 아직은, 지금은, 나무들 아래에서 떠나기를 망설이는 이 작은 강은 물결로 된 자신만의 멜로디를 흥얼거리고 있다.

다리 저편에는 계절에 맞지 않게 구름 한 점 없는 하늘이 있고, 그 아래에는 따스하고 벌레 많은 들판이 조각 이불처럼 모여 있고, 그 위로 수도원이 솟아올라 있다. 딸이 미소 짓는다. 아이는 할머니가 떠 준 밝은 분홍색 카디건을, 한 코 한 코가 하나의 음절을 이루는 여성의 텍스트를 입고 있다. 나는 내 가방과 스마트폰과 노트와 펜과 카메라와 함께 아이를 안아 들고 층계 모양의 출입구를 용케 옆으로 통과한다. 이것이 내가 나 자신을 위해 마련해 둔 삶이다. 언제나 손에 닿지 않는 무언가를 붙잡으려 애쓰면서, 믿을 수 없을 만큼 복잡하게 얽힌 것들을 한 아름씩 끌고 다니는 삶.

수도원 쪽으로 난 말끔한 대로를 걷다 보니 한때 이 길을 똑같이 걸었던 아일린 더브가 보았을 법한 것들이 떠오른다. 길 양쪽 경계를 표시하고 있는 사람의 뼈들. 1774년, 찰스 스미스는 이곳에서 보고 들은 것들을 『코크주 및 코크시의 과거와 현재 모습』이라는 책에 기록했다. 이 수도원의 진입로에 도착한 그는 그곳을 이렇게 묘사한다. '높은 둑이 길 양쪽에 솟아 있는데, 그것은 순전히 인간의 뼈와 두개골로만 이루어져 있고, 이끼로 단단하게 굳어 있다. 엄청나게 많은 뼈가 여기저기 흩어져 있고, 그 외에도 수천 개의 뼈가 아치형 구조물과 창문 안쪽 같은 여러 장소에 쌓아 올려져 있다.' 그 뼈들은 모두 세월이 흐르는 동안 땅속으로 묻혀 말끔하게 치워졌고, 이제 땅 위에 나와 있는 두개골이라고는 오직 나와 내 딸, 그리고 까마귀들의 것뿐이다.

'킬크레아'는 '크레이의 교회'라는 뜻으로, 이곳에 성소를 세운 초대 수녀원장 크레이의 이름을 딴 명칭이다. 그 뒤에 수도사들이 그곳에 수도원을 지었는데, 이때 그들은 훗날 자신들의 기도가 부딪쳐 퍼지게 될 튼튼한 돌벽을 세운 것으로 유명해졌다. 그로부터 더 많은 시간이 지난 뒤, 아일린 더브가 이 수도사들의 폐허를 찾아와 자신의 슬픔을 털어놓았다. 그리고 이제 올해의 가을이 나를 이곳으로 데려왔다. 나는 폐허 안으로 들어서면서 내가 왜 이러고 있는지 나 자신에게 설명하지 못한다. 어쩌면 이 순례는 내가 아일린을 향해 내딛는 첫걸음일 것이다. 내가 걷는 동안 내 두 발뒤꿈치는 흙 속에 스스로를 새겨 넣으며 수많은 발자국을 기록해 놓은 오래된 기록부 속에 또 한 줄을 더한다. 수도원에 들어선 나는 다른 이들이 취했을 법한 자세를 취한다. 위를 올려다본다.

위쪽으로 기록실이 보인다. 탁자 위로 몸을 굽힌

수도사들이 내는 소리, 깃펜으로 송아지 피지를 긁는 한결같은 소리가 공간을 채우던 곳이다. 그 일은 조심스럽고 또 조심스러운 복제 작업이었다. 아, 남자들의 중대한 노동이란. 그 당시 시를 주문하던 사람들은 전통적으로 족장taoisigh—옛 게일족 사회의 우두머리—들이었는데, 그들은 (남성) 시인을 고용해 특정한 사람이나 사건을 시가의 형태로 기념하게 했다. 이런 시들은 손으로 복제되면서 명시선duanairí이 되었고, 거기에는 종종 가계도와 종교적인 텍스트도 함께 담겼다. 이와는 대조적으로, 여성들에 의해 쓰인 문학은 책이 아니라 여성들의 몸에, 시와 노래를 담는 살아 있는 저장소에 저장되었다. 언젠가 자료를 읽던 나는 우연히 어떤 주장과 마주쳤다. 기억은 본래 왜곡되기 쉬운 특성을 지니고 있고 그것을 담고 있는 인간이라는 그릇은 불완전하기 때문에 『아트 올리어리를 위한 애가』는 한 사람이 쓴 작품으로 볼 수 없다는 주장이었다. 그 가설에 따르면 그 시는 일종의 콜라주이거나, 혹은 좀 더 오래된 애가들을 민속적으로 재구성한 작품일 수 있었다. 학계의 드높은 상아탑에서 멀리 떨어져 있는 사람으로서 마음 가는 대로 말해 보자면, 그 주장은 여성의 텍스트를 속박하려 드는 남성의 독단처럼 느껴진다. 결국 '텍스트'라는 단어의 어원은 '엮다, 녹이다, 땋다'를 뜻하는 라틴어 동사 '텍세레texere'다. 『아트 올리어리를 위한 애가』의 형식은 여성에 의해 쓰이고 엮인 문학 장르에 속하며, 따라서 그 시는 여성의 몸에 담겨 전해지는 여성의 목소리 가닥들을 서로 얽어 놓고 있다. 내가 보기에 그런 독특한 형태는 경이롭고 감탄할 만한 것일 뿐, 원작자를 의심해야 할 사안으로 보이지는 않는다.

킬크레아 위의 하늘이 어두워지고, 내 품에 안긴 딸아이는 몸을 떨면서 노래를 부르기 시작한다. "매애 매애 검은 야아 잘 지냈니?" 나는 아일린 더브가 서 있던 곳에 서서 우리 두 사람의 몸에 내 코트를 두른다. 『아트 올리어리를 위한 애가』의 몇 구절을 읊자, 내 목소리는 언젠가 아일린의 목소리를 들었을 돌벽에 부딪혀 돌아온다. 내가 'Mo chara go daingean tú'라고 말하자 딸아이가 재미있다는 얼굴로 나를 올려다보더니, 내가 한 말들의 억양을 흉내 내며 머리를 한껏 기울인다. 나는 '오, 내 변치 않는 동반자'로 번역되는 그 구절을 다시 읊는다. 이곳에서 시인의 메아리는 너무도 강렬하게 느껴진다. 여기가 우리의 시작점이다.

———

킬크레아를 떠날 무렵, 내 온몸은 손가락 끝까지 전율로 욱신거린다. 내가 지금껏 그저 받아들이기만 했던 학문적 지식에서 벗어난다면 아일린 더브가 보냈던 나날에 대해 더 많은 걸 알아낼 수 있을까. 나는 이 여성을 누군 가의 고모와 아내로, 남자들의 그림자에 가려진 빈약한 역할로 그려 내던 둔감하고 짧은 글들을 다시금 떠올린 다. 아일린 더브가 자신이 알고 지내던 여자들의 관점에 서 그려졌다면 그건 어떤 모습이었을까?

차에서 내릴 무렵, 나는 이미 한 가지 계획을 떠 올리고 나만의 도구들을 골라 둔 상태다. 나는 학자는 아 닐지 모르지만, 나만의 방식으로 시인이 살아간 세월을 그려 낼 수는 있다고 믿는다. 나는, 당연하게도, 하나의 목록과 함께 시작한다. 지금까지 읽어 온 문서들을 재검 토할 것. 아일린이 살았던 집들로 연구 답사를 갈 계획 을 세울 것. 기록 보관소의 자료들을 추적할 것. 그리고 1892년에 출판된 책 『아일랜드 여단의 마지막 대령The Last Colonel of the Irish Brigade』을 다시 검토할 것. 두 권으로 된 그 책의 바삭바삭 빛바랜 페이지 속에서, 자신 을 모건 존 오코넬 부인이라고 칭하는 저자는 '놋쇠 손잡 이가 달리고 서랍이 많은, 나이 많은 모리스 오코넬의 책 상 속에서' 발견된 한 무더기의 가족 편지를 자세히 묘사 한다. 모리스는 아일린 더브의 오빠로, 그들이 자라난 저 택의 상속인이자 가족의 재산을 분배하는 사람이었다. 물론 이 남자 형제들 사이에 오고 간 편지들은 대개 군 사 정치학, 거래 협의, 재정 상태 같은 남성들의 관심사 를 다루고 있다. 하지만 가끔은 여성들의 삶이 언급되기도 한다. 나는 이 텍스트들로 돌아간 다음, 오직 여성들의 삶만 남을 때까지 그 모든 기록과 편지를 하나하나 깎아 내기로 한다. 의도적인 삭제 행위다. 이렇게 삐딱한 독서를 수행하면서 나는 남성들의 텍스트로부터 여성들의 삶을 다시 불러내는 일에 전념할 것이다. 텍스트를 뒤집어 보는 이런 실험이 여성들의 숨겨진 삶을, 언제나 존재했지만 보이지 않는 잉크로 암호처럼 적힌 삶을 드러내 주기를 바라면서.

아일린 더브를 그려 내는 여정을 함께할 여자들을 고르던 나는 오래 찾아 헤맬 필요가 없음을 깨닫는다. 우선 나는 오코넬 부인이 이렇게 언급한 여성에게 이끌린다. '아일랜드인 특유의 재능인 즉흥성을 듬뿍 지녔으며, 그러면서도 현실적이고 기민한 성격을 지닌 덕에 가정주부 역할도 훌륭하게 해내는, 많은 아이를 거느린 [모리스와 대니얼의] 어머니.' 그리고 아일린 더브에게 쌍둥이 자매가 있었음을 알게 되었을 때는 또 하나의 길이 저절로 열리는 듯 느껴진다. 나는 내가 조사한 것들과 순전한 내 몽상, 그리고 오코넬 부인의 책에 이탤릭체로 적혀 있는 부분들을 그러모은다. 그런 다음 이것들을 천천히 하나로 땋으면서 이 두 여성의 관점에서 아일린을 스케치하기 시작한다. 물론 내 머릿속에서는 조그만 목소리 하나가 여전히 질문을 거듭하고 있다. '왜 이러는 건데?' 하지만 그 목소리는 무시해도 될 만큼 작다.

—

종이 꼭두각시 만드는 법

1. 종이 한 장을 빨래 개듯 판판하게 접는다.
2. 다시 접는다. 종이에 생긴 주름들이 하얀 아코디언 모양이 될 때까지 접기를 계속한다.
3. 여자의 실루엣을 스케치한다.
4. 바느질용 가위로 여자를 모양대로 오려 낸다.
5. 잘라 낸 종이에서 여자의 윤곽선을 들어 올리는 순간, 당신은 종이에서 그 여자를 탄생시키는 것이다. 그 여자는 혼자가 아니다. 여자들 모두가 손에 손을 잡고 일어나는 모습을 지켜보라.
6. 다음 교훈을 잊지 말 것. 어떤 페이지에든 그려지지 않은 여자들이 존재한다. 아직 그려지지 않은 그 여자들은 각자 자신만의 고유한 침묵 속에서 기다리고 있다.

—

éirigh suas anois,
이제 일어나요,
— 아일린 더브 니 호널 —

메가폰 세히 야쩨

아일린 더브가 최초의 따스한 어둠 속을 떠다니고 있었을 때, 그는 혼자가 아니었다. 어머니의 손끝이 거품처럼 얽힌 태아의 팔다리들을 구분하기도 전에, 아일린의 쌍둥이는 자기 몸에 와 닿는 아일린의 움직임을 느끼고 있었다.

———

제각기 움직이는 수많은 잔물결을 품은 바다가 물가에 부딪쳐 온다. 아직 해가 뜨기 전이다. 해변 너머 어스름한 빛 속에 자리 잡은 저택 마당은 귀리에 코를 박은 말들과 거둬지는 달걀들, 솨악솨악 소리를 내며 소 젖통에서 뜨겁게 쏟아져 내리는 우유로 몹시 분주해진다. 집 안에서는 한 소녀가 응접실로 성큼성큼 걸어 들어가더니 어제 타고 남은 석탄 조각 앞에 무릎을 꿇고 앉는다. 소녀가 숨결을 불어 넣자 재가 춤추듯 날아오르고, 그 밑에서 잔불 세 덩어리가 빛을 내기 시작한다. 부엌에서부터 빵 냄새가 퍼진다. 부드럽고 하얀 롤빵은 가족들을 위해 세심한 영어로 이야기하고, 갈색 빵 덩어리들은 가족 외의 모든 사람을 위해 아일랜드어로 소리치며 웃는다. 각각의 방 안에서는 흥분에 차 중얼거리는 소리가 경쾌하게 떠다니고 있다. 이 저택의 주인인 메어 니 도너펜 더브가 아기를 낳는 중이기 때문이다.

그의 몸이 아기 낳는 일에 착수한 건 이번이 처음은 아니다. 메어는 평생 낳게 될 스물두 명의 아이 중에 열 명을 땅에 묻게 될 것이다. 그는 인심 좋은 주인이었지만 유독 집안의 달걀만은 꼼꼼히 통제했다. 메어의 폭넓은 관대함과 이 예외적인 인색함이 너무도 대조를 이룬 까닭에, 그는 '알 걱정'[10]이라는 뜻의 피안타 우바 Pianta Ubha라는 애정 어린 별명으로 불렸다. 야망으로 가득한 메어의 육체가 어느 정도까지 임신에 매여 있었는지 생각해 보면 이 별명은 정곡을 찌르는 말이었다. 메어의 유방은 수십 년 동안 모유에서 멀어진 적이 없고, 그의 자궁에도 쉬지 않고 새로운 생명이 깃든다. 이제, 메어의 몸이 활짝 열리고, 그가 울부짖는 소리에 아기 울음소리가 섞여 든다. 여자아이의 목소리다. 그리고 또 다른 목소리. 쌍둥이다. 둘 다 여자아이다. 허벅지가 피로 축축하게 젖은 메어는 몸을 떨면서 물러난다. 그는 새로 태어난 두 딸에게 아일린과 메어라는 이름을 붙이지만, 다들 그 애들을 넬리와 메리라고 부르게 될 것이다. 아이들의 어머니는 오래 쉬지는 못한다. 데리네인 저택을 꾸려 가는 일은 만만한 일이 아니고, 돈이 되는 밀수 사업을 감독하는 일 역시 그의 책임이기 때문이다. 그런 '거래' 자체는 당시에는 이례적인 일이 아니었지만, 그 사업이 이 가족에게 가져다준 재산은 확실히 이례적인 수준이었다. 메어는 남편인 도널 모르와 함께 가죽, 소금에 절인 생선, 버터와 양털 같은 주요 수출 품목들을 관리하고, 그와 동시에 차와 와인, 설탕과 브랜디, 담배, 호화로운 실크와 벨벳 같은 수입품도 관리한다.

두 여자 아기는 유모들에게 맡겨져 양육되다가 가족들을 다시 만날 만큼 튼튼해지면 데리네인 저택으로 돌아올 것이다. 그들이 돌아올 때는 유모네 가족의 아이 한 명이 함께 오게 되는데, 그 아이는 주인집 아이들과 거의 형제처럼 지내면서 신뢰받는 하인이자 동료로 자라난다. 쌍둥이가 양어머니들의 가슴에 안겨 배우는 언어는 아일랜드어지만 그들의 집에서 쓰는 언어는 영어인데, 이는 이 가족의 중심부에 존재하는 언어적인 이항 대립이다. 오코넬 부인은 다음과 같이 쓴다.

> 그들은 영어로 말하고, 영국에서 유행하는 옷을 입고, 일상에서는 거의 영국의 관습을 따랐다. 그러나 마음속으로는 아일랜드인이 잃어버린 땅과 옛 권리와 특권을 갈망했으며, 흥분했을 때는 자신들이 처음으로 배웠던 언어인 아일랜드어를 써서 말했다.

넬리와 메리가 태어날 무렵에는 원래의 사회 체제가 대

---

10 원문의 'Egg Pains'는 '배란통'으로도 해석할 수 있다.

부분 파괴되어 있었다. 영국인 식민지 개척자들이 시행한 형벌법이 너무도 잔인했기 때문이다. 치밀하게 꾸려진 이 법률은 원래 이곳에 살던 사람들을 영국에 예속시키기 위해, 또한 아일랜드인들이 자신의 땅을 빼앗은 개신교 지배 세력에 저항하지 못하도록 통제하기 위해 고안되었다. 그 법률에 따르면 아일랜드의 가톨릭교도들은 교육을 받을 수 없었다. 또한 5파운드 이상의 값어치가 나가는 말을 소유할 수도 없었고, 투표권이나 무기 소지권도 가질 수 없었다. 등록을 하지 않은 사제들은 거세될 운명에 처했고, 사제의 잘린 머리 하나마다 보상금이 주어졌다. 그러나 야심에 찬 가모장이 조용히 그런 체제에 위배되는 행위를 할 방법도 있기는 했다. 데리네인만灣은 외딴곳에 있어서 당국 관계자들이 찾아오는 일이 드물었고, 그 덕분에 메어와 그 가족들은 이곳에서 어느 정도 재량권을 유지할 수 있었다. 약간의 미끼를 쓰면 사람들을 매수해 침묵시킬 수 있었다. 브랜디와 고급 담배의 형태로 된 미끼.

메어는 집안일과 거래를 관리하는 사람인 동시에 한 명의 시인이기도 했다. 지금까지 남아 있는 메어의 시 가운데 여러 편에는 그가 데리네인 저택에서 일하던 사람들에게 말을 거는 모습이 담겨 있다. 나는 오코넬 부인이 기록으로 남긴, 현존하는 메어의 시들 중 한 편을 다음과 같이 번역한다. '이제 서둘러라, 아가씨들아! 얼른 그 실을 뽑아라. 물레는 튼튼하고, 너희 배는 고플 일이 없으니.' 나는 국립 더블린대학교 기록 보관소에서 메어의 목소리가 담긴 흔적들을 추가로 발견하고, 그 흔적들 덕분에 이 여자를 그의 딸들이 보았을 법한 모습으로 상상할 수 있게 된다. 긴 금발을 땋아 단정하게 핀으로 틀어 올리고, 자신의 취향을 만족시키기 위해 최고급 수입 옷감으로 주문 제작한 옷을 입은 채 마구간으로 성큼성큼 걸어가는 모습. '새틴 페티코트 위에서 벌어지는 선명한 빛깔의 실크, 최고급 레이스 모자와 드레스에 달린 주름 장식, 돋을무늬로 짠 무명과 광택이 나는 모직물.' 이어서 나는 그가 남긴 대화 중 하나를 번역한다. 거기서 메어는 자기 집을 자랑하는 중이다. '낮은 강둑과 높은 강둑이 있고, 더위를 막아 주는 그늘과 추위를 막아 주는 온기가 있고, 집 정면은 해를, 뒷면은 서리를 향하고 있네.' 메어가 이렇듯 감상적인 말을 쏟아 내자, 그 얘기를 가까이에서 듣고 있던 한 사내가 다음과 같이 받아쳤다고 전해진다.

> 낮은 강둑과 높은 강둑이 있고,
> 집 정면은 서리를, 뒷면은 해를 향하고
> 있고,
> 가운데는 비좁은 데다, 바위투성이
> 물가에 있죠.

    그리고 그게 마님이 가진 전부입니다,
    메어 니 더브.

이 대화에는 재치가 넘쳐난다. 특히 하인이 말대꾸를 하
며 메어가 처음에 늘어놓은 자랑을 능숙하게 뒤집어 버
리는 방식이 너무도 영리해서, 우리는 그 뒤에 따라 나올
떠들썩한 웃음까지 상상할 수 있을 정도다. 또 다른 어느
날, 메어는 아침 식탁에서 하인 소년을 놀렸다. '우리 집
하고 발리나불라보다도 / 나는 여기 우리 꼬마 녀석만큼
왕성한 식욕이 더 갖고 싶구나.' 그러자 소년은 메어가
맞춰 놓은 운과 음보를 뒤집으며 다음과 같이 영리하게
대꾸한다.

    아, 하지만 마님이 일찍 일어나 이 땅을
    샅샅이 다시 훑고,
        여기서 발리나불라까지 계속 쭉 가서는,
        가파른 언덕을 올라가 곡식 다발들을
    거둬들이고,
        그다음엔 헛간에서 도리깨질을 해야
    한다면,
        그러면 마님도 배가 고프실걸요,
    저만큼이나 찢어지게요.

저택의 주인과 고용된 이들 사이에 오가는 이런 익살스러운 대화를 보다 보면, 메어 니 더브가 자신과 자기 아이들 주위에 조성해 놓은 분위기 같은 것이 느껴진다. 고용주이자 어머니였던 그는 빠른 이해력과 대담한 대화 능력을 귀중히 여겼으며, 그의 주위에 있던 사람들은 그 점을 기억하고, 거기에 대응하고, 이야기를 펼쳤다.

　　　양어머니의 가슴을 빌려 젖을 먹던 아기 넬리는 젖을 떼자 데리네인으로 돌아왔고, 쌍둥이 동생과 함께 웃으며 마구간에서 해변으로, 다시 숲으로 돌아다녔다. '데리네인'이라는 숲 이름은 '성 핀니안[11]의 거대한 참나무 숲'이라는 뜻이다. 나뭇가지들은 아이들의 머리 위에서 윙윙 소리를 내며 아주 오래된 참나무들의 속삭임을 전했다. 나는 그 숲이 소녀였던 아일린 더브에게 불러 주었던 노래를 듣고 싶지만, 내 작은 방 안에 들어앉은 채로는 그를 따라갈 수가 없다. 나는 지도를 보기 시작한다. 달력의 몇몇 날짜에 동그라미를 친다. 차 키를 준비한다.

———

내가 데리네인에 도착했을 때는 봄이 되어 있다. 나는 그

---

[11]　　　5세기와 6세기에 걸쳐 활동한 아일랜드의 수도사.
아일랜드의 수도원 제도를 확립하는 데 큰 공을 세웠다.

렇게 깊은 숲속에서도 자석처럼 두 귀를 끌어당기는 파도 소리가 내 고개를 돌아가게 하고 있음을 깨닫는다. 그 소리는 내가 어디쯤 있는지를 파악하도록 도와준다. 어린 넬리에게 그랬던 것처럼.

나는 해변에 혼자 있고, 내 앞에는 모래사장이 펼쳐져 있다. 수많은 조개껍데기와 돌과 석영 조각들이 부서지며 만들어 낸 새로운 하나의 전체. 아직은 사람의 존재가 눈에 띄지 않는 아침 바닷가. 하나의 텅 빈 페이지. 당시 이 바닷가에는 매일 새로운 발자국들이 새겨졌고, 포르투갈어와 프랑스어와 스페인어로 된 짧고 간단한 대화들이 미풍에 섞여 날아다녔다. 썰물 때면 쌍둥이는 꼭 지금의 나처럼 두 발로 애비섬까지 걸어 올라갈 수 있었다.

깡충깡충 뛰어다니는 넬리의 발가락과 오코넬 부인의 긴 치맛자락이 닿았던, 그리고 이제는 내 양 발뒤꿈치에 와 닿는 땅. 부드럽다. 나는 그토록 보고 싶었던 모래 위에 남은 내 발자국들을 사진으로 찍고 싶어 몸을 돌리지만, 스마트폰 화면을 잠깐 살피는 사이에 무언가에 발이 걸린다. 나는 하려던 일을 멈추고 장애물을 들어 올린다. 주먹만 한 청록색 돌, 그 안에서 세 개로 갈라진 수정 무늬가 서로 엇갈리고 있다. 나는 그것을 하나의 전조로, 서로 교차하는 존재들에 대한 은유로, 내가 좇는 세 명의 여성이 한때 나처럼 이곳을 걸었다는 신호로 해석하기로 한다. 섬으로 향하는 동안 돌은 내 체온으로 따스해진다.

섬의 언덕을 기어오르면서, 나는 땅딸막한 향나무 관목과 톱니 모양 초록빛 잎들이 달린 쐐기풀과 수많은 들꽃 사이를 깡충깡충 뛰어다니는 쌍둥이를 상상한다. 그러고는 아일린 더브가 지금 내 곁에 서 있다면 그는 곧바로 이 장소를 알아볼 거라고 확신한다. 이따금씩 바다에서 불어오는 강풍에 굴러온 바위, 계속 늘어난 묘비들, 그리고 그 묘비 아래 적재된 새 화물들을 제외하면 변한 게 거의 없을 테니까. 나는 교회 폐허 한구석에서 메어의 지하 납골당을 찾아낸다.

> 그는 자신의 남편보다 22년 더 오래 살았고
> 아내들과 어머니들이
> 존경하고 본받을 만한
> 모범적인 인물이었다.

이 글자들을 이루는 소용돌이무늬와 꼬임을 손가락으로 훑으면서, 나는 나도 모르게 몇 번이나 메어의 이름을 부른다. 나는 아일린의 어머니를 불러내고 있는 걸까, 아니면 그를 위해 애도하고 있는 걸까? "메어." 내가 부른다. "메어." 잠깐 침묵 속에 서 있던 나는 어떤 대답을 기다리고 있었음을 깨닫는다. 어떤 목소리도 대답하지 않고, 그

저 바람이 일어날 뿐이다. 바람은 내 머리칼을 움켜쥐더니 그걸로 내 뺨을 내려친다. 따귀 때리듯 얼얼하게.

———

해변에서 집 쪽으로 난 길을 걷다 보면 두 소녀는 숲을 통과해야 했다. 지금 나는 그들과 같은 길 위를 걸으며, 수많은 나뭇잎에 어린 빛 속을 파고들며 그들을 따라간다. 그 빛은 이 순간의 것인 동시에 아주 오랜 옛날의 것처럼 느껴진다. 나는 전에는 움직여 본 적 없는 방식으로 몸을 움직인다. 나는 느리게 걷고, 곧 그보다 더 느리게 걷는다. 그러면서 아일린 더브의 어린 시절에 대한 내 감각을 더 깊어지게 할 무언가를 여기서 목격할 수도 있으리라는 희망을 품는다. 그들의 집에서 서쪽으로 약간 떨어진 곳에 다다른 나는 잠시 멈춰 선다. 옹이투성이 참나무들과 너도밤나무들 아래에 서자 심장이 새처럼 파닥인다. 나무 한 그루가 폭풍에 쓰러져 있다. 뽑혀 나온 뿌리와 흙이 얽힌 부분 안쪽에는 낡은 벽의 잔해가 박혀 있고, 그 잔해 속에는 입구가 하나 나 있다. 그 입구는 나무가 자라나는 수십 년 동안 흙 속에 삼켜져 있었고, 이제 그 나무가 쓰러지면서 다시 모습을 드러낸 것이다. 어찌어찌 이 나무를 통과하려면 저 축축한 흙에 몸을 바짝 붙여야 할 것 같다. 나는 그렇게 한다. 그곳을 빠져나올 무렵에는 양 무릎이 젖어 있다. 딱히 설명할 수는 없지만 내 안의 어딘가가 달라진 듯한 기분이 든다. 오른쪽 유방이 벌써 얼얼해진다. 나는 계속 걷는다.

내 앞에 있는 원형 요새의 잔해는 눈으로 보기도 전에 느껴진다. 나는 두려움 속에서 그곳을 향해 걸어간다. 이렇게 오래된 원형 요새들을 둘러싼 옛이야기들을 비웃는 사람이 많다는 건 알지만, 나는 이 음울하면서도 성스러운 장소들에 대한 경외심을 버리고 싶지가 않다. 내가 어렸을 때 살던 집 너머에도 이런 원형 요새의 잔해가 하나 있었다. 음울함과 으스스함과 많은 비밀을 품은 채로 지평선을 가로막고 있던 그 건물은 내가 물려받은 모든 두려움 한가운데서 몸부림치는 심장이었다. 나는 그곳을 종종 빤히 쳐다보기는 했지만, 감히 가까이 갈 엄두는 내지 못했다. 어린 시절 내내, 나는 그런 장소들에 도사리고 있는 위험에 관한 이야기를 들었다. 거기에는 다른 사람들, 우리 마을 사람들이 알기로는 무척 나이가 많고 엄청나게 심술궂은 사람들이 사는데, 그들은 나 같은 여자아이들을 납치해 간다고 했다. 이후 나는 학교에서 그 풍경에 담긴 텍스트를 해석하는 또 다른 방법을 배웠다. 원형 요새는 방어를 위해 벽으로 둘러싸 놓은 공간이었다. 한때는 늑대와 도둑으로부터 농장들을 보호해주었던 그 공간들에 따라붙은 이야기는 단순한 '피쇼그 piseóg' 즉 미신 같은 민담일 뿐이었다. 역사 교과서에 나와 있는 원형 요새는 공중에서 내려다본 형태로 그려져 있었는데, 알파벳 'O'를 닮은 그 모양은 어쩐지 절벽에 난 동굴 입구나 어떤 다른 종류의 입구를 떠오르게 했다. 그런 구멍들이 어디로 통할지는 알고 싶지 않았다. 공포라는 장막이 그 이미지를 너무도 철저히 덮어 가렸기에 나는 그 장소를 가까이하지 않고 지냈다. 하지만 오늘은 다르다. 오늘 나는 다른 누군가에 의해 요새의 잔해 쪽으로 이끌려 가는 것만 같다. 저항할 수가 없다.

　　나는 조금 더 가까이 걸어간다. 벽 밑에서 그림자 하나를 본 것 같다. 아니면 벽 속에서였나? 무언가가 거기 있다. 무언가-어둡고-무언가-조금 열려 있다. 나는 원형 요새의 외벽인 줄 알았던 것이 실은 고리 모양의 통로를 형성하는 두 개의 벽 중 하나였고, 그 두 벽 사이에는 내부 통로 혹은 일렬로 이어진 좁은 방들처럼 생긴 텅 빈 공간이 나 있음을 깨닫는다. 둥근 돌들로 덮어 놓은 지붕은 지금까지도 부분부분 남아 있다. 지금까지 본 적 없는 형태의 공간이다. 나는 어둠 속으로 팔을 뻗어 돌의 차가운 안쪽 표면을 느끼고, 곧이어 어두운 방 안에서 전등 스위치를 찾는 사람처럼 앞이 안 보이는 채로 여기저기를 더듬는다. 그러다가 포기하고 높은 곳으로 올라간다. 위에서 보니 이 요새는 하나의 우아한 지하 통로다.

　　'지하 통로souterrain'의 어원은 프랑스어다. '아래'를 뜻하는 sous와 '땅'을 뜻하는 terre가 합쳐진 말이다. 지하 세계underland. 발밑underfoot과 땅 밑 underground. 우리의 아래쪽. 그 깊은 곳에 숨겨진 건축 물과 거기에 깃든 고대의 형태가 주는 감각—그 감각마 저 『아트 올리어리를 위한 애가』를 다시금 떠올리게 만 든다. 여기서 잠시 기다리면 무엇을 더 발견할 수 있을지 궁금하다. 나는 어서 차를 타고 아이들에게 돌아가야 한 다는 생각 때문에 초조해하면서도 요새의 잔해 가장자 리에 가만 앉아 있다. 그러면서 잔디와 가시나무 덤불로 풍성한 초록빛 망토를 두른 그 건물의 표면을 두 손으로 천천히 훑는다. 나무 사이에 들어선 이 건축물은 실로 아 늑한 곳에, 보호받는 곳에 자리한 것처럼 느껴진다.

　　가만 앉아 있는 동안 멀리서 다가온 구름과 햇빛 이 춤추며 내 몸 위에 그림을 그린다. 내 손가락 끝이 돌 위를 떠돌아다닌다. 나는 한참이라고 느껴지는 시간 동 안 거기 앉아 이 장소가 무언가를 발설하기를, 그 소녀를 더 가깝게 느끼게 해 줄 어떤 비밀을 털어놓기를 기다린 다. 언젠가 이 숲속으로 들려오는 "넬-리, 넬-리"라는 두 음절의 외침에 고개를 확 돌렸을 소녀. 나는 그 소녀가 내 안에서 불러일으킨 성장이 막 시작되었던 순간들을 떠올린다. 어딘가 간지러워서 눈을 떠 보니 내 손에 닿은 작은 나뭇잎 하나가 분주히 움직이고 있다. 귀찮아진 나 는 그것을 밀어내고 몽상으로 돌아가려 해 보지만, 내 시 선은 이미 마음을 떠나 그 잎을 떨어뜨린 줄기를 좇고 있다. 작은 귀퉁이마다 드리운 진득진득한 산딸기 덩굴을 찾아내는 건 내 손가락들이다. 그 순간, 내 눈에 그들이 보인다. 쌍둥이 소녀, 한 명은 머리가 검고 한 명은 금발이며, 두 입술 모두 산딸기즙으로 붉어져 있다.

———

10대가 된 넬리는 제멋대로 굴기 시작했고, 너무 제멋대로 군 나머지 넬리의 어머니는 넬리가 열네 살이 되자마자 나이 많은 남자와 결혼시킨다. 그저 '코너 씨'라고만 기록돼 있는 그 남자의 집은 넬리의 집에서 다섯 시간 거리에 있었다. 보라. 지금 넬리는 큼직한 궤짝에 자기 빗을 다소 난폭하게 던져 넣고, 그다음에는 잠옷 한 벌을, 수를 놓은 긴 양말을, 목걸이에 다는 펜던트 모양의 사진갑을 던져 넣는다. 넬리는 궤짝 뚜껑을 꽝 닫고 잠근다. 그러더니 쌍둥이 동생을 힘껏 껴안는다. 하지만 그들이 무언가 속삭인다 해도 우리는 너무 멀리 있어서 듣지 못한다. 넬리가 데리네인을 떠나자 천 개의 선명한 잔물결이 반짝이며 작별 인사를 한다.

———

책에서 읽은 바에 따르면, 결혼식 때 지참금 대신 주어진

양이나 말이나 소 여러 마리를 신부가 탄 마차 앞에서 몰고 가는 경우가 종종 있었다고 한다. 그래서 나는 검은 암소들을 풀어 좁은 길 위를 빠르게 걷게 한 뒤 그 뒤를 따르는 마차 속에서 입을 삐죽거리는 넬리를 상상한다. 전통적인 '집으로 데려가기' 의식에 따르면, 종착지 부근에 다다른 신부의 마차는 「오, 집에 오신 것을 환영합니다Óró, Sé Do Bheatha Abhaile」라는 노래의 소란스러운 후렴구에 맞춰 들썩였을 것이다. 그러다 마차가 목적지에 가까워지면 들뜬 군중이 말들의 고삐를 푼 다음 말을 대신해 마차를 끄는 광경을 마주하게 될 터였다. 넬리는 나이 많은 오코너의 후계자를 낳아 줄 거라는 기대를 받는 예쁜 아내가 되어 함성과 박수 속에서 신혼집에 들어간다. 집 안에는 하프 한 대가 기다리고 있다. 그런데 넬리가 발을 들여놓자마자 그 하프의 모든 현이 끊어진다. 툭. 툭. 툭. 그 자리에 참석한 모든 사람은 이 이상한 사건을 몹시 불길한 전조로 해석하고, 그 전조는 '헉' 하는 숨소리를 통해, 군중 속에 잔물결처럼 퍼져 나가는 그 똑같은 소리를 통해, 그리고 옆 사람의 옆구리를 찌르는 팔꿈치들로 이루어진 파도를 통해 더 멀리까지 전해진다. 이렇듯 전조가 막 탄생하는 순간을 목격하는 건 드문 일이다. 대부분의 전조는 그 반대 순서로만 해석될 수 있다는 점을 떠올려 보면 말이다. 하프의 현이 끊어지자 모든 사람의 시선이 넬리를 향한다.

하지만 확실한 결과들이 그 전조를 뒤따르지 않았다면 이 이야기의 메아리는 충분히 강해지지 못했을 것이다. 적어도 지금 우리에게 닿을 때까지 말해지고 또 다시 말해지지는 않았을 것이다. 그러나 그로부터 6개월이 채 지나지 않아 넬리의 남편이 세상을 떠난다. 그의 죽음은 끊어진 하프 현들에 불운을 부여하고, 그렇게 그저 평범한 사건에 불과했던 일이 반복해 말할 가치가 있는 하나의 이야기로 변모한다. 넬리는 가장 어두운색 드레스를 입고 남편의 시신 곁을 지키면서, 하프 현이 끊어지는 순간을 목격했던 바로 그 관객들의 눈앞에서 그들이 기대하는 텍스트를 수행해 내야 한다. 어떤 이들은 그가 남편을 부르며 울부짖었다고 하고, 또 다른 이들은 그가 남편의 경야 자리에서 편히 앉아 아무 생각 없이 견과류 껍데기를 깨뜨렸다고 하지만, 둘 중 어느 쪽이었건 간에 결론은 같다. 정신을 차렸을 때, 넬리는 열다섯 살의 나이에 과부가 되어 있다. 데리네인으로 돌아왔을 때, 넬리의 몸은 임신한 상태가 아니다.

여기 침묵이 있다.

누군가가 더 많은 여자의 말을 저 낡은 책상에 넣어 두어야겠다고, 그럴 만한 가치가 있다고 생각했더라면 얼마나 좋았을까. 내 상상 속에 있는 것들, 여자들의 손 글씨로 쓰인 그 모든 일기와 편지와 기록부들, 그것들은 한때는 존재했지만, 결국 누군가가 쓰레기통에 넣어 망각 속으로 깨끗이 비워 버린 게 분명하다. 우리에게 남아 있는 건 오직 넬리의 결혼이 남긴 후유증의 의미를 알아낸 오코넬 부인(그는 여러 장소와 수십 년의 세월을 함께 가로지르며 글을 썼다)의 판단뿐이다. 부인에 따르면 넬리는 '남편에게 특별히 헌신적인 사랑을 품지도 않았고, 그러겠다고 공언하지도 않았지만, 집으로 돌아올 때는 한 가정의 주인으로서 가지고 있던 자유와 영향력을 상실한 것을 애석해했다.'

나는 이 소녀를 생각하면 침울해진다. 이제 나는 이 소녀가 살았던 삶의 메아리를 내 삶 속에서 듣는 일에 너무도 익숙해졌고, 그래서 그는 내게 거의 진짜처럼 느껴진다. 다른 보이지 않는 존재들처럼. 라디오에서 흘러나오는 알 수 없는 사람들의 목소리나 인터넷을 통해 들려오는 사람들의 합창처럼. 잡초들 밑에서 보이지 않게 뻗어 가는 뿌리처럼. 우리 집 울타리 너머에서 짖는 개처럼. 나는 실패한 결혼 때문에 데리네인 밖으로 나갔다가 다시 돌아온 아일린 더브의 고투를 따라가고 있고, 그런 내게 그는 지금 살아 있는 사람이다. 나만큼이나 살아 있는 사람.

나는 아일린 더브의 삶이 내 삶과 철저히 다르다는 걸 깨닫지만, 그럼에도 어쩔 수 없이 우리 둘을 연결

하고 만다. 나 역시, 10대였을 때 정신을 차려 보니 죽은 사람의 몸을 빤히 내려다보고 있었던 적이 있다. 그리고 나 역시, 나 자신이 실패자라고 느꼈던 적이 있다. 나를 그 순간으로 이끌고 가는 건 한 칸의 방이다.

6.

해부실

Is aisling trí néallaibh

do deineadh aréir dom

어젯밤, 너무도 구름 같은 환상들이
내게 나타났지……

그 방에 처음으로 들어간 건 꿈속에서였다.

높은 창문들은 불타오르듯 빛나고 있었고, 눈 덮인 산맥처럼 생긴 불분명한 형상 여러 개가 내 허리께를 맴돌고 있었다. 그 방은 마치 방금 비워진 것처럼, 내가 모르는 한 무리의 사람들이 머물다가 바로 조금 전에 나간 것처럼 느껴졌다. 그렇게 그 방이 비어 있던 그 짧은 순간에, 나는 마치 유령처럼 갑자기 그곳에 나타난 것이었다.

잠에서 막 깨어나 방향 감각을 되찾지 못한 나는 양 팔꿈치로 몸을 지탱한 채, 마치 강물에 빠졌다 기어 올라온 사람처럼 온몸에 흥건히 배어 있는 두려움에 몸을 떨었다. 오디오의 붉은 디지털 숫자들이 08:52라고 표시되며 반짝였다. 햇빛 찬란한 토요일 아침이었다. 나는 세 시간이나 늦게 일어났는데, 그건 아침에 계획해 둔 공부 시간표의 열다섯 구간 중에 처음 여섯 구간을 날려 버렸다는 뜻이었다. 시험 기간이 다가오고 있었다. 학교 친구들은 견습생이 될지 아니면 간호나 법학 과정을 공부하는 게 좋을지 고민했지만, 나는 내 미래에 안정된 체계를 부여해 줄 길이 따로 있다는 결론을 내려 둔 뒤였다. 다른 어떤 길보다도 나은 하나의 길이.

나는 우리 가족의 주치의였던 치과 의사가 일하는 모습을 수년간 조용히 관찰했었다. 그는 차분하고 친절하며 호감 가는 남자였다. 내가 보기에 그가 근무하면서 하루에 마주치는 문제의 수는 딱 정해져 있었고, 그 각각의 문제는 일련의 명확한 조치만 있으면 쉽게 해결되는 듯했다. 심지어 내가 부러진 이를 피범벅이 된 조그만 손바닥 위에 올려 내밀어도 그는 조금도 곤란해하지 않았다. 나는 볕이 잘 드는 그의 진료실에 현장 실습을 신청했고, 거기서 내 직감은 사실로 확인되었다. 그건 멋진 인생이었다. 대학 치의학과에 들어갈 수 있을 만큼 높은 점수만 확보할 수 있다면 내 인생도 그렇게 될 수 있었다. 안전하고 변함없는 나날들과 안전하고 변함없는 봉급.

문제가 있다면 거기에 찬성하는 어른이 아무도 없다는 점이었다. 진로 지도 담당 선생님은 우리 부모님과 면담할 때 내 적성 검사 결과에 얼굴을 찡그리면서 두 개의 선택지를 제시했다. 어린이들을 가르치는 교사와 10대들을 가르치는 교사였다. 하지만 내가 치의학에 잘못된 환상을 품고 있다고 경고하는 어른들이 많아질수록 내 마음은 더 단단해졌다.

그간 내가 청소년다운 반항을 펼친 전장은 담배와 술과 쉴 새 없이 바뀌는 위험한 남자 친구들이었다. 이제 치의학이 그 뒤를 이었다. 나는 그들에게 보여 줄 생각이었다. 그들 모두에게 증명해 보일 터였다. 그저 한정된 분량의 정보를 외운 다음 시험 답안지에 풀어 놓기만 하면 되는 일이었다. 쉽잖아.

틈만 나면 공부하기 시작했다. 암소들이 되새김

질을 시작하기에도 이른 시각부터, 집에서, 학교에서, 자유 시간에, 버스에서, 그리고 좁은 길을 성큼성큼 걸어 집에 돌아오는 동안에도. 심지어 학교 뒤쪽에 슬쩍 숨어들어 담배를 피우면서도 프랑스어 동사 목록을 찾아 주머니를 더듬었다. 가장 어렵게 느껴지는 반과거 동사 변화를 외워야 했는데, 그건 능동적으로 계속되는 과거를 나타내는 시제였다. 즈 데지레Je désirais. 나는 욕망하고, 원하고, 갈망했고, 그 상태는 끝없이 계속되었다. 나는 내 삶에서 가져다 쓸 수 있는 모든 순간을 기계적으로 무언가를 암기할 기회로 바꿔 놓았다. 외워야 할 화학 반응식이 있었고, 예이츠의 시가 있었고, '세포 원형질 분리'와 '무딘 톱날 모양 형성'의 의미도 외워야 했다. 1453년부터 1571년까지의 오토만 제국에 대한 에세이는 아예 통째로 외워 버렸다. 해야 할 일이 너무 많았다. 나는 유전학 법칙을, DNA 복제 과정에서 '전사'와 '번역'[12]이 어떻게 다른지를 외워야 했다. 이차방정식을 풀어야 했다. x와 y의 값을 구해야 했다. 시간을 낭비할 여유는 요만큼도 없었다. 그런데 예정보다 한참 늦게 일어난 지금, 꿈에서 본 광경으로 들뜬 내 몸은 여전히 웅웅 울리고 있었다.

나는 부모님 방의 문을 열어젖혔고, 부모님은 햇빛 속에서 미소를 지으며 버터 바른 토스트를 씹고 있었고, 라디오의 주요 뉴스가 웅얼웅얼 배경음으로 깔리고 있었다. 나는 부모님에게 교회 비슷한 어떤 장소가 꿈에 나왔는데 너무나 생생하게 느껴졌다고, 이건 모든 일이 잘 풀릴 거라는 징조라고, 이제 모든 걸 아주 확실하게 알겠다고 말했다. 아버지는 어머니와 자신의 찻잔을 모아 치우기 시작했다. "조금 더 자라." 아버지가 미소 지으며 말했다. 그때쯤, 내 진로에 관해 우리가 나누는 대화의 역학 관계는 상당히 굳어진 상태였다. "인문 계열을 선택하면 서로 다른 네 가지 과목을 공부할 수 있단다." 어머니는 이렇게 말하곤 했다. "넌 역사를 좋아하니 그걸 공부해도 될 테고, 원한다면 영어를 해도 되지. 그리고 철학도 있고, 그거 말고도 네가 하고 싶은 거라면 뭐든 공부할 수 있어!" 부모님은 인문학 학위가 크리스마스만큼 좋은 것인 양 이야기했지만, 나는 그 길로 가면 직업도 안정도 얻지 못하는 삶을, 자신을 직접 통제할 수 없는 삶을 살게 될 거라고 확신하고 있었다. 부모님이 내 걱정을 한다는 건 알았다. 나는 잠도 안 자고 공부했고, 제대로 먹지도 않아 비쩍 말랐고, 늘 긴장해 있는 데다 담배도 너무 많이 피웠으니까. 부모님은 내가 조금이라도 힘이 덜 드는 길을 선택하는 게 더 행복해지는 길이라고 생각했다. 나는 그걸 알고 있었다. 그리고 부모님이

---

12 전사는 DNA의 유전 정보를 복사해 RNA를 합성하는
    과정이며, 번역은 RNA의 유전 정보에 따라 리보솜에서
    단백질을 해독하는 과정이다.

틀렸다는 것 역시 알고 있었다. 나는 곧 열일곱 살이 될 예정이었다. 내게는 계획이 있었고 나는 그 계획을 실현할 수 있었다.

샤워하는 동안에는 샤워 부스 유리 바깥쪽에 테이프로 붙여 둔 소장의 도해에 정신을 집중했다. 나는 거기 붙은 명칭들이 기도문처럼 들릴 때까지 혼자서 반복해 중얼거렸다. 상피 세포, 미세 융모, 림프 유미관, 내강. 나는 눈을 감고 머릿속으로 이미지를 재구성하면서 반복했다. 내강, 내강, 내강. 내 양팔에서 아지랑이처럼 솟아오른 뜨거운 물기가 피부로부터 공기 중으로 흩어져 사라졌다.

———

그 방에 두 번째로 들어갔을 때는 시신 한 구가 기다리고 있었다.

그날 아침, 나는 강물 소리를 듣고 낯선 침실에서 눈을 떴다. 약간의 장학금을 받아 캠퍼스의 공동주택에 마련한 한 칸짜리 방이었다. 나는 그곳에서 지내는 첫날부터 밤마다 창문을 열어 놓았고, 나를 달래 주는 리Lee 강의 물소리를 들으며 잠이 들곤 했다. 그날, 나는 일어나 옷을 입고, 머리를 틀어 올려 핀을 꽂고, 우유 한 잔을 마시고, 담배 네 대를 피우고, 가방 내용물을 세 번째로 확인한 뒤 헤드폰으로 귀를 덮고 워크맨의 재생 버튼을 눌렀다. 캠퍼스 지도를 두 번씩 확인해 가며 언덕을 올라가는 동안 귓가에서는 픽시스[13]가 울부짖었다.

의과 대학 예과 1학년 등록을 하려고 줄을 서 있던 다른 아이들은 사립학교 출신다운 발음으로 말했다. 꿀을 바른 듯한 모음. 나는 같은 과 학생들을 게걸스럽게 눈으로 읽었다. 그들이 하는 몸짓과 햇볕에 탄 피부와 옷깃이 기울어진 각도. 우리는 각자 교재 한 무더기와 함께 학교 매점에서 새로 구입한 해부 주머니 하나씩을 들고 있었다. 어떤 아이들이 물려받은 실험용 가운에 관해 농담하는 걸 우연히 들은 나는 그 농담 속에 깔린 텍스트를 혼자서 해석했다. 공장에서 갓 만들어져 나온 내 가운, 풀을 잔뜩 먹여 빳빳해진 그 가운은 이제 벗어 버릴 수 없는 까슬한 피부가 되어 있었다. 내가 직접 그걸 걸치고 단추를 잠갔으니까. 계단식 강의실에 앉아 있는 동안 목덜미가 심하게 가려웠지만, 나는 긁고 싶은 충동을 참으며 등을 꼿꼿이 세웠다.

강사가 성큼성큼 걸어 들어오자 강의실이 조용해졌다. 기술 담당자가 VCR에 비디오 하나를 밀어 넣었다. 텔레비전 화면이 깜빡이더니 벌거벗은 사람의 몸 이미

---

[13] Pixies. 1986년 결성된 얼터너티브 록 밴드로, 80년대 미국 인디 록을 대표하는 밴드 중 하나다.

지로 바뀌었다. 죽었구나, 나는 생각했다. 죽었나? 죽었
어. 친절한 목소리가 해부 절차를 들려주기 시작했다.

> 흉부입니다. 쇄골 사이에서 시작한 해부용
> 메스가 흉골을 지나 배꼽까지 깔끔하게 절개
> 하는 걸 관찰해 보세요. 절개된 부분 가장자리
> 는 단단하게 그대로 있죠. 이럴 때 지방과 근
> 막이 있는 표면층 너머를 살펴보려면 작은 메
> 스를 쓰는 게 좋습니다. 피부를 제거하고 나면
> 늑골과 늑간 근육 조직을 관찰해 보세요. 흉곽
> 에서 조심스럽게 흉근을 떼어 내세요. 작은 톱
> 은ㅡ

거기서 비디오는 버벅거리다가 마침내 멈춰 버렸고, 기
술 담당자는 지겹다는 듯 기계를 탁 쳤다. 그래도 화면
이 돌아오지 않자 강사는 우리를 실험실로 이끌었고, 들
어갈 때 우리 각자에게 라텍스 장갑을 한 켤레씩 나눠 주
었다. 나는 충격을 받았다. 내가 몇 달 전 꿈에서 본 풍경
속에 서 있다는 걸 깨달았던 것이다. 높은 천장도 똑같
았고, 빛으로 불타는 듯한 창문들도 똑같았다. 모든 것이
으스스할 만큼 정확하게 똑같았다. 심지어 그 기이한 산
맥ㅡ열 개쯤 되는 산봉우리ㅡ도 똑같았는데, 지금은 각
각의 산이 내 주위를 맴도는 대신 바퀴 달린 병원용 운반

차에 실려 시트로 덮여 있다는 것만 달랐다. 꿈속에서와는 달리, 나는 시트 밑에 무엇이 있는지 짐작할 수 있었다. 내 꿈은 어떻게 이 방을 내게 미리 보여 준 걸까? 그것도 그토록 생생하게? 그것을 알아본 충격은 너무 커서 신체적인 반응이 올 정도였다. 두피에 식은땀이 배어 나오기 시작했고, 장갑도 갑자기 너무 꽉 조여드는 듯했다. 나는 시간이 멈춘 것처럼 길게 느껴지는 한순간 동안 당혹감에 빠져 꼼짝하지 못했다. 그러다 어느 키 큰 여학생이 나를 밀치며 지나갔고, 내 두 다리가 움직이며 그를 따라갔다.

테이블에 붙어 선 우리 여섯 명 가운데 누구도 입을 열지 않았다. 그들의 준비된 상태를 흉내 내 보려고 실험용 가운 주머니에 손을 넣은 나는 해부 주머니를 뚫고 튀어나온 메스에 손가락 끝을 베이고 말았다. (쓱.) 나는 서둘러 화장실로 가서 장갑을 잡아당겨 벗고 상처에서 피를 빨아낸 다음 단단하게 뭉친 휴지로 감쌌다. 그러고는 그 위로 새 장갑을 끼면서 이상하게 두툼해진 내 손을 비웃는 사람이 없기를 바랐다. 나는 거울 속의 나를 노려보았다. 누가 해부실에서 자기 몸을 절개하지? 오직 나, 오직 나뿐이다.

돌아와 보니 다른 학생들은 마치 막 끓여 낸 찻주전자를 둘러싸고 '먼저 따르세요' '아뇨, 어서 먼저 하세요' 같은 말들을 주고받는 노부인들처럼 서로에게 고갯

짓을 건네고 있었다. 내가 자리를 비운 사이에 강사가 지시를 내린 모양이었다. 이제 해부를 시작할 시간이었다. 마침내 주근깨가 잔뜩 난 남학생 한 명이 숨을 들이마시더니, 메스를 고르고, 시체의 목에서 허리까지 덮여 있던 하얀 시트를 접어 치웠다. 우리는 모두 인간의 피부로 이루어진 차갑고 넓은 대지 위로 몸을 기울였다.

나는 내가 해부할 시체가 옷을 벗은 내 몸과 비슷하리라고 늘 상상해 왔었다. 그러나 지금 내 앞에 놓인 몸은 몹시 나이가 많았고, 죽어 있는 데다 방부 처리도 되어 있었다. 작게 볼록 튀어나온 배 위쪽으로는 갈색 반점에 뒤덮인 두 개의 작은 유방이 부드럽게 늘어져 있었다. 당연한 일이지만 냄새도 났다. 내가 상상했던 냄새는 아니었다. 하지만 몸에서 나는 거라고 알아차릴 수는 있을 정도의 냄새, 살냄새인 동시에 더없이 화학적인 냄새였다. 마치 더운 날 소독약을 풀어 넣은 대걸레 물 한 양동이가 누군가의 발에 걸려 쏟아지는 바람에 그 물을 뒤집어쓴 개가 풍기는 냄새 같았다. 떨리는 한순간, 남학생이 나이 든 여자의 몸 위로 칼날을 겨눴다. 그런 다음 갖다 댔다. 그가 여자의 몸을 절개했다. 다른 운반차에 붙어 서 있던 학생들도 모두 자기네 시체 위로 몸을 굽혔고, 우리 모두의 입이 넋을 잃고 벌어지면서 해부실은 침묵에 사로잡혔다. 우리는 곧 마치 말없이 합의한 것처럼 절개를 시작했다. 나는 나이 든 여자의 흉곽에서 나방 날

개처럼 칙칙한 갈색 피부 두 조각이 절개되어 나오는 광경을 지켜보았다. 학생들의 손이 차례로 메스를 피부에 대고 지방을 잘라 내고 근육을 찔렀다. 이 여자는 왜 이런 결정을 했을까, 나는 궁금했다. 무엇이 한 사람으로 하여금 자신의 몸에 이토록 잔인한 결말을 부여하도록 몰아간 걸까? 나는 기분 나쁠 정도로 통조림 참치를 닮은 회색 살의 층을 헛되이 찌르면서 해부에 참여해 보려고 애를 썼다. 그러나 머릿속으로는 여전히, 내가 꿈에서 보았던 방 안에 서 있다는 기이한 사실에 관해 곰곰이 생각하고 있었다.

그다음 몇 주 동안, 나는 거의 모든 저녁 시간을 해부학 수업 준비로 보냈다. 교재를 넘기며 명명법을 외웠다. 같은 과 학생들과는 가벼운 우정을 쌓았다. 그 애들은 자기들만의 어휘로 사람들을 웃기기 위한 시도를 계속했는데, 나는 그걸 잘 이해할 수가 없었다. 이를테면 마냥 웃다가 누군가의 옆구리를 갑자기 쿡 찌르고는 "오! 펄쩍 뛰는데!" 하고 말하는 식이었다. 그 게임의 목표는 몸의 본능에 맞서 태연한 척하는 것이었다. 나는 언제나 졌는데, 그건 애초에 왜 그런 짓을 하는지 이해할 수가 없어서였다. 불과 몇 개월 전, 내가 학교 뒤쪽에서 담배를 피우고 있을 때 전 남자 친구가 몰래 다가온 적이 있었다. 그는 버튼을 누르면 날이 튀어나오는 나이프의 차가운 칼날을 학교 점퍼를 입은 내 등에 갖다 댔다. 그

것 역시 일종의 농담이었다. 해부실에서는 다른 칼이 사용되고 다른 농담이 오갔지만, 내 웃음소리가 억지웃음처럼 들리는 건 똑같았다. 어느 월요일, 한 여학생이 주말 동안 스키를 타고 왔다고 내게 말했다. "대박." 나는 힘없는 목소리로 대답했다. 나는 그 이질적인 단어를 그 한 해 동안 엄청나게 내뱉었고, 그다음 해부터는 단 한 번도 입에 담지 않았다. 해부실에서 너무 많은 웃음을 지었던 내 볼은 밤중에 좁다란 침대에 누워 있을 때마다, 강물이 옛 시대로부터 물려받은 노래를 속삭이는 걸 들을 때마다 뻐근해졌다.

시체는 나날이 달라져 갔다. 우리가 난도질해 떼낸 내장과 근육, 연골 조각은 모두 파란색 플라스틱 양동이 안으로 던져졌는데—일종의 쓰레기통 속으로 보내는 일종의 정돈 행위였다—양동이에 담겨 있는 그 조각들은 마치 그림 퍼즐 조각 혹은 떨어져 깨진 그릇의 파편 같았다. 그 조각들은 해부가 끝나는 대로 뼈와 피부만 남긴 채 속이 비워진 인체 껍질들과 함께 단정하게 관에 담기고, 이내 화장터나 묘지로 운반될 거라고 했다. 고인의 가족들이 그곳에 와 있을 터였다. 그들은 서로 감동적인 말을 주고받으며 설명할 수 없는 방식으로 학생들에게 자신의 몸을 기증한 고인을 기릴 것이었다.

내가 본 학생들은 모두 존중하는 마음을 담아 시신을 다루었다. 그들은 조용히 말했고, 칼을 댈 때도 늘 부드럽게 움직였다. 하지만 술집에 가면 우리는 삼부카를 몇 잔이고 입에 털어 넣으며 믿을 수 없을 만큼 피비린내 나는 우스갯소리를 떠벌리고는 큰 소리로 함께 웃어댔다. "······그러고 나서 술집이 문 닫을 즈음, 그 남자는 소변기 줄 맨 앞에 섰다가 시체 거시기를 그 속으로 떨어뜨린 거야. 다른 남자들은 그 거시기 위에 줄줄이 오줌을 싸게 된 거지. 다들 토해 버리더라고." 우리가 웃는 동안 해부실은 비어 있었다. 그곳은 어두웠다. 전등 스위치는 모두 꺼져 있었다.

학기가 진행될수록 내가 해부실에 있는 날은 드물어졌다. 나는 친구들을 많이 사귈수록 술을 많이 마셨고, 술을 많이 마실수록 담배를 많이 피웠고, 담배를 많이 피울수록 음식을 적게 먹었다. 내가 나 자신처럼 느껴지는 순간은 오직 낯선 사람의 눈동자 속에서 욕망을 발견할 때뿐이었다. 나는 그런 순간에만 나 역시 무언가를 원한 적이 있었다는 기억을 떠올릴 수 있었다. 나는 그 욕망에 나 자신을 맡겼다. 그 차가운 파도에 실려 어딘가 다른 곳으로 떠내려가는 건 기분 좋은 일이었다. 나는 오후가 되면 숙취에 시달리며 무거워진 몸을 끌고 도서관으로 갔고, 생리학과 해부학 책들로 내 책상 주위에 성벽을 세웠고, 복사한 도표들과 빌려 왔지만 절대 읽지는 않는 강의 필기들로 링 바인더를 가득 채웠다. 적어도 나는 나 자신만큼은 잘 속였던 것 같다. 다음 학년에도 학교에 다닐 거야. 하지만 어쩌다 보니 해부학 실습 전날 밤마다 미친 듯이 놀게 됐고, 다음 날 아침 수업은 그대로 빠져버리곤 했다. 내가 그때 해부실에 안 가고 어디 있었는지는 나도 반쯤밖에 모른다. 나는 변기의 앉는 부분에 한쪽 뺨을 대고 잠들어 있거나, 낯선 사람의 동거인이 굽는 베이컨 냄새에 눈을 뜨거나, 내 것이 아닌 베개에 침을 흘리고 있거나 했다. 나는 있어야 했던 곳에 있지 못했다. 공동주택에 같이 살던 친구가 가장 좋아하던 원피스(나는 그걸 빌렸다)에 묻은 내 토사물을 문질러 닦아 내며 어쩔 줄 몰라 할 때, 나는 그 방에 없었다. 하품을 하는 약사에게서 사후 피임약을 건네받던 그 많은 아침에, 나는 그 방에 없었다. 세속에서 격리된 수녀회의 예배당에서 흐느껴 울 때, 나는 그 방에 없었다. 맥주병 파편이 여기저기 박힌 손에 피로 물든 붕대를 감은 채 응급실에서 꾸벅꾸벅 졸고 있을 때, 나는 그 방에 없었다. 강물에 몸을 던지려고 시도했던 다음 날 아침에도 나는 그 방에 없었다. 나는 그 방에 없었다. 나는 이미 떠난 뒤였다.

　　나는 이미 그곳을 떠난 뒤였지만, 그런데도 가끔은 억지로 몸을 움직여 해부실로 돌아갔다. 어느 날 아침 평소답지 않게 이른 시간에 지저분한 머리를 하고 위스키의 숙취에 시달리며 그 방에 들어간 일이 기억난다. 나는 시트로 덮인 시체 옆에 서서 빗방울들이 창유리에 빗금을 그으며 풍경을 왜곡하는 모습을 빤히 바라보았다. 저 너머 도시의 지붕들은 두드리면 모양이 변하는 소재로 이루어진 것처럼 서서히 일그러지고 있었다. 그 위에 묵직하게 엉겨 있는 은회색 구름들은 비를 뿌릴 준비를 하고 있거나 이미 뿌리고 있었다. 나는 우리가 뭘 하고 있는지 알고 있는 누군가가 나타나 주기를 바라며 지친 몸을 운반차에 기댔다. 이때가 나의 배움을 위해 자기 몸을 기증한 한 사람과 내가 깊숙이 연결된 순간이었다고 말할 수 있었으면 좋겠다. 혹은 내가 그 여자에게, 당신을 저버린 것에 대해 보상할 방법을 찾겠다고 약속한 순간이었다고. 하지만 그건 거짓말이 될 것이다. 나는 시트 아래에 놓인 그 사람을 못 본 체했다. 내가 떠올린 생각이라곤 미치도록 담배를 피우고 싶다는 것뿐이었다. 지루해진 나는 손톱을 물어뜯으며 날카로운 조각들을 이로 떼어 내고, 삼키고, 다시 물어뜯었다. 그런 다음 손톱의 초승달 부분 옆에 있는 큐티클을 가느다랗게 벗겨 냈고, 열 손가락에서 전부 피가 날 때까지 물어뜯고 삼키기를 계속했다. 그 모든 손가락 피부와 피의 분자들이 내 배 속에서 요동치는 상상을 하자 다시 토할 것 같아졌다.

　　다른 학생들이 줄지어 들어왔다. 영리하고, 머리칼에서는 윤기가 나고, 사려 깊은 학생들이었다. 그들은 나와 잡담을 나누려고 했지만, 나는 수치심으로 땀을 흘리며 그저 속이 불편한 미소만 지었다. 나는 위험 없는 삶을 찾아 여기 왔는데, 이곳에서의 생활은 안전하지 않았고 통제되지도 않았다. 여기 오지 말았어야 했다. 나는 모든 과목에서 망하고 있었다. 전부 엉망진창이었다.

시트가 끌어 내려졌다.

내가 마지막으로 이곳에 왔던 때에 비해 너무도 많은 것이 변해 있었다. 흉곽이 사라졌고, 두 개의 폐도 마찬가지였다. 두개관은 톱으로 썰려 나가 있었고, 두개골은 열려 있었는데 뇌가 없었다. 한쪽 팔은 내부 혈관층을 보여 주기 위해 살이 깨끗이 발려 나가 있었다. 얼굴은…… 반쯤 열려 있었다. 눈은 기억나지 않는데, 내가 쳐다볼 엄두를 내지 못했거나 너무 오랫동안 노려봤거나 둘 중 하나였기 때문인 것 같다. 나머지는 선명한 회색을 띤, 사람이라고는 보기 어려운 구조물이었지만, 그래도 처음 시트를 벗긴 순간에 받았던 느낌에 비하면 좀 더 사람에 가까운 모양을 하고 있었다. 나는 도구 주머니를 열 수 없었다. 그 대신 그냥 거기 서서 한 쌍의 가윗날이 심낭을 가르며 나아가는 모습을 지켜보았다. 가위는 마치 오래된 궤짝의 열쇠 구멍에서 돌아가는 열쇠처럼 재빠르게 움직이며 반짝였다. 그 구멍 속에는, 내가 알기로는, 심장이 있었다.

그다음으로는 메스가 혈관들을 잘라 냈다. 내가 상상했던 섬세한 의식과는 전혀 닮은 데가 없었던 그 과정은 스테이크 나이프로 정원용 호스를 잘라 내는 일에 더 가까웠다. 심장은 회색이었지만 어째선지 반짝이는 것처럼 보였다. 떠내서 들어 올려진 심장은 학생들의 손에서 손으로 옮겨졌다. 나는 조심스레 심장을 받아들었다. 심장 근육 바깥에는 여러 개의 금속 스테이플이 한 줄로 박혀 있었고, 거기에 아침 햇빛이 비치자 심장은 말 그대로 반짝였다. 실험실 기술 담당자가 바삐 지나가며 심장을 가리켰다. "아, 전에 얘기했죠. 그건 심장 수술 흔적이에요." 그토록 엉성하게 수선된 심장이 계속 한 사람의 몸을 이끌고 다닐 수 있었다는 게 기묘하게 여겨졌다. 하지만 여기 그 증거가 있었다. 꿰매고 스테이플로 찍힌, 몸 밖으로 두 번 옮겨지고 이제는 타인들의 손안에 놓인 심장이.

———

그 방에 세 번째로 들어갔을 때, 방은 깜깜했다.

11월 말의 어느 날 저녁이었다. 내 어린 아들은 슬링에 싸인 채 내 몸에 묶여 있었다. 아이의 따스한 배가 내 몸에 바싹 붙어 있었고, 내 턱 아래에 놓인 아이의 숨구멍에서는 맥이 뛰고 있었다. 그곳은 캠퍼스에서 열린 어느 출간 기념회였다. 10년 만에 그 건물에 다시 가 보는 것도 재미있겠다고 되뇌던 나는 결국 충동적으로 이 행사에 참석하기로 했던 것이다. 나는 그 건물에서 재앙 같던 1학년을 보낸 뒤 인문학 학위 과정으로 갈아탔고,

심리학과 영어를 공부했으며, 결국 교사가 되었다. 나는 내가 서른다섯 명의 아이와 함께 하루하루를 보내면서 읽기와 그림 그리기와 숫자 세기를 가르치는 일을 무척 좋아한다는 사실을 알게 되었다. 한 해 동안 치의학 공부를 했던 걸 후회한 적은 없었다. 하지만 내 교실에 가끔 특정한 각도로 햇빛이 들 때면 내가 꾸었던 꿈과 그 해부실이 교차했던 수수께끼 같은 지점이 다시 떠올랐다. 나는 그 방을 잊은 적이 없었다. 그 방이 나를 잊었을지 궁금하기는 했다.

　　출간 기념 인사말이 끝나자 나는 사람들과 함께 박수를 보냈고, 충실하게 책까지 구입했다. 그런 다음 끈을 높이 들어 슬링을 추스르고는, 미적지근한 잡담과 와인과 치즈 스틱들로부터 몰래 빠져나왔다. 이곳에서 공부하던 시절에는 늘 실내가 밝았지만, 나는 어둠 속에서도 해부실로 돌아가는 길을 알고 있었다. 해부실 앞에 도착한 내 손은 문손잡이 위를 맴돌았다. 나는 망설였다. 이 방 안에 시체는 한 구도 없을 터였다. 10년이 지나는 동안 '플레임 랩the FLAME Lab'이라는 약칭으로 더 잘 알려진 곳, 그러니까 해부학과 형태학과 발생학을 공부하는 실습실이 근처에 새로 공들여 지어졌으니 말이다. 손잡이는 뻑뻑하게 돌아갔지만, 문 자체는 어깨뼈로 밀자 쉽게 열렸다. 어둠을 두려워했던 나는 문간에 서서 몸을 떨었다. 하지만 스위치를 켜는 게 더 무서웠다. 불을 켰다가는 보안 요원이 살펴보러 올 수도 있었으니까. 나는 어둠 속으로 걸어 들어갔다. 실내는 비어 있었다.

나는 시체들 사이에 나 있던 자리, 내가 늘 차지하곤 했던 자리로 향했다. 유리창에 이마를 대고 손바닥으로 차가운 창틀을 느꼈다. 거기 조용히 내려앉은 약간의 먼지는 작고 작은 것들의 평범한 아름다움과 함께 쌓여 있었다. 나는 그 아름다움을 이루는 수많은 구성 성분을 떠올려 보았다. 아주 오래된 연필에서 긁혀 나온 미량의 흑연, 제법 오래된 담배에서 나온 은빛 부스러기, 아주 작은 비듬 쪼가리, 케케묵은 재, 손톱 밑을 정돈하다 나온 티끌 조각, 그리고 이곳에서 해부된 시체들에서 나온, 알아차릴 수 없을 만큼 조그만 잔여물들. 나는 손가락으로 창틀을 쓸었고, 유리창에 묻은 얼룩에 혀끝을 갖다 대고 침을 삼켰다.

그 순간 저 너머 뜰에서 쿵 하는 소리가 들려왔다. 심장이 덜컥였고, 새로운 예감 하나가 꿈틀거리더니 점점 커졌다. 내가 여기 계속 있으면 이 방의 어딘가가 달라질 거라는, 그리고 그 변화를 통해 내가 아직 이해할 수 없는 엄청난 무언가를 드러낼 것 같다는 예감. 여기서 내가 이해하려고 애쓴 것들은 이미 너무도 많았기에, 나는 그 무언가가 드러나기를 기다리는 대신 작별 인사를 중얼거리고 몸을 돌려 나왔다. 그러면서 다시는 이 방으로 돌아오지 않겠다고 되뇌었다. 잠결에 몸을 돌리며 축

축한 손을 편 아기는 불가사리 모양으로 펼친 손가락을
내 쇄골에 대고 있었다. 내 손이 문손잡이에 닿자 젖이
돌기 시작하면서 얼얼해지는 느낌이 들었다. 유두가 간
질거리기 시작했다. 긁고 싶었지만 참았다.

———

그 방에 네 번째로 들어갔을 때, 나는 절도범이 되었다.

그 건물이 대규모 보수 공사 준비를 위해 일시적
으로 비어 있으며, 교수진이 미술 전시회만 열 수 있게
허락했다는 소식을 페이스북에서 접한 뒤였다. 나는 그
탭을 닫기도 전에 내가 조만간 그 방 안에 다시 서 있게
되리라는 걸 알았다.

나는 그 공간에 끌리는 내 마음을, 그리고 그곳
이 내 꿈과 교차했던 일을 어떻게든 이해해 보기로 결심
했다. 주차장에 도착한 나는 스마트폰을 꺼내 데자레베
Déjà-rêvé라고 알려진 현상을 찾아보았다. 그건 무언가
를 꿈으로 꾼 다음 그것을 현실에서 경험하는 일을 가리
키는 이름이었다. 그런 현상이 나타나는 이유를 설명해
주지는 못했지만 말이다. 내게 일어난 일은 '예지몽'이라
고 불렸다. 무언가를 예고하는 환영이나 전조. 잠들어 있
을 때 경험하는 현상. 하지만 웹사이트에는 설득력 있는
설명이 없었다. 그저 수정구슬이나 만화풍으로 그린 헐

벗은 요정 그림들뿐이었다. 짜증이 났다.

　만약 문자 그대로 내 꿈이 현실이 된 거라면 나는 왜 그걸 몽땅 망쳐 버렸던 걸까? 내게 일어났던 일들이 죄다 억지로 갖다 붙인 것처럼 느껴졌다. 어떤 소설가가 그런 장면을 책에 끼워 넣었다면 나는 눈을 위로 치떴을 것이다. 하지만 한편으로는 이런 생각이 들었다. 만약내가 어떤 소설 속 등장인물이고, 자기 꿈이 현실로 나타나는 걸 보았고, 그런 뒤에 재주껏 묘기를 부리다가 결국보기 좋게 실패해 버렸다고 치자. 그 인물은 지금 어떻게할까? 차 안에 앉은 채 스마트폰을 들고 아무 쓸데도 없는 웹사이트들을 이리저리 눌러 보고 있지는 않을 것이다. 그럴 리가 없다. 그 여자는 안으로 들어갈 것이다.

　열린 문은 덜거덕거리는 의자로 고정되어 있었고, 의자에는 손으로 휘갈겨 쓴 표지판이 스카치테이프로 붙어 있었다. 아트는 이쪽입니다.[14] 위층으로 올라가자 그 방을 구성하는 다른 부분들, 지난번에 왔을 때는눈에 들어오지 않던 부분들이 햇빛을 받아 눈에 띄었다. 지하실에서 시체를 위로 수송하던 선뜩한 엘리베이터. 몇 년에 걸쳐 동심원 모양으로 생겨난 금속성 얼룩들이

---

[14]　여기서 아트Art는 예술 전시장을 안내하는 의도로 쓰였지만, 저자에게는 '아트 올리어리'를 떠올리게 하는 단어이기도하다.

여전히 남아 있는 싱크대. 전시회에 주의를 기울이지 않았다가는 나가라는 말을 들을 것 같아 걱정이 된 나는 여러 영상 작업과 캔버스 사이를 거닐면서 그 작품들의 배경에 일어난 변화를 은밀히 살펴보았다. 창틀 안으로 들어온 가냘픈 담쟁이덩굴. 수도꼭지 아래 쳐진 거미줄. 석고 벽면에 자신만의 역사를 천천히 새기고 있는 금들. 타일 하나하나에 밑줄을 긋듯 쌓인 두터운 먼지.

내 뒤에서 학생 두 명이 셀카를 찍었다. 그중 한 명이 갈라진 푸른색 매니큐어에 뒤덮인 손톱으로 리즐라 담배를 말더니 혀로 핥고 눌러 붙였다. 그 여학생은 미소를 짓더니 "금방 돌아올게요"라고 말했고, 나는 고개를 끄덕였다. 그들 뒤로 문이 소리 내며 닫히자마자, 나는 뒤쪽 계단을 세 걸음 만에 뛰어올라 내가 한 번도 가 본 적 없는 1층과 2층 사이의 중이층으로 올라갔다. 거기에는 해부실 기술 담당자의 사무실이 있었다. 다양한 문서 저장고의 서랍은 열려 있었고, 바닥에는 온통 서류들이 흩어져 있었다. 모든 표면을 얇게 뒤덮은 먼지. 아까 그 학생들이 담배를 피우고 돌아올 때까지 5분 정도는 시간이 있을 터였다. 뭘 하지? 나는 나 자신에게 놀라면서 옆문을 비틀어 열었고, 더 좁고 오래된 계단을 뛰어 올라갔다.

다락방은 추웠다. 그 숨겨진 공간은 축축한 석재의 악취를 풍겼다. 벽을 이루는 벽돌들은 더러운 명주실

같은 묵은 거미줄로 덮여 있었다. 나는 정확히 해부실 바로 위에 서 있었다. 어쩌면 해부실에 실려 온 사람들의 어떤 부분이—그것을 영혼이라고 하자—해부실 위쪽에 있는 이 그늘진 방으로 올라와 서까래와 슬레이트를 통과한 다음, 마치 증기가 피부에서 공기 중으로 증발하듯 사라져 왔는지도 몰랐다. 나는 잠시 가만히 선 채, 아래층에서 인간들이 다른 인간의 몸을 해체하는 동안 평생을 여기서 살았을 여러 세대의 박쥐와 쥐에 관해 생각했다. 이 이야기에 억지로라도 합리적인 결말을 부여하기 위해 내가 할 수 있는 일은 뭘까? 나는 약간 어지러워질 때까지 눈을 감았다. 그런 다음 훔칠 물건을 골랐다.

집에 도착한 나는 훔쳐 온 물건으로 뭘 해야 할지 몰랐다. 그 벽돌은 모르타르에 뒤덮인 데다 케케묵은 먼지로 찌들어 있었다. 나는 내가 그 볼품없고 섬뜩한 물건을 왜 훔쳤는지 이해할 수 없었다. 당혹스러웠다. 처음에는 그걸 거실 의자 아래 둬서 내 눈에 보이지 않게 했고, 그런 다음에는 화분 뒤에 기대 놓았다. 나는 그 벽돌이 내 눈에 띄지 않았으면 했지만—그걸 훔쳐 온 건 내 인생의 어처구니없는 실책 가운데 하나였다—그 사물에 대해 생각하는 걸 멈출 수가 없었다. 차마 집 안에 보관할 수는 없었지만 그렇다고 되돌려 놓을 수도 없었다. 그래서 그 벽돌은 잔디밭에, 내가 여러 해변과 한때 장원을 이루었던 벽의 잔해로부터 날라 온 돌들 사이에 쑤셔 박힌 채 머무르게 되었다. 그 벽돌은 아직도 거기 남아 있다. 이끼의 집주인 노릇을 하고, 야생 벌과 나비 들에게 잠깐 동안의 쉼터를 제공하고, 미끄러져 가는 달팽이의 받침대가 되어 주면서.

————

나는 알고 있었다. 그 방을 다시 찾아가는 건 그저 시간 문제일 뿐이었다. 그동안 그 방에서 너무도 많은 것을 얻고 또 얻어 왔기에, 나는 거기서 내가 얻어 온 만큼 나 자신을 내줄 수 있는 방법을 간절한 마음으로 찾아다녔다. 어떤 균형을 맞추고 싶었던 것이다. 어느 날 아침, 나는 어떤 번호로 전화를 걸었다. 다음 날에 서류가 도착했다. 내 몸을 해부실에 기증하기로 서약하는 데 필요한 거라고는 내가 휘갈겨 쓴 서명뿐이었다. 그렇게 멀리서 하는 행동은 멀리서 내 차 리모컨의 시동 버튼을 누르는 것만큼이나 쉽게 느껴졌다. 나는 봉투를 우체통에 넣었고, 문 하나가 나를 위해 열리는 걸 느꼈다.

언젠가 내 몸이 해마다 아일랜드의 다섯 개 의과 대학 실험실로 실려 가는 백여 구의 시체 중 하나가 될 거라고 상상하는 일. 그 상상은 마음 어딘가를 위로해 주었고, 한편으로는 내가 꾸었던 꿈이 지닌 예언의 힘을 더욱 강렬하게 만들어 주는 것 같았다. 의과 대학들은 시신 기증을 촉발하는 감정적인 충동에 대해 똑같은 태도를 보인다. 아일랜드 골웨이 국립 대학교 웹사이트에는 이렇게 적혀 있다. '신체 기증은 가장 관대하고 자애로운 행위입니다. 저희 골웨이 국립 대학교 해부학과는 이런 방식의 유증에 깊이 감사드립니다. 이는 다음 세대의 의사들과 의학 연구자들을 훈련하도록 돕는 일입니다.' 영국 왕립 외과 전문의 대학교는 '인간의 신체라는 유일하고도 귀중한 선물이 의학 교육과 연구의 토대가 되는 지식의 원천을' 어떻게 제공하는지 언급한다. 트리니티대학교: '저희 학부는 자신의 신체를 의학에 기증해 주시는 분들의 관대한 정신에 전적으로 의존하고 있습니다.' 코크 아일랜드 국립 대학교: '신체를 기증하는 자애로운 행위는 인간 신체를 해부하는 학문에 필수적입니다.' 더블린 아일랜드 국립 대학교: '의학 교육을 위해 신체를 기증하는 이타적인 행위를 통해, 우리는 앞으로 다가올 세대의 삶과 안녕에 막대한 영향을 끼칠 수 있습니다. ……저희 대학은 임상 교육을 위해 신체를 기증하기로 결단해 주신 많은 개인과 이러한 자비로운 기증을 지지해 주신 가족분들께 언제나 감사드리고 있습니다.'

자신의 시신을 해부학과에 기증하는 행위가 관대하다거나 이타적이라는 간단한 말로 온전히 설명될 수 있을까. 잘 모르겠다. 그런 행위에는 이 단체들이 상상하는 것보다 더 복잡한 면이 있는 게 아닐까. 예를 들면, 그런 행위는 죽은 뒤에도 자기 육체의 운명에 어떤 통제력을 행사하려는 (실패한) 시도일 수 있고, 혹은 장례 비용 문제를 편하게 처리해 주는 방법일 수도 있다. 역사를 살펴보면, 고인과 가장 가까운 친척들에게는 장례 비용을 내는 대신 고인의 시신을 기증할 수 있는 권리가 주어진 적이 있었다. 그리고 지금도 의과 대학들은 매장이나 화장 비용을 시신 기증자의 가족에게 보상해 주고, 그 사실은 내게 어떤 안도감을 가져다준다. 적어도 내 가족들이 장례비 청구서 때문에 걱정할 일은 없을 테니까. 게다가 시신 기증이라는 행위에 담긴 시적인 면 또한 나를 기쁘게 한다. 그 행위를 통해 나는 내 미래의 한순간을 설정한 것이다. 먼 훗날, 그 순간이 찾아오면 내 몸은 내 과거에서 온 한순간을 되울릴 것이다. 해부학도로서는 실패했지만, 한 인간의 몸이 해체되는 일을 지켜본 경험은 내 인생에서 가장 뜻깊은 일 중 하나였다. 아직 기억 속에 남아 있는 감각, 다른 누군가의 심장을 내 두 손에 쥐었을 때의 감각은 여전히 나를 뭉클하게 한다. 내가 죽으면 어느 날 아침 어떤 낯선 사람이 내 심장을 들어 올려 자신의 두 손에 쥐게 될 것이다. 그들이 내 몸을 보고 낄낄웃거나 장난을 친다 해도, 그 웃음은 내가 기꺼이 나 자신을 내주려 하는 내세의 일면에 불과할 것이다.

내 몸을 마지막으로 만지게 될 모르는 사람들에게 메시지를 남기고 싶었다. 문신을 새길 잉크로 흰색을 고르면서 모유 은행을 떠올렸다. 그리고 하얀 목구멍들로부터 모습을 드러내는 『아트 올리어리를 위한 애가』를 떠올렸다. 나는 여성에 의해 쓰인 그 모든 부재하는 텍스트를, 문자로 기록된 적도 번역된 적도 없는 그 수많은 문학 작품을 떠올렸다. 엘렌 식수의 말이 떠올랐다. '여성 안에는 언제나 최소한 약간의 좋은 모유가 남아 있다. 여성은 흰 잉크로 글을 쓴다.' 그 순간 나는 아일린 더브의 작품에서 한 구절을 골라야 한다는 걸 알아차렸다. 내가 고른 구절은 아일린이 예언적인 환각을 담은 꿈에서 갑작스레 깨어나는 부분이었다. Is aisling trí néallaibh. 내가 '너무도 구름 같은 환상들이'라고 옮겼던 구절.

문신사의 바늘이 다가오자 나는 눈을 질끈 감은 채 고통이 나를 그 방에 다섯 번째로 데려가게 두었다. 시인의 새하얀 말들이 한 글자 한 글자 내 피부에 새겨질 때, 내 눈은 다시 그것을 보았다. 창문, 대성당의 그것처럼 우아한, 불타오르는 듯한 햇빛에 반짝이는 그 낡은 유리창들을.

7.

차가운 입술을 차가운 입술에

잠 Níor throm suan dom
때문에 방해받은 게 아니라,

나는 손끝으로 짚어 가며 책을 읽는 버릇에서 끝내 벗어나지 못했다. 기록 보관소를 뒤지면서 아일린 더브에 관한 참고 자료를 찾다 보면 메스가 내 손에 새겨 준 선 모양 흉터가 눈에 들어오는데, 그 흉터는 텍스트의 행과 행 사이에 있는 하얀 공간과 아주 닮아 보인다. 내 피부에는 그 칼날의 기억이 선명히 남아 있지만, 이 오래된 문서들 속에 아일린의 이름이 남아 있는 일은 드물다. 나는 그를 찾아내려고 애를 쓴다. 애를 쓰고 또 쓰고, 실패하고 또 실패한다. 나는 결국 오코넬 부인이 부럽게도 손에 넣은 아일린의 남자 형제들의 편지로 되돌아간다. 한 여성의 삶을 내 앞에 두고 그것을 이루는 각각의 층을 천천히 탐구하고 싶다는 충동은 아마도 해부실에서 시작되었을 것이다. 우리가 가지고 있는 한결같은 행동 양식 대부분은 아동기와 성인기 사이의 그 몇 년 중에 형성되기 시작한다.

———

데리네인으로 돌아온 넬리는 여전히 10대였다. 내 계산에 따르면 쌍둥이 자매는 겨우 3년 동안 서로와 함께 지내다가 또 한 번의 결혼으로 인해 떨어져 지내게 될 것이었다. 넬리는 이제 검은 머리를 한 10대 과부였지만, 쌍둥이 동생 메리는 오코넬 부인의 묘사에 따르면 '금발에 푸른 눈동자를 지닌 꽃 중의 꽃'이었다. 그들의 가족은 배 한 척이 좌초될 때마다 도움이 필요해진 사람들에게 아낌없이 거처를 제공했다. 나는 선원들이 오가는 모습을 몰래 지켜보며 발목 위로 치맛자락을 들어 올린 채 물웅덩이들을 피해 다니는 쌍둥이의 모습을 상상한다. 오래지 않아, 쌍둥이가 밀물에 실려 오는 파편들을 보고 지내던 바닷가에 미래의 연인이 나타났다.

　고향으로 돌아가는 길을 알아보기 위해 기다리던 허버트 볼드윈이라는 영국 귀족이 메리와 사랑에 빠졌다. 허버트는 재빨리 마음을 정했다. 그는 이 아일랜드 소녀와 결혼해 영국으로 함께 돌아갈 것이고, 오래오래 행복하게 살 것이었다. 메리의 부모가 청혼을 거절했을 때 그는 얼마나 당황했을까. 메어는 자기 딸이 부족한 데가 없긴 하지만, 귀족과 결혼하면 항상 남편에 비해 투박한 시골뜨기처럼 보일 거라고 생각했다. 그는 자기 딸이 귀족과 결혼하면서 평범한 사람처럼 여겨지기보다는 평범한 결혼을 함으로써 귀족처럼 대우받는 게 낫다고 생각했을 것이다. 허버트가 다시 생각해 달라고 아무리 간청해도 메어는 고개를 저었다. 결국 허버트는 메리를 위해 자기 가족에게서 서면 보증을 얻어 오겠다고 맹세하며 떠났다. 메어는 미소를 지었다. 그러고는 결혼 준비를 하기 시작했다.

　그러나 메어는 메리의 연인 대신 코크주 클로아

이나에 기반을 둔 영국 혈통의 유복한 집안 출신이며 마찬가지로 볼드윈이라는 성을 가진 또 다른 남자를 사위로 선택했다. 가엾은 메리. 그 남자가 돈이 많기는 했지만, 오코넬 부인은 그가 '젊지도 않고, 키가 크고 비쩍 마른 데다 팔다리만 길쭉한 사람이라 전혀 메리의 마음에 들지 않았다'고 적고 있다. 그 남자, 제임스 볼드윈은 젊은 시절에 가톨릭으로 개종한 뒤 가족으로부터 한동안 의절을 당했었는데, 당시가 형벌법 시대였음을 생각하면 그 개종은 당혹스러울 만큼 이상한 결정이었다. 넬리가 과부가 되어 데리네인에 돌아온 지 3년 뒤인 1762년, 메리는 자기 혼수 짐을 꾸리기 시작했다. 메리의 시선은 얼마나 자주 수평선을 더듬으며 배를 찾아 헤맸을까? 그의 내년에서 희망의 박동은 얼마나 오랫동안 지속됐을까? 메리는 데리네인을 떠날 때 검은 소 120마리, 기록되지 않은 액수의 현금, 조랑말 여러 마리, 자기가 탈 암말 한 마리라는 넉넉한 혼수를 해 갔고, 아기 때부터 알고 지낸 수양 자매 캐시 설리번도 데려갔다. 결혼 피로연 자리에서는 축하 인사가 담긴 수많은 편지가 전달되었다. 그중에는 영국에서 온, 허버트의 아내가 되어 달라며 메리를 정식으로 초청하는 편지도 있었다. 그러나 늦어도 너무 늦었다. 메리는 이미 제임스 볼드윈 부인이 되어 있었다. 끝.

—

메리는 그때까지 늘 '착한 아이'로 살아온 터였다. 그러나 이제 그는 자신 같은 위치의 여자에게 어울린다고 여겨지는 밑그림을 벗어나기 위해 더 멀리 나아갔다. 그는 자신에게 주어진 성공의 한계를 뛰어넘으려 했다. 어머니가 골라 준 남자를 남편으로 받아들이고 그 집안에 훌륭한 혼수를 해 간 메리는 클로아이나에서 첫 10년을 보내는 동안 여섯 아이를 낳았다. 메리의 가족은 분명 그런 성취에 기뻐했을 것이다. 그러나 메리는 자신이 택할 수도 있었던 다른 가능성을 잊지 않았고, 셋째로 태어난 남자 아기를 안아 들었을 때는 허버트라는 이름을 지어 주었다.

오코넬 부인은 다음과 같이 자세히 적고 있다. '최고의 남편이라 할지라도 가끔은 꼴 보기 싫어질 때가 있으니, 그럴 때마다 메리는 이렇게 말함으로써 자기 배우자의 코를 납작하게 만들었다. "하지만 볼드윈 씨, 당신만 아니었으면 난 포이스성의 백작 부인이 될 수도 있었답니다." 그 재치 있는 공격은 메리의 어머니를 떠올리게 한다.

그러는 동안 메어는 과부가 되어 데리네인 바닷가를 침울하게 서성거리는 다른 딸에게 안쓰러움을 느꼈던 모양이다. 오래지 않아 넬리는 쌍둥이 동생을 찾아가 만나도 된다는 허락을 받았다.

———

나는 이 삶들을 불러내는 일이 쉬웠던 것처럼 묘사하고 있지만 그건 사실이 아니다. 아일린 더브의 유년기를 그려 내는 데에는 몇 달에 걸친 고민이 필요했다. 내 하루하루에 우리 두 사람이 다 들어갈 자리가 없을 때마다, 나는 식사와 샤워와 잠을 건너뛰어 가며 아일린의 욕구를 내 욕구보다 우선시했다. 타인의 욕구에 봉사하기 위해 나 자신의 욕망을 피하는 일에 익숙해져 있던 나는 이 충동을 자연스럽게 받아들였다. 나는 내 삶에서 가져다 쓸 수 있는 모든 순간을 아일린의 순간들을 더 많이 이해하는 데 썼다. 살이 빠졌다. 눈 밑에 다크서클이 늘어났고, 머리는 지저분해진 데다 배에서는 꼬르륵 소리가 났지만, 나는 이 노동이 어떻게든 가치 있는 것으로 증명되리라는 생각을 하며 스스로를 위로했다. 다만 어떤 식으로 증명할 수 있을지 아직 확신할 수 없을 뿐이었다.

수유는 내 노동에서 떼어 놓을 수 없는 부분이었다. 내 몸은 딸아이의 허기에 모유를 쏟아 내는 것으로 대답했고, 그러고 나면 내 생각이 모유에 응답했다. 응답, 흩어진 조각 그림 퍼즐 같은 아일린 더브의 나날들로 서둘러 돌아가는 것. 나는 내 몸속의 관들과 소엽들을 따라 흐르는 모유를 느낄 때마다, 저 멀리, 아직은 줄이 팽팽히 살아 있는 한 대의 하프를 향해 다가가면서 좁은 흙길 위를 걷는 소들의 흔들리는 젖통을 떠올렸다. 딸이 잠결에 젖을 꿀꺽 삼켰다.

———

쌍둥이는 클로아이나 부근의 시내로 소풍을 나가기로 했다. 시내에 도착한 넬리의 시선은 슬렁슬렁 시장 쪽으로 움직였다. 믿을 수 없을 만큼 잘생기고 사치스럽게 차려입은 아트 올리어리가 넬리의 시선 속을 거닐었다. 그는 그냥 걸어간 게 아니었다. 그는 한껏 거드름을 피우며 걸었다. 넬리의 시선이 그를 따라갔고, 그와 동시에 시의 한 연이 미래의 넬리에 의해 쓰이고 있었다. 지금의 넬리가 아직 상상할 수 없었던 시의 첫째 연, 넬리를 이 낯선 사람의 죽음으로 데려갈 텍스트, 그들 모두보다 오래 살아남을 텍스트. 『아트 올리어리를 위한 애가』는 이 순간 시작된다.

> 시장의 초가지붕 옆에서
> 내가 당신을 처음 본 날,
> 내 눈은 당신 모습에 얼마나 반짝였는지,
> 내 마음은 당신 때문에 얼마나 기뻤는지,

나는 당신과 함께 내 벗들로부터 도망쳐,
집에서 멀리 날아올랐지.

이 시행들은 동시에 두 개의 모습을 담아낸다. 분주한 거리 풍경과 한 여성의 몸속에서 일어나는 일. 시인은 자기 자신을 능동적인 당사자로 그려 낸다. 아트를 보는 것도, 욕망과 사랑으로 뒤틀리는 몸을 느끼는 것도, 아트와 함께 도망치기로 마음먹는 것도 시인 자신이다.

아트의 가족은 넬리의 가족과 마찬가지로 형벌법이 지배하는 사악한 체제하에서 조용히 번창할 방법을 찾아냈다. 아트의 아버지가 유복한 지주 집안에 일자리를 확보했던 것이다. 민히어 집안의 토지 관리인이었던 아트의 아버지는 지역 농부들로부터 집세를 거둬 고용인들에게 전달하는 중개인으로 일했다. 이런 역할 덕분에 그는 머크룸에서 조금 떨어진 곳에 위치한 롤리에 농장 하나를 임차할 수 있었다. 롤리Raleigh라는 단어는 영어처럼 보이는데, 실제로 Ráth Luíoch, 즉 '루이오흐의 원형 요새'의 영어식 표현이다. 아트처럼 야심 많은 남자에게—한때는 게일족 신사 계급 귀족이었던 집안의 청년에게—형벌법이란 곧 박탈을 뜻했다. 그는 교육받을 기회를 박탈당했고, 자신에게 어울리는 신사다운 행동을 공공연하게 드러내는 일 역시 금지당했다. 아트가 성년이 되었을 무렵, 그의 아버지는 아트가 해로와 육로를 통해 오스트리아까지 가는 데 필요한 비용과 마리아 테레지아 여제의 충성스러운 군대인 오스트리아-헝가리 군에서 장교의 지위를 얻을 때까지 필요한 자금을 두둑이 마련해 두었다. '후자르'로 알려진 헝가리의 경기병 부대에 들어간 아트는 빠른 속도로 대위까지 승진했고, 너무나 유명해진 나머지 여제로부터 전용 말과 함께 화려한 청동 독수리상과 두 개의 커다란 병사상兵士像 장식품까지 하사받았다. 이 조각품들은 포장마차에 실려 유럽을 가로지른 뒤 바닷길을 건넜고, 다시 육로를 타고 아트를 따라와 그의 집에 당도했다. 훗날 자라나 프랑스의 왕비가 되고, 나중에는 단두대 앞에 무릎 꿇게 될 한 어린 소녀의 어머니가 준 선물들. 그 선물들은 결국 롤리 저택의 안마당 벽에 자리 잡을 것이었다.

아트는 용감했거나 무모했던 인물이었다. 혹은 그 둘 다였다. 그는 휴가를 받아 집에 돌아올 때마다 자기 자신을 구경거리로 만들었는데, 이를테면 공공장소에서 칼을 자랑스레 뽑아 들거나, 대로변에 굴러다니는 맥주통 위에서 달리기를 하는 식이었다. 그는 그렇게 함으로써 자신을 억압하도록 고안된 법률을 자신과 함께 구경거리로 만들었다. 두려워하면서 명령에 복종하는 남자들을 지켜보는 데 익숙해져 있던 10대 소녀의 눈에는, 그렇듯 뽐내며 걷는 아트의 걸음걸이가 더할 나위 없이 매혹적으로 보였을 것이다. 넬리의 시선은 약동하는 아트의 몸에서 떨어질 줄 몰랐다. 넬리는 그를 소개받고 싶다는 욕망을 느끼는 자신을 발견했다. 욕망하는 자기 자신을 발견한 것이었다.

———

나와는 다른 한 여성의 하루하루를 발견하는 일. 그것은 어느새 나의 작은 삶에서 다른 무엇보다도 간절히 원하는 일이 되었다. 그것은 잠보다도 간절했다. 이 간절한 안간힘 속에서 가장 이기기 힘든 상대는 나 자신이었다. 나는 지쳐 있었다. 아니, 나는 탈진해 있었고, 그럼에도 내 결심은 내 육체의 욕구들보다 중대했다. 나는 이 탐구 과성에서 우연히 마주치게 된 모든 세부 사항을, 관계 없는 사람의 눈에는 하찮아 보일 만한 그 모든 것을 소중히 여겼다. 나는 한 줌도 되지 않는 사실 하나하나를 모아 두고 그것들을 품은 채 하루하루를 살았고, 집안일을 하면서, 아이들을 씻기면서, 혹은 차에 앉아서 내 상상을 자유롭게 풀어 놓았다. 내가 진공청소기를 돌리고, 걸레질을 하고, 동화를 읽어 주고, 이불을 침대보 밑에 밀어 넣으려고 안간힘을 쓰는 내내 아일린은 내 안에서 점점 더 현실감을 더해 갔다.

너무 피곤해서 더는 못하겠다고 느껴질 때면 꼭 내가 아일린 더브를 실망시키고 있는 것만 같았다. 스스로에게 화가 났다. 절박해진 나는 늦은 시간에 커피를 마시는 습관이 생겼다. 데킬라를 마실 때처럼 몸을 움찔거리며 그 뜨거운 잉크를 입안으로 흘려 넣었다. 다른 가족들이 모두 잠들면 나는 침대로 스마트폰을 가져간 뒤 메모들과 이미지들과 새로운 목록들을 화면에 띄웠다. 나는 그 어둠 속에서 욕망과 권력에 관해 생각했다. 그리고 메리의 결혼반지를, 넬리의 웃음을, 혹은 내가 머크룸에서 보았던 벽들 위로 미끄러져 가는 아트의 그림자를 보았다. 나는 밤마다 내 몸을 붙잡고 떠들썩한 싸움질을 이어 갔다. 내 몸이 반격해 올 때까지. 문장을 읽는 도중에 눈꺼풀이 닫혀 버릴 때까지. 힘이 빠진 손가락이 놓친 스마트폰이 바닥에 요란하게 부딪힐 때까지. 나는 밤마다 그 의식을 반복했고, 내 몸이 허락하는 한 잠들지 않고 누운 채 아일린이 노크해 오지는 않는지 주의 깊게 귀를 기울였다. 노크 소리가 들려왔다. 희미하고 지친 소리였지만 내 귀에는 들렸다. 하지만 그 소리가 들려온 곳은 나 자신의 가슴속이었다.

———

새로 만난 이 커플이 함께 미소 지으며 시간을 보냈다고 가정해도 별문제는 없을 것이다. 어쩌면 이따금 은밀한 스킨십이나 키스가 이루어졌을 거라고 가정할 수도 있겠지만, 그런 순간들이 어떻게 계획되고 어떤 감시를 받았는지, 혹은 아예 좌절되었는지는 알 수 없다. 나는 메리가 이 커플에게 끌려다녔을지도 궁금하다. 언니의 보호자 역할을 맡아야 했던 가엾은 메리는 한순간도 마음을 놓지 못했을 수도 있고, 혹은 그와 반대로 지루함을 느꼈을지도 모른다. 가엾은 메리는 그즈음 또다시 임신하면서 피로를 느꼈을 테고, 그래서 그냥 집에 머물기를 간절히 바랐을지도 모른다.

클로아이나 저택의 정확한 위치를 찾아내는 데는 시간이 좀 걸린다. 옛날 그곳에 있던 길과 밭의 들쭉날쭉한 경계를 오늘날의 위성 사진과 짝지어 보기로 결심한 나는 눈을 가늘게 뜨고 낡은 지도를 노려본다. 그런데 실제로 그곳에 도착했을 때 보이는 풍경은 또 너무 달라서, 나는 혼란에 빠진 채 운전대를 잡고 아일린이 다녔던 곳이라고 짐작되는 지역 주위를 천천히 빙글빙글 돈다. 나는 결국 차에서 뛰어나와 좁은 길 가장자리에 선다. 이리저리 얽힌 가시나무 덤불 속을 들여다보려 하지만 그 너머는 보이지 않는다. 시간이 거의 다 됐다. 곧 집에 있는 딸아이가 젖을 달라고 할 것이다. 나는 몸속에서 이는 근질거림을 느끼며 점점 더 초조해지다가 충동적인 행동을 저지른다. 메리에게 직접 말을 건 것이다. 당신의 집으로 가는 길을 알려 달라고, 나는 소리 내 말한다. 나는 내가 맡은 이 이상한 임무에는 이렇게 기묘한 접근법이 잘 어울린다고 되뇌지만, 그래도 그런 나 자신의 목소리를 듣자니 퍽 민망하다. 그런데 조금 뒤, 어떤 일이 일어난다. 회의론자라면 우연이라고 부를 만한 일. 차 한 대가 내 곁으로 천천히 다가오더니 거기 탄 농부가 내게 길을 잃었냐고 물은 것이다. 그는 볼드윈 가족이 옛날에 살았던 곳을 안다면서 한때 메리의 방들이 있던 축축한 목초지로 나를 이끌고 간다. "봤죠?" 그가 말한다. "아무것도 없어요." 그는 걸어서 자리를 뜨고, 나는 거기 남는다. 나는 가로장 여섯 개를 붙여 만든 문 위에 앉아 허공을 바라본다. 한때 아름다운 방들로 이루어진 한 편의 시가 서 있던, 각각의 연이 저마다의 조심스러운 호칭 기도를 담고 있던 곳을. 양산들, 초상화들, 책들, 푸른색 꽃병들과 수 놓인 담요들, 휘장들과 찬장들, 편지들, 빗들, 코트들, 숟가락들과 거울들과 걸레들, 석탄 양동이들과 일기장들과 요강들. 그런데 지금은? 아무것도 없다. 이것은 또 하나의 완전한 삭제다. 한 여성의 삶을 말소시킨 또 하나의 흔한 예다. 농부의 말대로 나는 아무것도 없는 허공을 보고 있다. 그러면서 동시에 모든 것을 보고 있다.

———

넬리의 삶 속에는 많은 순간이 있지만, 나는 증거 없이는 아무런 밑그림도 그리지 않을 것이다. 그랬다가는 무단 침입이나 도둑질을 하는 듯한 기분이 들 것 같아서다. 퍼즐 조각 하나 없이 텅 비어 있는 곳의 풍경은 상상할 엄두가 나지 않고, 그럴 때마다 나는 그 공백의 주변으로 시선을 돌린다. 나는 넬리와 아트가 사귀던 기간에 존재했을 친밀감을 상상하는 대신 우리가 감지할 수 없는 어느 영역에 대해 생각하게 된다. 발화와 듣기 사이에 펼쳐진 그 영역들은 각각 하나씩의 말을 품고 있다. 나는 그 영역을 바라보기 위해 이 커플의 밑그림을 함께보다는 따로 있는 모습으로 그려 본다. 처음에는 충동, 흥분, 욕구. 그다음에는 미소, 장난기, 조그맣게 깜박이는 조그만 욕망. 그다음에는 종이, 멈춰 서는 깃펜, 주저하는 마음, 똑똑 떨어지는 액체 방울. 원하는 마음을, 사랑을 표현하기 위한 인간의 노력. 종이를 긁는 펜촉 끝, 액체로 이루어진 탄생, 그리고 그렇게 빚어진 편지들의 순환. 각각의 편지는 그다음 편지로 이어지고, 하나의 말은 그다음 말로 이어지고, 그 이어짐 사이에는 수없이 많은 작은 여백이 존재한다. 봉인을 마친 편지가 발송된다. 발송된 편지가 도착하기 전까지, 그사이의 시간은 이상한 침묵으로 채워져 있다. 떠올려지고 종이에 새겨진 말들이 아직 읽히지는 않은, 오직 궁금함만으로 채워진 시간. 편지는 욕망을 담아 움직이는 사물이다. 그것은 하나의 몸에서 다른 몸으로 옮겨 간다. 그 움직임을 담은 공간, 넬리와 아트 사이에 존재하는 그 여백들, 그것들이 내가 보려는 것의 전부다. 한 통의 편지가 길을 떠난 뒤에는 어떻게 되는가. 그는 창가를 서성이며 상상한다. 연인의 손에 들린 그 편지를, 타인의 입술 위에서 조용히 움직이는 자신의 말들을.

———

지금, 아트는 전속력으로 달리고 있다.

그가 모는 말의 입 주변은 게거품으로 덮여 들썩이고 있다. 아트는 고삐를 잡아당겨 말을 최대한 빨리 달리게 하고, 이마의 땀을 장갑으로 문질러 닦고, 두 눈 위에 손 그늘을 만든다. 바다는, 눈부시며, 그 너머, 데리네인이 있다. 거의 다 왔다.

이제, 문이다. 이제, 손가락 마디뼈가 문을 두드린다.

이제, 치맛자락이 휙휙 스치는 소리, 열쇠들의 은빛 노래. 메어다.

흔들리는 한순간, 메어는 문의 한쪽에, 아트는 다른 쪽에 있고, 허공에서 멎은 아트의 주먹이 노크를 한 번 더 할지 신중하게 고민하는 동안, 메어의 손이 문손잡이로 다가간다.

문이 열린다.

그들의 눈이 마주친다. 메어는 자신이 처해 있는 곤란한
상황을 아트만큼이나 재빠르게 파악한다.

둘은 함께 미소 짓는다.

메어는 아트에게 어쩌다 보니 집에서 멀리 떨어지게 된
젊은 남자들에게 베푸는 것과 똑같은 환대를 베푼다. 아
트는 목소리를 가다듬으며 활짝 펼친 양 손바닥을 생기
있게 움직이지만, 그가 넬리의 이름을 꺼내자마자 넬리
의 양친은 둘 다 고개를 젓는다. 아트는 위험을, 특히 떠
들썩한 위험을 불러올 인물이었다. 이런 인물은 아주 잠
깐 머무르는 것만으로도 문제를 일으킬 수 있었다. 아트
는 퇴짜를 맞고서도 씩 웃는다. 그는 좌절한 기분을 느낄
이유가 없다. 그는 그들의 딸에 대해 아주 잘 알고 있다.

———

내가 차 한 잔을 마시려고 할 때면 언제나 무언가가 훼방
을 놓는다. 나는 한쪽 어깨에 아기를, 다른 쪽 어깨에는

마른행주를 걸친 채 바삐 돌아다닌다. 수많은 집안일을 해치우는 동안 차는 천천히 식어 간다. 나는 식은 차를 전자레인지로 다시 데우는 일을 반복해 왔고, 어느새 그렇게 여러 번 데운 차를 마시는 걸 자연스러운 행동으로 받아들이게 되었다. 아기가 잠들면 나는 자리에 앉아서 다시금 올라오는 김을 또 한 번 불고, 아일린 더브는 발끝으로 조심조심 걸어와 내 몽상에 함께한다. 나는 결코 혼자가 아니다.

오늘, 나는 찻잔을 손에 든 채 아일린의 소지품들을 만들어 낸다. 그것들을 상상으로 빚어내 존재케 하는 것이다. 나는 그에게 큼지막하고 튼튼한, 윤기 나는 놋쇠 걸쇠가 달린 궤짝 하나를 장만해 준다. 그 안에는 삶이 가져다준 평범한 보물들이 있다. 목걸이에 다는 사진갑, 담요로 둘둘 말아 둘 만큼 아끼는 찻잔, 조개껍데기, 깃펜, 일기장, 잠옷과 드레스 여러 벌, 거울, 두툼한 겨울용 망토, 식탁보, 목걸이, 리본으로 단정하게 묶인 한 무더기의 편지. 나는 아일린을 위해 불러낸 소지품들을 절대 건드리지 않을 것이다. 하지만 나는 그것들 하나하나를 들어 올려 햇빛에 비춰 본 다음 궤짝 속에 돌려놓는 상상을 하고, 그럴 때마다 그 물건 하나하나는 모두 온당한 것처럼 느껴진다. 우리가 가진 물건들은 우리의 하루하루만큼이나 덧없는데 말이다. 그것들은 죄다 쏜살같이 사라져 버린다. 위층에서 자고 있던 아기가 벌써 몸을 뒤척인다. 울음소리가 들려오고, 어느새 나는 또다시 계단을 뛰어 올라가고 있다. 내 뒤쪽 어딘가에서 김이 피어 올랐다 사라진다.

———

새 드레스를 주문하는 일은 엄지손가락과 다른 손가락 사이에 옷감을 끼워 만져 보는 일이며, 또한 그 옷감이 단정하게 바느질한 솔기들로 고정되면서 만들어 낼 형태를 미리 고르는 일이다. 실이 혀에 닿는다. 바늘이 천을 뚫고 들어가고, 다시, 또다시 뚫고 들어간다. 바늘땀한 땀, 가위질 한 번이 모두 독특한 패턴을 따라간다. 이에 물린 실이 끊어지고, 매듭이 지어지고, 몸이 옷 속으로 들어간 뒤 단추가 채워지고, 꽃들이 잘린 다음 다시 묶인다. 통로 양쪽에서 시선들이 쏟아진다. 그들은 천천히 도착하는 여자를 지켜본다. 그들은 미소를 짓는다.

———

이 커플이 결혼한 것은 1767년 말이었다. 12월, 날씨는 시리도록 맑았다. 아트는 스물한 살, 넬리는 스물네 살이었다. 그들은 차가운 입술을 차가운 입술에 포갰고, 나란히 적힌 자신들의 이름을, 무효로 할 수 없는 그 텍스트를 지켜보았다. 나는 그들이 죽는 날까지 서로에게 진실하겠다고 맹세하는 그 공간의 창문으로 햇빛이 들어와 반짝이게 한다. 함께 몸을 돌린 그들은 자신들을 남은 삶으로 이끌어 줄 문을 마주했다. 통로는 떠나는 그들의 발소리로 메아리쳤다. 영-원-히, 영-원-히. 그들의 결혼은 6년 동안 지속될 것이었다.

이 사랑의 도피에 대해, 넬리의 가족 중 여자 구성원의 반응이 담긴 편지는 한 통도 남아 있지 않다. 하지만 남자 형제들의 반응은 살아남았다. 결혼식 6개월 뒤인 1768년 5월 26일, 모리스 오코넬은 남동생 대니얼이 프랑스에서 보낸 편지 한 통을 받았다. '우리 누이 넬리가 부모님의 뜻을 거스르는 한 걸음을 내디뎠다는 걸 알게 되어 유감이지만, 어차피 사랑이라는 감정은 이성을 알지도 못하고 그 목소리를 들으려 하지도 않겠죠.'

넬리는 자신의 지참금과 데리네인을, 그리고 자신의 일부를 뒤에 남겨둔 채 떠났다. 그는 사라졌다. 클로아이나의 볼드윈 부인과는 다르게, 이쪽 쌍둥이는 결코 올리어리 부인으로 알려지지 않을 것이었다. 그는 남편을 스스로 고르면서 자신의 이름도 스스로 골랐다. 그의 성은 '니 호널'로 그대로 남았고, '더브'는 어머니의 이름이 딸에게로 전해지는 옛 방식에 따라 주어진 것이었다. '메어 니 도너펜 더브(검은 도노반 집안의 메어)'로부터 '아일린 더브 니 호널'로. 나는 이런 것들을, 이 여성의 존재를 둘러싼 피상적인 세부 사항들을 하나씩 붙들고 앉아 있다. 나는 그렇게 시간을 보내고, 또 보내고, 그럴수록 더 많은 것이 드러난다. 여기서 하나의 이름은 결코 하나의 이름에 그치지 않는다. 아일린 더브라는 이름 속의 '더브'는―아일린의 내부에 있는 어둠은―그의 어머니에게서 온 것이다.[15]

　　　나는 내 딸 안에 어떤 어둠을 심어 놓게 될까, 나는 궁금해한다.

[15] 　아일랜드어 dubh는 영어로 black에 해당하는 형용사다. 검은, 어두운.

8.

지하 감옥

오 Mo ghrá is mo rún tú!

오 내 사랑, 나의 소중한 사람!

오 'S mo ghrá mo cholúr geal!

오 내 사랑, 나의 귀여운 비둘기!

딸아이가 태어나면 바다 이름을 따서 붙이고 싶다고 언제나 생각했지만, 분만실 바깥의 기다란 형광 전구들 아래 누워 있는 동안 생각이 바뀌었다. 나는 빛이라는 뜻의 이름을 충동적으로 골랐는데, 이유는 기억나지 않는다. 이제 내가 커튼을 열어젖힐 때마다 내 목소리는 그 애의 꿈속 멀리까지 나아가며 그 애를 부른다. 빛아, 빛아.

나는 그 애를 안아 올려 젖을 먹이고, 함께 집을 나설 준비를 하면서 그 애의 오빠들에게는 하지 않았던 일을 한다. 솜털처럼 엉킨 어린애 특유의 머리칼을 하고, 물려받은 반바지와 티셔츠를 입은 딸아이는 꼭 자기 오빠들처럼 보이지만, 나는 결국 그 애의 머리칼을 억지로 꽉 묶어 단정하게 만든다. 그 애는 깩깩 울고 투덜거리면서 내 손을 쳐내지민, 그래도 나는 어쩔 수 없이 그 애를 여자아이 같은 분위기 속으로 끌어들이고야 만다. 우리 둘이 함께 비치는 거울 속에서 내 검은 머리칼은 그 애의 금발에 그늘을 드리우고, 그곳에서 나는 거울에 비친, 엄마를 보고 찡그린 그 애의 얼굴을 관찰한다. 진짜 꼬마 여자애다.

차를 타고 목적지인 공업 단지까지 아이들을 데려가는 데는 그리 오랜 시간이 걸리지 않는다. 단지 안에 있는 어느 창고 안에서 새어 나오는 비명 소리는 심지어 주차장까지 들려 온다. 나는 트렁크를 꽝 닫는다. 이 장소가 싫다. 나는 억지로 이곳에 와서 억지로 미소 짓는다. 출입문이 미끄러져 닫힌다. 안은 거의 참을 수 없을 정도로 시끄럽다. 사방에서 아이들이 소리를 지르고, 달리고 넘어지고 울고 웃고 소리 지르고 소리 지르고 또 소리 지르고 있다. 지붕은 아주 멀어 보이고, 금속으로 된 장선들에는 기다란 은색 관들이 이리저리 이어져 있다. 내 곁에는 폼 벽돌로 만든 작은 탑과 플라스틱 공으로 가득 찬 해자가 있고, 그것들은 3층 높이로 쌓아 올린 그물로 만든 방들과 합쳐져 있다. 나는 이 오역된 문장처럼 보이는 성 안에 당혹스러워하며 서 있다. 나선 계단인 줄 알았던 것은 알고보니 나선 모양으로 생긴 미끄럼틀이었다. 성 바깥쪽은 형광 노랑으로 칠해져 있지만 그 안쪽은 몹시 어둡다. 수많은 형태가 이 악몽 같은 광경 속을 스쳐 지나가며 흐릿해지고, 한 여자아이가 입은 분홍빛 스웨터는 다른 여자아이의 녹색 티셔츠로 변하면서 언뜻 눈에 들어왔다가 이내 사라진다. 내 아들들은 이 깩깩거리는 무리 속 어딘가에서, 지옥이 가져다준 무모하고 명랑한 웃음을 지으며 다른 아이들을 향해 몸을 던지고 있다. 그러다 아이들은 코피가 터지고 울음을 터뜨리거나, 다리를 절뚝거리면서 피를 흘리기도 할 것이다.

　　나는 아장아장 걷는 아이들이 미끄럼틀을 타고 무지갯빛 플라스틱 공들이 가득한 깊은 구덩이 속으로 추락하는 지하 감옥 가장자리에 자리를 잡는다. 많은 부모가 그곳을 맴돌며 자기 아이를 빤히 쳐다보고 있다. 내 딸이 공들을 뚫고 튀어 오르더니, 공 바다를 간신히 건너 돌아와 내 무릎 위에 털썩 주저앉는다. 아이는 볼이 빨개진 채 웃고 있다. 나는 이 순간을 기억해 두고 싶어서 스마트폰을 아래위로 움직이다가 팔을 쭉 뻗어 골동품 거울처럼 들어 올린다. 딸아이는 스마트폰에 비친 내 미소를 보고 미소 짓더니 갑자기 확 일어나 가 버리고, 사진에는 흔들린 이미지 하나와 굳은 표정을 한 채 그 애를 눈으로 좇는 내 얼굴만 남는다. 내가 삭제 버튼을 누르는 동안 아이는 다시 공 구덩이 속으로 기어 들어갔다가 키득거리면서 튀어오르고, 다시 깊이 잠수했다가 커다란 폼 볼 하나를 우연히 발견하고는 기뻐하면서 올라온다. 무단 침입자 같은 그 공은 모두 똑같은 공들 사이에서 유독 질척질척하고 특별해 보인다. 나는 기뻐하는 아이를 보며 웃다가 그 애 뒤에서 더 어린 남자아이 하나가 비틀비틀 걸어오는 걸 알아차린다. 남자아이는 손을 쫙 벌리고 또 벌려 보이면서 눈물을 흘리고 있다. 딸아이의 시선이 내 시선을 따라갔다가 내게 돌아오더니 지침을 내려 주길 기다린다. 아이는 자기가 찾아낸 소중한 공을 가슴에 꼭 안고 달아나야 할까? 아니면 다른 아이를 위해 그 공을 양보해야 할까? 양보하라고 권하고 싶은 마음과 그 애가 나처럼 되지 않게 구해 주고 싶은 마음 사이에서 나는 둘로 찢어진다.

나는 동네 중심가의 우체통 속에 놓여 있던 그 모든 포니테일을 떠올린다. 심지어 오늘도 새 포니테일 하나가 들어왔을지 모른다. 그건 우체통이라는 물건 자체만큼이나 일상적인 일이다. 자루용 삼베가 카펫과 벽지처럼 둘러싸고 있는 그 어둑한 금속 공간 속에서 해를 내다볼 수 있는 곳은 투입구뿐인데, 우편물이 꽉 들어차면 그 구멍은 가로막히고 만다. 지금, 포니테일 하나가 갈색 봉투에 담긴 채 다른 편지들과 꾸러미들 사이로 밀어 넣어진다. 이제 거꾸로 되감아 봐.

보라. 그 봉투가 위로 솟아올라 투입구를 빠져나가더니 한 소녀의 손안으로 도로 들어가고, 다시 소녀의 가슴께에 눌린다. 이제 소녀는 길을 따라 뒤로 깡충깡충 뛰어가 어느 가게 현관문 안으로 들어간다. 눌린 벨이 제자리로 돌아간다. 소녀는 거꾸로 걸으며 고데기와 스프레이, 빗과 가윗날들이 가득한 방으로 들어간다. 거기서 봉투는 핥기 전의 상태로 돌아간다. ㄹ-ㅔ-ㅈ-ㄴ-ㅜ-ㅍ-ㅏ-ㄹ.[16] 글자가 하나씩 사라지면서 봉투는 주소가 쓰이지 않은 상태로 돌아간다. 소녀의 머리를 쓰다듬는 손이 소녀의 머리에서 공중을 향해 두 번 올라간다. "아

[16]   '라푼젤'을 반대 순서로 쓴 것이다.

이구나. 착한." 소녀는 입가에서 웃음을 지우고는 의자에 미끄러져 들어가 앉는다. 소녀의 두 눈은 거울 속에 있는 어머니의 시선에 다시 한 번 붙잡힌다. 한 쌍의 가윗날이 벌어지고, 다시 벌어진다. 소녀는 눈을 거꾸로 깜빡이면서 머리카락 가닥들이 원래대로 한데 묶이는 모습을, 이어서 자신의 기다란 포니테일이 잘리지 않은 상태로 변하는 모습을 지켜본다. 이제 고데기 집게가 위로 미끄러져 올라가고 또 올라가면서 소녀의 컬이 돌아온다. 한 움큼 한 움큼, 머리가 다시 땋아진다. 은빛 망토가 소녀의 어깨에서 벗겨지고, 문이 닫히고, 소녀는 허리께까지 땋아 내린 양 갈래 머리를 흔들며 거리로 되돌아간다.

기증자가 되기로 마음먹는다는 건 어떤 일일까? 그 일에는 어떤 비용이 들고, 우리는 그 일로부터 무엇을 어떻게 얻을까? 내 안에 있는 모호한 충동에 당혹스러움을 느껴 왔던 나는 똑같은 충동이 다른 사람들의 내면에서는 어떤 방식으로 일어나는지 종종 궁금해한다. 그동안 내 스마트폰 화면은 그와 비슷한 많은 순간을 내게 보여 주었다. 모르는 사람에게 한쪽 신장을 기증하기 위해 수술의 고통을 감내하기로 하는 사람들, 난자를 기증하기 위해 자기 몸에 주사를 놓는 여성들, 혹은 시각장애인 안내견을 훈련시키기 위해 자기 삶의 많은 시간을 내주는 사람들. 그들의 노력에 비하면 내 조그만 노력은 너무 소심한 것처럼 느껴진다. 나는 그들의 후한 마음씨를 시기하며 화면을 스크롤하고, 클릭하고, 나도 다른 사람들처럼 쓸모 있는 사람이 될 수 있었으면 하고 바란다.

'라푼젤 포니테일스'의 페이스북 페이지에 올라온 소녀들은 세 장이 한 세트로 된 사진 속에서 웃고 있다. 얼굴과 배경은 바뀌지만 표정은 거의 다 비슷하다. 첫 번째 사진을 보면 에밀리, 알라나, 이파, 엠마, 엘라, 루시는 모두 허리까지 내려오는 윤기 나는 머리를 하고 벌어진 잇새를 내보이며 웃고 있다. 두 번째 사진에서는 머리가 묶여 있고, 가윗날이 보인다. 세 번째 사진에서는 머리가 아주 짧아져 다른 사람처럼 보이는 소녀가 방금 잘라 낸 포니테일을 커다란 물고기처럼 높이 들고 있고 (최고 기록입니다!), 소녀의 두 뺨은 자부심으로 발그레하게 부풀어 있다. 소녀의 머리카락은 도움이 필요한 사람들을 위해 가발을 맞춤 제작하는 자선 단체에 보내질 것이다. 그 아이들의 눈동자를 이루는 픽셀 속에서 내가 잘 아는 어떤 빛이 반짝이는 걸 알아본 나는 그 애들이 다음에는 자신의 무엇을 내주려고 할지 궁금해한다.

우체통 속의 머리카락은 하나의 시작이고, 다른 모든 시작이 그렇듯 거기에는 눈에 보이는 것 이상의 약속이 담겨 있다. 잘라 낸 머리카락에 새겨진 DNA는 mtDNA라 불리는 이형으로, 오직 어머니로부터만 유전되는 미토콘드리아 물질이다. 어머니는 이 물질을 자기 아이들 모두에게 전해 주지만, 오직 딸들만 그것을 그다음 세대에게 전해 줄 것이다. 고데기의 뜨거운 집게 속에서 몇 번이고 잡아당겨진 머리칼로 이루어진 이 평범한 포니테일에는 여성의 직계 혈통이 담겨 있다.

———

내 생각이 어딘가 다른 곳으로 빠져 버리는 동안 내 아이는 스스로 마음을 정했다. 울고 있던 낯선 아이는 더 이상 울지 않는다. 그 아이는 폼 볼을 배에 꼭 껴안은 채 웃고 침을 흘리면서 비틀비틀 멀리 걸어간다. 반면 빈손이 된 내 딸은 낙담했는지 공 구덩이 속에 털썩 주저앉는다. 나는 딸아이를 안아 올리고 그 애의 주근깨 난 뺨에 뽀뽀한다. "착한 아이구나." 내가 말한다. 입술에서 짠맛이 느껴진다. 나는 아이가 울고 있다는 걸 그제야 알아차린다.

그날 밤, 나는 어둠 속에서 아이가 잠들 때까지 곁에 누워 있는다. 시간이 흐른다. 등 뒤의 문이 서서히 닫히는 동안 나는 복도 전등 아래에 서서 거울에 비친 나를 바라본다. 거울을 향해 눈을 깜빡이고, 엉망으로 헝클어진 검은 머리칼을 손으로 정돈한다. 분리되었다. 이제두 개의 거울이 우리를 각각 따로 비추고 있다. 빛 속에어린 어둠과, 어둠 속에 어린 작은 빛으로.

9.

진흙 속의 피

이 상처, 쓰라린 나의 슬픔

나는 당신 곁에 없었으니,

M'fhada-chreach léan-ghoirt

ná rabhas-sa taobh leat

아일린 더브의 신혼집이었던 롤리 저택에 가 보는 것, 내 삶에서 그보다 더 간절히 원하는 일은 아무것도 없다. 나는 그 일이 이 조각 그림 퍼즐의 결정적인 한 조각일 거라고 생각한다. 아일린의 삶을 놓아주고 나 자신의 삶을 계속 살아 나가기 위해 꼭 필요한 한 조각. 그곳에 현재 거주하는 사람들의 이름을 알지 못하는 나는 편지 한 통을 쓰고 그 집 주소만 적어 넣어 보낸다. 집은 대답하지 않는다.

몇 주 동안, 우편함이 열렸다 닫히는 소리가 날 때마다 나는 희망에 차서 뛰어나갔다가 실망해 주저앉는다. 또다시 실패한 것이다. 이제 나는 눈을 가늘게 뜨고 위성 지도를 보고, 그 집의 정면을 찍은 옛날 사진들을 찾아내면서 화면으로 내 집착을 만족시키려 든다. 이런 식으로 파헤치는 게 잘못된 행위라는 건 알고 있다. 하지만 어쩔 수가 없다. 나는 그것을 갖고 싶다. 나는 그것에 홀려 있다. 내가 구글에서 아일린 더브의 집을 검색할 때마다 내 안에 있는 꼴사나운 무언가가 이렇게 우는 소리를 한다. 들여보내 줘. 나는 흑백 사진들을 다운로드한 다음 여전히 그 집의 벽에 고정돼 있는 그것—유럽 본토에서 고향까지 아트를 따라온 독수리상—이 보일 때까지 확대한다.

1768년 8월 25일, 울부짖는 소리와 함께 아일린의 몸이 열리면서 첫째 아들이 태어났다. 아이는 아트의 동생과 아버지와 똑같은 '크라호르'라는 이름을 물려받았다. 그 아이의 출생일이 아트의 묘비에 새겨져 있기 때문에, 나는 정확한 수치를 가지고 이번 작업에 임한다. 내 어설픈 탐정 활동 중에는 이렇게 정확한 단서를 접할 일이 거의 없다. 그렇다 보니 그런 단서를 하나 찾아내면 그걸로 뭘 해야 할지 고민하는 상황에 직면하곤 한다.

남을 불쾌하게 할 만큼 참견하기 좋아하는 사람이라면 인터넷을 뒤져 볼지도 모른다. 그러고는 아일린 더브가 결혼식 전에 임신을 했을지 궁금해하다가, 확률 알고리듬을 사용해 수정이 이루어진 날짜를 역산해 주는 웹사이트를 찾아낼지도 모른다. 그렇다면 그는 다음과 같은 사실을 발견할 것이다.

수정이 이루어졌을 가능성이 가장 높은 기간: 1767년 11월 28일~12월 2일
임신으로 이어지는 성관계가 있었을 가능성이 가장 높은 기간: 1767년 11월 25일~12월 2일

그런 여자라면 엔터 키를 누르면서 수치심을 느낄지도 모른다. 그는 자신이 왜 허락도 없이 모르는 사람의 내밀한 삶을 가지고 소란을 피우고 있는지 (또다시) 자문하게 될지도 모른다. 나는 모른 척하려고 애쓰지만, 그런 의심은 한동안 내 하루하루의 비어 있는 곳마다 물음표를 그려 놓았다. <u>여기서 뭐 하는 거야?</u> 그 물음표들은 내게 그렇게 묻는 것처럼 보였다. <u>이 고생을 하면 누가 덕을 보는데?</u> 글쎄, 적어도 새벽 3시 15분에 녹초가 된 몸으로 구글에 수정일 계산기를 검색하고 있는 나는 아니다. 아일린 더브도 아니다. 이 탐사의 어떤 부분도 진정으로 그에게 도움이 되지는 않을 거라는 의심이 들기 시작한다. 고인이 된 아일린은 학자들이 자기 삶을 어떻게 그려 내는지 걱정하고 있지는 않을 것이다. 갑자기 그 공중 보건 간호사의 목소리가 들려온다. 그 목소리는 내가 품은 갖가지 의심 속으로 들어오더니 짜증이 날 정도로 내 주위를 맴돈다. "그럼 이것들은 다 뭘 위한 거죠?"

———

곧 아일린 더브에게서 또 다른 아이가 태어난다. 이 남자아이는 출생일이 알려지지 않아서 미래의 참견꾼들과 인터넷 계산기의 모욕을 피해 가게 된다. 아일린이 결혼한 지 3년도 지나지 않아 아일린의 아버지가 세상을 떠났다. 그리고 1년 뒤, 아트의 아버지 역시 세상을 떠났다. 슬픔과 기쁨, 탄생과 죽음이 교차하는 이 몇 년 동안 아트는 유럽에 있는 자신의 부대와 고향의 집을 오갔다. 아일린은 종종 혼자였지만, 결코 혼자가 아니기도 했다.

1771년 봄이 되자 롤리 저택 근처의 나무들은 다시 잎을 틔우기 시작했고, 부드러운 바람은 두 꼬마 남자아이가 킥킥 웃고 꺅꺅 외치는 소리를, 암탉들의 주절거림을, 말들의 흥분한 울음소리를 실어 날랐다. 아트가 '외국산 가죽으로 만든 날렵한 부츠와 / 당신을 위해 외국에서 실을 잣고 바느질한 / 좋은 옷감으로 만든 옷'으로 꾸미고 마지막으로 집에 돌아왔을 때, 아일린은 셋째 아이를 임신하고 있었다. 아일린은 자기가 사랑하는 사람의 외모에, 부유한 상인들의 아내들조차 그를 욕망한다는 사실에 자부심을 느꼈다. 그 여자들의 시선이 아트를 좇을 때면 그 남편들의 시선 역시 그를 좇았을 것이다. 아트의 거들먹거리는 태도는 갖가지 무모한 행동으로 표출되었고, 그건 곧 그 자신뿐만 아니라 그의 가족 모두가 남들의 시선을 받는 일로 이어졌을 것이다. 나는 메리가 틀림없이 쌍둥이 언니를 걱정했을 거라고 생각한다. 분명 메리 역시 점점 짙어져 가는 어둠을 보았을 것이다. 피할 수 없는 상황에 직면한 메리는 나처럼 무력감을 느꼈을까? 나는 이만큼 멀리서 그들의 삶을 기록하면서 끊임없이 괴로워한다. 그 괴로움은 곧 재앙이 닥쳐 오리라는 느낌 때문이기도 하지만, 그보다도 내가 이 이야기에 연루되어 있다는 점, 그러니까 내가 이 끔찍한 일을 이야기하면서 그 모든 끔찍함을 처음부터 다시 그들의 삶에 안겨 주어야 한다는 사실 때문이기도 하다. 내가 진행 중인 이 작업이 조만간 아일린 더브에게 드리울 고통을 멈추게 하면 좋겠지만, 그건 불가능한 일이다. 과거는 결코 끝나지 않는다. 혹은 그보다 더 나빠질 수도 있다. 과거는 우리에게 자신이 맞이했던 결말을 계속 말해 주기 때문이다. 그 일은 끝났어, 과거는 끝없이 반복해서 그렇게 말해 준다.

―――

오늘 오후 너는 차에 타고 있다. 너는 혼자다. (이건 거짓말이다. 너는 혼자 있지 못한 지 좀 됐다.) 그렇지만 너는 혼자 있고, 말할 수 없을 만큼 피로하다. 네가 시작한 은밀한 계획은 네 몸에서 4.5킬로그램을 깎아 냈고, 양쪽 눈 밑에 해먹 모양의 다크서클 두 개를 새겨 넣었다. 너는 이렇게 계속 지낼 수는 없다고 생각하지만, 이 일에 끝이 있을 거라는 생각 역시 들지 않는다. 10대였던 네 가슴이 처음으로 무너져 내렸을 때 그랬던 것처럼, 지금 라디오에서 나오는 곡들은 하나같이 너의 안간힘에 관한 노래처럼 들린다. 너는 네가 외우고 있는 온갖 짜증 나는 가사들을 자기도 모르게 따라 부른다. '……그리고 당신은 자신을 던져 버리죠, 당신은 자신을, 당신은 자신을……'[17] 그리고 그건 사실이다. 다름 아닌 너의 생각들과 나날들을 다른 누군가에게 내주면서, 너는 자신을 던져 버리는 일을 계속해 왔다. 너는 브레이크를 밟아 길가에 비스듬히 차를 세운다. 이마를 운전대에 파묻고 또다시 울음을 터뜨린다. 이 멍청한 것. 이 엉망진창을 두고 네가 비난할 수 있는 사람은 오직 너 자신뿐이다. 어느 연주자가 악보 한 장을 집어 드는 순간을 보라. 이제부터 그는 오래전에 모르는 사람이 악장과 소리를 써서 꼼꼼히 짜 놓은 안무 속으로 자신을 던져 버려야 한다. 너는 아무것도 모른 채 그런 길을 선택한 것이다. 어리석은 하프 연주자여, 이 곡이 결말에 다다를 때까지 너를 연주하도록 놓아 두어라. 네 하프의 현들에 닥칠 일에 대비하라.

———

한 사람에게 나쁜 전조인 것이 다른 사람에게는 행운일 수도 있다. 아트를 몹시 싫어하던 사람 중에는 한때 코크주의 주州장관을 역임했던 에이브러햄 모리스라는 남자

---

[17]   U2의 노래 「With or Without You」의 가사 중 일부. 'and you give yourself away, and you give, and you give……'

가 있었다. 그는 얕잡아 볼 수 없는 사람이었고, 그와 아트는 서로를 증오했다.

7월 중순의 어느 후덥지근한 토요일, 새소리와 인동덩굴 향기가 실린 공기, 그것을 헤치며 들려오는 느긋한 말발굽 소리. 하노버 홀 앞에서 몸을 빙 돌려 안장에서 내려온 아트는 저택의 진입로에 두 발을 굳게 디뎠다. 그가 적의 집 쪽으로 천천히 걸어가는 동안, 침으로 얼룩덜룩해진 굴레를 쓴 그의 말은 옆구리를 들썩이며 그 모습을 지켜보았다. 아트의 주먹이 육중한 문을 쾅쾅 두들겼다. 그 뒤에 일어난 일들은 나중에 양쪽 진영이 「더 코크 이브닝 포스트」에 제각기 기사를 내면서 서로 다른 두 개의 주장으로 문서에 기록된다. 10월 7일, 에이브러햄 모리스가 남긴 기록은 다음과 같이 말했다.

악명 높은 인성의 소유자, 롤리의 아서 리어리[18]는 지난 7월 13일 토요일 저녁 9시경, 내가 거주하는 저택인 하노버 홀에서 나의 생명을 빼앗으려 시도했고, 나의 하인 중 한 명에게 상해를 입혔으며, 흉악하게도 나의 재산인 총 한 자루를 빼앗아 갔고, 약탈한 그 총으로 저지른 범죄와 또 다른 여러 범죄로 인해 현재 본 법정 형사부에 기소되어 있다. 이제 나는 금일부터 12개월 이내에 앞서 언급한 리어리

를 체포해 주 구치소에 인도하는 자에게 20파
운드의 보상금 지급을 약속하는 바이다.

이 공고는 사실상 아트를 지명 수배자로 만들면서 그의
목에 현상금을 걸었다. 그로부터 3일이 채 지나지 않아,
모리스의 동료였던 머스커리 지역 헌법학회의 치안 판
사들은 회의를 소집했다. 그들은 고개를 끄덕이며 결정
을 내렸다. 곧이어 신문에 또 하나의 공고가 실렸다. 치
안 판사들의 소견에 따르면 아트의 신분이 법외 추방자
에 해당한다는 내용이었다. 2주 뒤, 같은 신문에 아트 측
의 답변이 다음과 같이 실렸다.

그는 치안 판사인 모리스 씨에게 몇몇 법적
절차에 관해 문의할 필요가 있었기에, 그러한
목적으로 지난 7월 13일 저녁 7시경 모리스
씨의 저택인 하노버 홀로 갔으며, 그곳에서 매
우 정중하고 공손한 태도로 자신이 갖게 된 불
만의 요지를 모리스 씨에게 전했다. 그러자 모
리스 씨는 화를 낼 이유가 일절 없었음에도 맹
렬한 분노에 휩싸였으며, 대단히 품위 없고 모
욕적이며 신사답지 못한 언어를 앞서 언급한

리어리에게 사용했다. 리어리는 그 직후 모리스 씨의 집을 떠났다.

집으로 돌아가던 그는 대로를 다 내려가기도 전에 모리스 씨와 그의 하인인 존 메이슨이 각자 총으로 무장하고 자신을 뒤쫓아 대로를 내려오고 있다는 사실을 알아차렸다. 모리스 씨는 리어리에게서 15미터쯤 되는 곳까지 다가왔을 때 그에게 총을 겨누고 발사해 손에 부상을 입혔다. 그런 뒤에는 앞서 언급한 존 메이슨이 리어리에게 바짝 다가와 총을 겨누었다. 참으로 주님께 감사드리는 바, 리어리는 메이슨의 총을 빼앗음으로써 그의 고용인이 저지르려나 본의 아니게 실패했던 범죄를 하인인 그가 저지르지 않도록 저지했다. 그럼으로써 리어리는 존 메이슨이 역사에 영원한 오명을 남기는 일을 막을 수 있었다. 그 후, 리어리는 그 총을 치안 판사 중 한 명의 손에 맡겼으며, 곧이어 자신을 폭행하고 생명을 위협한 모리스 씨에 대한 고소장을 제출했다.

이 일에 관한 양쪽의 진술은 모두 약간씩 의심스러운 데가 있는 것 같다. 아트는 자기 목에 현상금이 걸려 있는데도 자신의 암말을 지역 경마 대회에 출전시켰다. 거기

서 그의 말이 따돌리고 승리한 말 가운데는 모리스의 말
도 있었다. 격분한 모리스는 아트에게 형벌법에 따라 5
파운드라는 굴욕적인(그리고 합법적인) 가격에 암말을
팔라고 요구했다. 아트는 아트답게 채찍을 휘두르며 빈
정거리는 말투로 모리스에게 결투를 하자고 부추겼다.
모리스는 모리스답게 이를 거절했다.

―――

5월 4일, 아트는 롤리를 떠나며 다음과 같이 행동했다.

> 재빨리 몸을 돌리고는
> 두 아기에게 키스했지.
> 야자의 새순, 당신의 키스는 내게 그런 것,
> 그리고 당신은 말했지, "일어나요, 아일린,
> 주변을 깨끗이 정리해요.
> 빨리 움직여서 확실하게 해야 해요.
> 나는 우리 가족의 집을 떠나야 하고
> 어쩌면 다시 돌아오지 못할지도 몰라요."
> 오, 나는 비웃으며 싱글거리기만 했어요,
> 당신은 그런 경고를 너무 자주 했었죠.

아트는 떠났다. 그는 이날 마지막으로 한 번 더 모리스에

게 맞서야겠다고 마음을 정한 터였다. 하지만 그는 그보다 먼저 술집에 들렀다. 얼른 한 잔(혹은 여러 잔) 들이키고 갈 생각이었다. 아트가 술을 마시는 동안 그의 계획을 엿들은 사람이 있었다. 엿들은 자는 서둘러 술잔을 비운 뒤 말을 타고 아트보다 앞서 달려갔다. 모리스는 정보원을 향해 미소 지었다. 그는 이미 아트를 법외 추방자로 만들어 둔 터였다. 그러니 이제 처벌받을 염려 없이 행동할 수 있었다.

―――――

아트는 말발굽 소리를 명랑하게 울리며 길을 따라 달렸지만, 캐리개니마 마을에 들어서자마자 속도를 늦췄다. 무언가가…… 잘못된 것처럼 느껴졌다. 그는 군인의 눈으로 그 마을이라는 텍스트를 훑으며 거기 숨어 있을지 모르는 모든 위험을 해석해 나갔다. 그랬다. 저 앞에 몸을 웅크린 남자들이 있었다. 함정. 아트의 심장 박동이 빨라졌다. 내 심장 박동도 빨라진다. 그는 길을 그대로 따라가는 대신 방향을 틀어 시냇가 쪽으로 천천히 나아갔다. 말의 입에 물린 재갈을 살짝 푼 그는 말의 머리와 발굽을 돌려 이끼로 끈끈해진 돌 위를 미끄러져 나아가게 했고, 둑 위로 올라가게 한 다음, 양 발목으로 말의 몸통을 차서 풀숲을 헤치고 앞으로 나아가게 했다. 그제야 멈춰 선 그는 뒤를 돌아보았다. 하! 해냈다! 그가 그놈들, 그 개자식들보다 한 수 위였다. 그놈들의 함정을 피한 것이었다. 기쁨에 찬 아트가 웃으며 큰 소리로 모리스를 욕하자 그의 말이 고개를 높이 쳐들었다.

그런 아트를 노려보는 자들 가운데 그린이라는 병사가 있었다. 눈이 하나뿐이었던 그는 쇄골과 턱뼈 사이에 낡은 머스킷 총을 고정해 겨누고 있었다. 충전재와 화약을 꾹꾹 눌러 담은 채 발사 준비를 마친 그의 총열 속에는 납으로 된 탄환이 꼭 한 발 들어 있었다. 모리스가 외마디 소리를 쳤다. 쏴. 병사들이 일제히 방아쇠를 당겼다. 굉음과 연기를 뚫고 날아간 탄환 가운데 오직 한 발만이 아트에게 닿았고, 충격과 함께 그의 따뜻한 살 속에 박혔다. 단단히 쥐고 있던 총신을 내려놓는 그린의 손이 후들거렸다. 다른 자들은 그의 등을 거칠게 두드리며 축하를 건넸다.

아트의 암말은 주인을 안전하게 들어 올리려고 안간힘을 썼다. 그러나 주인의 상처에서는 피가 쏟아졌고, 그의 손은 벌어지기 시작했다. 아트는 밑으로, 밑으로 떨어지면서 말의 갈기 한 움큼을 잡아 뜯었다. 피에 젖은 그 기다란 털 한 움큼이 흙 속에 쓰러진 그가 쥐고 있던 전부였다. 그의 시선은 마지막으로 휙휙 움직이며 마구 뻗어 나갔다. 짙고 빼곡한 구름, 산들바람에 끄덕거리는 야생 자두나무 꽃들, 말발굽, 어딘가 다른 곳으로 서둘러 날아가는 찌르레기 한 쌍. 자신의 주인을 내려다 본 암말은 웃고 있던 병사들에게 다시금 눈길을 돌렸다. 그러더니 천천히 걸어 그들을 향해 다가갔다. 동물들도 자기보존이라는 본능과 이타적 행동 사이에서 갈등을 할까? 이 암말은 재빨리 자기 갈 길을 선택했다. 어떤 충동이 말의 몸을 돌려세웠다. 녀석은 바람을 채찍 삼아 꼬리를 높이 들고 고삐를 길게 늘어뜨린 채 천천히 달려 도망쳤다. 그러고는 울타리 앞에서 잠시 머뭇거리다가 다리를 쭉 뻗어 뛰어넘었고, 그때부터 전속력으로 달리고, 달리고, 또 달렸다.

　　　모리스 일행은 마지막으로 아트의 갈비뼈를 발로 걷어찬 다음 떠났다. 그들의 웃음도 그들과 함께 사라졌다. 암말은 입에 물려 있는 재갈에 거품이 섞인 침을 묻히며 서둘러 먼 곳으로 달려갔다. 말은 누구에게 가야 할지 알고 있었다.

　　　　　　　⟍

지금 우리의 상상 속을 전속력으로 달려가는 말은 여성-존재다. 이 말은 유럽에서 잉태되고, 태어나고, 길러진 여성이다.

　　　보라. 새벽녘 어스름에 둘러싸인 마구간은 짚으로 덮인 채 고요하고, 우리는 이 어둑함 속에서 망아지가 어미의 몸속에 있는 따스한 바다로부터 헤엄쳐 세상에 나오는 모습을 지켜보는 중이다. 발부터 나온 망아지의 작고 놀란 발굽들은 파도치듯 움직이다가 땅에 가 부딪친다. 어미 말이 콧구멍을 떨면서 망아지를 코로 가볍게 밀자, 마침내 망아지는 두 눈을 뜨고 일어선다. 그러고는 우리의 눈앞에서 자라난다. 무럭무럭 자라난다. 목장의 햇빛 속에서, 달콤한 젖이 쏟아져 나오게 하려면 녀석은 그저 어미의 젖통을 코로 문지르기만 하면 된다. 처음으로 전력 질주를 하던 날, 망아지는 속도가 주는 더없는 행복감과 부딪쳐 오는 산들바람에 몸을 맡긴다. 녀석은 순수 혈통으로, 자신의 그 어떤 여자 조상만큼이나 영리하고 빠르다. 녀석의 가문에 속한 선조들 사이에서는 오래도록 하나의 목소리가 메아리쳐 왔다. 다양한 언어로 이루어진, 그러나 같은 뜻을 담은 목소리. 착한 아이구나. 착한 아이야.

　젖을 뗀 망아지는 복종하는 법을 교육받는다. 망아지는 자신의 존재 이유가 인간의 무게를 견디는 것임을 알게 되고, 등자와 재갈과 고삐와 채찍이 사용되는 방식을 빠르게 습득한다. 그러고는 오래지 않아 어미가 지켜보는 앞에서 팔려 간다. 녀석의 눈이 어미의 검은 두 눈과 마주칠 일은 앞으로 두 번 다시 없을 것이다. 그 대신, 망아지는 기병대 축사의 바삭거리는 짚, 검들이 슛슛거리고 챙챙거리는 소리, 탕 하고 울리는 머스킷 총의 소리, 진흙 속의 피 냄새, 너도밤나무 아래 그늘에 피어 있는 블루벨꽃, 그리고 가을 사과의 존재를 알게 된다. 영예로운 자랑거리이자 충실한 하인이며 속력과 사형 선고의 화신인 이 말은 자신의 역할 하나하나를 나무랄 데 없이 수행한다. 잊힌 사실: 결국 이 말은 자기 주인의 죽음을 초래할 것이다. 그리고 마치 서로의 운명을 주고받듯, 주인의 죽음은 이 말 역시 죽음으로 이끌 것이다.

『아트 올리어리를 위한 애가』는 사람들의 입에서 입으로 질주하며 거듭 전해졌고, 수많은 학술 연구가 이 작품에 화답해 왔다. 하지만 그 모두가 빠뜨린 한 가지 작은 사실이 있다. 우리는 이 말의 이름을 결코 알아내지 못하리라는 것이다. 나 역시 아무래도 그 이름을 지어낼 수가 없다. 그 대신, 나는 이 암말을 이름 없는 존재들 가운데, 이 이야기에서 누락된 모든 여성 존재의 부재 가운데 한층 강렬한 하나의 부재로서 기리고자 한다.

이 말이 여성인 존재였음을 당신이
알았으면 한다.
이 말이 여성이었고, 존재했음을 당신이
알았으면 한다.
이 말이 존재했음을 당신이 알았으면
한다.

———

내가 내 삶에서 아일린 더브의 삶으로 전해 줄 수 있는 연민은 오직 하나뿐이고, 그걸 제대로 전달할 수 있을지 아닐지는 지금부터 설명할 일들을 어떻게 풀어낼 것인가에 달려 있다. 그러니 아주 잠시만 내가 그에게 일상적인 평화를 조금 선물하게 해 주길 바란다. 나는 한쪽 팔에 뺨을 얹은 채 꾸벅꾸벅 잠든 아일린을 그려 낼 수도 있었다. 편지를 쓰거나, 시계태엽을 감거나, 어린 아들에게 잔소리를 하는 그를 그려 낼 수도 있었다. 그러는 대신 나는 아일린을 그가 아끼는 푸른색 꽃병 곁에 두고, 프리지아 사이에 장미 줄기들을 꽂고 있는 모습으로 그려 낸다. 나는 이 순간이 최대한 오래 지속되게 하려고 애쓰지만, 피할 수 없는 일이 너무도 빨리 들이닥친다. 반짝이는 나뭇잎들이 아일린의 시선을 창가로 이끌고 간다. 길 잃은 말발굽 소리로 이루어진 음절들이 그의 이마에 물결을 일으킨다. 째깍, 시계가 간다, 째깍째깍, 그리고 뜰에서, 그 순간, 그의 눈에 들어온 것은 <u>고삐</u>, 땅에 끌리는 고삐, 안장, 피에 젖은 채 아무도 태우지 않은 안장. 말과 눈을 마주친 아일린은 재빨리 짐승의 눈빛을 읽는다. 이제 그는 뭘 할까? 도움을 구할까? 볼드윈 가족에게 전령을 보낼까? 하인을 불러 치안 판사에게 알리라고 전할까? 아니다. 아일린, 우리의 아일린은 생각하느라 머뭇거리지 않는다. 그는 뛰어나간다.

> 세 걸음 만에, 나는 뛰어나갔지- 한
> 걸음에 문간으로,
> 두 걸음에 문으로,
> 세 걸음에 당신의 암말에게로.

그는 손과 무릎으로 말을 단단히 붙든 뒤 전속력으로 달리고 또 달린다. 둘은 40분쯤, 혹은 조금 더 오랫동안 전속력으로 달린다. 탈진한 암말은 언덕 위 젖은 땅으로 제 몸을 끌고 올라갔다가 다시 내려오고, 미끄러운 조약돌과 물웅덩이를 헤치고 나아간다. 목적지가 어딘지도, 무엇이 자신을 기다리고 있는지도 알지 못하는 아일린 더브를 등에 태운 말은 설레인강과 포에리시강을 지나 껑충껑충 달려간다. 가시나무 덤불 틈으로 난 진흙길을, 나뭇가지 아래를, 목초지와 시냇물과 쇠똥을 헤치며 빠르게 달려간다. 달려가는 그들을 지켜보는 건 누굴까? 까마귀들이다. 까마귀들은 알고 있다. 빠르게 달릴 때마다 길가의 가시금작화들은 늘 흐릿한 형체로 변해 버리는 것 같지만, 아일린은 짐승을 꽉 붙잡는다. 그는 달리고, 달리고, 달리고, 또 달린다- 그러다 멈춰 선다. 그다음 연을 읽을 때마다 내 가슴은 아일린 때문에 무너져 내린다.

황급히, 나는 손으로 말을 때렸고,
빨리, 더 빨리, 온 힘을 다해 달렸지,
내가 달려 본 그 어느 때보다도 빠르게,
내 앞의 당신을 발견할 때까지, 살해당해
등 굽은 작은 가시금작화 옆에 누운
당신을.
그 곁에는 교황도 없고 주교도 없으며
그 어떤 성직자도 독실한 신자도 없어
당신에게 임종 시편을 읽어 줄 이 하나
없으니,
오직 수척하고 주름진 노파 하나만
넝마 같은 숄을 당신에게 걸쳐 주었지.
내 사랑이여, 폭포처럼 쏟아지는 당신의
피를
닦아 낼 수는 없으니, 치울 수는 없으니,
안 돼,
안 돼, 내 손바닥이 잔으로 변하고, 오,
나는 마시네.

이 주름진 늙은 구경꾼은 누굴까? 나는 가끔 이 낯선 노
인이 아일린 자신의 현현이 아닐까 생각한다. 노년의 모
습으로 돌아온 그는 아무것도 바꿀 수 없는 무력한 목격
자로서 그저 그곳에 얼어붙어 있을 뿐이고, 뒤이어 그의

젊은 자아가 태어나지 못할 아이의 태동을 몸속에 품은 채로 황급히 달려든다. 그는 자신의 젊은 자아가 아트의 시신 위로 무너져 내려 울부짖는 걸 지켜본다. 모음으로 된 그 비명은 결국 잦아들고, 소리는 말들의 형태를 취하기 시작하고, 그 말들은 어째선지 그의 어머니의 목소리를, 그리고 어머니의 어머니의 목소리를 불러오고, 그렇게 그의 목구멍에서 터져 나오는 그 모든 여성의 목소리는 하나의 커다란 합창으로 변한다. 모두가 서로의 손을 잡고 있고, 모두가 이 순간의 고통을 말하면서 그 오래된 말들의 황홀경 속을 맴돈다. 어떤 마법 같은 힘이 이 내밀한 순간을 공적인 것으로 만든다. 그 힘은 날것의 소리를 하나의 발화로, 하나의 예술로 바꿔 놓는다. 그 짐승 같은 울부짖음을 듣고 이해한 말은 자신의 갈기가 발꿈치 위쪽에 난 털에 닿을 때까지 고개를 숙이고는 땅에 발굽을 비빈다.

하지만 이 수수께끼 같은 노파는 나이 든 아일린의 자아를 상징하는 데서 그치지 않는다. 그는 당신이기도 하고 나이기도 하다. 우리 역시 그 기이한 형상 속에 묶여 있다. 우리는 그 노파의 눈을 통해 응시하고, 노파의 검은 망토를 둘러쓰고 있다. 우리는 아트의 몸에 망토를 덮어 주려고 함께 몸을 굽힌다. 우리는 아트를 보호하기 위해 할 수 있는 일을 다 한다. 우리는 아일린과 함께 아트를 애도한다. 이 낯선 이의 몸은 우리 모두를 품고 있다. 나는 아일린 더브가 이 고통을 혼자 겪게 두지 않을 것이고, 당신 또한 그럴 것이다. 걸어 들어가 그와 함께 서자. 우리는 이 순간에 이성이 끼어들게 놔둘 수 없다. 우리의 움직임을 막을 생각은 하지 마라.

———

참사 뒤의 첫 번째 밤은 칠흑보다도 검다. 아트의 말은 자리에 없다. 녀석은 몇 시간 전에 낯선 사람에게 끌려갔다. 녀석은 울부짖으며 유럽식 욕설을 퍼부었지만, 점점 작아지며 동요하는 그 말발굽 소리를 알아차리는 사람은 아무도 없었다.

　　물방앗간 문은 조금 열려 있고, 문틈으로는 촛불의 불빛이 깜빡이고 있다. 사내 두 명이 마을에서 가장 튼튼한 문을 경첩에서 떼어 내 여기까지 어깨에 메고 왔다. 그들은 그 문짝을 두 개의 맥주 통 위에 올려놓은 다음, 아트의 몸을 들어 올려 그 위에 뉘어 놓았다. 자비로운 행동이었다. 아일린은 삐걱거리는 걸상에 앉은 채 몸을 흔들고 있다. 남편의 왼손은 아일린의 손이 꼭 쥐고 있지만, 그의 오른손은 펼쳐진 채 텅 빈 열쇠 구멍 위에 놓여 있다. 어머니가 들어와 자신을 꼭 안아 주는 일은 일어나지 않을 터였다. 아일린은 그 사실을 알고 있지만, 문이 삐걱거릴 때마다 어쩔 수 없이 고개를 들어 그쪽을 쳐다본다.

아트의 입은 벌어져 있지만 두 눈은 감겨 있다. 지붕으로 몰래 스며든 비가 메트로놈 같은 소리를 내며 구석에 떨어진다. 날이 더 추워진다. 물방앗간에서 일하는, 무거운 표정을 하고 검은 숄을 두른 한 무리의 여자들이 벽에 기대 서 있다. 아일린은 자신과 함께 울어 주지 않는 그들을 원망한다. '그리고 천 개나 되는 내 재앙을 더 늘리기라도 하듯 / 그들 중 누구도 그를 위해 눈물 흘리지 않으리.' 빗방울이 떨어진다. 빗방울이 더 빠르게 떨어진다. 들어 보라. 낯선 이들의 속삭임 위로, 코를 훌쩍이는 단속적인 소리 위로, 알아듣기 어려운 애도의 말들 위로, 똑, 똑, 빗방울이 떨어지는 소리를. 슬픔에 고개를 주억이던 여자들은 이제 한 명씩 문을 향하고, 밖으로 나간 다음 떼 지어 모이고, 눈썹을 치켜올리고, 다른 이의 입을 향해 귀를 기울이고, 또 다른 입을 향해 귀를 기울이며 소문을 전한다. 저 너머에서는 강물이 자신의 오래된 노래를 읊는다.

아일린의 오른손은 보름달처럼 부푼 자신의 배 위로 홱 올라가지만, 왼손은 계속 남편의 손을 붙잡고 있다. 그가 계속 붙잡고 있는 한 그의 체온이 남편의 팔다리에서 냉기를 몰아내 줄 터였다. 이제 아일린의 등이 곧게 펴진다. 이제 그는 시작할 것이다. 말들을. 언덕에서 그의 턱이 남편의 피로 새빨갛게 젖어 있었을 때, 오직 짐승 한 마리와 낯선 사람 한 명만이 곁에 있었을 때 처음 시작된 그 말들을. 이제 아일린의 입이 열린다. 물방앗간이 조용해진다. 농부들과 남 이야기하기 좋아하는 사람들, 물방앗간에서 일하는 여자들, 그리고 낯선 사람들이 함께 침묵한다. 오직 아일린의 목소리만이 흘러나올 뿐.

———

그의 목소리가 아니었다면, 나는 숨바꼭질을 하거나, 옛날 영화를 보거나, 구운 닭고기를 잘라 나누면서 가족과 함께 집에서 일요일 오후를 보내고 있었을 것이다. 하지만 나는 배불리 젖을 먹은 딸아이가 다시금 아빠 품에서 아늑하고 따뜻하게 잠들도록 놔두고 집을 나선다. 나는 골동품 상점 근처에 다다를 때부터 속도를 줄이고, 그 상점이 엄선해 길가에 진열해 놓은 물건들 옆에 차를 댄다. 난롯가에 두는 의자, 어린이용 자전거, 몇 개의 낡은 문짝. 차 문을 쾅 하고 닫는 바람에 찌르레기 한 무리가 캐리개니마에 늘어선 집들 위로 날아간다. 나는 생각한다. 내가 여기 왔다고. 나는 탐정이 되기에는 서투를지 몰라도, 최소한 헌신적인 종이기는 하다고.

　　　요즘 들어 나는 탈진해 있다. 다른 누군가의 하루하루를 추적하기 위해 내 하루하루로부터 나 자신을 비워 버려야 했기 때문이다. 게다가 그 추적 작업은 조금씩 괴로워지기 시작했다. 이 작업은 정말 쓸모 있을까. 이 작업은 처음에 내 화를 돋구었던 아일린의 몇몇 전기 속에 담겨 있던 문장들, 비약으로 가득했던 그 문장들보다 더 유용할까. 전혀 확신할 수 없었다. 나는 대체 무슨 자격으로 한 사람의 삶에 존재했던 내밀한 순간들을 들춰내고, 또 그 삶의 원본이 전혀 필요로 하지 않는 주름 장식들을 꿰매 다는 걸까? 문제의 그날 저녁에 실제로 날씨가 어땠다는 증거는 전혀 없다. 하지만 내 몽상은 이 마을에 비가 쏟아지도록, 그래서 아일린 더브가 통곡하던 물방앗간 안으로 빗방울이 미끄러져 들어가도록 연출했다. 아일린을 실제처럼 느껴지게 하고 싶다는 내 욕망이 오히려 그를 꼭두각시로 만든다면, 그러면 나는⋯⋯ 나는 뭐가 되는 걸까? 나는 빗방울에 젖은 얼굴을 하고 창고 뒤쪽과 차량 진입로에 몰래 숨어든다. 물방앗간의 자취를 찾아 온 거리를 헤맨 나는 그 건물의 어떤 흔적이라도 찾아보려고 스스로를 다시 쥐어짠다. 다시, 나는 마을을 걸어 통과한다. 이 끝에서 저 끝까지. 그리고 또다시 실패한다. 나는 아일린을 실망시키고, 당신을 실망시키고, 나 자신을 실망시킨다.

나는 침울함에 젖어 몸을 떨면서 내 시야 속에 유일하게 열려 있는 문을 향해 간다. 길가에 진열된 골동품들 너머로 표지판 하나가 세워져 있다. <u>오래되고 진기한 물건 상점</u>. 실내에는 낡은 가구의 구부러진 다리, 무슨 축구 기념품, 가스등, 거울, 재봉틀 같은 것들이 가득하다. 이슬비가 더 굵은 비로 변하더니 내가 잘 아는 어떤 욕망을 품고서 지붕을 두드린다. 들여보내 줘, 들여보내 줘. 구석에서 한 남자가 머리를 내밀더니 손을 흔들고는 다시 사라진다. 내 손바닥은 어느 높다란 괘종시계의 금 간 유리 위에서, 그 시계의 나무 상자 겉면에 들쭉날쭉 일어나 있는 거스러미들 위에서, 텅 빈 열쇠 구멍 위에서, 조금 열려 있는 시계 문 위에서 미적거린다. 나는 그 문 안으로 손을 뻗어 시계추가 흔들리게 만들어 놓고, 그러다 시계 너머에 놓여 있는 이 빠진 작은 접시를 발견한다. 보름달처럼 하얀 접시에는 선명한 푸른색 잉크로 마을의 모습이 그려져 있고, 그 마을 안에는 시냇가가 있고, 자그마한 사람 한 쌍이 그 옆을 헤매고 있다. 길을 잃은 모양이다. 접시 가까이에 있는 불룩한 꽃병은 데리네인의 가을 바닷물 같은 푸른색을 품고 있다. 꽃병과 접시를 사는 데 다 합쳐서 동전 세 개가 든다. 나는 가게를 나서면서 살짝 웃는다.

　　바깥에는 비가 그쳤고, 돌 위로 미끄러져 오는 물결은 내 발가락에 얼음처럼 차가운 환영 인사를 건넨다. 이 물은 한때 틀림없이 그 물방아를 돌렸을 것이다. 이 물줄기가 쑥 나아가며 똑같은 동그라미를 그리고 또 그려 냈을 것이다. 들어 봐, 물결이 말한다. 들어봐들어봐들어봐들어봐. 나는 듣는다. 적어도 들으려고 애를 쓴다.

데리네인에 살았을 때, 소녀는 길을 잃거나 두려움에 휩싸일 때마다 나침반 바늘 역할을 하는 둔하고 단조로운 파도 소리를 향해 고개를 돌렸다. 아니면 자신의 쌍둥이 자매를 소리쳐 불러 도움을 청해서 자기 위치를 파악할 수도 있었다. 메리가 물방앗간 안에서 쌍둥이 언니의 손을 잡아 주었는지 우리는 알지 못한다. 그러지 않았을 가능성이 높아 보이긴 한다. 『아트 올리어리를 위한 애가』의 한 연 전체가 메리의 남편을 다음과 같이 비난하고 있는 걸 보면 말이다. '입으로 똥을 싸는 그 광대 자식, 온통 비열하게 / 찡그린 얼굴로 이랬다저랬다 하는 그 겁쟁이'. 메리의 남편은 무슨 짓을 했기에 이렇듯 강렬한 증오를 불러일으킨 걸까? 오코넬 부인은 다음과 같이 호의적으로 기록해 두었다. '볼드윈 씨는 암말을 모리스에게 넘겨주었는데, 당시의 법적인 상황을 고려했을 때 그 판단은 그 과부와 아이들을 위해 내릴 수 있는 가장 현명한 결정이었다.' 어쩌면 정말 현명한 일일 수도 있었을 것이다. 하지만 그건 잔인한 일이기도 했다. 목구멍에서 날것의 슬픔을 토해 내기 시작한 지 몇 시간도 되지 않았을 때, 잔뜩 지친 아일린은 새빨개진 눈을 들었다가 이런 이야기를 들었던 것이다. 아트가 사랑하던 암말이 그를 살해하라는 명령을 내린 남자에게 넘겨졌다는.

해마다 가을이 되어 나뭇잎들이 금빛 꿈을 꾸기 시작할 무렵, 데리네인 앞바다는 밤마다 형광빛이 도는 파란색으로 희미하게 빛난다. 물결은 식물성 플랑크톤 때문에 부풀어 오르고, 파도는 한 번 칠 때마다 조그만 인광성 입자들을 재촉한다. 아주 작은 그 입자들은 밝게, 더 밝게 빛나더니 다시 천천히 흐릿해진다. 인간의 눈이 그런 생체 발광을 인식하기 위해서는 밤이 칠흑같이 어두워야 한다.

  아트의 장례식이 끝난 뒤, 아일린은 내륙 깊은 곳에 있는 자기 집 침실의 어둠 속에 누워 아들들에게 자장가를 불러 준다. 이내 그는 깨어 있는 유일한 사람이 되고, 소금기는 그제야 그의 두 뺨을 타고 흘러내린다. 아일린은 앞으로 무슨 일이 일어날지 아직 알지 못하지만, 우리는 안다. 죽음은 죽음을 손짓해 부른다. 머리 위로 검은 새들의 그림자가 다가온다.

———

집으로 돌아온 나는 아일린 더브의 삶에서 흘러나온 어둠 때문에 심란해진 마음을 진정시키려고 애를 쓴다. 쓸고, 닦고, 먼지를 털고 걸레를 문지르는 내 일상 속으로 돌아가 생각을 다른 데로 돌리려고 애쓴다. 나는 나만의 갖가지 작은 의식들에 매달린다. 그리고 그 의식은 빵 조각들을 모아 쟁여 두는 것으로 시작된다.

나는 날마다 팔꿈치를 바닥에 대고 엎드린 채 끈적끈적한 바나나 찌꺼기와 요구르트와 으깨진 포도알 사이를 기어 다니면서 탁자와 의자 밑에 있는 수많은 빵 조각을 불러 모은다. 이렇게 무릎을 더럽혀 가며 내 하루하루를 나아가는 일, 그러면서 잇몸과 손으로 빚어지고 여전히 침으로 젖어 있는 초승달 모양의 빵 조각을 집어 올리는 일에는 소중한 가치가 담겨 있다. 바로 그 빵 조각들이 그날 하루 가운데 가장 이상하고 가장 중요한 순간을 가져다주기 때문이다. 까마귀의 부리가 내뱉는 내 이름을 듣게 되는 순간을.

나는 아이들 앞에 조각 그림 퍼즐 한 상자를 쏟아 놓는다. 그러고는 분주히 손가락을 움직이는 그 애들을 등지고 정원으로 걸어 나간다. 서늘하고도 호사스럽구나, 이 초록빛 방에 깔린 카펫은. 내 맨발이 타박타박 소리를 내자 파수꾼 역할을 하는 새 한 마리의 고개가 곧바로 내 쪽으로 기울어진다. 파수꾼은 두 눈을 가늘게 뜨더니, 빗지 않아 온통 엉켜 있는 내 머리칼을 그들이 내게 준 이름으로 번역해 낸다. 부리를 연 파수꾼이 골짜기를 향해 갈라진 음절을 부르짖자 그 모든 새가 나뭇가지 응접실로부터 날아올라 나를 향해 몰려온다. 날카로운 울음소리와 날갯짓으로 외치는 검은 인사말들, 나는 그들 모두를 바라본다.

정부가 전국에 눈보라 경보를 내리자 텔레비전 뉴스 속보는 빵집의 텅 빈 선반을 보여 준다. 이제 모두 나처럼 빵을 쟁여 두고 있다. 아침 식사 시간이 되었지만, 어째서인지 나는 토스트를 씹을 수가 없다. 대신 블랙커피를 들이켜자 위장이 투덜거린다. 뜨거운 한 모금 한 모금에 내 안에서 검고 무성한 날개들이 자라나는 게 느껴진다.

아주 조금만 배고픔을 느껴도 다른 이들을 먹일 수 있다. 위에서 보면 눈 덮인 우리 집 정원은 한 장의 종이처럼 하얘 보일 것이다. 나는 거기 서 있다. 허기로 몸통 한가운데가 숭덩 잘려 나간 여자의 실루엣을 하고, 거센 바람을 잘라 내는 백 개의 날개를 머리 위에 이고서.

10.

제각기 흐릿해진 두 개의 길

Buail-se an bóthar caol úd soir

mar a maolóidh romhat na toir,

mar a gcaolóidh romhat an sruth,

냇물들이 당신을 위해 좁아질 그 길로、

나무 하나하나가 당신에게 무릎을 꿇고

동쪽으로 난 그 좁은 길로 가요

1) 돌진하는 승객

밤의 도시에서 어둠을 지우는 건 쉬운 일이다. 여기서는 가로등의 빛무리가 서로 너무 가까이 붙어 있어서 그 호박색 빛이 끊임없이 우리 차에 드리워지고, 그 변함없는 불빛은 운전대 위로, 내 사랑의 손 위로 떨어지며 그가 내 이름을 새겨 놓은 결혼반지를 은은히 빛나게 한다.

　　나는 운전하는 그의 옆에 앉는 걸 좋아한다. 그의 손을 보는 게 좋다. 곧 그는 키스하려고 내 머리를 뒤로 끌어당길 테고, 그러면 내 포니테일이 그 손에 휘감길 것이다. 그 손. 또 나는 그의 얼굴을, 그가 내 시선을 느낄 때 거기서 피어오르는 미소를 지켜보는 것도 좋아한다. 그는 앞으로 어떤 일이 벌어질지 알고 있다. 우리는 곧 아이들이 자는 집에 도착할 것이고, 그는 내가 자기 손안에서 신음할 때까지 나를 벽에 밀어붙일 것이다. 내가 처음으로 내 입술을 그의 입술에 밀어붙였을 때 우리는 둘 다 열아홉 살이었고, 강변 난간에 걸쳐 있던 내 몸이 확 잡아당겨진 지 1년이나 지났는데도 내 머리칼은 여전히 축축하게 젖어 있었다. 그와 함께 지내면서 나는 마침내 웃기 시작했다. 그는 요란하지도 매혹적이지도 않게 내 삶에 들어왔다. 사랑의 도피 같은 건 없었다. 그는 편안한 미소와 낡은 티셔츠와 닳아 해진 청바지를 걸치고, 변함없는 발소리를 내면서, 그저 내 곁에서 보조를 맞춰 걸었을 뿐이었다. 지금 우리는 우리가 10대 때 손을 잡고 걸었던 그 길을 그때보다는 빠르게 달리고 있다.

교외에 가까워질수록 불빛들은 듬성듬성해진다. 나는 그의 얼굴 위로 움직이는 어두운 웅덩이들을, 그것들이 얼마나 빨리 스며들어 사라지는지를 지켜본다. 우리는 그 작은 그늘들 사이로 서둘러 함께 달려간다. 베이비시터와 약속한 시각보다 조금 늦었고, 또 조금은 서로를 갈망하고 있기 때문이다. 저 너머의 불빛은 여전히 간헐적으로 우리 차를 비추지만, 이제는 어두운 웅덩이들이 조금씩 더 오래 머무른다. 어떤 것이 마지막 불빛인지 나는 가늠하지 못한다.

T자형 삼거리에서 우리 차의 헤드라이트는 쓸모가 없어진다. 그 한 쌍의 노란 불빛은 앞을 노려보지만, 그저 한 무더기의 가시나무 덤불만 비출 뿐이다. 밀려와 차창에 부딪히는 새까만 어둠 속에서는 아무것도 보이지 않는다. 우리는 본능적으로, 혹은 습관적으로 경계하며 왼쪽으로, 오른쪽으로, 다시 왼쪽으로 고개를 돌린다. 그는 아무런 불빛도 다가오지 않는 길을 계속 달린다. 둔하고 요란한 엔진 소리가 우리를 저 앞으로, 보이지 않는 것들 속으로 마구 흔들어 밀어낸다. 나는 몸이 떨린다. 집에 도착할 때까지 그의 손을 잡지 않고 견딜 수 있을지 잘 모르겠다. 나는 생각한다. 어쩌면, 어쩌면 그에게 부탁해서 어디 조용한 통로를, 비밀스러운 장소를 찾아서,

거기서 그냥 잠깐만……. 하지만 지금 우리는 커브를 돌고 있고, 그는 갑자기 브레이크를 세게 밟고, 우리 차는 끼익 소리를 내며 목이 뻐근해질 정도로 급히 멈춰 선다.

우리 둘 다 양손을 높이 들어 갑작스레 다가온 불빛을 어설프게 막아 낸다. 우리는 아무 말 없이 눈앞의 광경을 바라본다. 택시 옆에 넋 나간 얼굴로 서 있는 한 남자. 그 옆에 있는 또 다른 차에 달린 긴급 라이트가 새빨간 빛을 켰다 끄기를 반복하며 요란하게 깜빡이고 있다. 남자 너머에는 또 한 명, 아니 어쩌면 두 명의 남자가 보인다. 그들은 스마트폰을 귀에 대고 있고, 이제 그들의 몸 아래에 있는 또 다른 무언가가 내 눈에 들어온다. 사람. 팔다리를 쫙 벌리고 하얀 선을 가로질러 누운 사람의 실루엣. 미니스커트를 입고 스틸레토 힐을 신은 실루엣. 몸을 뒤틀며 괴로워하고 있는 실루엣. 여자.

앞이 잘 보이지 않는 이 경사로는 목과 발목 모두에 무리가 올 만큼 가파르게 굽은 길이다. 이곳은 내가 상상할 수 있는 장소 가운데 젊은 여자가 어둠 속에 혼자 누워 있기에는 가장 위험한 곳이다. "안 돼." 남편이 말한다. "안 된다고. 하지 말라고." 하지만 탁, 내 안전벨트가 풀리고 탁탁, 문손잡이가 움직인다. "안 돼." 그가 다시 말한다. "다른 사람들이 벌써 돕고 있어." 하지만 내 몸은 일어나 차 밖으로 뛰어나가고 있다. 더 좋은 아내라면 아마도 그의 말을 따라 다른 사람들이 이 뭔지 모를 위기를 해결하게 두었겠지만, 더 현명한 인간이라면 아마도 그대로 차에 탄 채 그곳으로부터 멀어졌겠지만, 내 귀에는 더 이상 그의 목소리가 들리지 않는다. 이미 어둠 속을 달려가고 있기 때문이다. 나는 달려가 무릎을 꿇고, 그 낯선 사람의 어깨에 손을 얹고, 이름을 묻는다.

피가 나거나 뼈가 부러진 데는 없는 듯하다. 하지만 여자는 신음하면서 몸을 뒤틀고, 뒤틀고, 또 뒤틀면서 옆으로 계속 돌아눕는다. 또 다른 차 한 대가 타이어에서 끼익 소리를 내며 우리 차 뒤에 비스듬히 선다. 나는 뒤쪽을 힐끗 바라본다. 운전석에서 몸을 움찔하는 남편의 그림자가 보인 것도 같다. 택시 기사가 이쪽으로 다가오면서 자기는 아무 잘못이 없다는 듯 두 손바닥을 위로 향하고 어깨를 커다랗게 으쓱해 보이며 빠르게 말한다. "저는 맹세코 저 여자 손님한테 손 안 댔어요. 제가 태울 때 남자 친구랑 싸우고 있더라고요. 저 손님이 남자 친구 따귀를 정면으로 때리니까 그 남자가 발로 찼어요. 여기를 정통으로." 그의 손가락이 자기 가랑이를 가리킨다. "그러고 나서 저 손님이 차에 올라탔는데, 그러니까, 막 엉엉 울더라고요. 제가 괜찮은지 물어보려고 속도를 늦추니까 저 손님이 문을 열고 뛰쳐나간 거예요. 그렇다고 저분을 거기다 그냥 두고 갈 수는 없잖아요. 안 그래요? 근데 또 싫다는데 억지로 차로 끌고 와서 다시 태울 수도 없고요. 그래서……." 그때 그의 전화가 울리고, 그는 몸을 돌려 전화를 받으면서 어깨너머로 투덜거린다. "만약에 이런 일이 계속되면 그 여자가 우리 전부 다 죽여 버릴걸. 그 이기적인 썅- 여보세요? 그래, 들어 봐, 내가 같이 있어 줄게. 최대한 빨리……."

　　여자는 알아들을 수 있는 말은 한마디도 꺼내지 않고, 그저 딱딱 맞부딪치는 이 사이로 낮은 울음을 억누르고 있을 뿐이다. 나는 여자를 안아 주고, 위로해 주고, 보호해 주고 싶다는 어머니 같은 충동에 사로잡힌다. 그 중 가장 강렬한 충동은 마법의 단어들을 읊고 싶다는 충동이다. 그 어떤 상황에서도 리셋 버튼을 눌러 주는 단어들. 공황 상태 속에서도 평온함을 불러내는 단어들. 나는 두 손으로 여자의 머리를 들어 올린 뒤 여자의 눈에 내 눈을 맞춘다. 나는 말한다. "다 괜찮아질 거예요." 나는 여자의 슬픈 몸을 조심스레 일으켜 세운 뒤 팔꿈치를 아주 살짝 붙잡은 채 여자를 이끌고 간다. 우리가 어둠 속을 함께 걸어가는 동안 내 눈과 귀는 극도의 경계 상태로 접어든다. 어떤 차가 너무 빨리 커브를 도느라 멈추지 못할지도 모른다는 두려움 때문이다. 내가 여자를 회복시켜 줄 수 없다는 건 안다. 하지만 할 수 있는 일은 해야 한다. 나는 여자를 차에 안전하게 태우고 흐느낌이 잦아들 때까지 머리를 쓰다듬어 준다. 병원에 가야 할 것 같냐고 묻자 여자는 고개를 젓는다. 나는 집에 가고 싶냐고, 택시 안이 안전하게 느껴지냐고 묻고, 여자는 고개를 끄덕인다. 그래서 나는 여자의 안전벨트를 채워 주고 문을 닫는다. 이제 다시는 여자를 볼 일이 없어진다.

우리 차로 되돌아온 나는 손을 너무 떨어서 안전벨트를 더듬더듬 걸쇠에 밀어 넣는 일조차 해내지 못한다. 남편이 대신 벨트를 채워 주며 짜증스럽게 한숨을 쉰다. 그는 화가 나 있다. "그 여자는 너무 취해서 내일이면 당신을 기억하지도 못할 거야. 당신 때문에 우리 둘 다 죽을 뻔했잖아." 그가 말한다. "대체 뭘 위해서 그러는 건데?" 나는 묻고 싶다. 당신은 왜 돕지 않았느냐고. 하지만 그가 시동을 켜기도 전에 밴 한 대가 갑자기 방향을 홱 틀어 우리를 지나쳐 가고, 우리 차는 그 차의 속도가 남기고 간 어설픈 반향처럼 변해 버린다. 그 순간 나는 앞이 보이지 않는 이 커브 길에 남편을 내버려 두고 어둠 속으로—용감하게 혹은 무모하게, 혹은 용감하면서 무모하게—달려간 내 행동이 우리 둘 모두를 위험에 빠뜨렸음을 분명하게 깨닫는다. 그가 보기에 나는 이미 통제되고 있던 상황에 굳이 끼어들어 방해만 했을 뿐이다. 다른 사람들이 거기 있었고, 그들이 그 난장판을 틀림없이 수습했을 테니까. 하지만 나는 그때 그가 본 것과 다른 무언가를 보았었다. 땅바닥에 팔다리를 벌린 채 누운 여자 위에 드리워져 있던 남자들의 그림자를, 그리고 그 그림자 속에 있던 또 다른 무언가를. 차 키를 돌리는 남편은 입술을 창백해질 정도로 꽉 다물고 있다.

나는 놀란다. 그가 이렇게 화를 내는 일은 거의 없기 때문이다. 나는 사과하고 우리는 침묵 속에서 계속 달린다. 나는 궁금해한다. 내 안에는 왜 이런 충동들이 새겨져 있는 걸까. 이런 충동? 금세 사과하려는 충동? 그 것도 그렇지만, 어떤 상황에서도 시냅스 신호보다 빠르게 솟구쳐 오르는, 내가 어둠 속을 전속력으로 달려가게 만드는, 이성의 외침으로 제지하기에는 너무 빠른 그 충동이 더 신경 쓰인다. 나는 누군가를 위해 옳은 일을 하려고 시도하느라 또 다른 누군가를 위험에 처하게 하고, 낯선 사람을 도우려고 노력하면서 남편과 아이들을 위태롭게 만든다. 움직임을 잠깐 멈추고 그들을 떠올리려는 시도조차 하지 않았다. 우리 차가 속도를 내기 시작하는 지금도 내 머릿속은 무언가를 해냈다는 짜릿함으로부터, 다른 사람에게 작게나마 도움이 되었다는 기쁨으로부터, 아무런 보상도 기대하지 않고 베푼 친절이 가져다주는 전율로부터 벗어나지 못한다. 하지만 내가 한 행동들을 통해 어떤 인정을 받으려는 생각은 없다. 나는 그저 저항하기에는 너무 강력한 어떤 힘에 휩쓸린 것처럼 움직였기 때문이다. 그 힘이 나를 어둠 속으로 달려가게 했다. 우리의 본능은, 갑자기 나타나 요란한 소리를 내며 우리를 낯선 목적지로 이끌고 가는 그 엔진은 얼마나 신비한가.

　　나는 집으로 가는 내내 남편의 질문을 골똘히 생

각한다. "대체 뭘 위해서 그러는 건데?" 우리가 이를 닦을 때도, 그가 내 몸에 팔을 두르고 내 목에 키스할 때도, 그러다 잠든 뒤에도, 나는 계속 그 질문을 떠올리고 있다. 어둠 속에서, 나는 이 사건에 '주고받음'이라는 개념을 가져다 붙일 수 있는 시나리오가 딱 한 가지 있음을 깨닫는다. 하지만 그 시나리오는 남편에게 털어놓기에는 너무 난해하다. 게다가 지금 그를 깨울 엄두도 나지 않는다. 그러니 대신 당신에게 말해 주겠다. 어쩌면 맨처음 내가 차에서 뛰어나간 건 나 자신을 던져 버리는 일에 익숙하기 때문일 것이다. 그러나 내가 그 길 쪽으로 향하던 그때, 사방은 어두웠고, 강물처럼 어두웠고, 내 안에 있던 어떤 오래된 감각을 충분히 휘저어 놓을 만큼 어두웠다. 그 어둠 속에서 모르는 사람이 몸을 일으키게 돕고 있던 나는 어쩌면 어떤 영혼의 쌍둥이였는지도 모른다. 오래전의 어느 날 밤, 어느 강변의 난간에 앉은 채 술에 취해 울고 있던 내 몸을 뒤로 끌어당겨 주었던 모르는 사람의 쌍둥이. 오늘 그 여자의 몸을 흔들면서, 어쩌면 나는 고통스러워하고 있던 예전의 내 몸을 흔들고 있었는지도 모른다. 어쩌면 그 순간 속에는 어떤 등가성이, 어딘가 기이한 상호 관계가 새겨져 있었는지도 모른다. 모르는 사람을 향해 다 괜찮아질 거라고 속삭이면서, 나는 어쩌면 슬픔과 고통에 잠긴 우리 모두를 향해, 그 여자의 고통을 향해, 그 남자의 고통을 향해, 그리고 나 자신의 고통을 향해, 마법을 걸고 있었는지도 모른다. 그리고 어쩌면 그 마법은 드디어 제대로 작동해서, 이번에는 정말로 다 괜찮아질지도 모른다.

어쩌면 이미 괜찮아졌을 수도 있다.

2) 지나치는 운전자

그로부터 한참이 지난 또 다른 금요일 밤, 나는 혼자서 강 밑 깊은 곳을 빠르게 움직이고 있다. 저 위의 세상이 어두울 때에도 여기 아래쪽은 온통 밝다. 나는 터널 천장 너머에서 움직이는 보이지 않는 것들을 상상한다. 층층이 쌓인 질척거리는 어둠, 송어와 강꼬치고기를 싣고 방향을 틀며 빠르게 흘러가는 엄청난 양의 물, 달빛이 강 표면에서 잠시 춤추는 동안 정신없이 흐르는 강물 속으로 정신없이 파고드는 그 많은 눈과 심장들. 그 아래에서 나는 눈부실 만큼 번쩍이는 터널을 통과하며 빛을 내고 있다. 라디오를 너무 크게 틀어 놓아서 베이스가 내 가슴뼈 뒤에서 쾅쾅 울린다. 터널이 서쪽을 향하며 오르막에 들어서자 페달이 다시금 내 발에 와 닿는다. 나는 밤 한가운데로 돌진한다.

나는 고향에 와서 내 시들을 낭독해 달라는 초대를 받았고, 그래서 이 길을 따라 작고 축축한 들판들이 있는 곳으로 가고 있다. 나는 돌아가는 중이다. 내 가족들의 전생이었던 수많은 사람이 아침마다, 날마다 잠에서 깨어나며 세기가 바뀌도록 살아온 곳으로. 나는 하나같이 서로를 따라 하는 — [천천히] [천천히] [천천히] — 도로 표지판들과 불 꺼진 창문들과 얼핏 언덕처럼 생긴 나무 아래서 졸고 있는 두 마리의 말을 자석처럼 빠르게 스쳐 지나간다. 이것이 집으로 가는 길이다. 지금 내가 내는 속력은 아주 최근의 발명품이다. 우리 할머니의 어머니가 가지고 있었던 가장 빠른 교통수단은 전력으로 달리는 말 정도였을 것이다. 밤의 시골길을 따라 수 킬로미터를 달리는 동안 내 차의 네 바퀴는 시계 문자판처럼 단조롭게 회전하고, 그 위에 얹힌 금속제 차체 안에는 온기와 음악이, 그리고 고동치는 작은 심장 하나와 노래를 흥얼거리는 입을 가진 따스한 몸 하나가 담겨 있다.

　　그때 갑자기 일상이 재앙으로 바뀐다. 으스스한 슬로모션 속에 갇힌 나는 내게 다가오는 불빛들이 무해한 광선들이 아니라는 걸 알아차린다. 이 광선들은 도로 맞은편 차선에서 나오는 게 아니다. 이 헤드라이트들은 나를 향해 오고 있다. 틀려, 방향이 틀렸잖아, 나는 생각한다. 다가오는 헤드라이트들이 새빨간 색으로 변했다가 다시 흰색으로 돌아가는 동안 시간은 점점 느려진다. 그리고 그럴수록 눈앞의 광경은 선뜩할 정도로 선명해진다. 그 차는 중앙 분리대 역할을 하는 화단을 들이받은 뒤 두 차선에 걸쳐 어지러운 원을 그리며 제멋대로 빙빙 돌고 있다. 그 바람에 그 너머에서 움직이는 또 다른 무언가가—또 다른 차량이, 마찬가지로 돌고 있는 자동차가—내 눈에 언뜻 들어온다. 나라는 작고 하찮은 존재는 지금 멈출 수 없는 상태로 두 대의 차량을 향해 돌진하는 중이다. 그 두 대는 마치 우주 저 멀리 서로 떨어져 있는 두 개의 행성처럼 각각 자신만의 호를 그리며 빙빙 돌고 있다. 나는 운전대를 꽉 붙잡고 이를 악문 채 그쪽으로 기울어지며 달려간다. 라디오에서는 계속 음악이 나오고 있겠지만 내 귀에 들려오는 소리는 없다..어떤 소리도, 아무것도 들리지 않는다.

충격을 예감한 내 몸은 오랫동안 묻혀 있던 주문으로 바뀌고, 그 주문은 스스로 속삭이기 시작한다. 오 하느님 오 하느님 오 하느님. 내 가쁜 숨에서는 쇳소리가 난다. 나는 하나의 파편, 계획성 없는 방식으로 충돌한 그 모든 인간으로부터 새어 나온 엉성한 추출물이다. 그런 우연한 파편들을 뭉쳐 만든 덩어리일 뿐이다. 아이를 넷이나 낳은 여자, 집안일과 몽상으로 자기 인생을 낭비해 온 여자, 36년 동안 살다가 결국 고속 도로에서 소름 끼치는 죽음 속으로 스스로를 끌고 가는 여자. 아무것도 모르는 남편이 아래층에서 맥주를 홀짝이며 텔레비전으로 스포츠 경기를 보는 동안 아늑하게 누워 꿈을 꾸고 있을 내 아이들이 떠오른다. 마음이 아프다. 오 하느님. 오 하느님. 충돌을 눈앞에 두고서도 내 입술은 여전히 달싹

이고 있다.

　　이제 첫 번째 차는 더 빠르게 빙빙 돌고, 나는 호를 그리며 옆으로, 갓길 너머 깊은 진흙탕으로 미끄러진다. 내 차 바퀴가 빙빙 돌며 미끄러진다. 굴러온 잔해들이 쾅 소리를 내며 내 차 밑에 부딪히는 걸 느낀 나는 몸을 움찔한다. 산산조각이 난 플라스틱과 금속과 유리 파편들이 내 아래쪽에서부터 공중으로 솟아오른다. 파편들이 차를 스쳐 가는 동안 내 차는 계속 옆으로 미끄러진다. 운전대가 내 두 손을 쳐내듯 눈 깜짝할 새에 저절로 홱 돌아간다. 두 손으로 그것을 다시 붙잡고 씨름해 말을 듣게 만드는 동안 내 정신은 멀리 날아간다. 나는 그 와중에도 언젠가 이 진흙탕을 향해 몸을 굽히게 될 어떤 낯선 사람을 상상한다. 그는 파편 하나를 들어 올리고는 온전한 전체로부터 그 조각을 떨어져 나오게 만든 힘에 혀를 내두를 것이다. 나는 여전히 운전대를 꽉 붙잡고 있다. 나는 여전히 <u>오 하느님, 오 하느님</u>이라고 중얼거리면서 진로를 바깥쪽으로 급히 튼다. 차 두 대는 여전히 회전하고 있다. 이제 그 둘은 서로를 밀치려 한다. 차 안에 사람의 그림자는 보이지 않는다. 이 어둠 속에 사람은 나 혼자인 것 같다. 두 발이 페달 위에서 춤을 춘다. 내 차는 회전하는 텅 빈 차들 옆을 향하면서 길을 벗어나고 있다.

　　다음 순간, 놀랍게도 나는 그 차들을 지나친다. 지나쳤다, 나는 생각한다. 나는 거길 지나쳤고, 지금은 맞은편에 와 있고, 어째선지, 어째선지 살아 있다. 두 손이 걷잡을 수 없이 떨린다. 나는 나도 모르게 울고 있다. 언제 눈물이 나기 시작했는지는 알지 못한다. 주문과 헐떡임이 계속된다. 오 하느님 오 하느님 오 하느님. 나는 억지로 입을 다문다. 숨을 들이마시고, 방향 지시등을 켜고, 엔진을 끈 다음, 긴급 구조대에 전화를 걸려고 애를 쓴다. 양손이 너무 심하게 떨려서 세 번 시도한 뒤에야 겨우 신호가 간다.

유난히 차분한 한 여성이 내가 들려주는 세부 사항을 기록하며 "다시 한번 말씀해 주시겠어요?" 하고 부탁한다. 말하는 동안 내 두 눈동자는 옆으로, 뒤로, 다시 앞으로, 정신없이, 있는 힘껏 움직인다. 하지만 바깥은 너무 어두워서 아무것도 보이지 않는다. 백미러는 텅 빈 동시에 꽉 찬 것처럼 느껴진다. 나는 여자에게 이제 뭘 해야 하느냐고 묻는다. 또다시 나 자신을 던져 버린 것이다. 내 결정을 여자의 손에 맡긴 것이다. 그러면서도 내 마음은 또다시, 나를 기다리는 누군가가 있는 쪽으로 편하게 미끄러져 가는 것보다는 어둠 속으로 힘껏 달려가는 일이 더 중요하다고 생각하고 있다. 하지만 여자는 자신이 아는 답을 논의의 여지 없이 단호하게 전달한다. 여자는 내가 사고 현장 쪽으로 돌아가지 못하게 한다. 그냥 운전을 계속하라고, 여자는 내게 지시한다. 2차 사고가 일어날까 우려해서다. "네, 지금, 당장요." 내가 다른 이들에게 초래할 수 있는 위험과 누군가에게 줄 수 있는 도움을 저울질한 여자는 내게 떠나야 한다고 말한다.

　　나는 시키는 대로 한다. <u>착한 아이구나.</u> 양 무릎이 후들거리고, 운전대는 미끄러운 두 손에서 계속 빠져나간다. 어쩌면 내 강박은 내가 상상한 것만큼 확고하지 않은 건지도 모른다. 어쩌면 우리 각자는 어느 길 위에 서 있는지에 따라 제각기 다른 방향을 선택할 수 있는 건지도 모른다. 어쩌면 우리의 낮과 밤 속에 존재하는 우리 자신의 변화무쌍한 형태들은…… 사실 무엇이든 할 수 있는 건지도 모른다. 이 특별한 밤, 누군가의 차분한 목소리가 내게 할 일을 지시했고, 나는 이번에는 거부하지 않았다. 이번에는 그 명령에 담긴 뜻을 이해하고 거기에 따랐다. 나는 전화기 저편의 목소리에게 감사를 전했다. 작별 인사를 했다.

　　내 차의 백미러와 사이드미러는 모두 어둠으로 가득하다. 충동을 거부했더니 몹시 괴롭다. 누군가를 돕고 싶다는 내 욕망은 내가 가속하는 동안에도 사라지지 않는다. 그 욕망은 나를 졸라 대고, 내가 달려가는 어둠 속에서 사정없이 떠들어 댄다. 나는 울고 있는 누군가를 뒤에 남겨 두고 온 걸까? 내일이 되면 나는 심각한 충돌 사고에 관한 소식을 찾으려고 몇 시간이고 지역 뉴스 속보를 뒤질 것이다. 결국 아무것도 찾지 못할 수도 있지만, 어떻게 될지는 아무도 모른다. 어쨌든, 지금은 지시

받은 대로 행동하기로 한다. 이 길 위에서, 나는 저 멀리
달려간다.

11.

방울. 방울.

세 Thugas léim go tairsigh
걸음
만에、
나
는
뛰어
나
갔
지
—
한
걸음에
문간으로

복수를 한 번쯤, 혹은 두 번쯤 계획하다 보면 잠깐 동안은 고통에서 벗어날 수 있다.

롤리 저택에서, 아일린 더브는 슬퍼하고 있었다. 동시에 몰래 계획을 꾸미고 있었다.

———

조용히, 손가락들이 마구간 문의 빗장을 벗긴다.
조용히, 아주 조용히, 말발굽들이 삼베 부대로 감싸인다.
조용히, 삼끈이 묶이고, 밧줄이 당겨진다.

———

아일린 더브는 집에 돌아온 암말에게 환영 인사를 하면서 짐승의 이마에 자기 이마를 대고 부드럽게 문지른다. 따스한 여성의 숨결에 제각기 둘러싸인 두 얼굴.

하지만 다른 사람들은 걱정하기 시작한다. 이 절도 사건을 알게 되면 에이브러햄 모리스는 어떤 벌을 내릴까? 이런 상황에서 유일하게 제안할 수 있는 방어책은 은폐다. 이런 문제는 덮어야만 한다.

총성이 안마당 벽들을 전속력으로 스치고 날아간다. 다시 한번, 암말은 망아지처럼 네 다리를 후들거리고, 그렇게 천천히 무너지는 동안 발굽들은 다시 한번 파도가 되어 땅에 부딪힌다. 다시 한번, 진흙 속에 따스하고 축축한 피가 흩뿌려진다. 암말이 조용해진다. 녀석의 몸은 이제 어디든 묻어도 되지만 머리는 그럴 수 없다. 얼굴에 난 독특한 무늬 때문에 아트의 말이라는 걸 금방 알아볼 수 있을 테니까. 그러니 분리가 필요하고, 칼날이 필요하고, 또 그것을 앞뒤로 움직이는 작업이 필요하다. 벽난로의 바닥돌이 문처럼 들어 올려져 옆으로 치워진다. 남자들이 암말의 머리가 들어갈 곳을 삽날로 판다. 돌 밑의 두개골. 불 가에 앉아 있는 동안에는, 아일린은 결코 혼자가 아니다.

———

총격 사건이 벌어지고 몇 주 지나지 않아 사인死因 조사가 이뤄진다. 조사 결과는 이 '법외 추방자'를 살해한 일이 적법했다는 치안 판사들의 지난 주장과는 반대다. 배심원들은 에이브러햄 모리스와 일군의 병사들이 아서 올리어리를 고의적으로 살해한 혐의에 대해 유죄 판결을 내린다. 머스킷 총을 쏴서 아트를 살해한 그린을 포함한 일당 전원은 당시 '동인도 식민지'라고 불리던 곳으로 추방된다. 에이브러햄 모리스는 아일랜드에 남지만, 곧 위풍당당한 하노버 홀을 떠나 시내 하숙집에 임시 거처를 얻는다.

간혹 아트의 아버지가 썼다고 언급되는(그러나 아트의 아버지는 아트보다 여러 해 일찍 사망한 것으로 보인다) 『아트 올리어리를 위한 애가』의 한 연에서, 아일린은 자신에게 그 모든 고통을 가한 가해자에게 악담을 퍼붓는다.

> 모리스, 이 하찮은 새끼. 나는 네가
> 고통받길 바란다!
> 네 심장과 간에서 나쁜 피가 뿜어져
> 나오기를!
> 네 두 눈에 녹내장이 생기기를!
> 네 양 무릎뼈가 박살 나기를!
> 넌 네게 맞서 총을 쏠 만한 남자는
> 온 아일랜드의 단 한 명도 죽이지
> 않았으면서
> 내 송아지는 잡아 도살해 버렸지.

어쩌면 복수는 이타주의의 반대항으로 여겨질지 모른다. 이타주의가 인간의 상호작용을 한쪽으로 치우치게 한다면, 복수는 그렇게 치우친 등식 양변의 균형을 엄격하게 맞추려고 한다. 눈에는 눈. 이에는 이.

———

두 번째 복수는 7월 7일, 아트의 동생 코닐리어스—그는 아직 10대였다—의 뜀박질로부터 시작되었다. 그는 도시 하수관이 내뿜는 악취로 이어져 있는 진창길과 자갈길을 천천히 달려갔다. 모리스가 '보이스' 하숙집에 방을 빌렸다는 사실을 알고 있던 코닐리어스는 해먼드 거리 근처에서 적절한 장소를 고른 다음 조심스럽게 벽에 기대었다. 시간이 흐르면서 그가 사용한 무기는 안개 속으로 사라졌지만, 훗날 치안 판사들은 그가 코트 밑에 숨기고 있던 물체가 머스킷 총이거나 나팔 총이었을 수도 있다고 말했다. 코닐리어스는 하숙집을 드나드는 사람들을 지켜보면서 손가락으로 차가운 금속을 더듬었다. 낮의 햇빛이 사라졌고, 밤은 금세 11시에 다다랐다. 어떤 창문들에는 여름밤이 불러들인 불빛이, 다른 창문들에는 둔한 어둠이 내려앉았다. 커튼들 안쪽에서는 잠이 인간의 꿈이라는 이상한 직물을 짜기 시작했고, 그 바깥에 서 있던 코닐리어스는 하품을 계속했다.

　　모리스 역시 집 안에서 피곤해하고 있었다. 그는 계단을 올라가 자기 침실로 갔고, 문에 걸쇠를 건 다음 잠자리에 들 준비를 시작했다. 그때 창문 너머에서 술에 취해 왁자지껄 떠들어 대는 목소리들이 들려왔다. 코닐리어스는 창가로 다가온 모리스의 실루엣을 언뜻 보았다. 그 순간 그의 심장은 터질 듯했고, 그의 두 뺨은 불타오르기 시작했다. 그는 조준했다. 침실 안으로 튄 차가운 유리 파편에 소스라치게 놀란 모리스는 비틀거리며 뒤로 물러났다. 산탄 가운데 몇 발은 빗나가 창문 바로 아래 박혔지만, 한 발은 모리스의 몸을, 흉곽과 허리 사이에 있는 따스한 살을 관통했다. 주저앉는 모리스의 양 무릎이 땅에 닿기도 전에, 그가 처음으로 숨을 헐떡이며 도움을 청하기도 전에, 코닐리어스는 이미 전속력으로 도망치고 있었다. 그는 쿵쾅거리는 심장이 들어찬 가슴을 들썩이며 도시의 진흙투성이 거리와 좁고 캄캄한 길들을 헤쳐 갔다. 강물과 나루가 부딪히는 소리가 들릴 때까지 달려 온 그는 곧 어느 배의 갑판 위에 올라선다. 그는 수평선을 향해 얼굴을 돌리고 있다. 어쩌면 소금기 어린 물방울들이 그의 두 뺨을 후려쳤을 것이다. 어쩌면 그의 뺨은 말라 있었을 것이다.

치안 판사들은 코닐리어스를 잡아들이라는 포고문을 서둘러 발표했다. '코크주 하노버 홀의 에이브러햄 모리스 씨가 머무르던 코크 시내의 숙소에서 침실 안으로 총격을 가한 자들'에 대한 포고문은 '코크의 미혼 여성 애러벨러 앨런을 결혼할 의도로 납치한' 혐의를 받은 자들, 그리고 '우드빌에 사는 토머스 버틀러가 소유한 소들의 무릎 힘줄을 잘라 움직이지 못하게 한 자들'에 대한 공고와 함께 발표되었다. 모리스의 협력자들로부터 상당한 액수의 돈이 모였는데, 거기에는 현직 하원의원이었던 윌리엄 톤슨이 보내온 45파운드가 넘는 돈과 모리스 자신이 낸 100기니도 포함돼 있었다. 현상금은 이후 몇 달에 걸쳐 점점 올라갔다. 그러나 미국에 도착한 코닐리어스는 다시는 돌아오지 않을 생각이었다. 두 형제의 목소리는 롤리 저택의 방들로부터 영원히 사라졌다.

모리스는 부상을 입기는 했지만 죽지는 않았다. 그는 절뚝거리며 아트의 살인사건 재판에 들어갔고, 무죄를 선고받은 뒤 절뚝거리며 재판정을 나왔다. 1773년 9월 6일, 「코크 이브닝 포스트」는 다음과 같이 공표했다. '지난 9월 4일 토요일, 코크 법정에 출두한 에이브러햄 모리스는 아트 올리어리의 살인죄에 관해 재판을 받았으나 명예롭게도 무죄 석방되었다.' 결국 모리스는 아트를 살해한 죄에 관해 공식적인 처벌을 받지는 않았다. 하지만 고통스러운 부상이 끊임없이 그를 괴롭혔다. 피격당한 상처가 낫지 않았던 것이다. 그는 한 해가 넘도록 고열에 시달리며 악몽을 꾸었고, 반복되는 감염과 고통을 겪으며 흐느껴 울었다. 그는 건강을 회복시키기 위해 필요한 자금을 끌어모으려 했고, 그 과정에서 자기가 가진 모든 물건을 팔았다. 1775년 7월 1일, 「코크 이브닝 포스트」에는 다음과 같은 광고가 실렸다.

건강을 위해 요양을 떠나는 에이브러햄 모

리스 씨, 그가 소유한 가정용 가구 일체, 황소, 암소, 양, 농업용 및 기타 용도의 기구들이 경매에 부쳐진다. 장소는 그의 저택인 하노버 홀.

그는 그 돈으로 무엇을 할 생각이었을까? 어디로 갈 생각이었을까? 몇 달 뒤 그에 관한 두 번째 광고가 실렸다.

코크, 1775년 9월 25일. 에이브러햄 모리스 씨의 채권자 여러분께서는 해먼즈 마시 구역에 있는 제임스 보이스에게 청구 내역을 보내 주시기 바랍니다. 최대한 빠른 방법으로 청구된 금액의 채무를 이행하겠습니다.

내 눈에 들어오는 모든 문헌은 모리스가 부상을 입은 뒤 2년이 지나 합병증으로 사망했다고 추정하고 있다. 엄청나게 느리고 고통스러운 죽음이다. 이 추정은 합리적인 근거에 기반한 것이다. 모리스의 하숙집 주인이 그를 대신해 빚 청산을 해 줄 만한 다른 이유가 있었을까? 그래도 나는 모리스의 이름으로 된 장례식 기록이 있는지 찾아본다. 그러고는 실패한다. 에이브러햄 모리스가 사망했다는 확실한 증거는 아직 찾지 못했다.

―

나는 롤리 저택 앞으로 세 번이나 간청하는 편지를 써 보냈다. 하지만 그 집은 조용하고, 대답할 생각조차 없어 보인다. 마침내 나는 나를 안타까워하는 어느 친절한 도서관 사서에게 사정을 털어놓는다. 사서는 현재 롤리 저택에 살고 있는 거주자의 친구이자 자신의 친구이기도 한 사람을 보내 나 대신 간청하게 해 준다. 그러나 돌아온 대답에는 논의의 여지가 없다. 이 여성은 자신의 사적인 공간을 사적으로 유지하고 싶어 한다. 내가 아무리 어깨뼈로 밀어 본들 그의 문은 결코 열리지 않을 것이다. 나는 흐느껴 운다. 나와 당신과 아일린을 위해.

　하지만 눈물이 잦아들자 잠을 쫓아낼 정도로 지독한 죄책감이 찾아온다. 나는 내 침대라는 사적인 공간에 누워, 내 집에 침입할 권리가 있다고 여기는 낯선 사람이 나타난다면 얼마나 성가실지 생각해 본다. 몇 번이고 요구를 거듭한 내 이기적이고 오만한 마음이 싫어진다. 다시금 '통제에 대한 환상'이 찾아온다. 나는 생각한다. 이 여성의 삶을 꼴사납게 침범한 일을 되감기해 없던 일로 만들 수는 없다고. 하지만 내 마음을 표현하기 위한 나만의 의식을 수행할 수는 있다고. 그건 내가 통제할 수 있는 거라고. 어둠 속에서 내 스마트폰 화면은 하나의 촛불이 된다.

곧 머크룸의 거리는 새소리에 깨어날 것이다. 발소리가 들릴 것이고, 열쇠 하나가 열쇠 구멍에 꽂힐 것이다. 누군가의 손이 내가 고른 대상들을 그러모을 것이다. 흰 장미, 프리지아, 연보랏빛 리시안셔스와 트라켈리움, 카네이션과 국화. 그 꽃들의 줄기는 삼끈으로 한데 묶이고 셀로판지에 포장된 다음, 리본으로 묶이고 스티커가 부착된 채 아일린 더브가 살았던 집 문 앞으로 배달될 것이다.

누군가의 손가락 마디뼈가 문을 두드릴 것이다.

문 너머에서 들려오는 발소리. 찰칵, 열쇠가 내는 소리.

그 문은 내게는 열리지 않아도 내 선물을 향해서는 열릴 것이다. 내 선물은 꽃다발 하나와 죄송합니다라는 말이 담긴 카드다. 그런데 이 패키지에는 사과하는 행위뿐만 아니라 더 많은 게 들어 있다. 그 패키지는 간접적으로 그 집에 들어가는 일을 포함하고 있다. 내 하얀 장미 봉오리들은 롤리 저택의 어둠 속에서 한들거리며 피어날 것이다. 그러면 더 오래전의 어둠 속, 아일린이 혼자 앉아 있는 그곳의 밤공기가 향기로 채워질 것이다. 아일린의 맨발 밑에는 벽난로 바닥돌이 깔려 있고, 그 돌 밑에는 머리뼈 하나가 떨어진 장미 꽃잎처럼 가냘프게 놓여 있을 것이다.

새벽이 되자 나는 축축한 발자국을 남기며 이슬

에 젖은 우리 집 정원으로 걸어 나간다. 까마귀 한 마리가 꽃 한 송이의 줄기를 잘라 내는 나를 지켜본다. 싹둑. 나는 캐리개니마에서 내게로 온 꽃병에 그 꽃을 꽂는다. 이것이 내가 이뤄낸 의식이다. 은밀한 조율. 시간과 공간을 가로질러 내 방과 아일린의 방 모두에 장미향이 동시에 피어나게 하는 것. 몹시 푸른 이 꽃병은 지금도 일렁이고 있는 데리네인의 무지갯빛 파도와 잘 어울린다.

누가 누구의 삶에 출몰하고 있는 걸까?

———

데리네인의 주인이 된 아일린의 오빠 모리스 오코넬은 용서의 손길을 내밀고 싶지 않다는 입장을 고수했다. 모리스가 보기에 아트의 죽음은 아일린에게 불명예를 끼쳤고, 따라서 데리네인에도 불명예를 끼친 사건이었다. 1773년 6월, 그들의 남동생 대니얼은 프랑스에서 다음과 같은 편지를 썼다.

가엾은 아서 올리어리의 불행한 최후에 대해 알게 됐어요. 그 소식에 얼마나 충격을 받았는지 이루 말할 수가 없네요. 그 사람과 알고 지낸 시간은 얼마 되지 않지만, 처음에 받았던 인상보다는 괜찮은 사람이라고 생각했는데. 그래도 그렇게 난폭하고 통제가 안 되는 기질을 가진 사람한테는 틀림없이 불행한 일이 생길 거라고 예감하긴 했어요. ……아버지를 잃은 조카들과 누나에게 생계를 이을 수단을 제공해 주면 그들에게 큰 위로가 될 거예요. ……형은 누나에게 불행을 더해 주기에는 너무 마음씨 좋은 사람이잖아요. 저는 확신해요. 형은 비록 누나 때문에 기분이 상했더라도 그걸 다 잊고 누나와 조카들에게 우애를 발휘해 줄 거예요.

모리스 오코넬이 이 편지에 답장을 썼다는 기록은 찾을 수 없다. 데리네인의 돈주머니는 많은 사람들을 후원했지만 이 여동생에게는 열리지 않을 모양이었다.

8월, 에이브러햄 모리스가 총에 맞은 지 꼭 한 달이 지났을 때, 데리네인에서는 축제가 계획되었다. 가족의 막내 여동생인 낸시가 결혼할 예정이었다. 아일린 더브가 이 축하연에 참석했을 가능성은 없지만, 메리는 남편과 예쁜 아이들과 함께 화려한 옷으로 가득한 여행용 궤짝을 가지고 참석했다.

데리네인을 떠난 지 10년째에 접어든 메리는 사교계에서 이름난 숙녀로 변해 있었다. 이제 그는 클로아이나의 아름다운 볼드윈 부인으로 알려져 있었고, 세련

되고 품위 있으며 옷차림 또한 우아한 것으로 유명했다. 1773년 여름, 메리는 서른 살이었고, 여섯 아이의 어머니였으며, 사람들 사이에서 빛을 발했고, 깊이 있는 교양 또한 갖추고 있었다. 그가 이 행사를 위해 고른 드레스는 너무도 근사해서 축하연에서도 화제가 될 정도였다. 오코넬 부인이 다음과 같이 밝힌 것처럼, 한 세기가 지난 뒤에도 사람들은 여전히 그날에 관해 이야기했다.

노처녀 줄리애너 오코넬이 기억하기로, 그가 어렸을 때 나이 많은 사람들은 볼드윈 부인이 얼마나 어여쁜 피조물인지, 특히 특별한 날이면 얼마나 아름다운 옷을 입었는지에 관해 이야기하곤 했다. 줄리애너가 기억하기에 그 특별한 날은 볼드윈 부인이 예쁜 딸을 데리고 왔던 낸시의 결혼식날이었다. 그날 어머니와 딸은 둘 다 누벼 만든 푸른색 새틴 페티코트 위에 트임이 있고 허리가 긴 실크 드레스를 입었고, 현명하게도 머리분을 바르지 않아 금빛으로 반짝이던 부인의 머리칼은 너무도 사랑스러운 레이스 모자로 덮여 있었다. 부인의 남동생 대니얼은 부인의 여섯 아이를 보고는 곧바로 이 아이들 가운데 가장 예쁜 세 명이 진정한 오코넬 집안 사람이라고 주장했다. 그러

자 가없은 매형 볼드윈은 웃으면서 대니얼이
평범한 아이들만 볼드윈 집안에 떠넘기고 있
다고 말했다.

가족들은 낸시의 결혼식에서 웃으며 춤추었지만, 아일
린 더브는 그 방에 없었다. 그는 이미 떠나간 사람이었다.
    그다음 몇 달 동안 아일린의 형제들 사이에 오간
편지에는 아일린이나 그의 아이들에 관한 언급이 한마
디도 나오지 않는다. 오코넬 부인이 말했듯, 우리 또한
오빠인 모리스가 아일린을 측은히 여겨 달라는 대니얼
의 지난번 호소에 흔들리지 않았다고 추론해 볼 수 있다.
이 추론을 뒷받침하는 증거도 있다. 그로부터 3년 뒤의
여름, 대니얼이 그의 형에게 한 번 더 부탁하는 편지를 썼
던 것이다. 1776년 7월 6일, 대니얼은 다음과 같이 쓴다.

    가능하다면 마음을 열어 불운한 과부 리어
리[19]가 저지른 잘못들을 잊어 주세요. 누나의
비참함과 불운들을 생각해 너그러운 마음으
로 자비를 베풀어 주셨으면 해요. 저는 그게
가능하다고 생각하고, 가능했으면 좋겠지만,
저도 누나의 죄를 알고 있으니 감히 강요는 하
지 않을게요. 하지만 존경하는 모리스 형은 그
선한 마음으로 뭐든 할 수 있을 거예요. 그 마

음이 명하는 대로만 따른다면 형은 누나를 용
서할 거라고, 저는 감히 단언하겠어요.

이 편지는 미묘하게 균형을 잡고 있다. 대니얼은 가부장
의 정당한 분노를 존중하면서도 과부가 된 사람을 보호
해 주기를 청하면서 일종의 줄타기를 시도한 것이다. 나
는 이 편지를 읽을 때마다 아일린의 남동생이 쓴 '누나의
비참함과 불운들'과 '누나의 죄'라는 구절이 마음에 걸린
다. 아트의 죽음과 아일린의 아기가 유산된 일을 뜻하는
표현일까? 아니면 그 이후의 몇 년 동안 무언가 또 다른
재앙이 아일린에게 일어났던 걸까? 나는 아일린에게 더
한 고통을 안겨 줄 엄두가 나지 않는다. 아일린이 보냈을
그 무렵의 몇 년을 상상하려고 시도할 때마다 떠오르는
건 텔레비전 화면에서 쏟아지는 백색 소음뿐이다. 하지
만 오코넬 부인의 어조는 조금 더 희망적이다. 오코넬 부
인은 아일린과 그의 어머니가 결국 화해를 이루었다고
기록했다. 메어는 '그렇게 잘생기고 매력적인 구혼자의
간청을 거부할 수 있는 여자는 세상에 아무도 없을 거라
는 이유로…… 아일린을 용서했다'고 한다. 메어 니 더브
는 여자의 욕망에 담긴 힘을 이해하고 있었던 것이다.

---

19   Leary. 여기서는 아서 리어리(아트 올리어리)의 아내라는
      뜻으로, 아일린 더브를 뜻한다.

아트가 세상을 떠나고 18년이 지난 1791년, 아일린은 마지막으로 가족 편지에 등장한다. 이제 그는 '불운한 과부 리어리'라고 불리는 대신 '우리의 누이 넬리'라는 호칭을 되찾는다. 당시 마흔여덟 살이었던 그는 남성의 텍스트 속에서 하나의 애칭으로, 깃펜으로 빠르게 휘갈긴 한 단어로 축소된다. 지금까지 내가 사랑하는 이 유령의 사망 날짜도 묘비도 찾아내지 못한 나는, 그의 남자 형제들이 주고받은 편지들을 다시 읽을 때마다 그의 이름이 사라지는 지점을 보며 슬퍼한다.

나는 아일린의 나날들 속에 존재했을 작고 소중한 순간들을, 그가 보고 즐거워했을 모든 것을 상상해 본다. 자신의 아들들이 달리기와 말타기와 책 읽기를 시작하는 모습과 그들의 얼굴에 아트의 옛 미소가 떠오르는 모습을 지켜보는 일. 박쥐와 제비의 비행. 해마다 더 높이 뻗어 오르는 나뭇가지, 그리고 금빛으로 변했다가 떨어진 뒤 다시 녹색으로 움트는 그 가지의 잎들. 그의 기억에 남겨진 그 모든 꿈의 파편, 그 모든 좌절과 그 모든 돈 걱정, 그가 작성한 '목록'들, 배란통을 겪은 날들과 놋쇠를 닦은 날들, 많은 배를 다 채워 주기 위해 아껴 가며 저녁 식사를 준비하는 나날들, 태연한 표정을 지은 나날들과 구멍 난 옷을 기우던 나날들, 자매나 형제로부터 어떤 전언도 편지도 전해지지 않은 채 지나간 나날들, 외로운 나날들, 빨래하는 나날들. 그리고 그의 아이들, 정원에서 말안장에 올라앉았거나 마차에 탄 채로, 떠날 때면 언제나 그에게 마주 손을 흔들었을 그 아이들. 그들이, 그의 아들들이 손을 흔든다. 손을 흔들고 또 흔든다.

12.

전조—비행기와 찌르레기

1) 후산 afterbirth[20] / 후유증 aftermath

나는 딸아이가 잠들어 있는 유아차를 밀며 11월의 어스름 속으로, 한때 코닐리어스가 달려갔던 길 위로 들어선다. 찌르레기들의 울음소리가 들려오고, 그제야 그 새들이 눈에 들어온다. 스무 마리 혹은 그 이상이 저 앞에, 그라피티가 휘갈겨진 광고판에 발톱을 건 채 매달려 있다. 한 줄로 앉아 있는 그 새들은 마치 나이트클럽 디제이처럼 살짝 기울인 고개를 박자에 맞춰 끄덕이다가 여러 종류의 소리를 한 부리씩 리믹스하기 시작한다. 맨 처음엔 미리 외워 두었던 화재 경보음, 그다음엔 인간의 말 한마디, 그다음엔 쓰레기통 뚜껑이 떨어지는 소리를 반복 재생시킨 사운드 위에 자동차 엔진 소리를 믹스한 버전, 라이터가 짤깍거리는 소리, 다시 화재 경보음, 화재 경보음, 화재 경보음, 더 높게, 점점 더 높게, 계속 음높이를 올리는 그 멜로디는 비명으로 변할 때까지 반복되고 또 반복된다. 이 새들이 목쉰 소리로 떠들어 대는데도 딸아이는 뒤척이지 않는다. 나는 아이가 이 새들의 노래를 자기 꿈속에 엮어 넣고 있을까 궁금해한다.

내가 다가가자 새들은 깜짝 놀라 하늘로 날아간다. 조그마해진 찌르레기 떼, 넓은 종이 위에서 빙빙 도는 잉크 얼룩들. 해석할 수 없는 얼룩들. 이건 불길함을 드러내는 광경일까, 아니면 포식자들에게 보내는 경고

일까, 그것도 아니면 저물어 가는 오늘 하루에 전하는 기쁨에 찬 작별 인사일까? 저 새들은 정확히 뭘 말하려고 하는 걸까? 낯선 느낌이 뻣뻣해진 목을 타고 올라온다. 나는 멈춰 선다. 도시 위로 이토록 으스스한 무언가가 날아오르는 광경을 지켜볼 때 생겨나는 감각. 이 감각은 내게 어떤 과거를 떠올리게 한다. 아직 당신에게 말하지 않은 그 과거는 이런 것이다. 의사의 초음파 봉이 내 배 위를 천천히 미끄러지기 몇 주 전, 비행기 한 대의 그림자가 도시 위에 드리웠다. 그 비행기는 하늘을 가로질러 날아가지 않았다. 내 두 눈 뒤로 날아갔다. 내가 바로 하늘이었다. 사람들을 실은 그 비행기가 뚫고 솟아오르던 하늘. 나를 관통하던 그 비행기는 하나의 전조였고, 나는 그게 전조인 줄 알지 못했다.

그 꿈은 늘 똑같은 방식으로 전개되었다. 나는 나도 모르는 사이에 도시 위로 솟아오르는 비행기 한 대를 멍하니 바라보고 있다. 처음에는 정상적인 각도로 올라가던 그 비행기는 갑자기 가파르게 솟더니 더, 더, 조금 더 기수를 올렸다. 결국 끔찍한 광경이 펼쳐졌다. 비행기는 혼자서 홱 뒤집히더니 거꾸로 수평을 이룬 채 추락하기 시작했고, 빠르게 내리꽂혔고, 마침내는 지면과 충돌해 거리를 불구덩이로 만들어 놓았다. 비행기가 폭발할

20　　태아를 낳고 난 뒤에 나오는 태반을 가리키는 말

때마다 나는 소스라치며 잠에서 깼다. 그때 내 몸은 나를 깨우려고 필사적으로 애쓰고 있었다. 상태가 악화되고 있던 태반을 내가 놀라서 행동을 취할 만한 시각적 언어로 바꿔 놓았던 것이다. 하지만 그 시도는 성공하지 못했다. 나는 내 꿈속에 거듭 나타나는 이 환영 때문에 어리둥절했지만, 거기에 어떤 의미가 담겨 있을지 자문해 보지는 않았다. 아침마다 내가 피곤한 눈을 하고 부엌으로 어기적어기적 걸어 나오면, 남편은 내게 키스하고 미소를 지으며 묻곤 했다. "설마 또 비행기 꿈꾼 건 아니지?" 부엌에서 나온 나는 그날의 할 일 목록을 향해 유쾌하게 몸을 기울였다. 그러고는 목록 속의 단어를, '할 일'을 하나씩 차례로 지워 갔다. 그건 그 꿈이 후유증처럼 남겨 놓은 소름 끼치는 불안을 지워 버리려는 몸부림이었다.

나는 한 번도 그 꿈을 문제 삼지 않았고, 그러다 정신을 차려 보니 축축해진 베개에 한쪽 뺨을 댄 채로 병원 창가 자리에 누워 있었다. 나는 혼자였다. 내 눈에 들어오는 푸른 하늘에 끼어드는 건 가끔씩 날아가는 새와 굉음을 내면서 공항 쪽 지평선을 향해 급강하하는 비행기들뿐이었다. 나는 그 비행기들이 한 대씩 착륙하면서 내 꿈에 나왔던 도시에 여행자들을 안전하게 데려다 놓는 걸 지켜보았고, 그러다가 이해했다.

그 전날 수술용 마스크 위로 보이던 의사들의 눈이 기억났다. 그들은 마치 무언가가 누락된 원고를 들여다보며 실마리를 찾는 학자들처럼 문제가 생긴 내 태반을 검사했을 것이다. 내 태반, 후산afterbirth이라는 이름이 붙은 이 붉은 방은 온전치 못한 상태였다. 그것은 내 딸에게 영양분과 위험을 함께 공급하는 수밖에 없었고, 그 사실을 내게 말해 줄 수도 없었다. 이 비행기가 싣고 있던 짐을 세상 속으로 운반하는 데 성공한 건 순전히 의사의 경계심 덕분이었다. 보라, 우리가 전조로 예견된 액운을 뒤엎으면, 그때 전조는 무엇이 되는가? 하프 현들이 끊어진다 해도 아무도 죽지 않는다면 누가 그 일에 관해 이야기하겠는가?

우리가 두려워하라고 배우는 전조들. 혼자 있는 까치나 깨진 거울 같은 것들. 그것들을 떠올릴 때마다, 나는 그 각각의 전조를 주춧돌 삼아 지어졌다가 어느새 무너져 내린 이야기들의 잔해를 보고 놀란다. 전조를 뒤따랐던 결과들은 모두 사라져 있다. 우리가 알고 있는 모든 전조에는 그 빛나는 상징만을 남긴 채 망각된 비극들이 담겨 있고, 그렇게 사라진 비극들 안에는 아무런 연유도 찾을 수 없는 혼돈이 담겨 있다. 하지만 우리는 불운이 벌이는 짓을 이해하고 싶어 한다. 우리가 어떤 불운의 서곡을, 전조를 찾아 헤매는 건 아마도 그런 이유 때문일 것이다. 징조를 찾아내면 그 징조가 순전한 혼돈에 의미를 부여해 주는 것이다. 그렇게 전조를 찾아 헤매는 우리가 가장 흔히 찾아내는 건 바로 새들이다.

아트가 죽기 한 세기 반 전인 1622년 5월, 내가 꿈에서 본 도시는 불에 타고 있었다. 불길은 그 도시의 길마다, 방마다 거칠게 들이닥치며 짚과 나무로 이루어진 것이든, 피와 이빨로 이루어진 것이든 상관하지 않고 자신과 마주친 거의 모든 창조물을 파괴했다. 그 파괴가 남기고 간 악취 나는 연기 속에서, 한 생존자는 2주 전에 나타났던 이상한 새들이 이 재앙 같은 화재와 관련 있는 게 틀림없다고 추정했다. 전조였다. 그 주장은 하나의 말이 되자마자 빠르게 퍼져 나갔다. 그들이 이렇게 말했기 때문이다. 맞아, 맞아, 당연히 그 새들은 다가올 화재의 전조였어. 다들 그날 하늘에 거대한 두 개의 무리를 지으며 모여든 찌르레기들을, 날카로운 소리로 으스스한 선율을 토해 내던 그 새들을 보지 않았던가? 심지어 그날 나타난 새들이 서로 전쟁을 벌이며 도시를 온통 깃털 달린 시체들로 더럽히는 모습까지 보지 않았던가? 결국, 처음에는 아무도 이해하지 못했던 이 대화재는 이제 어떤 전조가 불러일으킨 결과가 되었고, 그렇게 이치에 맞는 일이 되었다. 벽과 지붕을 더럽혔던 새들의 피는 다가올 시뻘건 불길에 대한 경고였던 게 틀림없었다. 전조는 과거를 새로운 시나리오에 맞춰 해석하는 일이다. 만약 이 생각이 틀렸다면, 전조란 대체 무엇일까?

전조들은 우리의 삶 속으로 날아들 때 메아리처럼 급습한다. 인간은 메아리를 시험해 보고 싶어 할 때마

다 늘 똑같은 단어를 골라 소리친다. 안녕,

———

"안녕하세요?"
"안녕하세요?"

두 이방인이 오전 내내 불리모어 마을의 여러 집 사이를
바쁘게 돌아다니고 있었다. 이제 그들은 작고 단정한 정
원 안쪽에 세워진 작고 단정한 집의 문을 두드리고 있고,
그 안에는 작고 단정한 여자가 혼자 살고 있다. 이 여자
는 세 개의 이름으로 알려져 있다. 친구들과 이웃들에게
는 노리 싱글턴이나 노라 니 신딜레로 통하지만, 그리피
스 가치 평가[21]의 일환으로 여자가 임차한 재산을 조사
하러 찾아온 두 명의 관리에게 여자는 호노리아 싱글턴
이라는 이름을 댄다.

　　노리는 어깨를 감싼 숄을 잡아당긴다. 작은 반점
같은 재가 여기저기 묻은 그 검은색 모직물은 그의 몸을
가려 주고, 그제야 그는 조심스럽게 자기 이름의 철자를

---

[21]　　아일랜드에서 실시한 최초의 본격적인 자산 가치 평가 작업.
토지와 건물의 점유자 이름, 임대해 준 사람의 이름, 보유한
재산의 수량과 가치 등을 최초로 수치화해 기록했다.

말한다. 네. H-O-N-O-R-I-A예요. 선생님. 노리의 작은 집에 들어찬 흐릿한 어둠에 이내 익숙해진 두 남자의 눈이 노리의 소지품을 살펴본다. 새끼줄을 엮어 만든 걸상들, 불 위에 올려진 주전자, 이탄 한 바구니, 이 빠진 사발에 담긴 달걀 한 무더기, 검은 실이 감긴 실패와 그 옆에 놓인 골무, 찬장, 델프 그릇,[22] 은빛 가위, 노리가 가장자리에 손수 감침질을 한 노란색 커튼. 하지만 이 남자들이 나이 든 여자의 소지품 목록을 작성하러 온 건 아니다. 노리의 집은 5실링 정도로 평가되고, 거기 딸린 코딱지만 한 땅은? 한 푼의 가치도 없다.

노리가 지닌 가보는 보이지 않는 것이었다. 또한 전혀 쓸모없는 동시에 값을 매길 수 없이 귀한 것이기도 했다. 그 가보는 바로 그의 내면에 자리 잡은 도서관이었다. 소중한 옛것들로 이루어진 방대한 도서관. 세 개의 다른 이름으로 알려져 있었던 노리는 노래와 이야기에 대해서라면 백과사전 같은 지식을 지닌 사람으로 알려져 있었고, 유독 선명하게 치켜 올라간 눈매와 갸우뚱한 고개로 알려져 있기도 했다. 멀리서 찾아와 자리에 앉은 사람들은 노리가 두 눈을 내리깐 채 처음으로 들려줄 이야기의 줄거리를 고르는 모습을 지켜보았고, 마법에 걸린 듯 그의 목소리를 들으며 몇 시간씩 머무르곤 했다.

노리는 오래도록 교양 있는 삶을 살았고, 그의 집 대문은 찾아오는 음악가들과 이야기꾼들을 향해 언제나 열려 있었다. 우아한 롤리 저택에서 여덟 시간쯤 걸으면 나오는 곳에 위치한 이 작은 집은 아일린 더브의 『아트 올리어리를 위한 애가』가 처음으로 목소리에서 글씨로 옮겨진 장소였다. 입에서 귀로, 귀에서 손으로, 손에서 다시 종이 위로 옮겨진 그 시는 조심스러운 손으로 채록되었고, 나아가 영어로도 옮겨졌다. 영어는 훗날 오코넬 부인이 그 시를 출판하게 될 언어였다. 우리는 우리가 내놓은 메아리가 누구의 입을 통해 퍼져 나갈지 알지 못한다. 아일린 더브의 목소리를 반사해 우리 속으로 울려 퍼뜨린 사람은 노리였다. 그는 하나의 표면이자 진앙지였다. 그가 작은 찌르레기처럼 입을 열면 다른 누군가의 목소리가 지저귀듯 흘러나왔다.

———

나의 11월, 찌르레기들은 도시에서 서쪽으로 뻗어 가는 전선 위에 내려앉는 중이다. 노리도 아일린도, 자신에게 그토록 친숙했던 이곳 여기저기에 모습을 드러낸 전선과 높다란 은빛 철탑들의 정체를 이해하지는 못할 것이다. 하지만 두 사람 모두 그곳에 내려앉은 찌르레기들은 알아볼 것이다. 단정하게 줄지어 앉은 새들. 먼 옛날로부

22 네덜란드의 소도시 델프에서 유래한 가정용 도기류의 총칭

터 전해져 내려온 소리에 새로운 소리를 믹스한 다음, 그 새 노래를 부리에서 부리로 소문처럼 빠르게 전하며 재잘거리는 새들. 그 새들은 멀리서는 우중충해 보일 수도 있다. 하지만 가까이서 들여다보면 그 새들의 깃털에 어린 짙은 녹청색에 깃든 무지갯빛을, 그리고 녀석들의 망토를 수 놓고 있는 얼룩들을 보게 될 것이다. 마치 별 같은, 혹은 재 같은 얼룩들을.

13.

표면을 갈라지게 하는 것

gur thit ár gcúirt aolda,

밝은색으로 칠한 우리 집이 무너지고、

줄에 넌 빨래를 빨래집게로 집으려고 두 팔을 하늘로 뻗자, 거기서는 구름이 쏟아져 나오고 있다. 은빛과 회색빛으로 겹겹이 쌓인 구름은 허공에 떠 있는 홍수 같다. 나는 지금 물속에 있는 건지도 모른다. 액체를 호흡하며, 내 머리 위를 맴도는 큰 파도 저 너머에 존재하는 어떤 초경험적인 존재를 우러러보는 중인지도 모른다. 그것을 구름이라고 하자.

———

옛날, 아주 오랜 옛날 어느 깊은 밤, 우리의 도시는 골짜기의 어둠에 잠겨 있다. 커튼이 쳐진 어느 창문 뒤에서 한 여자가 소스라치며 악몽에서 깨어난다. 여자의 슬픔은 잠들어 있는 동안에도 가라앉지 않는다. 너무도 무서운 어스름 속에서, 여자는 자기 집이 무너져 내려 폐허가 되고, 땅이 온통 쭈그러들어 못 쓰게 되고, 짐승들이 사라지고, 세상이 죽은 듯 고요해지고, '당신 사냥개들의 으르렁 소리도 / 새들의 달콤한 지저귐도 남기지 않고 / 게러가 온통 말라 버리는' 광경을 본다. 여자가 살던 시대에, 게러는 충적토로 이루어진 오래된 숲이었다. 목초지와 농장들이 그 숲 여기저기에 자리 잡고 있었다. 그곳의 지형은 오래전, 빙하 시대부터 구아간 바라Gougane Barra 지역에 쌓여 있던 빙하가 붕괴해 엄청난 양의 해빙 수가 쏟아져 나오면서 탄생했다. 그 홍수로 쏟아진 물은 주위를 짓이겨 버렸고, 그 과정에서 생긴 암석 조각 무더기가 쌓이면서 작은 언덕들이 만들어졌다. 풀이 자라났다. 잡초와 가시나무 덤불. 이어서 산사나무, 개암나무, 참나무, 물푸레나무로 이루어진 숲이 수백 년에 걸쳐 서서히 태어났고, 새로운 새들이 새로 난 가지마다 내려앉아 새로운 노래를 불렀다. 오래지 않아, 그 나무들 사이로 솟과科 동물의 첫 세대가 나타났다. 숲속의 풀들을 턱으로 우물거린 뒤 우유로 바꾸는 동물들. 곧이어 그들을 돌봐 주며 경쾌하게 노래를 부르는 인간의 목소리도 들려오기 시작했다.

　　여자들은 거기서 손잡이 달린 양동이를, 솥을, 단지와 삽을 들고 일했고, 빨래를 줄에 널고는 빨래집게로 집었고, 곡식 낟알을 새들에게 던져 주었고, 송아지들을 먹였다. 우물물을 양동이로 길어 올렸고, 감자 껍질을 벗겼고, 아이들에게 젖을 물렸고, 한숨을 쉬고 노래를 불렀고, 몸을 뒤척였고, 다른 모두가 잠들면 촛불을 향해 몸을 굽힌 채 닳아서 해진 옷단의 올이 더 풀리지 않도록 박음질했다. 이것이 아일린 더브가 알던 게러였다. 정신없이 바쁘고, 떠들썩하고, 무너뜨릴 수 없는 곳. 고요해질 수도 있었을까? 여기가? 그건 불가능했다. 웃음과 노래 속에, 산들바람에 실려 쉼 없이 춤추는 이탄 연기 속에 잠겨 있던 이 땅은 수 세기 동안 아일린의 악몽을 거부해 왔다.

　　게러의 파괴가 처음 시작된 곳은 어느 문서 위였
다. 1950년대가 되자 수력 발전 계획과 댐 건설, 즉 전략
적으로 물을 방출하는 일을 자세히 논하는 기획서들이
제출되었다. 사람들이 손을 들었고 문서에 서명했다. 한
남자가 지도를 들어 올리더니 소개疏開할 지역에 동그
라미를 쳤다. 다른 사람들이 고개를 끄덕였다. 먼저 짐차
들과 암소들과 아이들이 옮겨졌고, 이어서 모두가 다른
곳으로 이동했고, 의자와 탁자, 바구니와 단지와 담요 같
은 물건들도 모두 안전하게 운반되었다. 그들은 집을 떠
날 때 문을 잠갔을까? 열쇠는 열쇠 구멍에 꽂아 남겨 놓
았을까, 아니면 삼끈에 묶어 목에 걸고 떠났을까? 멀리,
강이 보였다. 잔물결 하나하나가 하프 현처럼 팽팽하게
퉁겨지며 떨리고 있었다.

　　무자비할 정도로 무거운 물이 빠르게 밀려온다.
노크도 없이 난폭하게 문을 열어젖힌 물은 사적인 공간
을 향해 밀고 들어가고, 거기서 찢어진 옷, 맞지 않는 옷,
쓸모없는 옷 할 것 없이 남겨진 옷이란 옷은 다 찾아낸
다. 물은 미소를 지으며 그 옷들의 팔다리를 꼭두각시 인
형처럼 조종한다. 물은 그 옷들이 넝마로, 그다음에는 천
쪼가리로 변할 때까지 위아래로 흔들고, 그 모든 천 쪼
가리의 날실이 씨실에서 끌려 나올 때까지 춤추고 또 춤
추게 한다. 이렇게 휘몰아치는 과정은 장대하면서도 흔

해서, 이를테면 소리의 풍경을 이루는 구조 같은 것들도 이런 격류와 맞닥뜨리면 단번에 휩쓸려 나가고 만다. 지금 나는 기차 안에 앉아 있고, 내가 앉아 있는 테이블에는 술에 취한 채 점점 더 취해 가고 있는 낯선 사람들도 함께 앉아 있다. 나는 벌써 여섯 시간째 이 홍수에 관한 단락을 계속 다시 시작하고 있다. 하지만 그들은 점점 더 크게 웃더니 어느 축구팀의 구호를 외치고, 그러면서 주먹으로 멜라민 테이블을 쾅쾅 두들긴다. 그때마다 내 손끝에 닿아 있는 키보드가 덜컹덜컹 흔들린다. 움츠러들지 말 것. 나는 홍수에 관한 단락을 다시 시작하려고 돌아올 때마다 게러의 홍수를 처음부터 다시 지켜봐야 한다. 내가 '꼭두각시 인형처럼 조종'이라는 구절을 타이핑할 때, 어떤 보이지 않는 시곗바늘이 째깍거린다. 그러자 비밀스러운 열쇠가 구멍 속에서 돌아가고, 나는 알아차리지 못한 채로 피를 흘린다. 검은 방울이 연달아 떨어져 내린다. 방울, 방울들. 또 한 명의 딸아이가 똑똑 떨어져 내린다. 게러의 빈방들이 부르는 노래는 오직 액체로만 이루어져 있다. 내 주머니 속에 들어 있는 화장지에는 가볍게 두드린 립스틱 자국이 찍혀 있다. 피처럼 붉게 떨어져 나온 그 하나하나의 자국들. 침묵하는 그 많은 입술.

내가 찾아갔을 때 게러의 수위는 낮아져 있다. 아주 오래된 나무 그루터기를 둘러싼 땅은 갈라져 있고, 커다랗고 을씨년스러운 나뭇가지들은 어딘지 알 수 없는 곳을 가리키고 있다. 가끔 물속에 있는 오래된 지붕을 볼 수 있다는 이야기를 들은 나는 그 깊은 물 위로 몸을 굽힌다. 하나같이 흔들리는 물풀로 꾸며진 물속의 정원들. 거기서는 물고기들이 까마귀처럼 날아다닌다. 나는 지금 한참 위에서 아래쪽을 응시하고 있다. 저 아래 있는 그것들, 숨겨진 방들. 보이지는 않지만 느낄 수 있다. 여자들이 아기들과 양들에게 젖을 먹이고, 그들의 지친 숨결이 촛불을 꺼뜨리고, 그들이 분노와 욕망과 두려움에 차 연인들의 이름을 부르고, 새로운 생명이 천둥 같은 소리를 내며 몸을 빠져나올 때 그들이 오 하느님, 오 하느님, 오 하느님 울부짖던 방들. 그들이 그 안에서 미소 지었던, 그리고 세상을 떠났던 그 모든 숨겨진 방들. 지금은 누구의 눈에도 보이지 않지만, 그 방들은 여전히 강바닥 너머 어딘가에 존재한다.

똑, 똑.
누구세요?

내 빨랫줄 앞으로 돌아온 나는 그 여자들을 떠올린다. 그들이 그랬던 것처럼 내 몸을 움직여 하늘을 올려다본다. 머리 위로 저 멀리에 걸린 구름이 보인다. 홍수 같은 구름. 우리의 과거는 물속 깊이 잠겨 있다. 우리의 과거는 어딘가 다른 곳에 가라앉아 있다.

———

어딘가 다른 곳에서, 세월은 메어의 긴 머리를 희끗희끗하게 바꿔 놓았다. 이제 그는 밝은색 파티용 실크 드레스들을 모두 접어 궤짝에 집어넣었고, 뚜껑을 닫았고, 열쇠를 돌려 잠갔다. 메어의 복장은 차분한 느낌으로 바뀌었고, 오코넬 부인은 그 모습을 이렇게 묘사했다. '실크 드레스는 검은색이고, 새하얀 두건과 머릿수건에는 소박한 아마포 주름 장식이 달렸다.' 수수하기는 해도 우아함은 덜하지 않은 옷이었다.

　1795년, 메어가 죽었다. 그를 위해 애가를 불러준 사람은 아일린의 자매 가운데 한 명인 앨리스였다. 만약 아일린이 어머니의 관을 보기 위해 찾아왔다면, 애비섬 쪽으로 바다가 나 있는 그 모래사장을 찾아왔다면 그때 그는 50대 초반이었을 것이다. 그곳에서, 날카로운 삽날들은 수십 년 전 그의 남편의 시신이 통과해 내려갔던 깊은 문을 열었다. 메어 니 더브의 시신은 그 땅에 난

문으로 내려갔다.

밤이 내렸다.

물가에 눌러 찍힌 모든 발자국 위로 밤이 내렸다.

숲 위로, 부엌에 딸린 정원 위로, 마구간과 산 위로 밤이 내렸다.

밤은 메어의 집 지붕 위로 내렸고, 집으로 들어가 방에서 방으로 옮겨 다니며 그의 삶이 남겨 둔 모든 것을 끌어안았다. 어두워져라, 메어의 은식기들아. 어두워져라, 메어의 열쇠들아. 어두워져라, 메어의 거울들아, 어두워져라, 메어의 장식장들아. 어두워져라, 메어의 아들들아. 어두워져라, 메어의 딸들아. 그러자 그들의 잠든 눈꺼풀 너머에 있던 모든 것은 어두웠고, 어두웠고, 또 어두웠다.

묘석은 한참 뒤에야 도착했다. 거기에는 메어가 '아내들과 어머니들이 존경하고 본받을 만한 모범적인 인물'이었다고 칭송하는 글이 새겨져 있었다. 돌 위에 새겨진 그 단어들을 처음 손으로 훑었을 때 슬쩍 미소를 짓긴 했지만, 나는 정말로 메어를 존경한다. 당신은 그렇지 않은가?

나는 다시 아일린을 떠올린다. 혼자서, 전속력으로 달리게 하려는 듯 양 발뒤꿈치로 벽난로 바닥 돌을 차고 있는 그를. 그 밑에는 암말의 두개골이 놓여 있고, 한때 두 눈이 움직였던 두 개의 눈구멍 속에는 오직 어둠만

이 있을 뿐이다.

———

메어가 죽고 나서 한 세기가 지나 데리네인을 방문한 오
코넬 부인은 그 방들 속에서 여전히 메아리치고 있던 메
어의 삶이 남긴 모든 흔적을 목록으로 작성하기 시작했
다. 부인은 메어의 물건들이 '시간과 운명의 덧없음으로
부터 면제되었다'고 생각했다. 부인은 그 물건들이 허물
어질 수 없는 것들이며, 따라서 안전하다고 여겼다. 틀린
생각이었다.

　　또다시 수백 년이 흘렀다. 나는 그곳에 도착했고,
메어의 모든 물건은 사라졌으며, 그가 한때 활보했던 방
자체마저 지워진 뒤다. 아일린 더브가 자란 집에서 남아
있는 것이라고는 그의 유명한 조카 대니얼이 살았던 시
기에 증축한 방들이 전부다. 대니얼의 집은 박물관이 되
면서 바뀐 목적에 맞게 개조되었다. 1960년대에 이 집이
처음으로 아일랜드 공화국에 위탁되었을 때만 해도 메
어의 집은 이 복합 건물의 중심부에 온전하게 자리 잡고
있었지만, 이내 구조적으로 하자가 있다는 선고를 받았
다. 대니얼이 쓰던 방들은 보존 허가를 받았던 터라 그대
로 남을 예정이었지만, 공무원들은 집의 다른 부분들을
보존하기에는 비용이 너무 많이 들 거라는 결론을 내렸

다. 언제나처럼 행정적인 절차들이 진행되었다. 사람들
이 손을 들었고, 문서에 서명했고, 그런 다음 메어의 낡
은 방들은 쿵 하는 난폭한 소리와 함께 하나씩 차례로 제
거되었다.

지금 나는 메어의 옛 영토 안에, 산들바람이 불어
오는 자갈길에, 관광객과 여행 가이드 사이에 서 있다.
두 눈꺼풀을 내리깐 채 황망해하지 않으려고 애쓰는 중
이다. 나는 기도처럼, 혹은 주문처럼 메어가 사랑했던 소
지품들의 목록을 혼자 읊조린다. 오코넬 부인이 여기 와
서 기록에 담았던 물건들, 메어의,

크고 무겁고 예스럽고 오래된 은식기들, 희
귀하고 아름다운 동양의 도자기들, 그가 밀수
입한 로코코식 거울들, 그와 남편이 함께 만들
었던 어두운색 마호가니 가구들, 열쇠 구멍을
둘러싼 아름다운 놋쇠 장식쇠들, 거대한 도자
기 펀치 그릇, 푸른색과 흰색을 엮어 만든 과
일 바구니들, 벌써 여섯 세대째 사용되어 온,
잼을 휘젓는 데 쓰려고 손잡이를 길게 만든 은
수저…….

장식쇠는 내게 낯선 단어다. 스마트폰으로 검색해 본다.
18세기에 그 단어는 열쇠 구멍을 감싸 장식하는 금속 틀

을 의미했지만, 한편으로는 젖소의 젖통 뒤쪽에 있는 반점('우유 거울'로 알려진 이 반점은 한때 젖소 한 마리가 생산할 수 있는 우유의 양을 알려 주는 지표로 여겨졌다)을 뜻하기도 했다는 설명이 나온다. 놋쇠로 만들어진 메어의 장식쇠들은 오직 메어의 열쇠들로만 열 수 있었다. 만약 그의 열쇠 하나하나를 하나의 단어로 여길 수 있다면, 그 열쇠들을 한데 꿰고 있던 고리는, 그가 허리에 차고 다니던 그 고리는 정말로 보기 드문 여성의 텍스트를 꾸렸을 것이다. 그 고리는, 그 텍스트는 어디에 있을까?

나는 자갈길을 부엌 바닥으로 탈바꿈시킨 뒤 내 주위 공간을 여자들로 붐비게 만든다. 마법을 써서 공기 중에 김과 수다와 따뜻한 빵 냄새가 가득 차게 만든다. 그러고는 더 많은 것을 풀어놓는다. 홀과 계단 너머가 눈에 선해지고, 햇볕이 드는 또 하나의 방 안을 거의 들여다볼 수 있을 때까지. 낡은 응접실로 이동한 내 양 손바닥은 상상 속의 창턱 위에 오랫동안 머무른다. 나는 이 상상의 벽들 안에서 많은 일을 했다. 꼭두각시 인형의 줄을 들어 올려 벽난로 앞에 숨결 하나가 계속 어른거리게 했고, 그 숨결로 세 개의 잉걸불을 다시 춤추게 만들었다. 그런 다음 새벽을 손짓해 불러 이 창문들 너머로 들어오게 했고, 바닥에 깔린 널 위에 발자국들을 찍어 놓았다. 커튼을 달아 창문을 세심하게 정리했고, 솜씨 있게 부풀린 쿠션을 품고 있는 의자들도 세워 놓았다. 벽에는 로코코식 거울을 걸어서 저녁에 켜질 촛불이 거기에 비치게 했다. 그 깜빡이는 불빛들이 두 배로 늘어나도록.

　　메어가 가지고 있던 것과 같은 거울은 외국, 아마도 프랑스에 있는 작업장에서 탄생했을 것이다. 거기서 거울 제작자는 한 쌍의 거칠거칠한 유리판 사이에 물과 모래로 된 층을 집어넣은 다음 두 유리판을 서로 맞댔을 것이고, 양쪽 유리판 표면이 갈려 나가면서 광이 날 때까지 마찰을 일으켰을 것이다. 그는 매끈해진 유리판에 은 도금용 박—은박지와 액체 수은—을 붙인 뒤, 다시 금윤을 내고 가장자리를 비스듬히 잘라 냈을 것이다. 이제 거울용 틀에 집어넣기만 하면 된다. 완성되자마자 부드러운 천으로 둘러싸인 거울은 염류가 흘러들고 모래가 휘저어지는 깊은 바다 위로, 돌고래들과 일광욕을 즐기는 상어들 위로 운반되며 메어에게 한층 더 가까운 곳으로 이동했을 것이다. 마침내 거울이 데리네인 저택의 벽에 걸렸을 때, 그 안에 자신의 두 눈이 비치는 걸 처음으로 본 메어는 틀림없이 미소를 지었을 것이다. 거울, 그토록 우아하고도 희귀하게 제작된 이 사물은 처음 도착했을 때만 해도 얼마나 귀중했겠는가. 하지만 시간이 지나면서 다른 여러 가정에도 거울이 보급되었고, 한때 사치품이었던 그 사물은 갑자기 흔한 물건이 되어 버렸다. 결국 이 물건은 그 방 안에 들어 있던 여러 어휘 가운데 평범한 축에 속하는 단어로 전락했다. 메어의 거울은 그 방이 철거될 때까지 계속 거기 있었을 수도 있지만, 어쩌면 그때쯤에는 이미 유행에 뒤떨어져서 더 세련된 스타일의 거울을 들이기 위해 치워졌을 수도 있다. 또 어쩌면 그 거울은 바닥에 떨어지면서 '무언가가 갈라지는 일'의 전조가 되었을지도 모른다. 만약 정말로 메어의 거울이 데리네인 저택의 바닥에 부딪혀 박살이 났다면, 그때 그 자리에는 누가 있었을까? 그날로부터 7년 동안 이어질 불운[23]을 가장 먼저 통보받은 사람은 누구였을까?

나는 그 시절 제작된 거울의 틀을 휘감고 있던 꽃들과 금빛 포도 덩굴의 복잡한 생김새에 매혹되었고, 결국 그것들을 찾아 몇몇 골동품 웹사이트를 뒤졌다. 하지만 이제 너무 낡아버린 그 거울들은 바깥 틀만 따로 떼어져 전시된다. 거울이 있던 자리에는 검은색 펠트가 대신 들어가 있다. 한때 얼굴이 비쳐 보였을 공간은 이제 심연을 불러낸다. 그런 텅 빈 거울들은 '오'라고 말하는 것처럼 보인다.

오
오 그림자여

---

[23]　서양에는 거울이 깨지면 7년 동안 불운이 이어진다는 속설이 있다.

오 홍채여
오 잃어버린 쌍둥이여
오 어둠이여
오, 오, 오.

거울은 계속 변화하는 대칭의 패턴을 통해 말한다. 거울
의 언어는 반사와 굴절이다. 시See-소saw, 소saw-쉬she.
하지만 메어의 거울은 밤이 되어 꿈을 꿀 때면 거울 특유
의 충실함을 잊어버린다. 그 거울은 자신이 마주했던 옛
얼굴들을 자기 앞으로 불러온다. 그를 탄생시켜 준 장인
을. 삼베 천에 그를 감싸 준 소년을. 천 조각으로 소용돌
이 모양을 그리며 그를 닦아 준 하녀를. 메어의 콧노래
를. 그의 발소리에 박자를 맞춰 영-원-히, 영-원-히 노래
하던 열쇠들의 은빛 멜로디를. 푸른색과 흰색을 엮어 만
든 바구니에서 사과 한 알을 집어 올리던 메리를. 멈춰
서서 땋은 머리에서 빠져나온 머리 한 가닥을 도로 집어
넣던 넬리를. 그 거울 속에서 세월은 이런 식으로 흘러간
다. 빨라도 너무 빠르게. 언젠가는 거울도, 그리고 방 자
체도 그 자리를 뜨겠지만, 지금 그 둘은 서로를 꼭 붙들
고 있다. 거울이 어두운 방을 품고, 방도 어두운 거울을
품는다.

자갈길 너머, 기념품 상점과 찻집 사이에서 어린아이처럼 포동포동한 관광객 한 무리가 어슬렁거리고 있다. 그들처럼 데리네인의 즐거움을 만끽할 수 있으면 좋겠지만, 나는 아일린 더브 말고는 아무것도 떠올릴 수가 없다. 최근 나는 아일린의 삶에서 영감을 받아 쓴 시를 수록한 내 책이 어느 문학상을 받게 되었다는 소식을 전해들었다. 그 상에 딸려 온 후한 상금은 우리가 구입할 집의 계약금을 내기에 충분할 정도였다. 이 성취의 일부는 분명 아일린 더브의 몫이다. 하지만 지금은 감사의 인사를 전할 수가 없다. 그의 흔적을 찾는 데 온 정신을 다 쏟고 있기 때문이다. 다른 관광객들의 평온함이 부러워진 나는 그들을 흉내 낸다. 그들이 짓는 미소를 따라 하고, 그들을 따라 박물관으로 들어가 대니얼 오코넬의 물건일색인 전시물 앞을 지나간다. 대니얼의 명판들, 그가 탔던 금빛 마차, 가죽으로 장정된 수많은 책, 심지어는 그가 임종했던 침상까지, 모든 것이 얼룩 하나 없이 깨끗하게 보존돼 있다. 위대한 남자여. 오, 위대한 남자여.

　　가이드를 발견한 나는 메어에 대해, 그다음에는 그의 딸들에 대해 묻는다. 가이드는 고개를 끄덕이며 미소를 짓더니 '부차적'이라는 단어를 입 밖에 낸다. 나는 얼굴이 일그러지기 시작하는 걸 애써 억누르며 거울과

도자기, 장식쇠 같은 물건들에 대해 묻는다. 여기 진열된 것들보다 더 오래된 물건들. 내가 지금은 없어진 문들을 열던 열쇠에 대해 묻자 가이드의 미소 한구석이 흔들린다. 내가 유독 오래된 잼 수저를 묘사하기 시작하자 그 미소는 마침내 사라지고, 나는 혼자 남는다. 나는 내가 찾는 여자들의 자취를 단 하나라도 찾아내기 위해 얼룩 하나 없이 깨끗한 방들 하나하나를 샅샅이 뒤진다. 그들의 생애가 담겨 있는 것이라면 그 어떤 작은 흔적이라도 좋다. 단추 하나, 펜촉 하나, 촛대 하나, 귀고리 한쪽······ 하지만 아무것도 없다.

관광객들을 태운 마지막 버스가 떠나자 저택이 조용해진다. 각각의 방은 다시금 자신만의 독특한 고요함 속으로 빠져든다. 기운이 빠진 나는 계단을 어정거리며 한때 그 낡은 집에 접해 있었던 벽에 머리를 기댄다. 피곤하다. 톡, 톡, 나는 부드럽게 벽을 두드리지만, 예전이었다면 내 노크가 메아리를 실어 보냈을 저편의 방들은 이제 존재하지 않는다. 지금쯤이면 집으로 가는 길 위에 있어야 한다는 생각이 든다. 시간을 확인하려고 스마트폰을 더듬어 찾는다. 그때 구름 사이를 갑자기 빠져나온 햇빛이 등 뒤로 다가와 눈앞의 벽에 내 그림자를 그려놓는다. 잉크처럼 검고 말을 하지 못하는, 빛으로 스케치된 한 여자의 몸. 갑자기 생겨난 이 그림자는 너무도 뚜렷해서 내 안의 어딘가를 흔들리게 하고, 나는 비틀거리며 뒤로 물러나면서 난간을 단단히 붙잡는다. 그 형체는 점점 흐려지더니 내가 찾던 여자들의 그림자들처럼 덧없이, 여성적으로, 서서히 사라진다. 나는 그것이 돌아오기를 바라며, 그것이 무슨 뜻인지 해석할 수 있기를 갈망하며 계속 벽을 노려본다. 그러다 누군가가 나를 지켜보는 것을 느낀다. 계단 맨 밑에 선 가이드가 연민 비슷한 감정이 담긴 눈으로 나를 올려다보고 있다. 나는 깨닫는다. 그는 나를 정서적으로 불안정한 사람이라고 생각하는 게 틀림없다. 그리고 그의 판단은 틀리지 않을 것이다. 내가 무언가의 현현으로 여기는 것은 그저 나 자신의 그림자에 불과하니까. 나는 미소를 짓고 고개를 흔들면서 그에게 감사하고 또 감사한다. 나는 그곳에서 서둘러 멀어지는 내내 혼자 미소 짓는다.

나는 노래하듯 또각또각 힐을 울리며 걸어간다. 자갈길에서 포석 위로, 젖은 낙엽들 속으로, 한결 드문드문해진 겨울 잔디 위로. 11월답게 쌀쌀한 또 한 번의 밤이 바다로부터 조금씩 올라오고 있고, 내 시선은 땅 위를 샅샅이 훑으며 그 매끄러운 어둠 속에서 조심조심 길을 낸다. 넘어지고 싶지 않다. 그때 흙 속에서 무언가가 윙크를 보낸다. 흰색에 가까운 뾰족한 물체. 나는 무릎을 꿇고 손톱으로 그것을 파내 들어 올린다. 세상에. 그것은 섬세한 꽃 한 송이가 그려진 델프 그릇의 파편이다. 오래된 사발의 파편일 수도 있고, 어쩌면 받침 접시나 찻잔의 파편일 수도 있다. 파편은 나를 보고 싱긋 웃고, 나도 마주 보고 웃는다. 한때 이 파편이 몸담고 있던 그릇이 피워 올린 김은 허공으로 솟았다가 흩어지고, 그런 다음 완전히 사라졌을 것이다. 그 그릇은 종종 따뜻한 비누 거품 속에서 문질러 닦이다가 어느 날 사람의 손에서 미끄러져 욕설과 함께 박살이 났을 것이다. 그 파편들은 재빨리 주워 올려져 쓰레기통 속으로 미끄러져 들어갔다가 쓰레기 더미 위로 던져졌을 것이다. 그때부터 이 파편은 그곳의 진흙과 썩어 가는 과일 껍질에 덮인 채로 세월과 벌레들에 의해 닳아 갔고, 식물들과 서리와 햇빛과 눈을 힘겹게 버티다가, 이 순간이 찾아오자 마침내 얼굴을 들어 올린 것이다. 이 파편은 한 번 더 여성의 두 손에 자신을 내주기를 선택한 것이다. 이 작은 보물을 봐. 파편을 손가락 사이에 넣고 비비자 곧 따스해지고, 나는 그 따스함을 하나의 징조로 해석한다. 이 파편이 원래 누구의 것이었는지, 메어나 넬리의 소유물이었는지, 그런 건 전혀 중요하지 않다. 중요한 건 하나뿐이다. 내가 이 장소에 속한 여성들의 삶과 생각과 노동을 상징하는 하나의 사물을 들고 있다는 것. 나는 이 조각을 손 한가운데에 넣고 부드럽게 쥔다. 지금까지 아일린 더브의 삶에 관해 찾아낸 단서들을 마음속으로 쥐었을 때처럼. 나는 어스름 속에서도 반짝이고 있는 이 파편으로부터 부서지지 않은 생생한 전체를 떠올려 보려고 애쓴다. 메어의 소지품들은 사라졌을지 모르지만, 그는 섬의 흙 속에서 여전히 싱긋 웃고 있다. 그 진줏빛 이를 반짝이면서.

———

최근 인터넷에서 인간의 살점을 검색하는 버릇이 생겼다. 익명으로 창을 연 다음 수없이 많은 태반의 사진을 쓸어 넘기며 놀라고, 혐오감에 젖고, 괴로움에 몸을 뒤틀고, 외경심을 느끼는 것이다. 나는 거의 미로 같은, 거의 고기처럼 보이는 태반들의 사진을 스크롤하며 내 태반에 생겼던 결함은 어떤 모습이었을지 궁금해한다. 그렇게 강박적으로 검색을 이어 가던 나는 스미스소니언 연구소에서 발표한 미소키메리즘에 관한 기사 한 건을 보게 된다. 내가 읽은 바에 따르면, 임신 중에 태아가 가지고 있던 다능성 세포들이 태반을 통해 이동한 다음 어머니의 혈류 속으로 들어가는 경우가 있다고 한다. 그 세포들은 어머니의 몸속 조직에 달라붙은 뒤 주위 세포들의 구조를 모방하는데, 아기가 태어나고 한참이 지난 뒤에도 그곳에 남는다고 한다. 만약 그 뒤에 임신한 형제자매들의 몸에서도 그런 세포들이 계속 나올 경우, 그 세포들은 어머니의 몸에 계속 쌓이게 된다. 그러면서 어머니의 몸이 가진 충동과 조화를 이루기도 하고 충돌하기도 한다. 나는 자신의 몸속 바다에서 쌍둥이 아기들이 수영하

고 있을 때 바닷가에 혼자 서서 수평선을 바라보는 메어
니 더브를 떠올린다. 두 아이 모두 자라서 떠난 뒤에도
메어는 그곳에 혼자 선 채 멀리서 각자의 삶을 살아가는
딸들을 떠올렸을지도 모른다. 딸들에 관한 생각이 메어
의 머릿속에 남은 것처럼, 딸들의 몇몇 세포도 메어의 몸
속에 흔적처럼 남아 떠나지 않았다.

아일린 더브는 『아트 올리어리를 위한 애가』에서
메리의 남편과 아이들에게 욕을 퍼붓지만, 자기 쌍둥이
인 메리에게는 차마 어떤 악담도 하지 못한다.

다만 메리에게는 어떤 나쁜 일도 생기지
않기를,
자매의 사랑 때문이 아니라
단지 우리 어머니가 메리를 위해
몸속에 만들어 두신 첫 침대에서
우리가 세 계절을 같이 났기에.

아일린은 여전히 그 붉은 방을, 그들 쌍둥이가 공유했던
곳을, 그들의 태반 한 쌍이 바짝 붙어 자라난 자궁을 소
중히 여겼다. 그래서 그는 자신이 받은 저주로부터 메리
를 보호하려 했다. 우리는 우리의 감각을 벗어난 곳에서,
혹은 우리 내부에서 일어나는 일들에 대해서는 아는 게
거의 없다고 생각한다. 그게 우리가 지나왔던 과거이든,

혹은 눈에 보이지 않는 우리 세포들의 메커니즘이든 간에 말이다. 그렇지만 우리는 그 수수께끼 같은 세계의 일면을 어느 정도는 이해하고 있다. 그것은 본능을 통한 이해다. 쌍둥이가 서로에게 화를 내고 있을 때조차 그들의 세포가 어머니의 몸에 남긴 흔적은 그대로 남아 있었다. 메어는 여전히 그 두 아이 모두를 꼭 끌어안고 있었다.

———

나는 델프 그릇의 파편을 원래 그것이 있던 곳으로, 정원의 이름 없는 무덤 속으로 다시 밀어 넣지 않는다. 그 파편을 손에 쥔다. 아일린 더브에 관해 얻은 파편 같은 단서들을 마음속으로 꼭 쥐었던 것처럼. 나는 도자기 파편을 쥔 채 달린다. 그것을 훔친다.

내 절도 행위를 알아보는 유일한 눈은 내 차의 백미러다. 나는 운전을 하는 동안 메어를 떠올리고, 이어서 거울에 비친 메어의 딸들의 눈동자를, 또 그들의 사라진 거울을 떠올린다. 그런데 나 자신의 거울 속에 보이는 얼굴은 누구의 것일까? 오직 나, 오직 나뿐이다. 그 사실을 견딜 수가 없다.

나는 내 모습에서 멀어지기 위해 백미러를 돌린다. 그러자 이제 나를 빤히 바라보는 젖은 길과 눈이 마주친다. 그 길은 땋아졌다 풀려나오는 머리칼처럼 은빛과 회색빛이 뒤섞여 있다. 백미러라는 이 볼록한 관찰자는 이렇듯 내 뒤로 풀려나오는 풍경을 들여다보게 해 준다. 하지만 그것은 내 앞에 있는 것들은 보여 주지 않고, 내가 다음번에 어느 쪽으로 커브를 틀어야 하는지도 알려 주지 못한다.

14.

지금, 그때

nó thairis dá dtaitneadh liom.

그보다 늦게까지.

⋮ 아니 원하면

지금

2년 반을 딸아이와 함께하는 동안 내 낮과 밤은 온통 모유로 넘친다. 나는 공항과 슈퍼마켓에서, 해변과 버스에서, 보도 위와 벤치에서 딸아이에게 젖을 물렸다. 잠에서 깨어나면서, 자는 도중에, 아이가 열이 나거나 이가 나거나 배탈이 났을 때, 그리고 내가 녹초가 되고, 유방에 염증이 생기고, 유선염으로 열이 나고, 유선이 막혔을 때에도 늘 아이에게 젖을 먹였다. 아이는 젖을 먹는다. 나는 젖을 먹인다. 아이가 잔다. 나는 아파한다.

하지만 나 자신이 그토록 쓸모 있는 존재라는 느낌 속에는 일종의 즐거움이 남아 있다. 나는 가장 지쳐 있을 때조차 그 즐거움을 느낄 수 있다. 내 오른쪽 유방은 딸아이의 욕구를 내밀하게 알아차리고 곧바로 채워준다. 하지만 내 왼쪽 유방은 여전히 일을 안 하려 든다. 게으르고 뻔뻔스러운 덩어리. 소녀 시절, 내 가슴이 부풀어 오르기 시작한 순간부터 왼쪽 유두는 함몰돼 있었다. 시무룩한 그 유두는 연인의 손길에도 절대 기뻐하지 않았다. 내 오른쪽 유방이 풍만하고 부지런한 반면, 왼쪽 유방은 힘없이 꾸벅꾸벅 졸 뿐이다. 모유는 나를 균형이 맞지 않는 공장으로 만들어 놓았다.

브래지어를 입어 보는 탈의실에서 어떤 낯선 여자가 내 몸을 보더니 혀를 쯧쯧 찬다. 내 오른쪽 유방은

E컵쯤 되는 크고 튼튼한 구조물이 필요하지만 왼쪽 유방은 스몰 B면 충분한데, 이건 어떤 란제리 공학자도 풀어낼 수 없을 만한 난제다. 나는 결국 젊은 시절의 나였다면 할머니용이라고 비웃었을 법한 브라를 한다. 장식 없는 흰색 천에 질기고 튼튼한 끈이 박음질된, 한쪽 유방은 높이 들려 올라가고 다른 쪽은 면으로 된 헐거운 컵 속에서 축 늘어져 있게 조정할 수 있는 브라다. 나는 카디건을 입고 다니기 시작한다.

　　벌써 몇 년째, 나는 수유 때문에 잠을 깬다. 그렇게 잠에서 끌려 나오듯 깨어날 때면 이런 생각을 하며 위안을 얻는다. 이 일은 나 혼자 하는 게 아니라고. 다른 수많은 엄마가 함께하는 거라고. 우리는 마치 거울에 비춘 것처럼 똑같이 생긴 일들을 하고 또 하고 또 한다고. 수유, 엄마, 아기, 밤, 수유, 엄마, 아기, 밤, 수유, 수유, 수유. 그런 순간들이 견디기 힘들 만큼 피로한 건 사실이지만, 가장 피곤할 때조차 희미하게 빛나는 만족감이 내 몸 주변을 맴도는 것 또한 사실이다. 견디기 힘들 만큼 피로한 건, 이렇게 한 말을 또 할 정도로 너무너무 피로한 건 사실이지만, 그럼에도 나는 젖을 뗄지 말지 결정하는 일을 계속 질질 끌며 미룬다. 이 아이를 꾀어서 내 몸에서 떼어 내고, 아이의 허기를 다른 어딘가로 향하게 하는 일은 나 자신을 봉사라는 안락한 은신처 밖으로 끌어내는 일이기 때문이다. 그럴 수는 없다. 나 자신을 다른 누군가에게 내던지는 의식은 너무도 달콤하니까. 나는 나 자신을 보이지 않는 존재로 만들어 놓았다. 여성의 반복되는 노동과 모유로 만들어진 공간 속에 교묘하게 숨어 있는 존재.

그때

어렸을 때, 나는 스스로 생각하기에 보금자리를 꾸밀 줄 아는 아이였다. 7월이 되자 우리 집을 둘러싼 오래된 돌벽에 난 틈은 잡초와 산딸기 줄기로 터질 듯했고, 하나같이 막 피어난 풀들은 하루가 다르게 쑥쑥 자랐다. 나는 열 살이었고 학교에 가지 않고 있었다. 내게 어린애다운 즐거움을 안겨 주는 시절이 끝나가는 게 느껴졌지만, 나는 적어도 올여름까지는 소녀다운 기쁨을 양껏 누릴 거라고 되뇌었다. 그러고는 장화를 벗고 맨발로 걸어갔다.

　　해마다 여름이 오면 나는 나 자신을 위해 풀숲 속에 나만의 비밀 장소를 만들었다. 일단 들어가기만 하면 누구의 눈에도 띄지 않을 수 있는 보금자리였다. 그걸 만드는 방법은 언제나 똑같았다. 움푹 팬 곳 한 군데를 주의 깊게 고른 다음, 무릎을 꿇고 내 몸을 땅에 맡겼다. 그런 다음 온 힘을 다해 몸을 좌우로 계속 굴렸다. 등뼈가 흙에 닿도록, 배가 하늘을 향하도록, 다시 배꼽이 땅에 닿았다가 또다시 구름을 향하도록. 나는 오직 하늘과 흙과 흙과 하늘만 보일 때까지 몸을 굴렸다. 그 장소가 내게 굴복할 때까지, 풀과 잡초들이 항복해 온통 흩뿌린 씨앗들이 산들바람에 실려 가는 게 느껴질 때까지, 구멍 하나가 생기고 그 구멍이 나의 것, 오직 나만의 것이 될 때까지, 나는 내 몸을 그곳에 밀어 넣었다. 그곳을 집이라고 하자. 나는 양 팔꿈치를 세워 몸을 일으켰고, 넋을 잃은 채로 내 집의 천장을 바라보았다. 수많은 호박벌이 더듬더듬 움직이고 있었다. 벽들이 조금 꿈틀거렸다. 나는 그곳에서 나 자신을 보이지 않는 존재로 만들었다. '나'라는 이 작은 존재가 그 모습 그대로 눌러 찍은 땅, 여성의 반복되는 노동으로 만들어진 공간 속에 교묘하게 숨어든 것이다. 그 구멍은 내게 속한 장소처럼 느껴졌고, 새로 만들었으니만큼 새롭게 느껴졌지만, 그러면서도 내가 그 땅속에 몸을 밀어 넣을 때면 아주 오래된 장소처럼 느껴지기도 했다. 또한 그곳에는 다른 존재들, 보이지는 않지만 내 주위를 온통 둘러싼 존재들도 함께 있었다.

태어난 곳에서 보냈던 나날들은 늘 똑같았다. 기쁨들도, 고되고 단조로운 일들도 똑같았고, 출산과 경야가 다가오는 주기도 똑같았으며, 원형 요새들도 언제나와 같았다. 목소리들로, 풀로, 짐승들로, 그리고 건초로 채워졌다가 비워지고 다시 채워지는 들판들도 늘 같았다. 모든 것이 반복되고 또 반복되었다. 내 혈육들은 이 구릉지 안쪽에 자리를 잡고 수 세기 동안 살아왔다. 나는 나보다 앞서 이 땅에 보금자리를 꾸몄던 소녀들이 있었음을 알고 있었다. 그들은 어른이 되었다가 지금은 이 땅속으로 돌아와 있었고, 그들에게서 자라나 그들과 똑같은 길을 걸은 그들의 아이들이 있었다. 내 증조할머니들. 내가 아는 것 중에 진정으로 새로운 건 아무것도 없었고, 내가 따라가는 모든 길은 다른 사람들의 몸이 써 놓은 길이었다. 모든 길 위에 우리보다 앞서간 사람들의 발자국이 찍혀 있었다. 우물을 향해, 텃밭을 향해, 헛간을 향해, 언덕을 향해. 영-원-히. 영-원-히. 그 길들을 따라 난 풀들은 자신들의 오래된 선율을 허밍했고, 야생 자두나무들은 경고의 손짓을 했다. 우물들은 인간들이 자신에게 속삭였던 욕망들을 하나같이 기억해 두고 있었다. 어쩌면 나는 좀 이상한 아이였는지도 모른다. 내 몸 바로 저편에서 들려오는 과거의 한결같은 콧노래를, 꿀벌만큼이나 진짜처럼 느껴지는 그 노래를 듣고 있었으니까. 하지만 어쩌면 세상 모든 아이가 그런 감각을 가지고 있는지도 모른다. 그러니 그때 내가 확실히 알았던 건 하나뿐이다. 그곳이, 함께 모인 것들이 외쳐 대던 그 메아리 속이 안전하게 느껴졌다는 것.

지금

젖떼기. 젖떼기. 아장아장 걷는 아이가 방을 가로질러 뽐

내듯 걸어오더니 내 가슴을 힘껏 잡아당긴다. 가족들은 그 모습을 볼 때마다 눈썹을 치켜올리면서 젖은 안 뗄 거냐고 묻는다. 남편도 같은 질문을 한다. 계속되는 방해로 잠을 제대로 자지 못한 그는 나처럼 지쳐 있다. 하지만 내 본능은 사소한 탈진 상태쯤은 견뎌 내라고, 딸아이에게 필요한 모든 것을 주는 일에 집중하라고 나를 꾸짖는다. 아이는 젖을 먹는 순간에 너무도 큰 위안을 얻고 있고, 그래서 그 애에게서 모유를 빼앗는 일은 이기적일 뿐 아니라 어쩐지 잔인하기까지 한 일로 느껴진다. 나는 내가 모유 수유를 계속하기에는 너무 지쳤지만, 젖을 떼겠다고 마음먹기에도 너무 지쳤다고 깨닫는다. 어떻게 해야 할까? 내 과거에게 조언을 구한다면—내 몸에게 질문을 한다면—어떤 대답이 돌아올까?

결국, 내 몸이 나를 대신해 결정을 내린다. 더는 못해. 탈진 상태가 내게 말한다. 더는 못한다고. 맨 처음으로 없앨 것은 딸아이의 새벽 수유다. 깃털 이불 속에 편안하게 누워 내 팔 안쪽에 아이의 머리를 대고 치르는 우리의 소중한 아침 의식 말이다. 어느 날 아침, 딸아이는 아래층에서 부르는 목소리에 잠을 깬다. 아이는 젖을 달라고 아우성을 치기도 전에 오트밀 죽과 과일이 담긴 사발 속에 숟가락을 쑤셔 넣고 찰박거리고 있다. 그다음 주가 되자, 나는 여러 번 했던 오후 수유를 서서히 줄이기 시작한다. 아이가 내 소매를 잡아당길 때마다 나는 물이 든 빨대 컵을 대신 건네준다. 아이는 어떤 날에는 기꺼이 컵을 받아 형광색 플라스틱 뚜껑 위로 눈웃음을 치며 꿀꺽꿀꺽 마신다. 다른 날에는 분노와 슬픔에 차서 날카로운 소리를 지르며 내 손에서 컵을 쳐내고는 바닥에 누워 이리저리 뒹군다. 엄마. 아이가 날카롭게 소리 지른다. 나. 쭈쭈. 줘. 두 손으로 마룻바닥을 치는 아이의 두 뺨에 굵은 눈물방울이 흘러내린다. 자신의 욕망을 억누르는 훈련을 충실히 받은 나의 일부는 아이의 그런 의사 표현을 감탄하며 지켜본다. 나는 아이의 머리를 쓰다듬고는 늘 하던 거짓말을 한다. "쉿, 이제 조용, 다 괜찮아질 거야." 아이는 곧 다른 형태로 흘러가게 된 하루하루에 익숙해지고, 밤에도 딱 한 번씩만 뒤척이며 깨어나서는 물을 달라고 한다. 이제, 아이가 잔다. 나도 잔다.

　　나는 임신을 했거나 모유 수유를 하고 있거나, 혹은 둘 다인 상태로 10년을 보냈다. 머지않아 나를 바빠지게 할 또 다른 아기가 생기기를 조용히 소망하지만, 요즘 나는 무려 10년 만에 아무런 방해도 받지 않고 밤새도록 꿈속을 거닌다. 꿈을 꾸는 내 머릿속에 언덕 위의 집 한 채가 나타난다. 창문마다 모유가 일렁이고 있는 집이다. 안을 들여다보자 엄청난 양의 하얀 액체가 쏟아지는 게 보인다. 모유의 깊고 짙은 파도가 모든 침대와 의자 위를, 바닥 널과 서까래를 덮친다. 그러고는 주전자 하나하나, 텔레비전, 빨래 바구니, 라디오와 전화기 따위를 밀어젖힌다. 꿈속에서 내 손가락 마디뼈가 문을 두드린다. 똑, 똑. 한 여자가 모유에 잠긴 방들을 쓸고 있다. 여자의 빗자루가 언뜻 눈에 띄었다 사라지더니 다시 시야에 들어온다. 여자의 머리칼은 머리 위로 높이 떠올라 있고, 두 눈은 바닥을 향하고 있다. 여자는 나를 보지 못한다. 나는 다시 문을 두드린다. 누구세요? 입을 연 여자가 미소 지으며 고개를 돌리는데, 모유로 꽉 찬 두 눈이 하얗게 나를 노려보고 있다. 나는 몸을 떨며 깨어난다. 이 노동이 없다면, 기르고 거둬들이는 이 모든 일이 없어진다면 나는 무엇이 될까? 모유가 없다면 나는 무엇으로 세상을 볼까? 모유가 없다면, 나는 어떤 사람이 될 것인가?

그때

내가 어린 시절에 살던 집은 가파른 언덕 위에 있었다. 그 언덕의 경사는 너무 가팔라서 건초 묶는 기계를 비롯한 현대식 기계를 몰고서는 올라갈 수가 없을 정도였다. 풀이 팔꿈치 높이까지 자라자 아버지는 덜컹거리는 구형 트랙터를 몰고 언덕을 올라갔다. 집에 있던 어머니는 경사면 때문에 트랙터가 넘어져 아버지가 잘못될까 봐 걱정했다. 하지만 그런 일은 없었다. 들판은 곧 땅바닥에 날카로운 그루터기만 남겨 놓은 공터로 변했다. 나는 장화를 끌어올려 신은 뒤 건초를 한 아름씩 그러모았고, 그러는 동안 아버지는 정돈된 낟가리들을 쇠스랑으로 던져 올렸다. 자신의 의무를 늘 충실히 이행해 온 태양은 풀잎 하나하나를 부서지기 쉬운 가닥이 될 때까지 말려 주었고, 이제는 우리가 그것들을 들어 올려 헛간으로 옮길 차례였다. 지붕까지 닿을 만큼 쌓아 놓은 건초의 벽은 마치 거대한 동상 같아 보였다. 자기 자리에서 썰려 나온 이 풀들이 헛간 하나를 다 채울 만큼 많은 식량이 되어, 다가올 추운 몇 달 내내 배고픈 다른 존재들에게 영양분을 공급해 줄 거라는 사실이 무척 이상하게 느껴졌다. 바깥에서는 나처럼 작은 여자아이조차 거뜬히 들어 해치울 수 있는 건초였는데, 여기 들어와 보니 그것은 어마어마하게 커다랬다. 하지만 헛간 안에서도 내 몸은 원래의 풀들을 기억하고 있었다. 나는 그 풀들도 나를 기억하는지 궁금했다.

지금

모유 수유를 멈추자마자 내 오른쪽 유방은 급속하게 줄어든다. 녹초가 되고 튼살 자국이 난 그것이 축 늘어지자 양쪽 유방 중에서 게으른 쪽이 더 풍만해 보이게 된다. 샤워를 마친 나는 그동안 그토록 자주 문질러 닦으면서도 쳐다보지는 않던 거울을 통해 마침내 나 자신과 시선을 마주하고, 내 두 눈 밑에 드리운 자줏빛 얼룩들을 눈

여겨본다. 수건을 내려놓은 나는 호기심을 품은 채 내 몸을 기록한다. 청록색 자국들로 이리저리 갈라진, 젖병처럼 하얀 두 허벅지. 균형이 안 맞긴 해도 늘 영광스러운 양쪽 유방. 네 겹의 제왕 절개 흉터로 이루어진 성스러운 문. 썰물 때 바닷가에 남겨진 잔물결 같은 튼살. 그 튼살에 뒤덮인 채 늘어진 배. 그곳에서 내 배꼽이 얼굴을 찡그리고 있다. 배꼽은 언제나 나를 어머니에게 연결해 주고 있는 보이지 않는 끈이다. 그리고 내 어머니의 배꼽은 어머니를 그의 어머니에게 연결해 준다. 그런 식으로 연결은 끝없이 이어진다. 내가 가진 이 몸을, 대대로 내려온 그 많은 몸 가운데 하나에 불과한 내 몸을 자세히 살펴보는 동안 혐오감 같은 건 조금도 느껴지지 않는다. 오직 자부심뿐이다. 이것은 여성의 텍스트다, 나는 생각한다. 그러자 내 몸은 흉터들로 이루어진 방언으로 대답한다. 짜잔! 몸은 이렇게 말하는 것 같다. 짜잔!

———

내 오른쪽 유방은 남아 있던 모유 찌꺼기가 저절로 빠져나가면서 계속 줄어든다. 나는 내가 가진 낡은 수유 브라를 모두 쓰레기통에 던져 버리며 면으로 된 그 회색 컵들과 오래 입어 닳아 버린 플라스틱 클립들에게 작별 인사를 한다. 끝났다. 완료. 내 몸속 어딘가 따뜻하고 어두운 곳에서는 또 하나의 시계가 째깍거리며 조만간 나를 위협하게 될 무언가를 만들어 내고 있지만, 나는 아직 그 사실을 모른다.

내 새 브래지어는 얇고 하늘하늘한 분홍색 종이에 겹겹이 싸이고 리본까지 묶인 채 집에 도착한다. 그 브라의 클립을 당겨 채우자 내 두 유방은 생기발랄함이라는 거짓된 환상을 창조하며 들려 올라간다. 금속과 레이스로 만들어진 이 정교한 건축물 속에서 내 유방은 거의 보통처럼, 그러니까 한 번도 쓰지 않은 것처럼 보인다. 하지만 몸은 기억하고 있다. 내가 오른쪽 유두를 쥐어짜자 하얀 액체 방울이 반짝이며 윙크로 대답한다.

그때

가을의 어느 날, 나는 뻣뻣한 새 학교 구두를 신은 채 오직 건초로만 이루어진 산의 꼭대기까지 기어오르고 있었다. 나는 또다시 곤경에 처해 있었다. 높다란 내 보금자리에 올라간 나는 몸을 쭉 뻗고 누워 입을 삐죽거렸다. 나는 게을렀고, 어머니는 내 주머니에서 찾아낸 플라스틱 팔찌를 흔들어 보이며 화를 내고 있었다. 내 부주의함 때문에 세탁기가 망가질 뻔했던 것이다. 그래서, 이제 어머니는 어떻게 할까? 낯짝 두꺼운 아이였던 나는 어머니의 찡그린 얼굴을 향해 어깨를 으쓱해 보이고는 붙잡히기 전에 전속력으로 도망쳤다.

　　나는 높다란 건초 더미 위에 보리로 만든 포도당 사탕 몇 개와 만화책 한 권이 든 가방을 숨겨 둔 터였다. 지붕 서까래와 아주 가까운 그곳에 몸을 밀어 넣자 서까래의 표면에 솟아 있는 거칠거칠한 거스러미들이 하나하나 다 눈에 들어왔다. 옛날식으로 만들어진 포도당 사탕을 뾰족해질 때까지 빨다 보면 사탕에 잇몸이 베이곤 했다. 단맛 사이로 아릿한 피 맛이 배어 나왔다. 내 몸속 어딘가 따뜻하고 어두운 곳에서 시계 하나가 째깍거렸다. 나는 두 눈을 꼭, 더 꼬옥 감았다. 눈꺼풀 뒤의 어둠이 불꽃놀이처럼 폭발할 때까지. 내가 온종일 아늑한 곳에 처박힌 한 마리 작은 박쥐가 되어 꿈속에서 밤의 어둠 속으로 날아오를 때까지. 어머니의 목소리가 허공을 타고 솟아올랐다. 나는 내 비밀 공간이 발각되기 전에 서둘러 내려가려 했는데, 정신을 차려 보니 얼굴부터 미끄러져 내려가고 있었고, 그 속도가 너무 빨라서 미끄러운 건초 하나조차 붙잡을 수 없었다. 결국 나는 깜깜한 헛간 바닥에 처박히면서 거기 있던 가스통의 금속 부분에 입을 세게 부딪히고 말았다. 나는 일어나 앉아 손바닥에 반 토막 난 앞니를 뱉었다. 그건 하얬고, 젖어 있었고, 동시에 새빨갰다. 어머니가 비명을 질렀다.

　　"걱정하지 말렴." 치과 의사는 마스크 위로 보이는 두 눈으로 미소를 지으며 말했다. "금방 원래대로 돌아가게 해 줄 테니까. 자, 이제 주사를 놓을 거야. 숨을 깊이 들이마시렴. 착한 아이구나." 그는 과거의 파편에 새로운 현재를 접합해 내 입속에 조심스러운 대칭을 만들어 냈다. 거울에 비춰 보니 앞니는 정말 진짜 같아 보였고, 사실과 허구를 혼합한 그 결과물은 내가 말을 할 때마다 상대방의 눈에 띄었다. 나의 소중한 기만. 내 앞니가 보형물과 이어지는 지점에서 내 입은 진실과 거짓말 둘 다를 품고 있다.

지금

나는 날마다 똑같은 신도석에 무릎을 꿇고 내 어머니가 모셨던 신과 똑같은 신에게 기도한다. 세제로 된 후광을 두르시고 성스러운 윙윙 소리로 말씀하시는 신이시여. 나는 어머니가 했던 헌신을 되풀이하며 사각사각 스치는 옷감 안쪽에 숨어 있는 위험을 찾아낸다. 나는 아이들의 동전이나 솔방울, 구슬, 혹은 마로니에 열매를 찾아내기 위해 그 모든 주머니를 샅샅이 뒤진다. 어느 날 밤, 나는 내 왼쪽 유방이라는 주머니 속에 들어 있는 작고 단단한 혹 하나를 발견한다. 내 손가락들이 멈췄다가 다시 더듬더듬 움직인다. 여러 층의 유방 조직 속에 그런 게 하나 더 파묻혀 있는 게 만져진다. 두 개다. 근데 이게 뭐지? 곧 내 머리는 하나의 단어로 된 비명을 끝도 없이 끝도 없이 질러 댄다.

또다시 밑으로 떨어져 내리는 기분이다. 나는 그런 덩어리는 수유 때문에 생긴 일종의 부작용일 수도 있다고 중얼거리면서 공황 상태에서 벗어나려고 애를 쓰지만, 사실 그건 말도 안 되는 얘기라는 걸 알고 있다. 이건 내 왼쪽 유방이다. 몇 년 동안 모유라고는 한 방울 정도밖에 만들어 내지 않은 유방. 게다가 나는 유선염 증상이라면 시작부터 끝까지 속속들이 꿰고 있다. 오한과 열, 힘없는 느낌, 오싹한 느낌, 염증과 부기. 이번에는 다르다. 나는 생각한다. 내가 딸아이의 젖을 안 뗐더라면 이 재앙을 막을 수 있었을까?

아침이 되자 의사는 실마리를 더 찾기 위해 손으로 내 가슴을 샅샅이 촉진한다. 창밖으로 날아간 내 시선은 나를 어딘가 다른 곳으로 데리고 간다. 이 의사는 원래 놀라울 만큼 친절하고 따뜻하며 배려심 많은 사람이지만, 오늘 그의 두 손은 차갑다. 두 번째 덩어리를 찾아낸 그의 목소리가 멀리 있던 나를 다시 불러들인다. 그는 수줍은 듯 함몰돼 있는 내 왼쪽 유두를 보며 얼굴을 찡그린다. 나는 내가 아기의 땀띠를 뇌막염으로 오해했던 순간을 떠올리고, 또 아기가 머리를 부딪혔을 때 두개골 골절을 걱정했던 순간을 떠올리고, 이어서 내 앞에 있는 이 남자가 그런 내 오해와 걱정을 경청했던 순간들을 떠올린다. 지금, 나는 있는 힘을 다해 그에게 주문한다. 웃어요. 그때처럼 싱긋 웃으라고요. 하지만 의사는 웃는 대신 내 겨드랑이를 찔러 보더니 내 유방을 다시 쥐어짠다. 내 목소리는 어린아이의 목소리처럼 떨리고, 내 입에서 나오는 말 역시 아이가 하는 말 같다. "……근데요, 근데요, 다 괜찮아지는 건가요?" 의사는 앞으로 내가 더 받아야 하는 검사를 알려 주는 안내문 한 장을 인쇄한다. "그냥 데이터가 좀 더 필요해서요. 그게 답니다. 집에 가셔서 차 한잔 드세요. 너무 걱정 마시고요." 구겨진 10파운드 지폐 다섯 장을 접수 담당자 쪽으로 내밀던 내 얼굴은 사회인으로서 따라야 할 각본을 스스로 기억해 낸다. 얼굴은 저절로 움직이며 예의 바른 미소를 지어 보인다. 그게 내가 할 수 있는 전부다.

주차장에서 운전대에 이마를 올려놓고 있는 동안 눈물이 무릎 위로 떨어진다. 옷에 스며든 한 방울 한 방울이 소금기 어린 물웅덩이를 천천히 그려 낸다. 저 너머에서는 말라빠진 찌르레기 세 마리가 조용히 전깃줄을 붙잡고 앉아 있다. 옥상으로 시선을 돌리자 위성방송 수신 안테나들이 보인다. 그것들은 귀를 하늘로 향한 채 저 멀리 어둠 속에서 날아오는 보이지 않는 신호들을 붙잡으려고 애쓰고 있다. 그 순간 나는 내가 어디 있어야 하는지 깨닫는다. 나는 집에 가지 않는다. 차 키를 돌린다.

킬크레아에 도착하자 문을 이루는 은빛 돌들이 자기들만의 차가운 방식으로 나를 반겨 준다. 나는 내가 여기 왜 왔는지 모르겠다고 되뇌지만, 사실은 안다. 알고 있다. 나는 무슨 말을 하는지도 모르면서 말을 한다. 내가 아는 거라곤 오직 내 얼굴이 젖어 들고 있다는 것과 목이 점점 쉬고 있다는 것뿐이다. 나는 내가 이 장소에서 처음 우는 여자는 결코 아닐 거라는 생각을 떠올리고는 거기서 위안을 얻는다. 다른 존재들에 둘러싸여 있을 때조차 철저히, 철저히 혼자인 이곳에서.

그때

나는 변기에 앉아 혼자서 떨고 있었다. 내 숨결은 내 몸과 내가 처음 보는 단어 사이에 구름처럼 드리워져 있었다. 그 단어는 내 어린 몸이 휴지 뭉치 위에 휘갈겨 쓴 줄무늬였다. 하얗고, 젖어 있고, 동시에 새빨간 그 광경을 보다 보니 손바닥을 피로 가득 채웠던 내 앞니가 일종의 전조였을지도 모르겠다는 생각이 들었다. 나는 이 텍스트를 어떻게 해석해야 할지 알 수 없었지만, 그것이 변화를, 그리고 부끄러운 일을 뜻한다는 건 알고 있었다. 이건 덮어야 할 일이었다. 내 몸은 마지못해, 그리고 공포에 질린 채 여자의 몸으로 변해 갔다. 나는 어떻게든 이 변화에 저항할 수 있기를 바랐다. 나는 내가 눈에 띄지 않는 소녀다움 속에 영영 남아 있을 수 있기를 바랐다. 깨끗한 티슈를 책처럼 접어 살에 댔다. 나중에 나는 그 텍스트를 펼쳐 읽어야 할 것이고, 만약 그때 더 많은 단어가 거기 적혀 있으면 아마도 어머니에게 말해야 할 것이다. 그 페이지들이 계속 백지로 남아 있기를 나는 얼마나 바랐던가. 그로부터 일주일 뒤, 나는 껌을 씹고 있다가 어떤 남자에게서 암캐같이 생겼다는 말을 들었다. 그 단어 역시 어떻게 해석해야 할지 확실히 알 수는 없었지만, 그 남자가 그 말을 내뱉는 방식으로 볼 때 좋은 말은 못 되는 것 같았다. 집에 온 나는 더 많은 껌의 포장을 벗겼지만, 그때 거울이 내게서 읽어 낸 거라고는 되새김질 거리를 씹어 으깨는 수줍고 작은 짐승의 모습뿐이었다.

지금

유방 클리닉에 도착한 나는 맨가슴 위에 똑같은 가운을 걸친 아홉 명의 여자 중 한 명이 되어 앉아 있다. 거칠고 촘촘한 직물에 피부가 지독하게 쓸린다. 나는 이 옷들이 싫고 이 방이 싫다. 벽에는 늘 똑같은 액자가 걸려 있고, 그 안에는 노란색 플라스틱 액자와 완벽하게 어울리는 후광을 가진 성인들이 들어 있다. 얼굴을 찡그리고 있는 성인들. 텔레비전은 끊임없이 떠들어 대며 주디 판사가 잘못된 행동을 한 사람들을 질책하는 모습을 보여 준다. 판사는 그들을 향해 사납게 삿대질하고, 결국 개처럼 움츠러든 그들은 상처 입은 마음을 안은 채 판사를 향해 두 손을 뻗으며 애원한다. 다친 앞발 같은 그 손. 지루해진 나는 창가로 걸어간다.

이 높이에서 내려다보이는 도시의 풍경은 독특하다. 처음으로 이렇게 거리를 두고 보니, 내가 학생이었을 때 늘 헤매곤 했던 온갖 길로 가득 차 있는 이 지역이 갑자기 쉬워 보인다. 내 시선은 대학가 공동주택들의 옥상 위로, 조립식 건물들 위로, 3층짜리 빅토리아식 건물들의 화려한 박공지붕 위로 솟아오르더니 결국 콜레틴 수녀원의 기다랗고 수수한 지붕을 찾아낸다. 그곳의 아늑한 다락에는 박쥐들이 잠들어 있다. 집박쥐들이다. 이 도시에서 가장 큰 집박쥐 군집이라고 했던가, 뭐 그렇게 들은 것 같다. 곧 암컷 박쥐들은 다가올 계절을 맞아 보육 집단을 형성할 것이고, 그들의 새끼들은 저 따스한 곳에서 젖을 먹으며 자라날 것이고, 가을까지는 젖을 떼고 다락에서 날아올라 자신만의 어두운 삶 속으로 들어갈 준비를 마칠 것이다.

20년 전, 원래라면 해부학 수업에 들어가야 했던 시각에, 나는 지독한 숙취에 젖은 채 그 예배당에 혼자 앉아 스테인드글라스 너머를 빤히 올려다보고 있었다. 그때 나는 박쥐들의 존재를 몰랐지만, 박쥐들은 거기, 내 망가진 실루엣 너머 어딘가에 숨은 채 꿈을 꾸고 있었다. 나는 무릎을 꿇었다. 울음을 터뜨렸다. 다른 무엇보다, 나는 죽고 싶었다. 지금, 나는 그 건너편에 있는 높은 창가에 선 채 그때와 같은 스테인드글라스를 내려다보며 살고 싶다고 간절히 바라는 나 자신을 발견한다. 스마트폰이 울리지만, 가방 속에서 더듬어 찾아 전화를 받자 아무 소리도 나지 않는다. 여보세요? 나는 말한다. 여보세요? 나는 대답을 기다린다. 아무 대답도 없다.

간호사가 내 이름을 부르고, 나는 그의 미소를 따라 다른 방으로 간다. 나는 내가 어떻게든 내 몸에 생긴 변화에 저항할 수 있기를, 눈에 띄지 않는 가정주부의 나날들 속에 행복하게 남아 있을 수 있기를 바란다. 한 시간 뒤, 나는 병원을 나서면서 플라스틱 이어폰을 꺼내 귀에 더듬더듬 꽂는다. 나는 저 뒤에 있는 방에 내 살점을 남겨 두고 떠나는 중이다. 조직 검사가 이루어질 것이다. 지나치는 사람들에게는 내 모습이 평범해 보일지 모르지만, 내 여름 원피스 밑에는 붕대와 거즈가 겹겹이 감겨 있고, 그 밑에는 열다섯 개의 주사 바늘 자국이 나 있고, 그 밑에서는 커다란 혈종 하나가 어둠 속으로 피를 흘려 보내고 있다. 깊은 상처 하나가 그곳에서 점점 커져가는 중이다. 게러 위를 흐르던 구름의 그림자처럼 빠르게.

그때

건초가 치워지면서 헛간은 추워졌다. 건초는 천천히 미끄러지는 침과 이빨에 갈려 한 가닥씩 한 가닥씩 사라졌다. 되새김질거리가 된 각각의 덩어리는 여러 개의 위장 사이를 오르락내리락 움직이다가 철썩하는 요란한 소리와 함께 다시 땅 위로 배설되었다. 건초가 사라진 자리에는 소리가 묘하게 울리는 텅 빈 공간이 남았는데, 그 공간은 아늑했던 한때의 내 보금자리와는 정반대처럼 느껴졌다. 나는 소리의 울림을 시험해 보려고 부츠 속에 담긴 몸을 앞뒤로 흔들었다. 발가락에서 발뒤꿈치로, 다시 발뒤꿈치에서 발가락으로, 안녕-? 안녕-?[24] 나는 혼자 소리쳤고, 사방의 벽에 부딪힌 내 목소리가 만들어 낸 화음에 미소를 지었다. 서까래들은 벌써 꿈도 꿀 수 없을 만큼 멀어 보였다. 나는 내가 다시는 거기에 닿을 수 없으리라는 걸 알고 있었다. 앞으로는, 거스러미가 일어난 서까래를 그렇듯 가까이에서 바라볼 수 있는 건 오직 박쥐들뿐일 것이었다.

지금

나는 조직 검사 결과를 기다린다. 애태우면서. 기다리고, 또 애태운다.

[24] 앞 페이지의 '여보세요'와 이 '안녕'은 영어로 같은 단어(hello)다. 이 두 hello는 서로 다른 용도와 결과를 선보이며 대구를 이룬다.

안내문이 담긴 봉투가 도착하자 형언할 수 없는 안도감이 찾아오고, 그다음엔 갑작스러운 혼란이 뒤따른다. 검사 결과는 암세포가 발견되지 않았다는 말밖에는 하지 않는다. 덩어리들의 정체를 시원하게 설명해 주지는 않는다. 오래지 않아 더 많은 안내문이 도착한다. 추가 진료와 검사를 받아야 한다고. 주디 판사의 매서운 손가락 아래서 가만히 기다리는 시간을 더 많이 가져야 한다고.

내 유방을 주무르는 외과 의사의 넥타이는 부드러운 추처럼 흔들리고, 그의 고개는 물음표를 그려 내듯 기울어져 있다. 그 덩어리들이 뭔지는 모르겠지만, 일단 암세포는 아니라는 게 의사의 진단이다. 그러니 그의 메스가 내 피부에 닿을 일은 없을 것이다. 쥐고 있던 두 주먹이 안도감으로 펴진다. 어딘가 가까운 곳에서 박쥐 한 마리가 잠결에 몸을 뒤척인다.

나는 내 몸이 지닌 진실에 저항할 수 있기를 간절히 바라 왔다. 어렸을 때 내 몸이 붉게 휘갈겨 쓴 텍스트에 저항했듯이 말이다. 하지만 이제는 그 기이함을 받아들여 보려고 애를 쓴다. 나는 왼쪽 유방 속에 암모나이트 화석처럼 멋지면서 각각이 하나의 단서에 해당하는 두 개의 덩어리를 지니고 있다. 내 몸이 해부실에 눕혀지고 나면, 어떤 학생은 내 문신과 제왕 절개 흉터, 혹은 부러진 앞니를 읽어 내는 것만큼이나 쉽게 이 텍스트들을 읽어 낼지도 모른다. 그 학생은 그 덩어리들을 일종의 흔적으로 해석할지도 모른다. 내가 다른 사람들의 몸속으로 흘려보냈던 그 많은 모유가 남긴 흔적. 나는 그 덩어리들을 쉼표라고 여긴다. 마침표에 좀 더 가깝게 느껴지기는 하지만 말이다. 내 모유의 나날들이 꿈도 꿀 수 없을 만큼 멀게 느껴지기 시작한다. 아무래도 그런 날들에 다시 가닿을 수는 없을 것만 같다. 앞으로는, 거스러미가 일어난 서까래를 그렇듯 가까이에서 바라볼 수 있는 건 오직 다른 사람들뿐일 것만 같다. 하지만 그렇게 되진 않을 것이다. 내가 그렇게 놓아두지 않을 테니까. 나는 혼자서 되뇐다. 어떤 일이 벌어지더라도 언제나 나의 기념품을, 진주와 마노로 만들어져 내 가슴 속에 단단히 박힌 이 내밀한 브로치를 간직하고 있을 거라고. 결함이든 장식이든, 이것은 여성의 텍스트이고, 나는 그것을 내 심장 가까이에 지니고 다닌다.

15.

일련의 그림자들

아일린 더브의 이름이 남자 형제들의 편지 속에 등장하기를 멈추자, 컴퓨터 화면 속에 있는 내 글자들 역시 막혀 버린다. 자료들이 점점 줄어들면서 그 끝이 보이는 것 같아 걱정된다. 롤리 저택의 빗장 지른 출입문도, 데리네인에 있는 파괴된 방들도 나를 자기 안으로 들여보내 주지 않는다. 내가 간절히 보고 싶어 하는 물건들은 모두 제거되거나 숨겨졌다. 브로치는 모두 사라졌고, 찻잔은 모두 바닥으로 떨어졌으며, 문은 모두 잠겼고, 열쇠는 모두 분실되었다. 아일린의 삶에 대한 증거로 남아 있는 건 아무것도 찾을 수 없다. 하지만 그래도. 하지만 그래도 나는 그 사실을 받아들일 수가 없다. 우리가 모르는 것들이 여전히 너무 많다. 우리는 아일린이 얼마나 오래 살았는지, 그가 가족과 화해를 했는지, 다시 결혼을 했는지, 자식들이나 의붓자식들을 더 얻었는지 알지 못한다. 그가 여생을 어디서 보냈는지도 모르고, 생활비는 어떤 식으로 충당했는지도 알지 못한다. 킬크레아에 있는 묘비는 그곳이 아일린의 남편과 아들, 그리고 손자가 모두 묻혀 있는 곳임을 증명해 주지만, 아일린 더브의 유골 소재는 한 번도 언급된 적이 없다. 한순간 그의 목소리가 우리 귀에 진짜처럼 또렷하게 들려오나 싶더니, 다음 순간이 되자 짜잔! 그는 마술사처럼 재빨리 사라진다.

나는 그 갑작스러운 부재에 적응하는 법을 배우려고 애쓴다. 안 그래도 나는 또 다른 누군가의 부재를 받아들이면서 하루하루 살아가는 법을 배워 가는 중이다. 내가 아일린 더브의 삶에 존재하는 수많은 수수께끼를 곱씹는 동안 내 딸아이는 점점 자라났다. 이제 아이는 자신만의 작은 등에 자신만의 작은 책가방을 메고 다닌다. 매일 아침 나는 아이의 손을 잡고, 놀이학교에 다다르면 아이에게 손을 흔들어 작별 인사를 하고, 아이가 페인트 통과 조각 그림 퍼즐과 분장 도구 상자를 향해 서둘러 달려가는 걸 지켜본다. 그다음 몇 시간은 늘 똑같은 기록 보관소의 자료들을 헛되이 긁어모으는 일 속에서 흘러가 버린다. 아일린 더브는 거기 있는 법이 없다. 이제 내 아이들도, 내 목표도, 내 유령도 모두 떠나간 것 같다. 그러자 내 아침은 지나치게 조용해진다. 나는 내 딸을, 꿈틀거리며 살아 있는 그 여성의 텍스트를 내 품에 다시 안아 올릴 수 있을 때까지 기다린다. 어서 시간이 지나가기만을 기다린다. 밤이 오면 나는 바짝 달라붙은 딸아이를 재우면서 아일린 더브를 떠올린다. 아일린의 한쪽 손은 아들들의 따스한 머리칼을 쓰다듬고 있다. 그 손길은 그들의 눈꺼풀이 꿈속에서 실룩일 때까지 계속된다. 그가 고개를 든다. 나는 상상한다. 마지막 한 번의 숨결과 함께 촛불이 꺼지는 광경. 어둠 속으로 사라지는 불꽃. 여기까지다. 끝.

하지만 그럴 수는 없다.

나는 계속 그 어둠 속을 응시하려 애쓴다. 그러면

서 아일린이 등장하는 밤 장면을 결말이 아닌 다른 무언가로 바라보려고 시도한다. 나는 점점 이성을 잃어 가며 내 조사에 새로운 방향을 가져다줄 새로운 단서를 찾아다닌다. 이 여정을 계속하게 해 주기만 한다면 뭐라도 상관없다. 더 이상 아일린을 뒤쫓을 수 없다면, 아일린의 아이들은 어떨까? 아일린이 생명을 불어넣은 사람들의 몸을 따라가다 보면 아일린이 남긴 메아리 가운데 일부가 어디로 움직였는지 추적할 수 있을지도 모른다. 그 자녀들의 삶을 지도 위에 그려 보고 나면 그들 어머니의 삶을 엿볼 수 있는 무언가가 드러날지도 모른다. 그들이 어머니를 언급한 편지나 각종 기록부에 적힌 항목 같은 것들 말이다. 어쩌면 아일린의 묘비에 관한 기록이 나올지도 모른다. 무언가가 나올 것이다. 그게 뭐가 될진 모르겠지만.

이렇게 방향을 바꾸자 새로운 길과 새로운 실마리들이 나타난다. 나는 놀이학교에서 딸아이에게 뽀뽀를 하고, 아이가 들어간 문이 닫히기도 전에 몸을 돌린다. 그리고 이어지는 몇 시간 동안 1분도 쉬지 않는다. 나는 여러 기록 보관소의 문서들, 묘지의 비문들, 사람들의 출생과 결혼과 사망이 기록된 낡은 교회 기록부들을 뒤지며 나만의 혼란스러운 방식으로 아일린 더브 가족의 가계도를 그려 간다. 아일린이 알고 지냈던 이 사람들은 처음에는 내 눈에 잘 들어오지 않는다. 마치 저 멀리 흐릿하게 보이는 그림자들 같다. 하지만 몇 주가 지나자 내가 그들 각자의 이름으로 만들어 놓은 파일들이 불어나기 시작한다. 한 명씩 한 명씩, 아일린의 사람들이 어둠 속에서 빛을 향해 발을 내디디며 내게로 걸어온다. 그들은 움직이면서 숨을 쉬기 시작한다. 가끔은 허술하고 다가가기 쉬운 모습으로, 가끔은 낯선 모습으로, 또 가끔은 난폭하거나 성난 모습으로. 아일린 더브를 알고 지냈던 사람들, 그들은 실재이자 진실이다.

———

아일린과 아트의 큰아들을 찾는 일은 시작부터 축복받은 작업이 된다. 구체적인 실마리를 미리 얻어 놓았기 때문이다. 그는 킬크레아 수도원에 자기 아버지와 함께 묻혀 있었고, 그들이 공유하는 묘비는 내게 조사의 시작점이자 토대가 될 믿을 만한 날짜들을 알려 준다. 그 날짜들 덕분에 나는 곧바로 기록 보관소에 있는 빛바랜 양피지 문서와 낡은 신문 속으로 들어가 거닐 수 있게 되고, 마침내 텍스트 속을 흘러 다니는 잔물결들을 발견하기 시작한다. 그의 삶이 퍼뜨린 잔물결들. 나는 역사적 사실과 인용문들로 이루어진 긴 목록 하나를 편집한 다음, 늘 그랬듯 거기에 생명을 불어넣기 위해 몽상을 시작한다.

　　스물다섯 살 되던 해, 아일린 더브는 몸을 굽혀

배를 감싸 쥐고 날카로운 비명을 토해 냈다. 쓰러진 그가 몇 시간 동안이나 기어 다니며 울부짖은 끝에 그의 첫째 아이가 태어났다. 아들이었다. 아기는 이름을 갖기도 전에 어머니의 팔에 안겨 롤리 저택의 침실에 누워 있었고, 가을의 문턱에 들어선 그곳에서 아일린은 아기의 몸을 두 팔로 감싸 안은 채 자신이 소녀 시절에 불렀던 노래들을 콧노래로 불러 주었다. 아일린이 판판한 거울 같은 아이의 얼굴 속에서 자신이 아는 사람들을 찾다가 오직 아트의 그림자만을 찾아냈을 무렵, 그 방에 쏟아지던 빛은 황금빛으로 변해 있었다. 아기의 이름에는 자기 아버지의 가족이 담겨 있었다. 아기의 할아버지와 젊은 삼촌의 이름 역시 영어식으로 읽으면 '코닐리어스'가 되는 크라호르였던 것이다. 이 아기는 조부모가 사는 집의 따스한 분위기 속에서 튼튼하게 자라났다. 아기가 처음으로 낸 까르륵 소리에 거기 살던 모두가 기쁨으로 화답했다. 어머니는 아기를 안고 이 방 저 방 옮겨 다녔고, 뽀뽀해 주었고, 노래를 불러 주었고, 포대기로 감싼 뒤 자갈이 깔린 안마당으로 데리고 나갔다. 독수리 한 마리가 그들을 내려다보았다.

크라호르는 자랐다. 아이는 꽃들과 말 한 마리를, 산들바람에 몸을 맡긴 황금빛 이파리들을 보면서 고개를 갸웃거렸다. 그러고는 주위를 둘러보기 시작했다. 어느 날 아침, 아이는 어머니를 향해 양팔을 들어 올렸고,

아직 이가 나지 않은 잇몸으로 미소를 지어 보였다. 아이는 먹기 시작했고, 턱으로는 끈적끈적하고 부드러운 당근 덩어리가 흘러내렸다. 이 하나가 아이의 잇몸을 뚫고 나왔다. 그리고 또 하나가. 나는 내가 지금껏 알아 온 모든 아기가 했던 첫 번째 말을 크라호르에게 선물한다. 아-빠. 크라호르는 무릎과 팔로 빠르게 기어 다녔고, 그러는 동안 아일린 더브는 아이의 몸 위를 맴돌았다. 낡은 의자 하나에 손을 짚은 아이는 몸을 끌어당겨 일어섰다. 한 걸음을 떼었다. 두 번째 걸음이 이어졌다. 아이는 달리기 시작했다. 크라호르의 아버지는 종종 집에 들렀다. 아이는 틀림없이 말에 탄 아트의 품에 안긴 채 목장을 느긋이 달렸을 것이고, 기다란 풀잎에서 서둘러 날아오르는 나비들과 벌들을 보며 환희에 넘쳐 새된 소리를 질렀을 것이다. 크라호르가 아직 어릴 때 어머니의 배는 다시 불룩해지기 시작했고, 곧 새로 태어난 남동생 파울Fear —소리 내 불러 보면 '멀다'는 뜻의 파Far처럼 들리는 이름이었다—의 울음소리가 롤리 저택의 온 방을 가득 채웠다. 아버지가 캐리개니마 마을의 민들레꽃 사이에 누워 죽어 가고 있을 때, 크라호르는 세 살이었고 그의 남동생은 아직 아기였다. 크라호르가 아무리 울어 봤자 아무것도 달라지지 않을 터였다. 그의 아버지는 떠나 버렸고, 어머니는 다시는 예전과 같은 사람이 될 수 없을 터였다.

　『아트 올리어리를 위한 애가』에 등장한 이후로

크라호르와 어린 남동생은 나란히 사라진다. 두 아이 중 어느 쪽의 흔적도 수년간 찾을 수 없다. 나무에 올라간 흔적도, 쓰기나 읽기나 말타기를 배운 흔적도, 짓궂은 장난을 치거나 생일을 보낸 흔적도, 넘어지거나 놀이를 하거나 싸운 흔적도 전혀 없다. 내가 아일린의 둘째 아들에 관해 수집할 수 있는 정보라고는 그의 이름이 영어식으로 하면 퍼디낸드 올리어리라는 것, 그리고 그가 훗날 가톨릭 사제가 되었다는 것뿐이다. 그가 성직자로 활동한 내역은 어떤 기록에도 나와 있지 않지만, 그 시대에 가톨릭교 의식이 얼마나 비밀스레 행해졌는지를 고려하면 충분히 이해할 만하다. 나는 거칠게 휙휙 움직이는 마이크로필름들을 눈이 아플 때까지 스크롤하며 뒤져 보지만, 여전히 이 둘째 아들의 삶에 관해서는 가장 기본적인 세부 사항조차 정확히 확인할 수가 없다. 나는 그가 어디 묻혔는지 알아내지 못한다. 내가 생각해 낼 수 있는 모든 문서를 뒤진 뒤에도 그의 정확한 생년월일조차 확인하지 못한다. 그의 어머니처럼, 퍼디낸드 역시 내가 파악할 수 있는 범위 밖으로 완전히 사라져 버린다. 결국 그에게 작별을 고한 나는 다시 그의 형에게로 돌아온다.

다시 크라호르와 조우할 무렵, 그는 큰 키와 튼튼한 체격과 편안한 미소를 지닌 모습으로 내 눈앞에 등장한다. 스물한 살이 된 그는 외삼촌들 사이를 날아다니는 편지 속을, 끊임없이 오가는 애정과 잡담 속을, 빛과

빚 청산에 관한 이야기 속을 성큼성큼 걸어 다닌다. 1789
년 4월 17일, 파리에 살던 아일린의 남동생 대니얼은 데
리네인으로 편지를 쓴다. '사흘 전에 콘[25] 올리어리의 영
수증을 보냈어요.' 나는 이 짧은 언급만으로도 젊은 콘
의 모습을 충분히 그려 볼 수 있다. 막 혁명을 향해 불꽃
을 튀기기 시작한 파리의 지저분한 좁은 길과 대로를 거
니는 그의 옆모습. 콘의 어머니가 바다를 건넌 뒤 마차를
타고 파리로 찾아가서 아들의 뺨에 입 맞췄을 가능성도
있을까? 그즈음 40대 중반이 된 아일린 더브는 오빠와
남동생이 자기 아들의 교육비를 대 줄 만한 상황을 만들
기 위해 약간의 음모를 꾸며야만 했을 것이다. 나는 눈을
감고 그 장면을 그려 본다.

　　찻잔에 차를 너무 많이 따랐다. 똑같은 거
　울, 똑같은 커튼, 똑같은 바닥 널. 아일린은 자
　신이 이 방에 돌아와 있다는 사실을 새삼 깨달
　은 뒤에야 자신이 얼마나 불안해하는지 알아
　차렸다. 그는 다시금 용기를 그러모았다. 차가
　잔물결을 일으키며 입술 위로 솟구쳤다. 뚝,
　뚝. 아일린은 델 정도로 뜨거운 차를 홀짝홀짝
　마신 다음 짧은 연설을 다시 한번 연습했다.

25　'콘'은 크라호르의 영어식 애칭이다.

그는 자신을 초라하게 만들 생각이었다. 조금 더 불쌍하게 보일 수만 있다면 온종일 어깨를 늘어뜨려 놓을 수도 있었다. 자기 아이들에게 들어가는 학비가 얼마인지 모르는 오빠는 콘을 학교에 보내는 데 얼마가 드는지도 알아차리지 못할 터였다. 아일린은 자신이 그 학비가 필요하다고 매우 어렵게 말을 꺼내고 있음을 오빠가 깨닫게 해야 했다. 자신이 계속 고통받을 거라는 사실을 보여 주어야 했다. 거울 속에 있는 자기 얼굴과 마주친 아일린은 공손해 보이도록 이목구비를 정돈했다. 두 눈은 밑으로 깔고, 움츠러들지 말 것. 발소리가 가까워졌다. 문이 열렸다. 단호한 얼굴을 한 모리스의 양쪽 입꼬리는 일그러져 있었고, 칼라 위로는 희끗희끗한 잔털이 올라와 있었다. 아일린은 히죽히죽 나오려는 웃음을 애써 참았다. 어린 시절 나무 위에 갇혀 우는소리로 도움을 청하던 오빠의 모습이 언뜻 스쳤기 때문이었다. "무슨 일인데?" 모리스의 목소리는 퉁명스러웠다. 마치 자기 동생이 장날에 길에서 동전 한 푼을 구걸하는 낯선 사람이라도 되는 것처럼. 아일린은 끓어오르는 욕설을 꾹 참으며 오빠의 두 손을 꼭 붙잡을 준비를 했다. 하지만 아일린의 팔은 그 주인만큼이나 화가 나 있었다. 흥분한 그의 두 팔은 바로 앞에 놓인 찻잔을 제대로 피해 가지 못했고, 찻잔은 바닥으로 떨어졌고, 손잡이에서부터 깨져 버렸고, 마룻바닥에 부딪치며 파도처럼 부서진 차는 멋들어진 바다를 만들어 냈다. 사방으로 튕겨 나간 도자기 파편들은 마치 그 바다 위에 떠 있는 난파선의 잔해 같았다. 아일린은 쏟아진 액체를 노려보았다. 그의 오빠는 그를 노려보았다. 그건 사고였지만, 그렇게 보이지는 않을 것 같았다. 비난이 쏟아질 때까지 기다릴까, 먼저 입을 열까. 한 줄기 흔들리는 김이 살짝 솟아오르더니 자신을 허공에 던져 버렸다. 모리스가 입을 열기도 전에 아일린의 두 다리는 복도를 향해 성큼성큼 나아가기 시작했다. 아일린은 고기가 담긴 대형 접시들이 늘어서 있고 묽은 수프가 끓고 있는 부엌을 지났다. 밖으로 나온 그는 마구간 쪽을 향했다. 그냥 대니얼한테 부탁해야겠어. 모리스 오빠가 알아듣게 잘 얘기해 달라고. 만약 모리스가 대니얼의 말조차 듣지 않으면, 빌어먹을, 그래도 아일린은 아들을 부양할 다른 방법을 찾아낼 터였다. 부엌에 딸린 정원을 서둘러 빠져나가던 그는 자신이 여전히 찻잔의 손잡이 부분을 손에 쥐고 있다는 사실을 알아차렸다. 거기에 베인 손가락 끝에서 빨간 피가 흘렀다. 아일린은 부엌에서 나온 쓰레기를 쌓아 올린 둔덕에, 연골과 부패물 속에 그 파편을 던져 버렸다. 그는 걸어가며 상처 난 손가락을 입술에 갖다 대고 얼굴을 찌푸렸다.

———

어찌어찌 일이 굴러갔는지, 아일린 더브는 콘을 프랑스로 유학 보내는 데 성공했다. 그 뒤에 콘은 외삼촌 대니얼을 따라 입대해 프랑스 근위대의 일원이 되었고, 그의 묘비에 따르면 그 부대에서 대위까지 올라갔다. 대니얼이 콘의 '영수증'을 언급한 편지는 바스티유 감옥 습격이라는 커다란 폭풍이 몰아치기 불과 몇 달 전에 쓰였지만, 우리는 그 폭풍 같은 사건에 뒤따른 혼돈의 시기 동안 콘이 무엇을 경험했는지에 대해서는 아무것도 알지 못한다. 지금은 콩코르드 광장이 된 그곳에, 곧 단두대가 세워질 예정이었다. 거기서 한 왕비가 무릎을 꿇을 예정이었다. 떨리는 한순간, 군중들은 왕비의 몸 위에서 대기하는 칼날을 보며 야유를 보낼 터였다. 그날, 롤리 저택의 안마당으로 까마귀 한 마리가 급히 날아들더니 그 왕비의 어머니가 하사했던 선물 근처에 내려앉는다.

파리로 간 콘은 그림자들 속으로 다시 사라지더니 한동안 내 앞에 나타나지 않는다. 수수께끼 같은 이 몇 년 동안 콘은 레베카 젠틀먼 양을 만나는데, 레베카는 이따금 그의 첫 번째 아내로 기록되는 사람이다. 나는 이 결혼에 대해 아무런 기록도 찾아낼 수 없기에 그런 추측에 동참할 수는 없지만, 큰아들의 결혼식에 참석한 아일린 더브가 어떤 마음이었을지, 또 시어머니로서 어떻게 행동했을지에 관해서는 곰곰이 생각해 본다. 돌돌 말아 꼰 다음 단정하게 핀을 꽂은 레베카의 머리칼은 내 눈에 선하지만, 그의 얼굴은 좀처럼 그려지지 않는다. 나는 영국과 아일랜드의 모든 인구 조사 기록과 세례 기록을 뒤지고서도 레베카를 찾아내지 못한다. 또다시 나는 실패한다. 그러고는 다시금 콘에게로 시선을 향한다.

1805년 겨울 무렵, 콘은 파리를 뒤로한 채 떠난다. 나는 런던에 있는 그레이스 인[26]의 신입생 목록에서 30대가 된 콘을 발견한다. 그는 추위에 떨고 있다. 석조 건물 여러 채가 한 쌍의 경치 좋은 광장을 둘러싸고 있고, 우리의 콘이 그 광장 속을 천천히 걸어가고 있다. 그는 다음 수업을 들으러 가는 중이다. 나는 그의 팔 안쪽에 책을 한 아름 들려 주고, 가벼운 이슬비를 그의 어깨

---

[26]   Gray's Inn. 변호사 교육 및 배출을 담당하는 영국 공립 기관

위에 뿌려 준다. 비가 더 빠르게 쏟아지자 그는 걸음을 재촉하고, 문간에 들어선 뒤 옷소매에서 빗방울을 털어낸다.

나는 콘과 동기였던 학생들의 이름을 손가락으로 훑으며 큰 소리로 불러 본다. 그러자 그들의 모습이 점점 선명하게 그려진다. 값비싼 외투를 걸치고 멋진 모자를 쓴 남자들. 서리와 데번과 버크셔에 있는 품위 있는 집안들에서 온 아들들. <u>길버트 헤일 칠코트, 로버트 핍스, 찰스 호지스 웨어</u>. 11월 21일, 콘은 그들 중 한 명으로 등록되었다.

코닐리어스 올리어리, 36세, 코크주 롤리
저택에 거주했던 작고한 신사 아서 올리어리
씨의 장남.

우리는 숙소로 천천히 걸어 돌아가는 그를 상상해 볼 수 있다. 피로한 얼굴로 황린 성냥을 더듬어 찾은 다음, 거친 몸짓으로 성냥을 켜서 초 심지에 불을 붙이는 모습. 칙칙해 보이는 사발에 오트밀 죽을 퍼 담는 모습. 다시금 부츠를 잡아당겨 신고는 안개 자욱한 런던 거리를 활보하는 모습. 길가의 물웅덩이들을 뛰어넘으며 아는 사람들에게 고개를 끄덕여 인사하는 모습. 가끔은 그의 이름이 적힌, 그의 어머니가 쓴 편지가 도착하기도 했을까?

그런 물건이 젊은 남자의 소지품 사이에 남아 있다가 쓰레기통 속으로 던져지기까지는 얼마나 걸릴까?

1813년 9월 무렵, 콘과 그의 사촌이었던 정치가 대니얼 오코넬을 비롯한 많은 사람은 아일랜드에서 자행되던 잔인한 정치에 맞서고 있었다. 그들이 벌인 저항 운동은 세상을 떠들썩하게 만들었다. 런던의 「더 모닝 크로니클」 1면에는 아일린 더브의 아들이자 '의장을 맡은 코닐리어스 올리어리 씨'가 선술집 '더 부시 타번'에서 코크 지역 가톨릭 위원회와 회동을 가졌다는 내용의 기사가 실린다. 그다음 해, 그의 이름은 성격이 완전히 다른 하나의 문서, 즉 결혼 허가증서 발급 기록부에 등장한다. 단정하게 기울어진 고리 모양의 글씨가 인상적인 그 문서에는 콘의 이름이 다른 한 사람의 이름과 함께 적혀 있다. 메리 퍼셀. 메리는 오래전에 코크에 자리 잡은 유복한 신교도 집안에서 태어난 열 명의 아이 중 하나였다. 낡은 신문들을 뒤지던 나는 마침내 1814년 5월 4일자 「더 프리먼스 저널」에서 그들의 공식 결혼 공고를 찾아낸다. '지난 월요일 코크주에서 법정 변호사인 코닐리어스 올리어리 씨가 굿윈 퍼셀 씨의 외동딸이자 같은 주 캔터크에 거주하던 메리 양과 결혼.' 내 계산에 의하면 결혼식을 올렸을 때 메리는 마흔 살, 코닐리어스는 마흔여섯 살이었다. 만약 아일린 더브가 살아 있어서 교회를 나서는 자기 아들과 눈을 마주칠 수 있었다면, 그때 그는 일흔한 살이었을 것이다.

신혼부부는 코크시에 정착했고, 1815년 10월 6일에는 코닐리어스 퍼디낸드 퍼셀 올리어리—아일린 더브의 첫 손자—가 태어났다.[27] 이 아이가 10개월이 되었을 때 메리는 다시 임신한 걸 알아차렸고, 1817년 3월 19일에는 메리의 아버지와 남자 형제 이름을 딴 굿윈 리처드 퍼셀 올리어리가 태어났다. 메리는 아일린 더브와 마찬가지로 3년 동안 사내아이 두 명을 낳았다. 나는 그들의 셋째 아들이자 유아기에 세상을 떠난 아서Arthur에 관한 언급을 찾아낸다. 아직 이 아이의 출생에 대한 공식기록은 찾지 못했지만, 이름에 '아트Art'가 들어간 또 다른 누군가를 잃고 눈물을 흘리고 있는 이 가족을 상상하는 것은 괴로운 일이다.

1998년 9월, 인치길라 마을에서는 올리어리 집안 동년배들이 참석한 가족 모임이 열렸다. 그 모임에서 피터 올리어리는 아트의 가계도를 추적하면서 다음과 같이 지적했다. "코닐리어스는 만치 저택에 있던 가족용 성경에다가 자기 삶을 짤막하게 기록했어요. 1827년 10월에, 파리에서요. 그때 자신의 첫 번째 아내였던 레베카나 셋째 아들이었던 아서를 언급하지 않았다는 게 신기해요." 이 성경에 대한 언급은 내 호기심을 돋우지만, 내가 이 발언을 찾아냈을 때 그 당사자는 슬프게도 세상을 떠난 뒤였다. 나는 피터 올리어리가 확인했던 내용이 어디서 온 것인지 알아낼 수 없었다. 이 수수께끼 같은 성경의 행방도 마찬가지다. 콘은 분명히 그 성경에 자기 어머니의 삶에 관한 이야기도 적어 넣었을 터였다. 대체 뭐라고 쓰여 있을까, 나는 정말 간절히 그 내용을 알고 싶어 한다. 그 성경은 아무리 못해도 아일린의 사망 날짜와 매장지 정도는 알려 줄 터였다. 내 안에서 그 책은 황금으로 만든 만능 열쇠처럼 변해 간다. 그 성경만 찾는다면 아무리 많은 문이라도 거뜬히 열 수 있을 것 같다. 나는 가장 최근까지 그 성경을 소장하고 있던 사람들—만치에 사는 코너 가족—의 기록을 통해 성경의 위치를 추적하고, 그 과정에서 내 목표와는 관계없는 글도 아주 많이 읽게 된다. 그것들은 전부 막다른 골목이나 마찬가지다. 1946년에 에드워드 맥리샤트가 작성한 기록도 그런 글 가운데 하나다. 그 글을 읽던 나는 다음과 같은 문장에 이끌린다. '코너 대령과 그의 형제이자 지방법원 판사인 헨리 코너, 이 두 사람은 모두 내게 다음과 같은 사실을 알려 주었다. 한 세대 전 그들의 가족이었던 어떤 여성들이 18세기에 기록된 여러 권의 흥미로운 일기장을 포함해 상당한 양의 가족 문서를 파괴했다는 것이다.' 이름 없는 여성들이 한 가족의 이야기를 장악한 뒤 불꽃으

---

27 코닐리어스 퍼디낸드 퍼셀 올리어리는 아버지와 같은
     이름First Name을 쓴다.

로 그것을 다시 쓰는 일. 그것은 여성의 텍스트다.

콘과 메리는 곧 도시에서 먼 곳으로 이사해 드로모어 저택에 보금자리를 꾸몄다. 메리의 가족에게 한층 가까운 그 커다란 저택은 완만하게 경사진 들판 사이에 자리 잡고 있었다. 나는 1824년 4월 9일 금요일 자 「더 프리먼스 저널」에서 다시 콘의 이름을 발견한다. 거기에는 세 명의 남자가 콘의 나무들을 베어 넘어뜨리고 치워버린 혐의로 기소되어 코크주 순회 재판에 넘겨졌다고 적혀 있다. 그다음 해, 콘은 오코넬 부인이 순서대로 맞춰 놓은 편지들 속에 한 번 더 등장한다. 거기에는 콘이 자신의 큰아들 코닐리어스 2세를 파리로 유학 보내기 위해 필요한 <u>부르스bourse</u>, 즉 장학금을 받으려 했다는 내용이 적혀 있다. 콘의 두 외삼촌 모리스와 대니얼은 누가 이 장학금을 타 가야 하는지에 대해 상반되는 견해를 지니고 있었다. 대니얼은 다음과 같이 쓴다.

파리의 오코넬 재단에서 주는, 아직 주인이 정해지지 않은 첫 번째 부르스 말이에요. 올리어리는 그걸 자기 큰아들이 받기를 몹시 바라고 있죠. 게다가 그 애에게는 그렇게 요구할 만한 권리도 있고요. 그런데 코너가 저한테 이런 얘길 전해 주더라고요. 모리스 형이랑 다른 형제들이 첫 번째 부르스를 받을 사람으로 그

의 남동생을 지명했다고요. 저는 형이 절대로
그래서는 안 되고, 그렇게 할 권리도 없다고
생각해요. 더 가까운 친척에게 해를 끼쳐 가면
서 한 가족 내에서 두 개의 장학금을 처리하는
건 대단히 불공평한 일이 될 거라는 말을 해야
겠어요. 안녕히.

나는 이 편지를 두고 골치를 썩이며 오랜 시간을 보낸다.
편지의 어조는 무뚝뚝해서 그 자체로는 아무런 특징이
없지만, 거기 담긴 '그의 남동생'이라는 구절이 수수께끼
처럼 다가온 것이다. 나는 처음에는 그들이 콘의 남동생
을 언급한 것 같다고 생각한다. 하지만 퍼디낸드는 그때
이미 50대였고, 사제였던 그에게 장학금을 받을 만한 자
식이 있었을 것 같지도 않다. 게다가 이 편지의 애매한
어법에도 어딘가 나를 골치 아프게 하는 구석이 있다. 능
력 있는 학자라면 이 편지에서 찾아냈을 법한 무언가를
내가 놓치고 있다는 확신이 든다. 이 편지가 내게 선사하
는 건 더 많은 질문뿐이다. 보이는 것보다 더 큰 이야기
를 담은 문서들이 다 그렇듯, 이 문서 역시 그 너머에 복
잡하고 살아 있는 현실이 있음을 알려 준다. 나처럼 멀리
떨어진 시공간에 있는 사람, 특히 전문 지식이 없는 사람
은 아무리 조사해도 알아낼 수 없는 현실.

　　1830년 1월 1일, 콘의 아내 메리가 세상을 떠났

다. 당시 겨우 열다섯 살과 열세 살이었던 그들의 두 아들은 더블린에서 공부하고 있었지만, 어머니의 사망 소식을 전해 들은 뒤 크리스마스를 지내러 집에 왔을 가능성도 있다. 그 크리스마스로부터 1년이 채 지나지 않은 1831년 10월 5일, 콘의 이름은 「케리 이브닝 포스트」의 결혼 공고란에 그의 두 번째(혹은 어쩌면 세 번째) 아내의 이름과 나란히 등장한다. '그레트나 그린에서, 법정 변호사인 코닐리어스 올리어리 씨, 코크주 알타미라의 고故 피어스 퍼셀 씨의 딸인 해나 양과 결혼.' 나는 어째선지 이 공고를 의심하는 나 자신을 발견한다. 첫째로, 해나는 퍼셀 집안의 일곱 형제자매 가운데 결혼한 사실이 기록되지 않은 유일한 인물이다. 신문에 난 이 공고한 건 외에는 어떤 기록을 보더라도 결혼의 흔적이 없다. 둘째로, 스코틀랜드의 소도시 그레트나 그린—급히 결혼하려는 연인들의 피난처로 이름난 곳이었다—은 그들이 결혼한 장소로 보기에는 두 사람이 살던 지역에서 이상하리만치 멀다. 나는 다시금 그 성경을 간절히 손에 넣고 싶어진다. 콘이 이 결혼을 어떻게 묘사해 놓았을지 살펴볼 수만 있다면……. 하지만 어쩔 수 없다. 나는 아일린 더브와 아트의 큰아들이자 이제 60대 초반이 된 콘이 새 신부와 팔짱을 끼고 스코틀랜드의 쌀쌀한 햇빛 속으로 들어서는 광경을 상상하려 해 본다.

내가 접근할 수 있는 문서들 속에서, 이 아들의 삶 가운데 10년은 통째로 흘러간다. 그 10년은 알아볼 수 있는 잔물결 하나 없이 단번에 지나가 버린다. 신문에 실린 법정 소송 사건도, 새로 태어난 아이들의 세례 기록도 없다. 콘의 삶은 고요해진다. 그는 틀림없이 자기 아들인 굿윈과 코닐리어스를 자랑스러워했을 것이다. 둘째인 굿윈은 의학을 공부한 반면, 첫째인 코닐리어스는 아버지와 마찬가지로 법학을 진로로 택했다. 1836년 1월 20일 자「코노트 텔레그래프」1면에는 콘의 아들 코닐리어스가 법정 변호사이자 가톨릭교도라고 설명되어 있다. 코닐리어스와 콘은 정치 집회에 함께 참석하기 시작한다. 1843년 6월 3일 자「더 네이션」에는 콘이 참여한 정치 집회에 관한 기사가 실린다. 옥수수 거래소에서 열린 그 집회의 안건 가운데 하나는 아일랜드 합병 철회 운동에 참여하기를 희망하는 신입 회원 후보들의 가입 여부를 결정하는 것이었다. 콘이 군중에게 지명될 차례가 되자 대니얼 오코넬은 이렇게 선언한다. "변호사 한 명 더! (박수) 코닐리어스 올리어리 변호사를 회원으로 승인해 주실 것을 요청하게 되어 영광입니다. 저의 가깝고 소중한 친척이라는 점 이외에 그를 반대할 이유는 전혀 없습니다." 결의안은 통과되었다.

1846년 6월, 드로모어에 있던 그들의 집에서, 콘의 동지이자 큰아들이었던 코닐리어스는 서른한 살의 나이로 세상을 떠났다. 콘은 자기 아버지의 무덤을 개방하라고 지시했고, 노래하는 새들과 날아다니는 벌들을 지나, 아들의 관을 따라, 킬크레아 수도원으로 난 좁은 다리를 건너갔다. 지금, 콘을 보라. 그는 한때 자기 어머니가 서 있던 곳의 흙을 밟고 서서, 아트의 캄캄한 방으로 천천히 들어가는 자기 아들을 지켜보는 중이다. 머리 위에서는 늙은 까마귀들이 날카로운 소리로 울며 원을 그리고 있다. 문설주의 은빛 돌 위에 무겁게 손을 얹고 있던 그는 이윽고 킬크레아를 떠나기 위해 무덤에서 몸을 돌린다. 몇 달이 지나지 않아 그 무덤은 다시 개방되고, 이번에는 콘 자신이 그 캄캄한 문으로 들어가 아들을 따라갈 것이었다. 그는 자신의 일흔여덟 번째 생일을 5일 앞두고 세상을 떠났다. 이제 이 가족은 3대가 한 자리에 눕게 되었고, 그들의 뼈는 아버지와 아들, 그리고 또 다른 아버지와 아들의 마지막 포옹 속에서 뒤섞였다. 그 묘비에는 어떤 여성의 이름도 나와 있지 않지만, 여성 이름이 부재한다는 사실이 그 여성 존재의 부재를 증명하지는 않는다. 혹시 아일린 더브 역시 여기 묻혔을 수도 있을까?

아일린의 아들이 태어나는 순간부터 땅에 묻히는 순간까지 그를 따라간 나는 우울해진다. 이 기나긴 조사는 결국 아일린에게 접근할 수 있는 그 어떤 실마리도 가져다주지 못했기 때문이다. 하지만 나는 애초에 뭘 기대했던 걸까? 자포자기한 마음이 떠올리는 수단들은 늘 실패할 운명과 마주치는 법인데 말이다. 이제 퍼디낸드와 아일린은 둘 다 사라졌고, 아트는 죽었고, 메어 니 더브도 죽었고, 콘과 그의 큰아들은 둘 다 킬크레아의 흙 속에 누워 있다. 그들 모두는 내가 그들을 조사하는 일에 착수하기 한참 전에 세상을 떠났지만, 그들이 내 탐구 속에서 다시 한 번 망각 속으로 사라지는 걸 목격해야 하는 시점이 찾아오면 나는 다시금 슬퍼진다. 이제 내가 따라갈 수 있는 자손으로 남아 있는 건 아일린의 손자이자 콘의 둘째 아들인 굿윈 리처드 퍼셀 올리어리뿐이다. 나는 그에게로 눈을 돌린다. 그는 자신의 아버지가 알려 줄 수 없었던 사실을, 자기 할머니에 관한 어떤 사실을 알려 줄지도 모른다. 나는 그의 인생이 겪어 온 것들을 알아내기 위해 그 어느 때보다 꼼꼼히 관찰한다. 그는 아일린의 마지막 혈통이기 때문이다.

　　야망 넘치고 조숙했던 굿윈은 어릴 때부터 인체의 여러 특징에 매혹을 느꼈다. 1841년, 그는 에든버러 의과 대학의 많은 졸업생 가운데서 좋은 성적으로 금메달을 받았다. 여러 언어에 능통했던 그는 유럽 여러 곳을 여행하기 시작했고, 여행 중에도 공부를 계속했다. 어린 시절에 어머니를 여의었던 굿윈은 한 해 여름이 지나는 동안 자신의 형과 아버지까지 땅에 묻어야 했다. 3년 뒤 이른 봄, 그는 어느 유복한 상인 집안의 딸이었던 헬레나 서그루와 결혼했다. 둘 다 20대 후반이었던 이 부부는 코크시에 보금자리를 마련했고, 굿윈은 그 도시에 있는 퀸즈대학교의 약물학과 교수로 임명되었다. 먼 훗날 나는 바로 그 대학의 그 학과에 속한 해부실에서 시체 위로 몸을 굽히게 된다.

　　1858년 7월 29일 자 「더 프리먼스 저널」에는 마르티니크로 수송 중인 높이 3미터짜리 조지핀 황후 동상에 관한 소식이 실려 있다. 나는 그 기사 바로 위에서 '핀스 로열 빅토리아 레이크 호텔의 최근 투숙객' 명단을 발견한다. 그림같이 아름다운 킬라니의 휴양지에 새로 온 투숙객 중에는 '퍼셀 올리어리 부부'가 포함되어 있었다. 한 손으로 남편의 팔짱을 낀 헬레나는 조식이 차려진 식당을 거니는 중이다. 그는 다른 투숙객들과 시선이 마주칠 때마다 고개를 끄덕이며 인사한다. 우아한 르 헌트양, 제이콥 대위, 클리프 자매, 보스턴에서 온 조지 마틴, 그리고 뉴욕에서 온 앨더먼 브래들리. 나는 이 부부가 지나치는 테이블마다 새로 다림질한 테이블보를 깔고, 은으로 된 식사 도구를 차리고, 도자기 찻잔의 입을 대는 부분마다 하품처럼 올라오는 김을 띄워 놓는다.

　　시내로 돌아온 부부는 시드니 플레이스 9번지에 보금자리를 꾸몄다. 태양을 배경으로 서 있는 그 3층짜리 건물은 선명한 붉은색 벽돌로 둘러싸여 있었다. 여기가 굿윈과 헬레나의 집이었다. 나는 손그늘을 만들어 태양을 가린 채 한동안 그 건물 바깥에 서 있는다. 거리에서 정문까지는 층계가 이어져 있고, 열네 개의 창문이 저 아래에 펼쳐진 도시의 도랑을 마주 보고 있다. 각각의 창문 너머에는 방이 하나씩 있다. 한때 그들이 지나다녔던 방들. 나는 어느 화창한 아침에 굿윈이 출근하는 모습을 떠올려 본다. 한 손에는 얇은 가방을 들고, 다른 손목에는 우산을 걸고 있는 모습. 그는 시내를 천천히, 느긋하게 가로지르며 걸어갔을 것이다. 약물학과 교수였던 그는 다양한 물질의 효능과 그 효능을 인체에 적용할 수 있는 방법을 강의하며 하루하루를 보냈다. 굿윈이 자기 학생들에게 냈던 시험 문제를 보면 그가 활동하던 시기에 쓰였던 용어 일부를 슬쩍 엿볼 수 있다.

길초산과 비스무트 삼질산염의 조제 과정에서 일어나는 반응을 설명하라.

디기탈리스의 속성과 화학적 특성, 효과를 설명하라. 해당 물질의 라틴명과 조제법, 적응증適應症과 금기증禁忌症, 그리고 복용량을 명시할 것.

대구 간유의 생리학적 효과와 용도는 무엇 인가?

———

캐나다 서부의 드넓은 설원 어딘가에는 석회암과 사암으로 이루어진 들쭉날쭉한 봉우리들이 산맥을 이루고 있다. 처음으로 이 지역의 지도를 제작했던 탐험대의 수석 지질학자는 제임스 헥터 박사였는데, 그 헥터를 뽑은 선발위원회의 구성원 중 한 명이 바로 굿윈이었다. 1859년, 헥터는 이 산맥에 이름을 붙이면서 아일린 더브의 손자인 굿윈의 이름을 가져다 썼다. 무려 원생대에 형성된 산맥에 감히 '이름'을 붙이는 일, 그건 이미 수 세대 동안 그 산비탈들을 알고 지냈던 사람들이 선택했던 용어를 뒤덮어 버리는 행위다. 이 시절의 백인 탐험가들이 오만하게 느껴지는 건 아무래도 어쩔 수가 없다. 하지만 그 문제와 별개로 굿윈의 이름은 내 눈에 띄는 현대의 모든 지도책 속에 남아 있다. 그의 이름이 인쇄된 곳에 손끝을 대고 글자들을 누르고 있으면, 그의—사실은 아일린 더브의—삶이 남겨 놓은 작은 자취가 느껴진다. 게다가 다른 존재들의 삶 역시 느껴지는 것 같다. 지금 그 산비탈들 위에서는 수많은 심장이 뛰고 있다. 동굴 속에서 코를 고는 회색곰들과 벨벳 같은 뿔을 치켜들고 어슬렁거리는 엘크들의 심장, 이끼를 뜯어 먹는 북미산 순록들과 산양들의 심장. 그리고 오소리들의 심장과 그 가파르고 새하얀 땅 위로 급강하하는 들종다리들의 심장. 내 손가락 밑에는 굿윈의 이름을 이루는 글자들이 있고, 그의 이름 밑에서는 여전히 맥이 뛰고 있다.

1862년, 대학에서 화재가 일어났다. 약물학과 전용 공간에서 시작된 화재였다. 범인일 가능성이 있는 사람들을 둘러싼 음모론이 소용돌이쳤지만, 나는 내 조사의 목적을 다시금 떠올린 다음 그 문제에서 관심을 거둔다. 나는 이 사건 자체보다는 이 사건이 굿윈의 삶을 조금 더 엿보게 해 줄지도 모른다는 점에 주목한다. 외과의학 교수였던 데니스 불런은 증언 과정에서 화재가 발생했던 날의 풍경을 다음과 같이 묘사했다.

그 공간은 잘 정돈돼 있었습니다. 다만 한 가지, 제가 관찰한 바로는 문 위쪽의 개방형 선반에 적어도 열두 개쯤은 되는 커다란 유리 병들이 놓여 있었는데, 그 안에는 병리학 표본들이 주정(일부는 변성 알코올) 속에 보존돼 있었습니다.

화재가 완전히 진화된 뒤 돌아온 불런은 다음과 같이 지적했다.

증인인 저는 바닥의 이 부분을 자세히 조사하는 과정에서 눈에 띄는 흔적을 발견했습니다. 마치 (변성 알코올 같은) 인화성 액체가 앞서 언급한 문 아래쪽에서부터 새어 나와 목재 바닥재에 뚜렷한 모양을 남겨 놓은 듯했고, 그 부분에 불이 붙으면서 액체가 스며든 부분이 다 타 버린 것처럼 보였습니다.

그는 이 화재의 책임이 누구에게 있을지 넌지시 암시하기도 했다.

앞서 언급한 대학의 상황을 내밀하게 알고 있는 사람, 약물학과 자료실에 보관된 특수 물질에 대한 정확한 지식을 가진 사람. 그 사람은 그곳에 들킬 염려 없이 접근했고, 일상적인 방법을 통해 앞서 언급한 공간으로 들어갔으며, 그렇게 함으로써 발각되는 일을 피할 수 있었습니다. ……그저 원고 뭉치를 바닥에 놓고, 그 위에 유리병 몇 개의 내용물을 부은 다음, 불붙인 황린 성냥을 던져 넣고, 문을 잠그기만 하면 됐던 겁니다.

나는 그 화재의 뜨거운 숨결과 불꽃이 의과 대학 전체

를 삼켜 가는 과정을 떠올리곤 한다. 그러다 보면 어딘가 기묘한 사실과 마주하게 된다. 아주 많은 세월이 지난 지금, 그 의과 대학에 새로 지어진 구역이 '해부학, 형태학 및 발생학 실습실the Facility for Learning Anatomy Morphology and Embryology'이라고 불린다는 사실 말이다. 그 명칭의 줄임말은 '화염'을 뜻하는 'FLAME'이다. 어쩌면 과거는 언제나 현재 안에서 전율하고 있는지도 모른다. 그저 우리가 그것을 느낄 때가 있고 그렇지 못할 때가 있는 것뿐인지도 모른다.

그 화재로 인한 피해는 1862년 5월 16일 자「더 코크 컨스티튜션」에 다음과 같이 자세히 기록되어 있다.

건물 한 동 전체의 내부가 전소되었고, 수집하는 데 수년간 공을 들였던 귀중한 병리학 자료들과 다수의 귀중품이 완전히 파괴되었다. ……화재가 시작되었다고 알려진 공간에서 근무하던 올리어리 교수는 가장 큰 피해를 입은 사람 중 한 명이다. 그가 11년 동안 작업한 원고와 고가의 현미경은 물론, 그가 직접 제작해 모아 둔 대단히 가치 있는 현미경 표본들을 비롯한 다수의 물품이 파괴되었다.

이것은 평생의 작업이 파괴된 사건이었다. 나는 아일린

더브의 손자에 대해 알게 될수록 한 가지 생각에 더욱 깊이 빠져든다. 이 상실의 슬픔이 그의 여생을 내내 괴롭혔으리라는 생각.

굿윈은 허우적거리기 시작했다. 어쩌면 그 전부터 이미 허우적거리고 있었는지도 모르지만, 1862년부터는 대학에 보관된 공식 기록에서도 그 사실을 확인할 수 있다. 그는 교수로서 마땅히 해야 할 일들을 버거워하고 있었다. 1865년에는 그의 출석부가 반납되지 않았는데, 찾고 보니 결석한 학생들이 출석한 것으로 잘못 표시되어 있었다. 그는 강의일 중 하루를 토요일로 옮기려고 애를 쓰는 과정을 기록하면서 자신이 과로하는 느낌이라고 언급한다. 「더 워터포드 뉴스」는 굿윈이 어느 대금업자 사무실 앞에서 난투극에 휘말린 일을 보도하기도 했다. '위험한 거래'라는 제목을 가진 그 기사의 전말은 이렇다. 에드워드 프리먼이라는 그의 동료가 페르모이 출신의 인쇄업자이자 문구점 주인인 윌리엄 린지에게 돈을 빌려주었는데,

프리먼 씨는 린지를 붙들어 세우더니 자기 주머니에 들어 있는 권총으로 쏴 버리겠다고 말했다. 올리어리 교수는 린지 씨의 멱살을 잡은 뒤 벽에 내던졌고, 채무 증서에 서명하지 않으면 '포를 떠 버리겠다'고 위협하면서 머리

위로 채찍을 휘둘렀다.

굿윈의 고용주들은 이런 사태를 어떻게 생각했을까? 헬레나는 또 어땠을까? 이런 행동이 모두가 보는 신문에 실렸을 때 헬레나는 어떤 기분이었을까? 이 일은 헬레나에게 충격을 안겨 주었을까? 수치심이나 분노를 불러일으켰을까? 아니면 굿윈과 한집에 사는 여자에게는 이미 익숙했던 행동들이 이제야 밖으로 드러난 걸까? 1867년, 굿윈이 재직하던 대학의 총장은 그에게 서한을 하나 보냈다. 그 서한은 굿윈이 이번 학기에 맡은 강의들이 왜 하나같이 4월 14일에 벌써 끝나 버렸냐고 묻고 있었다. 하지만 굿윈은 그 서한을 받지 못했다. 그는 이미 떠난 뒤였다.

나는 1869년 5월 12일 자 어느 신문에서 다음과 같은 설명을 찾아낸다.

퀸즈대학교의 퍼셀 올리어리 교수는 어제 저녁 시내의 한 호텔에서 시간을 보내고 있었다. 밤 11시 무렵이 되자 하인이 그를 데리러 왔다. 그들은 프린스 스트리트를 지나다 세 명의 남자와 마주쳤다. 그 세 명이 어떤 말이나 행동을 했는지는 알려져 있지 않지만, 교수는 자신의 권총을 꺼내 그들에게 겨눴고, 누군가가 경찰!이라고 고함을 질렀다. 그러자 교수는 무기를 내려놓은 뒤 세 남자에게 다가갔다. 그러더니 그들에게 그 권총의 뛰어난 만듦새와 모양새, 그리고 끝내주는 기능들에 대해 설명하기 시작했다. 이 일이 벌어지는 동안 주위에 두세 명의 구경꾼이 모여들었다. 교수가 권총을 다시 들려 하자 그의 등 뒤에 있던 사람이 그것을 붙잡은 뒤 교수의 손에서 빼앗았다. 뒤이어 난투극이 일어났고, 그때 교수는 누군가에게 얻어맞고 쓰러졌다. 그는 자신의 권총을 되찾지 못했다.

굿윈이 타고났던 기질은 두 가지의 결말 사이를 반복해 오갔다. 그는 때로는 이상한 방식으로 감정을 폭발시켰고, 그런가 하면 때로는 명쾌한 지성을 탁월한 방식으로 선보였다. 1870년, 「더 코크 이그재미너」에는 그의 초청 강연에 관한 기사가 게재되었다. 그 기사는 문학 및 과학 학회의 저명한 회원이 작성한 것이었다.

학회의 계단식 강당에서 진행된 그 강연은 역사상 가장 뛰어나고 흥미진진했던 강연 중 하나로 널리 인정받았다. 기술적인 세부 사항은 대단히 이해하기 쉽게 전달되었고, 때때로

번뜩이는 재치와 유머가 발휘되었으며, 우아한 상상의 나래들이 강연에 활기를 더해 주었다. 또한 그가 예스럽고 매력적인 달변을 선보일 때는 뜨거운 박수갈채가 여러 차례 터져 나왔다.

1873년, 「더 코크 컨스티튜션」은 시내에서 열린 어느 음악 공연에 관해 자세히 보도했다. 그 기사에 따르면 이날 공연에서 '퍼셀 올리어리 박사가 작사한 노래 「더 콜린 두The Colleen Dhu」'가 선을 보였다고 한다. '두Dhu'는 '더브Dubh'의 줄임말이다. 같은 해, 「더 브래드포드 옵저버」에는 '퀸즈타운에서 일어난 기이한 사건'이라는 제목의 기사가 실렸다.

퍼셀 올리어리 교수가 체포되었다. 월요일, 그는 페르시아의 국왕 '샤'를 흉내 내며 퀸즈타운의 거리를 광인처럼 돌아다니다가 저녁 늦게 붙잡혔다. 그는 노란색 슈트와 샤모아 가죽으로 만든 반바지를 입었고, 검과 활, 화살, 그리고 커다란 곤봉으로 무장했으며, 머리에는 모자 대신 황금 왕관을 쓰고 있었다. 그는 자신의 하녀 한 명에게 권총을 겨누고 그의 머리를 향해 앞서 언급한 무기를 발포한 혐의로 상주 치안 판사 매클라우드 씨와 치안 판사 비미시 씨 앞에 소환되었다. 이 불운한 신사는 온종일 시내를 걸어 다녔고, 군중이 그를 따라다녔는데, 그중에는 특히 그를 일종의 미개한 인디언이라고 오해한 다수의 이주자도 포함되어 있었다. 그는 이 군중을 여러 번 곤봉과 화살로 위협해 사방으로 도망치게 만들기도 했다. 로열 코크 요트 클럽 근처에서 그에게 공격을 받은 로이드 대령은 모자가 벗겨진 채 숨을 곳을 찾아 코크 클럽 회관으로 뛰어들어야만 했다. 그 뒤, 기차를 타고 집으로 돌아간 교수는 자신의 집 앞에서 딸기를 팔고 있던 한 젊은 여성과 마주쳤다. 그는 장전된 권총을 꺼내 여성의 머리 너머로 쏘았고, 그 가엾은 여성은 거의 정신을 잃을 정도로 두려움에 사로잡혔다. 그런 다음 그는 검으로 자신의 집에 있던 가구 몇 점을 난자해 산산조각을 내 버렸다. 그는 브라이드웰 감화원에 8일간 재구류되었다.

'그의' 집에 있던 것으로 묘사된 이 가구들은 어디서 왔을까? 물려받은 것일 수도 있을까? 그가 상속받은 유산은 충동적으로 획획 움직이는 몸, 분노, 원한, 그리고 경솔한 성정이었다. 그런 특성들은 올리어리 가문이라는 더 큰 구조 안에서는 그다지 낯선 것이 아니었다. 나는 굿윈에 관한 신문 기사를 찾아낼 때마다 헬레나에게 연민을 느낀다. 나는 1873년 7월 5일 자「더 슬리고 챔피언」을 읽다가 얼굴을 찡그린다.

> 코크의 퀸즈대학 교수인 퍼셀 올리어리 박사가 월요일 저녁 퀸즈타운에서 영장에 의해 구속되었다. 반복적인 폭력 행위를 저지른 혐의로 그를 고발한 사람은 올리어리 부인과 하녀인 엘런 데일리였다. 그는 하녀에게 권총을 겨누고 아내의 멱살을 잡았던 것으로 알려졌다. 그의 폭력이 너무 심했기에 두 여성은 집에서 도망쳐 나와야 했다.

1875년, 그는 교수직에서 은퇴한 뒤 영국으로 가서 어머니의 형제와 함께 머물렀다. 그와 마찬가지로 이름이 '굿윈'인 외삼촌이었다. 굿윈 퍼셀 목사는 더비셔주 찰스워스 마을의 신도들에게 자신의 인생을 바친 사람이었다. 그는 그곳에서 자금을 모아 소박한 예배당과 학교, 그리고 목사관 한 채를 지었다. 그의 외조카이자 아일린 더브의 손자인 굿윈 퍼셀 올리어리는 1876년 7월 9일, 일요일이었던 여름날 아침 9시 30분, 가파른 언덕과 사암으로 지은 건물들이 모여 있던 이 마을에서 세상을 떠났다. 그때 그의 나이는 서른다섯 살이었다. 「더 란시트」에 실린 그의 부고를 보면 그가 영국에서 보낸 시간들의 일면을 엿볼 수 있다.

> 지난 2년간 황폐증으로 고통받아 온 그는 건강을 회복할 수 있으리라는 희망을 품고 은퇴한 뒤 찰스워스에 머물렀다. 그가 쌓아 왔던 우수한 평판, 그리고 섣불리 나서지 않는 조용한 태도 이면에 숨겨진 그의 재능에 관해 아는 사람은 친척들을 제외하면 거의 없었다.

내가 알기로 '황폐증'은 결핵을 가리키는 옛 용어다. 굿윈의 외삼촌은 굿윈의 부동산에 대한 유산 관리 위임장을 양도받았으나, 거기에는 이미 유언장이 첨부되어 있었다. 유언장에는 교수였던 굿윈의 개인 자산이 '100파운드 미만'이라고 적혀 있었다. 하지만 헬레나는 1889년에 세상을 떠나면서 3,769파운드 9실링 4 1/2페니의 재산을 남겼다.

> 「더 네이션」은 맨체스터를 떠나는 굿윈의 장례 행렬을 다음과 같이 설명했다.

> 세 개의 관이 한 벌을 이루고 있었다. ……

장례 행렬은 7시 30분에 킬크레아 수도원에 도착했다. 행렬은 길 양쪽에 늘어선 키 큰 느릅나무들의 그림자가 드리운 아름다운 대로를 지나갔다. 한 무리의 조문객들이 회색빛 폐허의 탑 밑에서 그의 곁을 지키는 동안 알드워스 씨가 영국 국교회의 기도문을 읽었다. 저물어가는 태양이 이 역사적인 장소의 신도석과 회랑, 성단소를 비추고 있었다. 예배가 끝날 무렵 시신은 무덤 속으로, 조상들의 유골 한복판으로 내려갔고, 그런 다음 지하 납골당은 한동안 봉인되었다.

끝. 그의 또 다른 부고 기사는 이렇게 시작한다. '탁월한 한 남자가 우리 곁을 떠났다. 그의 이름과 뛰어난 학식은 잠깐의 주목보다 더 많은 것을 받아 마땅하다.' 그 기사는 이렇게 끝난다. '올리어리 박사의 조부는 오코넬 양과 결혼했는데, 오코넬 양은 케리주州 데리네인 수도원에 안치된 작고한 하원의원 대니얼 오코넬의 조부의 누이였다.' 마침내, 여기 그가 있다. 또다시 어머니이자 누이로 기록된 우리의 아일린 더브가. 나는 아일린의 흔적을 조금이라도 찾아내기를 열망하며 굿윈의 삶 속을 뒤지고 또 뒤져 왔고, 이제 이렇게 마지막 순간에, 짜잔! 아일린이 나타난 것이다. 또다시, 남자들의 삶 주변부에서.

또 하나의 결말에 맞닥뜨린 나는 또 한 번 마지못해 그 결말을 받아들인다. 나는 이 교수를 좋아하게 되었다. 그를 통해 인간의 기질이 어떻게 여러 세대를 거쳐 가며 잔물결처럼 퍼져 나갈 수 있는지 목격했기 때문이다. 나는 굿윈의 삶을 조사하는 과정에서 아트의 사나움과 충동성을 닮은 무언가를 느꼈지만, 그와 동시에 아일린 더브를 닮은 무언가를 느끼기도 했다. 아일린이 가지고 있던 자부심과 분노와 지성, 그 성정들이 또 하나의 삶을 통과해 간 것만 같다.

———

과거의 텍스트들을 마주하며 오랜 시간을 보내다 보면 어지러운 상황에 처할 수도 있다. 게다가 그 여정은 종종 합리성에서 벗어나기도 한다. 과거를 오래 추적할수록 우리가 목격하는 우연의 일치들은 점점 더 기이해진다. 역사 연구라는 광활한 대양에서 노를 젓는 비전문가로서, 나는 내가 찾아내는 정보의 단편 하나하나를 두고 나자신을 의심한다. 아일린 더브의 둘째 아들에 대해 내가 찾아낸 모든 문헌은 파울, 즉 퍼디낸드가 사제가 되어 사라졌다고 암시하지만, 나는 이것이 사실이라고 믿지 않는다. 왜냐하면 내가 그를—실력에 의해서가 아니라 우연히—다시금 발견했기 때문이다.

퍼디낸드가 나를 처음으로 놀라게 한 사건은 내가 오래된 결혼 허가증서 발급 기록부를 꼼꼼히 살피던 중에 벌어진다. 그의 부모의 결혼을 입증하는 기록을 찾던 나는 리어리Leary를 찾기 위해 L항목에 다다르고, 그 순간 그들 대신 그들의 아들이 내 눈앞에 튀어나온다. 퍼디낸드! 여기서 뭐 하는 거야? 그의 이름 위에 손가락을 올린 나는 나도 모르게 혼자 조용히 웃고 있다. 절대 그럴 리가 없어, 나는 생각한다. 그런 기록이 있었다면 틀림없이 다른 누군가가 나보다 한참 전에 찾아냈을 텐데. 하지만 그렇게 의심하는 와중에도 새로운 희망 하나가 내 안에서 심장처럼 붉고 힘차게 고동치기 시작한다. 만약 이 사람이 정말로 아일린 더브의 아들이라면, 그는 아일린의 삶에 대한 다른 종류의 실마리를 지니고 있을지도 모른다. 나는 손가락으로 남자와 여자의 이름을 짝지어 놓은 다른 쌍들을 훑어 본다. 다시, 나는 그 목록을 여러 번 다시 훑고, 퍼디낸드의 항목에 다다를 때마다 내 등줄기에는 소름이 솟아오른다.

　　조지 리크와 앤 퍼셀 1763
　　새뮤얼 리크와 존 스티븐스 1680
　　퍼디낸드 리어리와 _____ 1797
　　티모시 리어리와 제인 킬패트릭 1720
　　토머스 리스와 메리 마라 1779

앤 리브즈와 로버트 로 1796

마거릿 르바트와 존 리브즈 1777

이 탐구의 여정을 통틀어 내가 간단한 대답을 찾아낸 적은 한 번도 없다. 모든 단서는 언제나 더 많은 질문의 서곡이 된다. 이 문서조차도 그 안에 수수께끼를 품고 있다. 유일하게 퍼디낸드의 이름이 있는 줄에만 여성의 이름이 있어야 할 곳이 비어 있는 것이다. 내가 모퉁이를 돌 때마다 또 다른 삭제의 흔적이 나를 반긴다.

나는 아일린 더브가 『아트 올리어리를 위한 애가』에서 퍼디낸드를 아기로 언급했다는 사실을 바탕으로 그의 나이를 역산한 뒤, 그의 출생 연도를 대략 1772년쯤으로 어림잡는다. 그렇다면 이 결혼 허가증서는 그가 (아마도) 20대 중반쯤일 때 작성되었을 거라는 결론이 나온다. 하지만 그 뒤에 결혼식이 치러졌다는 증거는 찾을 수가 없다. 그 대신 우연히 내 눈에 띈 건 그의 또 다른 관계를 나타내는 증거다.

그 증거는 내가 퍼디낸드의 형을 열심히 추적하는 도중에 발견된다. 콘의 세례 기록을 찾아 교회 기록들을 샅샅이 뒤지던 나는 결국 코닐리어스 리어리라는 이름을 찾아내는데, 그 이름에 딸린 날짜들은 내가 찾는 사람의 생애와는 맞지 않는다. 또 하나의 막다른 골목이다. 하지만 이 아기의 아버지가 퍼디낸드라고 불렸다는 사실을 알아차린 나는 뭔가가 다시 시작되려는 걸 느낀다. 이 두 개의 이름을 이토록 서로 가까운 곳에서 발견했다는 우연의 일치가 나를 바짝 끌어당긴다. 나는 이 아버지의 이름을 따라가며 디지털화된 문서 하나하나를 꼼꼼히 살피고, 그러는 내내 '퍼디낸드 올리어리, 퍼디낸드 올리어리'라고 속삭인다. 마치 그를 소환하듯이, 혹은 헛된 주문을 읊듯이. 하지만 거기에는 아무것도 없다. 그래도 나는 키보드를 두드린다. 검색. 엔터. 검색. 엔터. 마침내 나는 원래의 기록으로 돌아와 이 코닐리어스라는 아기의 어머니 이름을 찾아낸다. 캐스, 혹은 캐서린 멀레인. 이번에는 이 여성을 따라가 보기로 한 나는 캐서린이 새로 태어난 아기들을 두 팔에 안은 채 교회에 들어설 때마다 발끝으로 살금살금 뒤를 밟는다. 캐서린은 1818년, 1820년, 1823년, 1825년, 1828년, 1830년, 1831년, 그리고 1836년에 세례반 앞에 서는데, 세례가 새로 치러질 때마다 디지털 사본에 나타나는 그의 동반자 이름이 제각기 다르다. 오스몬드였다가, 터드먼드였다가, 다시 프레데릭이 되는 식이다. 여기서 생겨난 의혹은 너무도 충격적이어서, 나는 이 각각의 문서를 오래된 교회 기록부들 속에 남아 있는 이름들과 상호 대조하기 시작한다. 읽기힘든 카퍼플레이트 흘림체로 쓰인 이름들. 손으로 쓰인 이름들. 나는 그 이름들을 메스로 베어 하얀 흉터가 생긴 내 손가락 끝으로 훑는다. 교회 기록부에 기재된 아이 아버지의 이름은 세례가 새로 치러질 때도 바뀌지 않는다.

나는 엄청나게 흥분한다. 하지만 그러면서도 나는 내가 학자와는 거리가 멀다는 사실을, 내가 하는 추측들이 죄다 심한 비약일 수도 있다는 사실을 고통스러운 마음으로 인지하고 있다. 이 사람은 아일린 더브의 아들과는 아무 상관이 없는 사람일지도 모른다. 내가 가진 증거는 내 머리가 아니라 몸이 찾아낸 증거일 뿐이다. 퍼디낸드의 큰딸 이름이 엘런이었고, 두 아들의 이름은 아서와 코닐리어스였다는 걸 확인한 나는 울음을 터뜨린다. 이 발견은 그의 외삼촌들 사이에 오고 간 골치 아픈 편지들을 다시금 떠올리게 한다. 파리 유학 자금 마련을 위한 부르스에 관해 논하던 편지들. '그런데 코너가 저한테 이런 얘

길 전해 주더라고요. 형이랑 다른 형제들이 첫 번째 부르스를 받을 사람으로 그의 남동생을 지명했다고요.'

퍼디낸드는 1817년 7월 9일 코크시의 세인트 메리 교회에서 캐서린 오멀레인과 결혼했다. 퍼디낸드의 아내의 이름을 읽을 때마다 나는 점점 더 혼란스러워지는데, 그 이름에서 어디서 온 것인지 콕 집어 말할 수 없는 어떤 메아리가 느껴지기 때문이다. 나는 몇 주가 지난 뒤에야 그 이름이 왜 그렇게 친숙하게 들리는지 알아차린다. 언젠가 나는 데리네인의 오코넬 집안과 화이트처치의 오멀레인 집안이 결혼으로 엮이면서 생겨난 새로운 인척 관계에 대한 자료를 읽은 적이 있었다. 바로 아일린 더브의 남자 형제인 모건이 오멀레인 집안의 딸과 결혼했을 때였다. 그 두 사람의 자녀 중에는 유명한 정치가였던 대니얼 오코넬이 있었다. 그 사실은 수많은 학자가 이미 이 가계를 조사해 놨음을 뜻했고, 그건 곧 내가 대니얼의 어머니 캐서린을 손쉽게 추적할 수 있을 거라는 뜻이었다. 남편보다 10년쯤 더 오래 산 캐서린은 60대 중반에 세상을 떠났다. 그는 남편을 따라 오코넬 집안의 땅에 묻히는 대신 자기 집안 대대로 내려온 뉴베리의 묘지에, 자신의 이름을 '캐서리나'라고 새겨 놓은 평판 아래 묻히기를 택했다. 나는 아일린 더브도 애비섬에 있는 자신의 친척들 곁에 묻히기를 선택했을지 궁금해한다. 그러다 문득 내가 그 성경을 간절히 찾고 싶어 한다는 사실을 새삼 알아차린다. 아일린의 아들이 자기 가족의 역사를 적어 놓은 성경.

　　1년이 넘게 걸리지만, 나는 결국 그 성경을 찾아낸다. 아니면 그 성경이 나를 찾아낸 건지도 모른다. 나는 시내 어느 도서관의 맨 위층, 평소에는 유리 진열장에 넣어 잠가 두는 아주 오래된 책들 사이에 있다. 책을 읽는 동안 두 남자가 열람실에서 이용객들을 지켜본다. 그곳에서 역사학자 존 T. 콜린스가 언급한 어떤 날짜를 재대조하던 나는, 콜린스가 아트의 죽음에 관한 논문을 쓴 뒤에 그 논문에 관한 부록을 발표했다는 사실을 뒤늦게 발견한다. 내가 어떻게 이걸 놓쳤을까? 그 부록 속에서, 마침내, 나는 성경에 적힌 콘의 손 글씨를 활자로 옮겨 놓은 내용을 찾아낸다. 나는 콘이 자신의 어머니를 언급할 순간을, 내 모든 질문에 관한 대답이 주어질 순간을, 마침내 내가 평화를 얻게 될 그 순간을 좇아 단어 하나하나를 읽어 내려간다. 문서의 처음부터 끝까지, 내 시선은 전속력으로 달려간다. 갑자기 푹 하는 소리와 함께 내 머리가 탁자 위로 떨어진다. 나는 말없이 지켜보는 두 남자 앞에서 울기 시작한다.

　　나, 코닐리어스 올리어리는 1814년 4월 25
　일 샌던에 있는 성 안느 교회에서, 앞서 언급
　한 교회의 부목사인 리처드 리 목사의 입회하

에 메리 퍼셀과 결혼했다. 내 아들 코닐리어스 퍼디낸드 퍼셀 올리어리는 1815년 10월 6일에 태어났고, 1816년 2월 11일 나의 입회 하에 리처드 리 목사로부터 세례명을 받았다. 아이는 태어난 날에 릴리 양의 소유지인 글렌미어에 있는 글레이드 코티지에서 대세[28]를 받았고, 우리는 그 집에서 1815년 10월 3일부터 1816년 3월 25일까지 거주했다. 그전에는 코크시 (그랜드) 퍼레이드 거리 2번지에 거주했었다. 아이는 1824년 9월 19일에 뉴마켓 교회에서 클로인의 주교인 워버튼 박사에게 견진성사를 받았다. (1846년 6월 21일 어퍼 드로모어에서 사망했다.)

둘째 아들 굿윈 리처드 퍼셀 올리어리는 1817년 3월 19일 클래시모건 코티지에서 태어났다. 아이가 태어나고 한 시간 뒤에 내가 세례를 주었다. 아이는 1817년 7월 12일 클래시모건에 있는 몬 수도원의 교구 목사인 아서 허버트 목사로부터 세례명을 받았으며, 그

---

[28] private baptism. 정식 세례 성사를 대신하여 비상 조치로 베푸는 세례를 뜻한다. 여러 사정으로 인해 세례 성사 집행자인 사제가 없을 경우에 한해 집행한다.

자리에는 아이의 이모인 제임스 퍼셀 부인과 두 사촌 수전과 앤 퍼셀이 참석했다. 정식 성사가 아닌 대세였다. 1817년 7월 25일. C. 올리어리.

나는 (내가 듣기로는) 1768년 8월 28일에 웨스트 머스커리군 토너드러먼 행정 교구에 있는 롤리에서 태어났다. 앞서 언급한 나의 아버지, 롤리에 살던 아서 올리어리는 1773년 5월 4일 캐리개니마에서 총에 맞았다. 나의 아내 메리 올리어리, 결혼 전 이름으로는 메리 퍼셀은 1774년 3월 18일에 스프링로브에서 태어났다. 1827년 10월, 파리에서 코닐리어스 올리어리가 작성함. (이하는 다른 사람의 손 글씨로 삽입된 부분임) 메리는 1830년 1월 1일에 코크에 있는 선데이스 웰에서 사망했다. 이 글을 쓴 코닐리어스 올리어리는 1846년 8월 26일에 77세 11개월 23일의 나이로 어퍼 드로모어에서 사망했다.

나는 세 번째 단락을 읽고 또 읽는다. 그렇게 다시 읽으면 콘이 써 놓은 문구 속에서 아일린의 이름이 튀어나오기라도 할 것처럼. 거기에 그가 있다. 거기에 우리의 아일린이, 언제나처럼 사라진 흔적으로 존재하고 있다. 또 하나의 남성 텍스트에서 일어난 또 한 번의 삭제. 아일린의 아들의 손으로 쓰인 이 문서에서도 아일린을 찾을 수 없다면, 이제 나는 어디서도 그를 찾지 못할 것이다. 내 이성 가운데 그나마 분별력을 갖춘 부분은 이제 다 그만두자고 강력히 주장하지만, 나는 아직 그만둘 수가 없다. 내가 이 작업을 놓아 버리려면 대체 뭐가 필요할까?

내가 이 모험에 착수했을 무렵에는 이미 많은 기록 보관소가 온라인으로 진출해 있었다. 누구나, 언제든 거기 있는 자료들을 열람해 볼 수 있다. 내 호기심은 그 어느 보관소의 운영 시간에도 제한을 받지 않는다. 어느 화요일 새벽 4시, 집에서 유일하게 잠들지 않은 나는 담요로 몸을 둘둘 감은 채 아트의 동생을 따라간다. 나는 그를 따라 우리의 도시를 다시 한 번 가로지른 뒤 배 한 척에 기어오르고, 그대로 미국까지 쭉 미행한다. 미국에서 그의 이름은 팔리 그러브가 편집한 한 권의 책에 등장한다. 「펜실베이니아 가제트」에 공고로 실렸던 이름들을 한데 모아 놓은 그 책에는 도주한 하인들과 죄수들과 견습공들의 이름이 담겨 있다. 그런 다음 나는 그가 결혼하는 예배당 문 앞까지 그를 따라가고, 결혼 기록부에 한 글자 한 글자 적히는 그의 이름을 지켜본다. 이후 별다른 수확 없이 지나가는 그의 세월 속을 계속 뒤따르던 나는 어느새 그가 죽는 날에 이른다. 그는 저 머나먼 곳에서 세상을 떠났다. 롤리 저택에 있는 여러 개의 방에서 출

발했을 수많은 편지, 그중 몇 통이 바다를 건너 그의 손에 닿는 데 성공했을까? 얼마나 많은 텍스트가 그가 알던 사람들의 생각으로부터 날아올라 그의 생각 속으로 내려앉았을까? 혹시 그는 어느 조용한 순간에 창문 쪽을 바라보다가 자신의 피부 위로 솟아오르는 그림자를 느껴 본 적이 있을까? 그렇다면 그때 그는 자신이 추적당하고 있다고 생각했을까? 아니면 유령을 만났다고 생각했을까? 그가 고개를 들었을 때, 거기에는 형제의 유령도, 치안 판사도, 돈을 바라고 쫓아다니는 현상금 사냥꾼도 없었을 것이다. 거기에는 아무도 없다. 만약 그가 자신을 쳐다보는 누군가의 시선을 느꼈다면 그건 오직 나, 오직 나였을 뿐이다. 나는 지금껏 그들 모두를 따라온 것처럼 그를 따라왔다. 나는 아일린 더브를 따라갔고, 그는 결국 어둠 속으로 사라졌다. 나는 아일린의 아들 콘을 따라가면서 세 번에 걸친 그의 결혼 생활을 방문했고, 이어서 그의 두 아들의 삶까지 방문했다. 그러고는 다시 그 두 아들의 삶을 출생에서 사망까지 따라갔다. 나는 퍼디낸드와 캐서린이 세례반 앞에 서는 순간을 몇 번이나 따라갔고, 그때마다 가만히 서서 그들이 낳은 아기의 머리칼 사이로 작은 강물이 잔물결을 만들어 내는 모습을 지켜보았다. 나는 이 낯선 사람들을 살금살금 따라다니느라 내 삶의 여러 달을 바쳤는데, 그런데, 대체 뭘 위해서 그러는 건데? 이 작업이 내가 흠모하는 한 여성에게 어떤 식으로든 도움이 될 거라고 생각했던 때가 떠오른다. 하지만 독학으로 진행한 데다 겉핥기만 거듭했던 내 변변찮은 탐사는 이제 꽉 막혀 버렸다. 나는 갈 수 있는 데까지 다 갔다.

　　나는 생각한다. 어쩌면 그냥 놓아주는 것이야말로 이 여정 전체를 통틀어 내가 아일린 더브에게 선사할 수 있는 유일하고도 진정한 호의일 거라고. 하지만 나는 그 일조차 실패한다. 나는 그를 놓아주어야 한다고 몇 번이고 되뇐다. 하지만 잠들기 위해 자리에 누운 나는 존재하지 않는 그의 손을 너무도 꽉 붙잡아 버리고, 잠에서 깨어날 때면 내 손바닥에는 달을 닮은 네 개의 빨간 무늬가 새겨져 있다.

16.
야생 벌들과 벌들의 부글거리는 호기심

내 Cion an chroí seo agamsa
마음의
모든 애정은

1) 버릇없는 얼룩 고양이

어느 나이 든 여자가 세상을 떠나고, 나는 그 여자의 열쇠 꾸러미가 든 핸드백을 걸머쥔 채 아이들로 꽉 찬 차를 몰고 여자의 집에 도착한다. 여자의 집은 이제—대출 서류에 적힌 수많은 숫자들과 함께—우리 가족의 소유물이 되지만, 집 안의 방들은 여전히 그 여자가 소유하고 있는 것처럼 느껴진다. 팝니다라고 적힌 표지판이 치워진 뒤, 나는 이 낯선 사람이 남긴 흔적을 홀린 듯 따라다닌다. 내 눈에 끊임없이 들어오는 그 작은 흔적들. 빨랫줄에서 흔들리는 여자의 플라스틱 빨래집게들. 꿈결처럼 단정하게 포개져 있는 여자의 찻잔들. 싱크대 밑에 놓인 바구니와 그 안에 담긴 부드러운 걸레들. 옷장 속 옷걸이들 뒤에 여자가 발라 놓은 벽지는 묘한 분위기를 발산한다. 마치 그 옷장이라는 공간 속에 또 다른 공간이 들어가 있는 듯한 느낌이다. 나는 여자의 가전제품 하나하나를 상냥하게 돌보며 그것들을 문질러 닦고 한 번씩 작동시켜 본다. 회전식 건조기와 전자레인지, 세탁기, 식기세척기의 태엽 장치를 되살려 그것들 모두가 다시 잘 돌아가도록 만드는 것이다. 납작한 상자에 포장돼 있던 우리 침대가 50년간 여자의 침대가 세워져 있던 자리로 옮겨진다. 나는 나무판자를 한 장씩 조립해 침대를 만들면서 조만간 여기서 새로 태어날 아기를 안아 볼 수 있기를 바란다. 나는 침대 머리판을 조이기 위해 렌치를 시계 방향으로 돌리면서 내가 이 집에 살던 여자의 꿈들을 물려받게 될지 궁금해한다.

정원에는 비쩍 마르고 사나운 길고양이 한 마리가 있다. 귀여운 꼬마네. 나는 발톱과 하악질로 무장한 녀석을 방치된 가시나무 덤불에서 들어 올린 뒤 가슴에 끌어안는다. 녀석이 더 세게 발버둥을 칠수록 더 꼭 껴안는다. 내 거야, 나는 생각한다. 녀석이 성난 소리를 낸다. 나는 예전에 읽은 어떤 글을 떠올린다. 길고양이들에게 중성화 수술을 시켜 주는 건 친절한 일이랬지. 하지만 이 지역의 수의사를 찾아 구글링을 시작한 나는 수술 비용을 보고 당황한다. 그래도 나는 병원을 예약하고, 고양이 사료 한 봉지와 플라스틱 이동장 하나를 구입한다. 이 고양이 때문에 돈을 쓴다는 건 곧 남편의 분노 또한 감당해야 한다는 뜻이다. 남편은 자기가 고양이를 싫어하는 건 아니라고 말한다. 적어도 단지 그 이유 때문만은 아니라고. 남편은 이렇게 말한다. 뭘 시작하기 전에 잠깐 멈추고 의견을 물을 수도 있는데, 그 단계를 건너뛴 채 더 많은 책임을—더 많은 아기와 이런저런 계획과 반려동물을—가족들에게 계속 떠안기는 게 싫은 거라고. 나는 어깨를 으쓱한다. 화를 내려면 내라지, 얘한텐 그걸 감수할 만한 가치가 있으니까. 녹색 눈을 한 내 사나운 짐승, 나는 녀석의 기쁨에서 기쁨을 느낀다. 녀석이 소름 끼치는 쥐 사체를 두 앞발로 이리저리 쳐내면서 마치 그걸 되살아나게 하려는 듯 인형처럼 가지고 노는 모습, 나는 그 모습을 몰래 엿볼 때마다 녀석과 내가 얼마나 비슷한지 생각한다. 얼마나 비슷한가, 우리는. 어느새 나를 좋아하게 된 녀석은 내가 저녁마다 나 자신의 선의라는 황금빛 위스키에 취할 때까지 자기 뺨을 내 턱에 살짝살짝 비빈다. 녀석은 우리 침대에서 잠을 자기 시작한다. 자고 있던 남편이 잠결에 발길질을 한다.

달력은 수의사가 고양이를 수술하는 날로 우리를 데려다 놓는다. 나는 녀석을 플라스틱 이동장에 넣어 잠그고, 조금 뒤에는 수의사에게 돈을 낸다. 녀석의 배를 칼로 가르고 앞으로 태어날 새끼 고양이들을 모두 앗아가 달라면서 내는 돈이다. 녀석이 날 의심스러워할 만도 했다.

깨어난 녀석은 비틀비틀 걸으며 황급히 내게서 멀어지더니, 몸을 가누지 못하고 휘청거리면서 정원으로 나간다. 나는 두 팔을 활짝 벌리고 녀석을 쫓아간다. 이리 와, 야옹아, 이리 와 야옹야옹아.

2) 빙글빙글, 졸졸

나는 정원을 사랑하고 정원도 나를 사랑하지만, 사실 이 정원은 온전한 내 것이 아니다. 나는 언제나 이곳을 처음으로 돌보기 시작한 여자와 이곳을 공유할 것이다. 여름 원피스를 입고 새로 지어진 공영 주택에 도착한 날부터 평생 동안 이 정원을 보살펴 왔던 여자. 그 여자가 지금 어디 있는지는 모르지만, 그가 심은 구근들은 이곳에 남아 있다. 처음으로 여자의 정원에 걸어 들어왔던 그날 아침, 나는 여자의 수선화들이 건네는 버터빛 인사를 금방 알아보았다. 그 꽃들이 고개를 끄덕였던 것이다. 나도 고개를 마주 끄덕였다.

여기 있는 흙을 만지고 가꾸는 일은 유물처럼 파묻혀 있는 낯선 사람의 배려를 샅샅이 살피는 일이다. 나는 오래된 구근이나 배수를 위해 심어 놓은 깨진 찻잔 조각을 발견할 때마다 여자의 수고에 고마워한다. 한 달, 또 한 달이 지날수록 더 많은 여자의 꽃들이 흙에서 고개를 들어 올린다. 그러고는 공손하게 손을 흔들며 분홍빛과 노란빛과 푸른빛으로 물든 인사를 건넨다. 나는 그 꽃들의 이름을 모른다. 하지만 나는 잡초를 뽑고 가지치기를 하고 물을 주고 비료를 줄 때마다, 그 모든 작은 행동을 할 때마다 여자를 떠올린다. 나는 흙을 늘 부드럽게 어루만진다. 덕분에 내 손톱은 항상 지저분하고, 삽질을 한 손바닥에는 물집이 잡혔고, 양 무릎은 흠뻑 젖어 있지만, 그런 건 아무래도 상관없다. 이곳에서 나는 행복하다. 나는 이 작은 공간에 추가로 심을 식물들을 고르고 또 그것들을 배치하면서 세심한 주의를 기울인다. 왜냐

하면 나는 이 장소에 관한 구체적인 욕망을 하나 가지고 있기 때문이다. 바로 벌들을 유혹하는 것이다. 벌들을 유혹해서 내게로 다가오게 하고 싶다.

곧 우리 집의 모든 창턱을 따라 플라스틱 모종 상자들이 급격히 늘어난다. 사각형 모양을 한 각각의 흙에는 매끄러운 어둠이 가득 들어차 있고, 그 안에서는 아주 작은 묘목들이 바깥을 훔쳐보고 있다. 나는 그 묘목들이 어린 가지를 내미는 순간을 사랑하고, 그것들이 자기 과피를 발랄한 보닛처럼 두르고 있는 모습을 사랑한다. 밖에서는 남편이 곡괭이를 들어 올렸다 내리치고 들어 올렸다 내리치면서 느린 메트로놈처럼 쿵쿵거리는 소리를 낸다. 그는 굳은 땅을 파헤쳐 내 새로운 영토의 변방을 넓혀 주는 중이다. 우리가 커피를 마시려고 작업을 멈췄을 때 남편은 평소보다 조용하지만, 나는 그 사실에 크게 주의를 기울이지 않는다. 벌들을 떠올리느라 바쁘기 때문이다.

어딘가에서 읽은 바에 따르면, 아일랜드의 많은 호박벌 종 가운데 3분의 1이 10년 안에 멸종할 예정이라고 한다. 고양이가 정원 일에 착수하는 나를, 모종삽도 큰 삽도 아닌 찌그러진 수프 숟가락으로 땅을 파는 서투른 정원사를 담장 위에서 지켜본다. 나는 매일같이 땅을 파고 투덜거리고 갈퀴질을 한다. 헛간에서 퇴비를 끌어내고, 한 아름씩 가득 꺼내 온 식물들과 구근들을 땅에 심고, 흙을 가볍게 두드린다. 내가 새로 골라 온 이 작은 식물들은 서로 다른 꿀과 꽃가루를 잔뜩 품고 있고, 곧 서로 다른 색을 지닌 꽃으로 피어나 미끼 역할을 할 것이다. 여기는 해바라기랑 스노드롭이, 그리고 저쪽에는 라벤더랑 푸크시아가 필 거야. 나는 남편의 손을 꼭 잡으며 말한다. 정원 주변에는 산사나무와 개암나무가 울타리처럼 자랄 것이다. 나는 담장을 따라 인동덩굴을 끌어올 것이고, 그 담장 바깥쪽을 넉넉한 띠처럼 두르고 있는 황무지는 그냥 내버려 둘 텐데, 그러면 거기서 가시나무 덤불과 민들레가 무성하게 자랄 것이다. 너무 아름다울 거야, 나는 말하고, 들뜬 마음에 미소가 지어진 입술을 남편의 입술에 가져다 댄다. 나는 이곳의 공기에서 오래전의 노래들이 울려 나올 때까지 이 공기를 수선해 가야겠다고 결심한다. 이곳의 공기를 예전의 공기 속으로 데려가고 싶다. 벌들의 붕붕거리는 소리로 가득 채우고 싶다.

우리는 우리가 과거를 그대로 상상할 수 있다고 생각할지 모르지만, 사실 그건 불가능한 일이다. 어린 시절, 역사 과목에 엄청나게 빠져들었던 나는 종종 시냇가에 앉아 과거로 돌아간 내 모습을 상상해 보려고 애쓰곤 했다. 그때 그 소리, 바쁘게 졸졸 흘러가는 물소리, 내 머릿속은 그 소리를 다시 만나기 위한 작업을 시작한다. 맨 먼저 멀리서 윙윙거리는 자동차 소리를 흘려 버리고, 그런 다음 더 많은 소음을 하나씩 지운다. 내 머릿속은 그 어설픈 작업을 계속해 가며 현대 문물이 내뿜는 모든 울림을 제거하려 애쓴다. 그때 나는 내 두 귀에게 이렇게 말했다. 지금 이 전체적인 소리도 괜찮지만, 여기서 차들을 빼고, 트랙터들을 빼고, 비행기들을 빼고, 공장식 축산업으로 키워지는 젖소들의 슬픈 울음소리도 빼고, 오직 시냇물의 경쾌한 노랫소리와 새들의 지저귐만 남을 때까지 모든 걸 빼자. 하지만 지금이라면 나는 이렇게 되뇔 것이다. 이거야, 과거가 정말로 냈던 소리는 틀림없이 이런 거였을 거야. 내가 틀렸던 거야. 오래전의 공기는 결코 내 짐작처럼 조용하지 않았다. 그 공기는 고된 일에 익숙해진 자매들의 선율을, 일할 때마다 늘 콧노래를 부르던 사람들이 세상 속으로 퍼뜨리던 화음을, 퉁기며, 연주하며 살아 있었다.

3) 트이는 틈

새로 심은 식물들이 햇빛 속으로 꽃잎을 펴자 벌들이 찾아오기 시작했다. 나는 거미줄로 덮인 접이식 의자 하나를 차고에서 끌고 나온 뒤, 내가 자기들을 위해 길러 놓은 선물들을 훑느라 분주한 벌들의 엉덩이를 염탐했다. 사뿐사뿐 걸어온 고양이가 내 정강이 냄새를 맡았다. 나는 벌들을 지켜보며 시인 폴라 미한을 떠올렸다. 중세 아일랜드에서 벌들이 얼마나 소중하게 여겨졌는지에 관해 그가 설명하는 걸 들은 적이 있는데, 그 당시 우리의 브레혼 법[29]을 담고 있던 법률 소책자들 가운데 벌들의 행동을 법적으로 판단해 줄 조항들을 수록하지 않은 책은 하나도 없다고 한다. 트리니티대학에는 『센후스 모르』[30]의 14세기 판본이 있는데, 주름진 피지로 된 그 책 속에도 벌들의 행동을 판단하기 위한 지침들이 기록돼 있다. 그 책에 따르면, 이동 중인 벌 떼와 우연히 마주친 사람은 그 벌들을 합법적으로 자기 것으로 삼을 수 있었다. 남의 정원에 무단으로 침입했다가 발각된 벌 떼는 몇 계절 동안은 그곳을 자유롭게 어슬렁거려도 됐지만, 그런 꽃가루 도둑질이 4년 이상 계속되면 그 벌 떼의 주인은 자기 벌들을 지불함으로써 보상해 주어야 했다. 이렇게 법을 넘나들며 날아다니던 벌들은 민간 전승 속으로도 날아들었다. 내가 '스쿨스 컬렉션'[31]에서 가장 좋아하는 이야기는 1930년대 워터포드에서 채록된 것인데, 어

---

29 중세 초기 아일랜드에서 일상생활을 규제하던 법. 형법이 아니라 민사법으로, 영국법과 병행해 근대 초기까지 유지되었다.

30 Senchus Mór. 초창기 아일랜드 법률을 집대성한 책으로, 처음 발간된 시기는 8세기 무렵으로 추정된다.

31 Schools' Collection. 1937년부터 3년 동안 아일랜드 각지의 교사들과 어린이들이 함께 수집한 이야기들을 담고 있는 아카이브를 뜻한다. 도합 약 75만 페이지에 달하는 방대한 분량으로, 아일랜드 민속 문화 보존에 커다란 역할을 했다.

느 날 나는 그 이야기를 읽다가 우연히 벌들의 노랫소리를 듣게 됐다. 쇼반 니 로네인이라는 소녀가 자기 어머니의 목소리로부터 날아오르던 이 여성의 텍스트를 종이 위로 옮겨 적었을 때, 그의 나이는 열세 살이었다. 그 이야기를 옮겨 보면 다음과 같다.

> 옛날, 안린에 있는 절벽 안쪽 깊숙한 곳에는 원형 요새의 잔해가 하나 있었다. 어느 날 한 남자가 그 안에 무엇이 있는지 모르고 그리로 기어 내려갔다. 그러자 갑자기 절벽이 열리더니 수백 마리의 벌들이 날아 나왔다. 그 뒤를 따라 한 조그만 사내가 나타나더니 남자를 절벽 안쪽으로, 까마득하게 이어진 계단 아래로 데리고 내려갔다. 바닥에는 방이 하나 있었는데, 남자가 들어가 보니 수많은 요정이 노래하며 춤추고 있었다. 남자는 3년 동안 그 방에 갇혀 있었다. 마침내 남자가 떠날 때가 되자 요정들은 그에게 황금이 든 단지 하나를 주었다. 나는 이 이야기를 우리 어머니(40세)에게서 들었다.

나는 이 이야기를 읽을 때마다 이야기가 소리의 관管 속으로 쇄도하는 걸 느낀다. 이 이야기를 되감아 보자. 이제, 다시 들어 보라. 들썩이는 파도를, 바다가 뭍을 때리는 소리를, 하얗게 튀어 오른 물로 얼룩진 절벽에서 떨어지는 차가운 물방울 소리를 들어 보라. 투덜거리다 꽉 붙잡고, 투덜거리다 꽉 붙잡기를 반복하며 바위를 기어 내려가는 한 남자의 숨결을, 잡아 뜯기거나 잡아 뜯는 듯한 그 숨소리를 들어 보라. 이렇게 인간이 힘을 쓰는 소리 너머로, 분노에 차 깍깍거리는 바닷새들의 울음소리 너머로, 튕겨 나가는 조약돌들이 내뱉는 조그만 소리 너머로, 또 하나의 소리가 들려오기 시작한다. 그 소리는 저 안쪽에서부터 다가온다. 아니, 안쪽에서부터 윙윙거린다. 그 소리는 저 절벽 깊숙이 존재하는 장소로부터, 헤아릴 수 없이 먼 그곳으로부터, 절벽 속에 숨겨진 그 모든 동굴과 공동을 지나치며 다가온다. 남자는 그 소리를 귀로 듣기 전부터 감지한다. 그는 자신의 손끝에서 찌릿하는 공기를, 가슴속에서 갑작스레 시작된 웅웅거림을, 가슴뼈 뒤에서 생겨난 울림을 느낀다. 그래도 그는 바위에 매달린다. 곧 절벽이 들썩이더니 쇳소리를 내면서 열리고, 그는 어쩔 줄 모르는 채로 커져 가는 균열을 지켜본다. 틈 하나가 트이고 있다. 그리고 그 안에서 돌진하듯 빠르게, 빗방울보다 빠르게, 벌들의 도시 하나가 움직이고 있다. 벌 한 마리의 요란한 날갯소리는 누구나 쉽게 떠올릴 수 있지만, 우리는 이제 그 소리를 여러 번 반복해 곱해야 한다. 소리를 겹쳐 키워 보자. 좀 더. 좀 더. 들어 보라, 여기 그들이 온다.

남자가 들어간다.

절벽이 닫힌다.

남자가 그 벌집 모양의 건축물 안에서 벌 떼와 함께 갇혀 있던 세월에 대해 말하는 사람은 아무도 없다. 계절들이 그 없이 흘러간다. 마침내 그가 춤과 노래와 마법에 걸린 벌들이 있던 그 방에서 나오는 순간, 그에게 주어지는 작별 선물은─뭐겠는가?─황금이다. 그는 달콤하게 빛나는 그것을 겨드랑이 밑에 끼우고는 절벽에서 성큼성큼 걸어 나가고, 이 이야기 밖으로 나가, 이야기를 듣는 우리는 그 내막을 알지 못하는 미래의 또 다른 이야기 속으로 들어간다. 이 텍스트의 마지막 소리는 단순하면서도 기운 가득한 말이다. '나는 이 이야기를 우리 어머니에게서 들었다.'

4) 벌들에게 차마 하지 못한 말

이 오래된 이야기 속에는 보기보다 많은 수수께끼가 담겨 있다. 나는 그것들을 죄다 궁금해한다. 그 남자는 애초에 절벽에서 뭘 하고 있었던 걸까? 그 벌들은 어디로 갔을까? 남자의 친척들은 아직도 그가 등장하는 이 이야기를 할까, 아니면 지금쯤은 다들 잊었을까? 그 벌들, 여기 이 정원에 있는 벌들의 조상들은 여전히 똑같은 절벽을 헤매면서 인동덩굴에 달린 종 모양의 꽃 속을 들락거리고 있을까?

　내게는 남자가 의기양양하게 황금을 얻어 내는 서사보다 벌들이 등장하는 주변 이야기가 훨씬 더 흥미롭지만, 벌들은 인간의 서사를 보조하는 조연이 되었다가 금세 버려진다. 내가 쇼반의 어머니에게 직접 물어볼 수만 있다면, 그 첫 번째 질문은 '벌들은 어떻게 되었나요?'일 것이다. 나는 그 순간을 상상해 본다. 그는 다음 할 일을 하려고 서두르면서 약간 화가 난 목소리로 대답할 것이다. "그건 그냥 벌들이에요."

　그건 그냥 벌들이다. 맞는 말이다. 우리 인간은 다른 생명체들의 삶이—그리고 그들만의 고유한 충동과 계획이—우리의 그것에 비하면 아무래도 시시할 수밖에 없다고 생각한다. 인간을 도덕적인 존재로 만드는 신경학적 장식물이 다른 생명체들에게는 없기 때문이다. 하지만 한 마리의 벌은, 자신이 그저 벌이라는 이유만으로, 자매 벌들을 살리기 위해 순순히 자기 목숨을 던지곤 한다. 그 어떤 인간이라도 그와 같은 상황에 놓인다면 틀림없이 고심할 텐데 말이다. 벌들의 자기희생은 이기주의에 반대되는 행동이다. 만약 벌이 누군가를 쏜다면, 그건 다른 벌들을 위험으로부터 보호하기 위한 것이다. 그 벌은 자기가 곧 땅으로 떨어져 흙바닥 위에서 탁탁 튀어오르게 되리라는 걸 알면서도 다른 벌들이 살아

남을 수 있도록 자기 생명을 내준다.

　　내가 벌들을 위해 지어 놓은 사탕 가게. 녀석들이 이곳을 떠나면 나는 얼마나 쓸쓸해질까. 나는 녀석들의 기운을 북돋아 주기 위해 할 수 있는 일을 다 했다. 벌들에게 콧노래를 불러 주었고, 먹이와 쉴 곳을 마련해 주었고, 사랑해 주었다. 나는 어떤 대가를 치르더라도 녀석들을 여기 붙잡아 두고 싶다. 설령 녀석들에게 거짓말을 해야 한다고 해도 말이다. "벌들한테 말해요." 사람들은 그렇게 말하곤 했다. "가까운 사람이 죽거나, 가족한테 무슨 변화가 생기면 벌들한테 말해야 해요. 안 그러면 벌들은 멀리 날아가 버릴 거예요." 내게도 벌들에게 말해야 하는 비밀이 하나 있지만, 나는 지금까지 그걸 혼자만의 비밀로 간직해 왔었다. 녀석들이 떠나는 걸 막기 위해서라면 어떤 일도 서슴지 않을 생각이었으니까. 그게 설령 진실을 숨기는 일이라 할지라도.

　　내가 벌들에게 차마 하지 못한 말은 남편이 우리 가족을 늘리는 일을 그만두려 한다는 말이었다. 남편은 정관 수술을 원했다. 그가 자기 뜻대로 해 버리면, 내가 소망해 왔던 미래의 아기들은 모두 지워져 버릴 것이었다. 남편이 그 수술을 하려는 이유는 다양하고 또 복잡했다. 반면 내가 거기에 반대하는 이유는 너무나 피상적으로 들려서, 나는 그 말을 내 입으로 내뱉으면서도 몹시 민망해졌다. 하지만 나는 계속 말했다. 언제나 고개를 슬프게 기울이고는 똑같은 질문을 몇 번이고 되풀이했다. "하지만 나는? 난 아이를 더 갖고 싶은데." 나는 남편의 창백한 얼굴을 향해 그 탐욕스러운 질문을 쏘아 보냈다. 진이 빠져 보이는 그의 눈가에는 다크서클이 생겨 있었다. 남편은 매번 고개를 저었다. 부루퉁해진 나는 침대에 드러누웠다. 그러고는 가르랑거리는 고양이를 가슴에 올려놓은 채 남편을 단념시킬 방법을 생각해 내려고 애썼다.

혈액 견본을 채취하다가도 기절했던 남자였다. 그냥 주사 바늘이라는 말만 들어도 남편은 두 주먹을 꽉 쥐었다. 나는 텔레비전에서 의학적인 작업이 언급될 때마다 그가 진저리 치는 모습을 수없이 보아 왔다. 그럴 때면 그는 갑자기 다리를 꼬았고, 곧 온몸을 움찔거렸다. 나는 그 두려움을 통해 그의 결심을 뒤흔들어 보기로 했다. 곧 나는 정관 수술이 얼마나 피비린내 나는 작업일지 생각해 봤느냐고 그에게 묻기 시작했다. 묻고, 묻고 또 물었다. 하지만 나를 너무 잘 아는 그는 내 음모를 꿰뚫어 보았고, 그때마다 그저 어깨를 으쓱할 뿐이었다. "당신, 너무 이기적으로 굴고 있잖아." 내가 말했다. "내가?" 남편이 대답했다. "정말 그런지 한번 생각해 봐."

그래서 나는 생각해 봤다. 그렇게 나는 그가 '아이 낳기'라는 마약을 사랑하는 여자와 결혼했다는 걸 알게 되었다. 그 여자는 젖먹이를 향한 사랑에 습관적으로 몸을 던지고, 집안일을 숭배하고, '할 일 목록'이 휘두르는 폭정 앞에서 자기 자신을 하나의 그림자로 만들어 버리는 일을 즐거워하는 사람이었다. 남편의 눈으로 우리 가족을 바라보자 이런 것들이 눈에 들어온다. 이미 한계를 넘어서서 탈진한 상태로도 계속 일하고 있는 아기 엄마한 명, 그리고 부모를 점점 덜 필요로 하기는커녕 더 많이 필요로 하고 있는 한 무리의 아이들. 정말 그런지 생각해 봐. 남편은 그렇게 말했고, 나는 생각을 거듭할수록 그의 주장을 점점 더 이해하게 되었다. 물론 이렇게 말하는 건 그에게 있어 불쾌한 일일지도 모른다. 어떤 사람이 '나는 너보다 너를 더 잘 이해해'라고 주장하는 셈이니까. 하지만 정말로 그의 판단이 옳았다. 그는 심지어 자기 몸에 칼을 대면서까지 나를 도우려 한 것이다. 그 사실을 깨닫는 건 고통스러운 일이었다. 내게 이런저런 것들을 설명해 주는 남편의 두 눈에는 애정이 가득 담겨 있었다. 그는 우리가 이 수술을 선택함으로써 서로를 탈진 상태에서 해방시킬 거라고, 거의 10년 만에 통잠을 자게 될 거라고—젖을 먹이느라 깰 일이 없을 테니까—, 앞으로는 이가 나느라 열이 나는 아이를 지켜보지 않아도 된다고, 그리고 기저귀를 가는 일에서 드디어 벗어날 거라고 말했다. 나는 내가 아기를 보살피는 일 대신 뭘 하면 좋겠냐고 묻고 싶었지만, 차마 남편의 말에 끼어들 수는 없었다. 내가 메스로 배를 갈라 네 명의 아이를 낳는 걸 지켜본 그는 이제 그 칼날을 자기 몸에 올려 달라고 말할 예정이었다. 마지막으로 한 번 더, 그는 그렇게 말했다. 모두를 위해서. 나는 그의 의도를 이해하기 시작했다. 어떤 면에서 이기적이었던 그의 결정은 그만큼 이타적인 결정이기도 했다.

5) 싹둑싹둑, 절뚝절뚝

그와 함께 진료실로 향하는 동안 내 한숨은 잦아진다. 차를 댄 남편은 우리 딸이 카시트에서 코를 고는 동안 내게 키스한다. 나는 그의 눈을 마주 본다. "정말 괜찮겠어?" 내가 묻는다. "응. 그럼! 당신은 여기서 기다려. 금방 돌아올게." 그는 미소를 짓고는, 그러고는, 가 버린다.

　　　부루퉁해진 나는 트윅 초코바의 보라색 포장을 뜯는다. 안쪽의 은색 포장지에 대고 초코바를 딱 부러뜨린 다음, 뒤틀린 기분으로 그것을 씹으면서 스마트폰 화면을 이리저리 쓸어 넘긴다. 나는 지금 수술실에서 벌어지고 있을 일들을 시각적으로 떠올려 볼 수 있을 때까지 정관 수술에 관한 지식을 잔뜩 집어삼킨다. 그러고 나서 의사를 상상한다. 하얀 가운을 입은 그는 마음을 놓게 하는 웃음을 띠고 있고, 멋진 콧수염을 기르고 있다. 나는 그 콧수염 양 끝을 배배 꼬아 놓는다. 나는 의사가 내 남편의 음낭에 마취제를 바르게 하고, 의사의 한 손에는 은빛 가위를, 다른 손에는 주사기를 들려 준다. 틈 하나가 트이는 걸 보지 않으려고 남편이 시선을 피하는 동안 의사는 피부를 싹둑싹둑 잘라 낸다. 그런 다음 의사는 남편의 피부 밑에서 아주 가느다란 정관 하나를 찾아내고, 능숙하고 숙련된 솜씨로 그것을 집어 올리고는 깔끔하게 잡아당겨 남편의 고환에서 풀어낸다. 마치 실을 잡아당기는 재봉사처럼 단호한 몸짓이다. 의사가 '우리 부부를 미래의 아이들과 연결해 놓은 실'을 절단하기 직전, 남편은 자신의 손끝에서 살짝 찌릿하는 공기를 느낄지도 모른다. 싹둑, 사악한 가위가 싹둑싹둑 자르고, 의사는 고개를 끄덕이고는 조그만 외과용 클립으로 정관 끝을 고정한다. 꿰매고, 붕대를 감고, 수술 경과를 듣는 과정을 상상하는 일이 아직 남아 있지만, 내 상상은 너무 느렸던 모양이다. 절뚝, 내 남편이 주차장으로 절뚝절뚝 걸어 들어오고 있기 때문이다. 내 아이들을 훔쳐 간 이 도둑을 바라보다 갑작스레 마음이 약해진 나는 입술에 묻은 초콜릿을 닦아 낸다. 나는 상처를 입은 채 천천히 돌아오는 그를 지켜본다. 그는 거의 그 자리에 멈춰 있는 것처럼 보인다. 만약 이타주의를 자신의 신체적 편안함보다 타인들의 안녕에 우선순위를 두려는 성향으로 해석할 수 있다면, 나는 지금 그것이 제대로 작동하는 모습을 보고 있다. 빈 감자칩 상자를 피하면서 얼굴을 찡그린 채 걸어오는 저 순수하고 신성한 이타주의.

이 순간, 나는 타인의 선물을 받는 일을 몹시 달가워하지 않는 사람이 된다. 그의 이런 행동을 받아들이고 싶지 않고, 그 행동의 결과가 가져다줄 그 어떤 것도 받고 싶지 않다. 하지만 나는 알고 있다. 아무리 심하게 화가 났다 해도 더 이상 그를 원망할 수는 없다. 그가 내린 결정, 그리고 그 결정을 실행에 옮기면서 견뎌 낸 신체적 고통은 조금 이상한 부류에 속하는 선물이다. 그는 그 자신과 더불어 나를 묶어 놓고 있던 끈까지 싹둑 잘라 우리를 자유롭게 풀어 준 것이다. 앞으로 또 한 명의 아이를 안아 볼 수 없다면 나는 아마도 다른 무언가를 기르기 시작할 것이다. 아직은 상상할 수 없는 무언가를.

6) 말하다

내 소중한 벌들에게 그 일을 오래 숨기고 있을 수는 없었다. 남편을 무척 사랑하기는 했지만, 나는 그가 저지른 일을 벌들에게 보고해야만 한다는 걸 알았다. 나는 디기탈리스의 보랏빛 응접실을 여기저기 들락거리고 있는 벌들을 발견했다. 나는 그 꽃 앞에 서서 내가 해야 할 말을 떠올려 보았다. 내 남편이 우리에게 칼을 대는 선택을 했다고, 나는 늘 우리 가족이 더 늘어나길 원했지만 이제 그런 일은 절대 일어나지 않을 거라고, 나는 그 어느 때보다도 남편을 사랑하지만 그만큼 슬프기도 하다고. 말할 준비를 마친 내 입술은 볼썽사나운 자기연민으로 조금 떨렸지만, 그 순간 나는 벌들이 내게 조금도 동정심을 품지 않으리라는 걸 알게 되었다. 매일 윙윙거리며 돌아오는 녀석들의 콧노래에 더 바짝 귀를 기울였어야 했는데. 보라, 벌들의 신비로운 심판이란 이런 것이다. 벌들은 내가 입을 열기도 전에 내가 하려는 말을 알아맞혔고, 그런 다음 그저 고개를 끄덕였다. 벌들은 떠나지 않았다.

17.

흐릿해진 가시금작화

dúnta suas go dlúth

mar a bheadh glas a bheadh ar thrúnc

's go raghadh an eochair amú.

아주 단단하게 봉인해 둔 그것이

그 황금빛 열쇠를 잃어버렸다는 듯

궤짝에 자물쇠를 채우고는

심장이 심방과 심실을 품고 있고, 시가 연들을 품고 있듯, 집은 공간들을 품고 있다. 가슴이 뛰는 어떤 존재가 그 집 안을 오간다. 어느 방에서는 거울에 비친 한 여자가 싱크대를 문질러 닦고 있다. 여자는 잠시 일을 멈추더니 상체를 앞으로 굽혀 자신이 가장 아끼는 공간을 들여다본다. 이 벽장 안을 보고 있으면 마치 그 안에 어떤 방이 들어와 있는 듯한 느낌이 드는데, 그건 아마도 벽장 안쪽에 낡은 벽지가 붙어 있기 때문일 것이다. 여자는 자신이 예전에 알고 있던 어느 방의 미니어처가 이 벽장 안에 들어와 있는 듯한 느낌을 받는다. 그건 아마도 벽장문 안쪽에 놓인 구겨진 쇼핑백 속에 유축기 하나가 들어 있기 때문일 것이다. 작은 엔진, 작은 리듬을 지닌 그 유축기는 오래전에 에너지원으로부터 분리되었고, 이제는 세심하게 분해된 뒤 짐으로 꾸려진 상태로 이곳에서 조용히 쉬고 있다. 그것을 바라보는 일은 그 옛날의 위이잉 소리와 쉬익 소리를, 기억 속의 그 후렴구를 다시금 불러내는 일이다. 그 기계는 나보다 요긴하게 쓸 수 있는 사람에게 넘겨져야겠지만, 아무래도 나는 유축기가 없는 나를 상상할 수가 없다. 마치 아일린 더브가 없는 내 삶을 상상할 수 없는 것처럼.

아일린 더브의 하루하루를 찾아내는 데 처음으로 내 하루하루를 바치던 시절, 나는 그저 내가 그에게 봉사함으로써 경의를 표할 수 있기만을 바랐다. 하지만 이제는 그가 그 보답으로 내게 얼마나 많은 것을 주었는지 알 것 같다. 내 삶이 그의 삶과 부딪히기 전, 나는 수유와 할 일 목록이라는 한 쌍의 요구 사이를 정신없이 뛰어다니느라 너무 많은 시간을 보내 버렸고, 결국 내 주위에 핀 가시금작화들이 얼마나 흐릿한 형체로 변해 버렸는지 알아차리지 못했다. 이제 나는 산들바람을 타고 춤추는 그 노란 꽃잎들을, 그 가지에 나 있는 가시 끝 하나하나를, 심지어 그 꽃들 사이의 빈틈을 보면서도 기쁨을 느낀다. 이제 나는 안다. 아일린 더브가 살았던 삶의 몇몇 조각은 언제까지고 숨겨져 있을 것이고, 내가 아무리 열심히 살펴본다 해도 그 사실은 변하지 않을 것이다. 이제 나는 그를 발견하지 못한 순간들을, 그 많은 빈틈들을 원망하지 않는다. 이제 내 두 손은 외경심을 느끼며 그 틈들 위에 머무르는 법을 배웠기 때문이다. 또 한 명의 여성을 알고자 했던 내 시도는 그럴듯한 발견을 해냈다는 만족감이 아니라 수수께끼가 계속된다는 사실로 끝을 맺었다.

지난 몇 년 동안 나는 간접적인 종류의 연결을 경험했다. 아일린을 붙들고 또 붙들어 온 나는 결국 그 역시 나를 붙들고 있었다는 걸 알게 되었다. 우리의 관계는 종이 위에 내려앉은 잉크처럼 서로 가까웠고, 조용한 맥박처럼 변하지 않았다. 하지만 은밀한 이기심 속에서 이렇게 계속 그를 붙잡고 있을 수는 없다. 이제 나는 그 사실을 받아들인다. 이제 그의 삶에 대해 알게 된 모든 것을 다른 사람들에게 전하고 싶다. 그럴 수만 있다면 내 눈을 피해 빠져나간 실마리들을 다른 누군가가 찾아낼 수도 있고, 그러면 나는 그들로부터 그에 관한 더 많은 것을 얻을 수 있을 것이다. 그러려면 나는 내게 아주 소중한 어떤 것을 내주어야 할 것이다. 하나의 결말에 몸을 맡기기도 해야 할 것이다.

———

킬크레아의 햇빛 속에서 보내는 마지막 저녁이다. 딸은 내 앞으로 있는 힘껏 달려가 바위들 사이로 기어 올라가더니 잽싸게 달려 내 시야에서 벗어나고, 나는 다시 혼자가 되어 아이의 목소리를 뒤쫓는다.

　　나는 신도석에서 성단소까지 성큼성큼 걸어가 아이를 바짝 따라잡고, 그 애를 등에 업어 무덤으로 데려간다. 아일린의 남자들이 함께 누워 있는 무덤이다. 남편, 아들, 손자들. 두개골, 두개골, 두개골, 두개골. 아일린도 여기 함께 누워 있을까? 아일린의 손가락뼈들이 그들의 손가락뼈 사이에 흩어져 있을까? 똑같은 어둠 속에 잠겨 있을까? 어쩌면 그럴지도 모른다. 어쩌면 아닐지도 모른다. 나는 여기 온 이유를 다시금 떠올린다. 두 눈을 감고 그려 본다. 그의 이름을 부른다. 아일린 더브에게 감사를

표한다. 나는 소리 내 말할 필요가 있는 말들을 전부 꺼
내고, 내게서 피어오른 하나하나의 단어가 산들바람에
실려 가는 걸 느낀다.

　　딸이 킥킥 웃으며 내 손에 잡혀 있는 자기 몸을
비틀더니 또다시 내게서 빠져나간다. 아이는 뛰어오르
며 꺅꺅 소리를 지른다. 나는 아직 떠나고 싶지 않지만,
저 활기찬 고함 소리가 어떤 보이지 않는 조문객을 화나
게 할까 봐 걱정이 된다. 나는 한숨을 쉬고, 아이를 높이
들어 올린 다음 몸을 돌려 우리 차를 향해 간다. 아이는
고개를 뒤로 젖히고 두 주먹으로 내 가슴뼈를 치면서 내
귓가에 대고 힘껏 소리친다. "가지 마. 여기 있어. 여기
있어." 문을 빠져나온 우리는 대로를 따라 걷는다. 한때
는 인간의 두개골들로 경계를 표시해 놓았던 길. 아이는
계속 소리 지른다. 나는 흉터가 있는 손가락으로 차 키에
달린 버튼을 누르고, 장벽 너머 어딘가에서 잠겨 있던 차
의 문이 열린다. 나는 무릎과 어깨뼈로 차 문을 연다. 아
이를 카시트에 앉히고 벨트를 채운 다음 냉정한 목소리
로 말한다. "그만하면 됐어. 우리 이제 갈 거니까 조용히
해. 착하지."

　　킬크레아를 벗어날 무렵, 나는 엄하게 말한 걸 후
회하며 백미러 속에 있는 딸아이를 찾는다. 주근깨가 난
우리 둘의 볼은 킬크레아의 여운에 물들어 똑같이 발갛
게 익었지만, 아이의 두 눈꺼풀은 내려와 감겨 있다. 내

머릿속에는 아직도 아이의 고함 소리가 밀려들고 있지만, 아이는 벌써 어딘가 다른 곳에 가 있다.

떠나고 싶지 않다. 나는 천천히 차를 몬다. 집에 가면 기운이 날 만한 일을 하고 싶은데, 아무래도 숨겨 둔 새 공책을 펴는 게 좋을 것 같다. 이번에는 진공청소기나 침대 시트나 대걸레나 유축기 같은 것들을 적으면서 시작하지는 않을 것이다. 그 대신 새로운 말들을 생각해 내고 그 말들을 따라갈 것이다. 집 쪽으로 커브를 돌 때, 나는 내가 노트의 첫 페이지에 쓸 문장을 이미 알고 있음을 깨닫는다. 시작을 담당할 메아리,

이것은 여성의 텍스트다.

아트 올리어리를 위한 애가

1.

오 내 사랑, 변치 않는 진실한 사람!
시장의 초가지붕 옆에서
내가 당신을 처음 보았던 날,
내 눈은 당신 모습에 얼마나 반짝였는지,
내 마음은 당신 때문에 얼마나 기뻤는지,
나는 당신과 함께 내 벗들로부터 도망쳐,
집에서 멀리 날아올랐지.

2.

그러고는 절대 후회하지 않았지,
당신이 나를 위해 응접실에 빛을 내고,
침실들을 반짝이게 하고,
화덕을 예열하고,
두툼한 빵 덩어리들을 부풀게 하고,
꼬치에 꿴 고기가 돌아가게 하고,
소를 잡아 고기를 잘라 두고,
정오에 우유를 짤 때까지, 아니 원하면
그보다 늦게까지, 내가 오리털 이불
속에서
잠잘 수 있게 해 주었기에.

3.

오 내 동반자, 변치 않는 진실한 사람!
내 마음은 그 봄날 오후를
다시 불러내네.
얼마나 수려했는지, 금빛 테두리를 단
당신의 모자는,
당신이 손에 꽉 쥐고 있던
은빛 칼자루는,
당신은 뽐내며 위협적으로 걸었지
다가오는 적수를 본 적들이
몸을 떨 정도로,
오, 그리고 그 아래, 흰 반점이
당신의 날씬한 암말 얼굴에서 빛났지.
당신 앞에선 영국조차 허리를 땅까지
닿게 굽혀 절할 것 같았어.
당신을 존중해서가 아니라
끔찍한 공포에 질려서, 그리고 그럼에도,
그들의 손에 당신은 곧 죽을 테지,
오 내 영혼의 달콤한 사랑.

4.

오, 눈부신 손을 지닌 나의 기수여,
당신의 하얀 아마포에 단단히 고정된

핀은

　얼마나 잘 어울렸는지,

　그리고 레이스로 덮인 당신의 모자도.

　당신이 바다 저편에서 돌아왔을 때,

　거리는 곧바로 텅 비었지,

　적들은 모두 도망쳤지, 애정 때문이

아니라

　깊은 증오심 때문에.

　5.

　오, 내 변치 않는 동반자!

　우리 작고 귀여운 크라호르와

　아가 파울 올리어리가,

　그 애들이 집에 와 나를 찾을 때면,

　아빠를 어디다 두고 왔느냐고

　금세 물으리란 걸 나는 알지.

　비참하게도 나는 말할 테지,

　아빠는 킬나마르트라에 있다고,

　하지만 그 애들이 아무리 울어 대도

　아버지는 대답하지 않겠지……

　6.

　오, 내 동반자, 나의 송아지!

앤트림 백작의 친척이자

알킬의 배리 집안의 친척,

당신의 검과 띠를 두른 모자는

얼마나 근사하게 어울렸는지,

외국산 가죽으로 만든 날렵한 부츠와

당신을 위해 외국에서 실을 잣고
바느질한

좋은 옷감으로 만든 옷도.

7.

오, 내 변치 않는 동반자!

당신이 떠났다고 절대 믿을 수 없었을
거야,

당신의 말, 그 말이 내게 오기 전까지는,

고삐를 자갈길에 끌며, 당신 심장의 피를

옆얼굴에서 안장까지,

당신이 앉고, 또 서 있기까지 했던

그 자리까지 묻힌 채, 무모한 사람.

세 걸음 만에, 나는 뛰어나갔지- 한
걸음에 문간으로,

두 걸음에 문으로,

세 걸음에 당신의 암말에게로.

8.

황급히, 나는 손으로 말을 때렸고,

빨리, 더 빨리, 온 힘을 다해 달렸지,

내가 달려 본 그 어느 때보다도 빠르게,

내 앞의 당신을 발견할 때까지, 살해당해

등 굽은 작은 가시금작화 옆에 누운

당신을.

그 곁에는 교황도 없고 주교도 없으며

그 어떤 성직자도 독실한 신자도 없어

당신에게 임종 시편을 읽어 줄 이 하나

없으니,

오직 수척하고 주름진 노파 하나만

넝마 같은 숄을 당신에게 걸쳐 주었지.

내 사랑이여, 폭포처럼 쏟아지는 당신의

피를

닦아 낼 수는 없으니, 치울 수는 없으니,

안 돼,

안 돼, 내 손바닥이 잔으로 변하고, 오,

나는 마시네.

9.

오 내 사랑, 변치 않는 사람!

이제 일어나, 어서, 일어서요,

나와 함께 집에 가요, 손을 잡고,
암소를 몇 마리 잡고
정신없는 음악이 빠르게 밀려오는
성대한 연회를 열 테니,
침대를 꾸며 놓을게요
눈부신 담요와
아름답게 장식된 누비이불로
당신에게 스며든 한기가 달아날 때까지
당신 땀방울이 튀고 흘러내릴 침대를.

10. 아트의 누이:
오, 내 사랑, 나의 벗이여,
통통하고 세련된, 그런 여자들이 많았지
돛대 높은 배들이 많은 코크에서
툼스브리지까지 가는 내내
네게 소들이 뛰노는 목초지와
한 주먹씩의 황금을 가져다준 여자들,
그들 중 누구도 네가 차갑게 누운 경야의 밤에
감히 꾸벅꾸벅 졸지는 않았을 텐데.

11. 아일린 더브:
오, 내 친구, 나의 어린 양!

저 낡은 허튼소리는 믿지 말아요,
내가 졸고 있었다고들 하는
주위들은 속삭임과
혐오스러운 추문들은.
잠 때문에 방해받은 게 아니라, 다만
너무도 괴로웠던 당신의 아이들이
달래서 재워 줄 당신을 찾으며
울고 있었을 뿐이니.

12.
오 고귀한 친척이여, 들어 봐요,
아일랜드 전체를 통틀어
길어진 해질녘을 그 곁에서
보내고 나서, 그를 위해
송아지 세 마리를 품은 뒤에,
아트 올리어리를 잃고 나서
고통 받지 않을 여자가 있나요,
어제 아침 땅으로 쓰러져서는, 이제 여기
이토록 차갑게 누워 있는 그를 잃고서?

13.
모리스, 이 하찮은 새끼. 나는 네가
고통받길 바란다!

네 심장과 간에서 나쁜 피가 뿜어져
나오기를!
　네 두 눈에 녹내장이 생기기를!
　네 양 무릎뼈가 박살 나기를!
　넌 네게 맞서 총을 쏠 만한 남자는
　온 아일랜드의 단 한 명도 죽이지
않았으면서
　내 송아지는 잡아 도살해 버렸지.

　14.
　오 내 친구, 나의 사랑!
　이제 일어나요, 소중한 아트,
　당신 암말에 올라타요, 어서,
　머크룸까지 천천히 달려 봐요,
　그러고는 인치길라까지 쭉 달려갔다가
　와인 병 하나를 손에 들고 돌아와요,
　당신이 언제나 집에서 당신의 아버지와
그랬듯.

　15.
　이 상처, 쓰라린 나의 슬픔
　그 총알이 날아왔을 때
　나는 당신 곁에 없었으니,

내가 그걸 내 오른 옆구리에 가져다
두었어야 했는데
  아니면 여기, 내 블라우스 주름 속에,
뭐든,
  당신을 자유로이 달리게 할 일이라면
뭐든 했을 텐데,
  오 빛에 사로잡힌 기수여, 내 소중한
사람이여.

  16. 아트의 누이:
  이 날것의 후회는 나의 것,
  나 역시 그 화약이 빛을 뿜었을 때
  바로 직후에 도착했을 뿐 거기 없었으니.
  내가 그걸 내 오른 옆구리에 가져다
두었어야 했는데
  아니면 여기, 내 드레스의 깊은 주름 속에,
  너를 자유로이 활보하게 할 일이라면
뭐든 했을 텐데,
  오 박식하고 신사다웠던
  회색 눈빛을 한 기수여.

  17.
  오, 내 친구, 내 사랑스런 보물!

친절한 마음씨를 한 내 기수에게
찡그린 얼굴을 한 죽음의 모자와
관이라니,
지켜보기 얼마나 기괴한 광경인가,
초록빛 시냇가에서 낚시를 하고
맵시 있는 가슴을 한 숙녀들과
화려한 대저택에서 술을 마셨던 그에게.
오, 나의 혼란은 천 개나 되고,
나는 당신이라는 벗을 잃어 어지럽구나.

18.
지독한 배신자 모리스,
네가 호되게 벌 받고 비참해지기를,
너는 내게서 내 남자를 빼앗아 갔지,
내 아기들의 아버지를,
집에서 척척 걸어다니는 두 아이와
아직 내 뱃속에 있는
어쩌면 숨 쉴 일이 없을지도 모르는
셋째의 아버지를.

19.
오, 내 친구, 나의 기쁨!
현관으로 집을 나서려던 당신은

재빨리 몸을 돌리고는
두 아기들에게 키스했지.
야자의 새순, 당신의 키스는 내게 그런 것,
그리고 당신은 말했지, "일어나요, 아일린,
주변을 깨끗이 정리해요.
빨리 움직여서 확실하게 해야 해요.
나는 우리 가족의 집을 떠나야 하고
어쩌면 다시 돌아오지 못할지도 몰라요."
오, 나는 비웃으며 싱글거리기만 했어요,
당신은 그런 경고를 너무 자주 했었죠.

20.
오, 내 친구, 나의 연인!
빛나는 칼을 지닌 소중한 기수여,
이제 일어나요,
고귀하고 눈부신 천으로 된
당신의 제복을 끌어당겨 입고
검은 비버 가죽을 두르고,
두 손에 장갑도 끌어당겨 껴요.
봐요, 당신 채찍이 저 위에 걸려 있고
당신 암말이 저 너머에서 기다려요.
동쪽으로 난 그 좁은 길로 가요
나무 하나하나가 당신에게 무릎을 꿇고

냇물들이 당신을 위해 좁아질 그 길로,

남자들도 여자들도 모두 허리 굽혀 절할

거예요

옛 예절을 기억만 한다면,

더 이상 기억 못할까봐 두렵기는 해도……

21.

오, 내 친구, 나의 동반자,

지금 내가 애도하는 건

고인이 된 내 친척도,

세상을 떠난 내 소중한 가족 세 명, 그러니까

돔널 모 오코널도,

홍수로 물에 빠져 죽은 코널도,

바다를 건너가 왕족의 동반자가 된

스물여섯 살의 그 아가씨도,

혹은 다른 누구도 아니고

오직 해질녘에 쓰러져 우리에게서 떨어져

나간

나의 아트뿐!

오직 그 갈색 암말의 기수만을

나는 여전히 품고 있네, 오직, 그만을.

그리고 이제 가까이 와 줄 사람은

작은 몸에 검은 옷을 걸친 물방앗간
여자들뿐,
　　그리고 천 개나 되는 내 재앙을 더
늘리기라도 하듯
　　그들 중 누구도 그를 위해 눈물 흘리지
않으리.

　　22.
　　오, 내 친구, 나의 송아지!
　　소중한 아트 올리어리,
　　코너의 아들이자 키디의 아들,
　　그 옛날 리셔흐 올리어리의 아들,
　　양들이 토실토실 살찌고, 가지에는
　　견과류 다발이 묵직이 열리는,
　　그리고 달콤한 계절이 차오를 때
　　사과들이 술을 흘리는,
　　저 멀리 서쪽 게러에서, 깎아지른
봉우리들에서
　　동쪽으로 온 이들의 아들.
　　이제 무엇이 놀랍겠는가
　　그날 그레나에서 사냥꾼들을
　　나가떨어지게 한, 너무나 힘껏 달려
　　가장 억센 사냥개들조차 포기하게 만든

그를,

　　침착한 손을 한 우리 기수를 애도하고

울부짖느라

　　아이블레리와 발링게리, 그리고

　　구아간 바라의 성스러운 호숫가에 있는

　　그 모두가 격정에 휘말린다 한들?

　　오, 흔들림 없는 눈빛을 한 나의 기수여,

　　어젯밤에는 뭐가 잘못된 걸까?

　　우아하고 멋진 당신 옷을 고르며

　　나는 조금도 상상하지 못했지,

　　당신이 이 삶에서 떨어져 나가리라고는.

　　23. 아트의 누이:

　　오, 나의 벗, 오, 나의 형제!

　　귀족의 친척이여,

　　너를 돌보느라 유모 열여덟 명이 계속

애를 썼고

　　그들 각각은 봉급을 받았지,

　　암소들과 암말들로,

　　암퇘지들과 새끼 돼지들로,

　　걸어서 강을 건너 가져온 맷돌들로,

　　눈부신 황금과 은으로,

　　실크와 벨벳으로,

드넓은 목초지로-
그 일꾼들 모두 우리 근사한 송아지에게
젖을 먹이고 시중 들며 일했지.

24.
오 내 사랑, 나의 소중한 사람!
오 내 사랑, 나의 귀여운 비둘기!
나는 당신을 도우러 가지도, 당신에게
군대를 데려다주지도 못했지만,
그건 부끄러워 할 이유가 아니지-
그들은 모두 어둠 속에 갇혀
관 뚜껑이 잠긴 채
깨지 않는 잠으로
단단히 봉인되어 있었으니.

25.
천연두만 아니었다면,
흑사병과
홍반열만 아니었다면,
그 우락부락한 무리는 틀림없이 왔을
텐데,
당신의 장례식에 도착해
고삐를 휘두르며

영광스런 소요를 일으켰을 텐데,
소중한 아트, 한때 그 마음속이 빛났던……

26.
오, 내 사랑, 나의 기쁨!
골짜기를 샅샅이 뒤졌던
거친 무리의 친척,
당신은 그들을 이끌어 몸을 돌리게
하고는
모두를 홀로 다시 데려왔지,
썰어 나눌 준비가 된 돼지고기를 두고
갈리고 있는 칼날들이 있었고
셀 수 없이 많은 양갈비 요리가 있었고,
귀리는 너무나 맛있어서
말들을 빨리 달리게 만들었지,
마구간 소년들이 정성껏 돌보았던
날씬하고 갈기 두꺼운 그 모든 종마들을,
그리고 숙박비는 내지 않아도 됐지,
경비도, 말을 맡아 주는 비용도.
그들은 심지어 일주일이나 쉬어가기도
했지,
오 친구가 많던 소중한 형제여.

27.
오, 내 친구, 나의 송아지!
어젯밤, 너무도 구름 같은 환상들이
내게 나타났지, 한밤중에
코크에서 늦도록 잠 못 이루는 내게.
혼자서, 나는 꿈을 꿨지
밝은색으로 칠한 우리 집이 무너지고
당신 사냥개들의 으르렁 소리도
새들의 달콤한 지저귐도 남기지 않고
게러가 온통 말라 버리는 걸,
마치 내가 그 산기슭 땅 위에 누워 있던
당신을 발견했을 때처럼,
곁을 지켜 줄 사제도, 성직자도 없이
오직 주름진 노파 하나만
제 망토를 당신 몸에 걸쳐 주었지.
그 흙은 사납게 당신 몸에 달라붙었어
소중한 아트 올리어리,
당신의 피가 강물이 되어 당신 셔츠를
암울하게 흠뻑 적시는 동안.

28.
오, 내 사랑, 내 귀여운 사람!
다섯 겹의 양말과

무릎까지 올라오는 부츠를 신고,
각이 진 캐롤라인 모자를 쓴
당신은 너무도 눈부셨지.
거세한 들뜬 말을 탄 당신이
날렵하고 빠르게 채찍을 찰싹 휘두를 때,
수많은 정숙한 귀부인들의 시선은
어느 새 수줍게 당신을 따라갔지.

29.
오 내 사랑, 변치 않는 진실한 사람!
당신이 그 멋진 시내 대로들을
천천히 거닐 때면
상인들의 아내들은 언제나
몸을 굽혀 인사했지.
얼마나, 똑똑히 보였을까,
당신이 얼마나 애정 어린 남편인지,
함께 안장에 오를 만큼 멋진 남자인지,
함께 아이를 만들 만큼 근사한 남자인지.

30.
그리스도는 아시겠지
내가 어떤 보닛도 쓰지 않고
어떤 실크 슬립도 걸치지 않고,

어떤 구두창도 발에 대지 않고
집을 장식할 천 장식품 한 조각도
밤색 암말을 위한 고삐조차도 사지 않고,
대신 동전 한 푼까지 법 집행관들에게
쓰리란 걸.
나는 바다 건너로 가서
왕족들과 대면이라도 하겠어,
그리고 왕이 들어주지 않으면
나는 거칠게 몸을 돌려
내 보물을 내게서 훔쳐간
속이 시커먼 그 무지렁이를 향해 가겠어.

31.
오 내 사랑, 나의 연인!
내 울부짖음이 저 멀리
웅장한 데리네인까지 닿는다면,
황금빛 사과들의 키플렝까지 닿는다면,
여윈 몸을 한 기수들과
하얀 손수건의 여자들이
큰소리를 내며 힘차게 들어오겠지,
그리고 그들의 통곡은 아트의 몸 위로,
우리 사랑스런 악당의 몸 위로 끝이
없겠지.

32.
내 마음의 모든 애정은
자그맣고 영리한 물방앗간 여자들에게로,
밤색 암말의 기수를 위해
그들이 너무도 솜씨 좋게 울어 주었으니,

33.
존 쿠니, 이 악당아!
네 심장이 박살나 버렸으면 좋겠다.
네놈이 찾고 있던 게 뇌물이라면
곧장 나한테 왔어야지,
나라면 두둑이 줬을 텐데.
네 판결일을 기다리는
사나운 군중들에게서
너를 싣고 쏜살같이 도망칠
갈기 두꺼운 말 한 마리라든지
소들이 뛰노는 목초지라든지,
양떼 가운데 통통한 암양들이라든지,
아니면 심지어 용맹한 내 남자가 입던
옷과
그의 빛나는 박차, 근사한 부츠까지
내줬을 텐데.
너는 지린내 풀풀 풍기는 돗바늘 같은

놈이라고

　뭐 그 비슷하게 나는 들었으니,

　그 대신 그것들을 걸친 널 보면

　너무나 속이 쓰리겠지만.

　34.

　오 하얀 손을 지닌 내 기수여,

　당신 손이 계속 늘어져 있는데,

　왜 지금 일어나 볼드윈에게 항의하지

않나요,

　입으로 똥을 싸는 그 광대 자식, 온통

비열하게

　찡그린 얼굴로 이랬다저랬다 하는 그

겁쟁이는

　당신의 암말이 사라지는 대가로

　당신의 연인이 상심하는 대가로

　만족을 구했는데.

　그의 여섯 아이 중 누구도 그를 위해

잘되지 않기를!

　다만 메리에게는 어떤 나쁜 일도 생기지

않기를,

　자매의 사랑 때문이 아니라

　단지 우리 어머니가 메리를 위해

몸속에 만들어 주신 첫 침대에서
우리가 세 계절을 같이 났기에.

35.
오, 내 사랑, 내 귀여운 사람!
당신의 보리는 황금빛으로 무성해졌고
훌륭한 암소들한테선 젖이 잘 나오지만,
아직도 너무 큰 고통이 내 심장을
죄어들어
먼스터 전체라 해도 날 고쳐줄 수 없고
페어 섬의 뛰어난 대장장이들도 그럴 수
없네.
아트 올리어리가 내게 돌아오지 않으면
이 슬픔은 절대 줄어들지 않으리,
궤짝에 자물쇠를 채우고는
그 황금빛 열쇠를 잃어버렸다는 듯
아주 단단히 봉인해 둔 그것이
내 심장을 너무도 잔인하게 짓누르네.

36.
오, 밖에서 우는 여인들이여,
잠시 그 걸음을 멈추세요,
코너의 아들 아트가 술을 한 잔 마시도록

놓아 두고

　다른 가없은 영혼들을 위해 더 마시도록
놓아 두어요,

　곧 그들은 모두 함께 그 학교에 들어갈
테고

　그건 노래나 시를 배우기 위해서가
아니라

　그저 차가운 돌과 흙을 들추기 위해서일
테니.

THE KEEN FOR ART Ó LAOGHAIRE

i.

O my belovèd, steadfast and true!

The day I first saw you

by the market's thatched roof,

how my eye took a shine to you,

how my heart took delight in you,

I fled my companions with you,

to soar far from home with you.

ii.

And never did I regret it,

for you set a parlour gleaming for me,

bedchambers brightened for me,

an oven warming for me,

plump loaves rising for me,

meats twisting on spits for me,

beef butchered for me,

and duck-down slumbers for me

until midday-milking, or beyond

if I'd want.

iii.

O my companion, steadfast and true!

My mind summons again

that spring afternoon:

how handsome, your hat

with the golden trim,

the silver hilt gripped

in your firm fist,

your swagger so menacing

it set enemies trembling

as their foe approached,

oh, and below, the blaze

of your slender mare glowed.

Even the English would bow before you,

bow down to the ground –

moved not by respect,

but by terrible dread – and yet,

by them you'd soon be struck dead,

o my soul's sweet belovèd.

iv.

O, my bright-handed horseman,

how well it suited you, the pin

pressed in cambric, fixed fast,

and your hat, lace-wrapped.

When you returned from overseas,

the streets cleared for you instantly,

all enemies would flee, and not for

fondness,

but in deep animosity.

v.

O, my steady companion!

When they come home to me,

our dotey little Conchubhar

and Fear Ó Laoghaire, the babba,

I know they'll ask me fast

where I've left their Dada.

Wretchedly, I'll tell them

that I left him in Kilnamartra,

but no matter how they roar

their father will never answer ⋯

vi.

O, my companion, my bull calf!

Kin of the Earl of Antrim

and the Barrys of Alkill,

how well your sword became you

with that banded hat,

your slender boots of foreign leather,

and the suit of fine couture

stitched and spun abroad for you.

vii.

O, my steady companion!

Never could I have believed you deceased,

until she came to me, your steed,

with her reins trailing the cobbles,

and your heart's blood smeared from
cheek

to saddle, where you'd sit

and even stand, my daredevil.

Three leaps, I took – the first to the
threshold,

the second to the gate,

the third to your mare.

viii.

Fast, I clapped my hands,

and fast, fast, I galloped,

fast as ever I could have,

until I found you before me, murdered

by a hunched little furze

with no Pope, no bishop,

no clergy, no holy man

to read your death-psalms,

only a crumpled old hag

who'd draped you in her shawl-rag.

Love, your blood was spilling in cascades,

and I couldn't wipe it away, couldn't clean

it up, no,

no, my palms turned cups and oh, I

gulped.

ix.

O my belovèd, steadfast!

Rise up now, do, stand,

come home with me, hand in hand,

where I'll order cows slaughtered,

and call a banquet so vast,

with music surging loud and fast.

I'll have a bed dressed

in bright blankets

and embellished quilts,

to spark your sweat and set it spilling

until it chases the chill that you've been

given.

x. Art's sister:

O, my darling, my pal,

many's the lady - buxom and chic -

from Cork of tall sails

all the way to Toomsbridge

who'd have brought you pastures of cattle

and gold by the fistful,

and not one among them would have

dared doze

on the night of your wake, as you lay cold.

xi. Eibhlín Dubh

O, my friend and my lamb!

Don't you believe that old babble,

the overheard whispers

and hateful scandals

that claim I was napping.

No slumber hampered me, it was only

that your children were so distressed,

and they wept for your presence

to soothe them to rest.

xii.

O noble kin, listen,

is there in all of Ireland any woman,

having spent sunsets

stretched next to him,

having carried three calves for him,

who wouldn't be tormented

after losing Art Ó Laoghaire,

he who lies so cold here now

since early yesterday, when he was ground

down?

xiii.

Morris, you runt; on you, I wish anguish! –

May bad blood spurt from your heart and

your liver!

Your eyes grow glaucoma!

Your knee-bones both shatter!

You who slaughtered my bull calf,

and not a man in all of Ireland

who'd dare shoot you back.

xiv.

O my friend and my heart!

Rise up now, dear Art,

hop up on your mare, do,

trot in to Macroom,

then on to Inchigeelagh and back

with a wine bottle in hand,

as you always had at home with your Dad.

xv.

An ache, this salt-sorrow of mine,

that I was not by your side

when that bullet came flying,

I'd have seized it here in my right side,

or here, in my blouse's pleats, anything,

anything to let you gallop free,

o bright-grasped horseman, my dear.

xvi. Art's sister:

This raw regret is mine:

that I wasn't there too, just behind

when that gunpowder blew bright.

I'd have seized it here, in my right side,

or here, in my gown's deep pleats,

anything to let you to stride away free,

oh grey-gazed horseman,

learnèd and gentlemanly.

xvii.

O, my friend, my belovèd-treasure!

How grotesque to witness

the grimace of death-cap and coffin

on my kind-hearted horseman,

he who fished the green streams

and drank in grand mansions

with bright-breasted ladies.

Oh, my thousand bewilderments,

I'm dizzied by the loss of your company.

xviii.

Trouncings and desolations on you,

ghastly Morris of the treachery,

you who thieved my man from me,

the father of my babies,

the pair who walk our home steadily,

and the third, still within me,

I fear will never breathe.

xix.

O, my friend and my pleasure!

Through the gateway, you were leaving

when you turned back swiftly

and kissed your two babies.

Heart of the palm, your kiss for me,

and when you said, 'Rise, Eibhlín,

settle your affairs neatly,

be firm about it, move quickly.

I must leave the home of our family,

and I may never return to ye,'

oh, I only chuckled in mockery,

since you'd made such warnings so

frequently.

xx.

O, my friend and my lover!

Dear horseman of the bright sword,

rise up now,

pull on your uniform

of noble, bright cloth

and the dark beaver-skin,

then tug up your gloves.

Look, your whip is hung up above.

Your mare waits beyond.

Hit that narrow road east

where each tree will kneel for you,

each stream will narrow for you,

and all men and women will bow for you,

if they remember the old manners,

though I fear they no longer do ⋯

xxi.

O, my friend, my companion,

neither my deceased kin,

nor my family's three dead belovèds –

not Domhnall Mór Ó Conaill,

nor Conall drowned by flooding,

not even the twenty-six-year-old lady

who went overseas

to become a companion to royalty –

oh no one else do I grieve now,

but my own Art, struck down at dusk
and torn from us!
Only the brown mare's horseman
do I still hold, he, alone –
and now none will come close,
only the dark-cloaked little mill-women,
and to multiply my thousand cataclysms,
not one of them will summon a tear for
him.

xxii.
O, my friend and my bull calf!
Dear Art Ó Laoghaire,
son of Conor, son of Keady,
son of old Laoiseach Ó Laoghaire
from back west in The Gearagh,
of those who came east from sheer peaks
where sheep grow plump, and branches
grow heavy with clusters of nuts,
where apples spill lush
when their sweet season rises up.
What wonder, now, to anyone
should they all blaze up, all the people

of Iveleary, Ballingeary,

and those of Gougane Barra's holy
streams,

howling in grief for our steady-handed
horseman,

he who exhausted the hunt

that day in Grenagh, when his exertions
were such

that even the most muscular hounds gave
up?

And o, my horseman of firm stare,

what went awry last night?

I never imagined

as I chose your clothes - so elegant and
fine -

that you could ever be torn from this life.

xxiii. Art's Sister:

O, my pal, o, my brother!

Kin of nobility,

you kept eighteen wet nurses toiling

and they each earned their salary,

paid in heifers and mares,

in sows and in piglets,

in mills fording rivers,

in bright golds and silvers,

in silks and in velvets,

in vast estate pastures –

all that suckling staff

who worked to serve our fine bull calf.

xxiv.

O my love and my dear!

O my love and my bright dove!

Though I could neither come to your aid

nor bring troops your way,

that's no cause for shame –

for they were all restrained

in their dark place, locked

in coffins and tightly sealed

by wakeless sleep.

xxv.

Were it not for the smallpox,

the Black Death

and the fever-spots,

those gruff hordes would surely have
come,
　shaking their reins
　and raising glorious tumult
　as they arrived at your funeral,
　dear Art, whose chest was once
luminous …

　xxvi.
　O, my belovèd, my pleasure!
　Kin to the rough horde
　who hunted the gorge,
　how you led them twisting and turning,
　all, then steered them back to the hall,
　where blades were sharpening
　over pork set for carving,
　with countless ribs of mutton,
　and oats so tasty
　they'd draw speed from each steed,
　the stallions, slender and thick-maned,
　all attended by stable-boys with care,
　and not a soul charged for their beds,
　for expenses, or for board of their horses,

even should they stay for a week's rest,

o dear brother of many friends.

xxvii.

O, my friend and my calf!

Last night, such clouded reveries

appeared to me, come midnight

in Cork as I lay awake late.

Alone, I dreamt

our bright-limed home tumbling,

the Gearagh all withering,

without a growl left of your hounds

nor the sweet chirp of birds,

like when I found you

out on that mountain ground,

with neither priest nor clergy

to keep you company, only the crumpled

old lady

who folded her cloak over your body.

That soil clung to you fiercely

dear Art Ó Laoghaire,

as your blood drenched streams

through your shirt so bleakly.

xxviii.

O, my love and my darling!
You looked so striking
in your five-folded stockings,
with your boots, knee-high,
and your hat, the cornered Caroline.
Whenever you flicked your whip,
nimble-quick on a merry gelding,
many modest gentlewomen
found their eyes shyly following.

xxix.

O my belovèd, steadfast and true!
When you strolled
those fine city avenues,
merchants' wives always
stooped their curtsies low for you.
How well, they could see
what a hearty bed-mate you'd be,
what a man to share a saddle with,
what a man to spark a child with.

xxx.

Jesus knows

I'll allow no bonnet to crown me

no silk slip to cover me,

no shoe to sole me

not a stitch of home furnishings

not even a rein for the chestnut mare, no,

I'll spend every cent on law-men instead.

I'll even go overseas

to confront royalty,

and if the king won't entertain me,

I'll turn again wildly

to the black-blooded lout

who thieved my treasure from me.

xxxi.

O my love and my sweetheart!

Should my howl reach as far

as grand Derrynane

and gold-appled Ceaplaing,

strong, the slim horsemen

and pale-hankied women

who would thunder in,

and their wails would be boundless

over Art, our own sweet scoundrel.

xxxii.

All my heart's fondness

to the bright little mill-women,

so skilled was their weeping

for the chestnut mare's horseman.

xxxiii.

Your heart, I wish broken,

John Cooney, you villain!

If it was a bribe you were seeking,

you should have come straight to me,

for I'd have given you plenty:

a horse of thick-mane

to dash you away

from the wild mobs

who await your judgment day;

pastures of cattle

or plump ewes in lamb,

or perhaps even the suit of my own gallant

man,

with his own bright spurs and his fine
boots too,
   although it'd be a wrench
   to see you wear them instead,
   since you're a right pissy bodkin,
   or so I've heard said.

   xxxiv.
   O my white-grasped horseman,
   Since your hand's been struck down,
   why not rise up to Baldwin now,
   that shit-talking clown,
   that bockety wimp, all mean frowns,
   to demand satisfaction
   for the loss of your mare
   and your beloved's heartache.
   May none of his six children blossom for
him!
   Only let no harm fall on Mary,
   and not for much sisterly love,
   but only that my own mother
   made her a first bed within her,
   where we shared three seasons together.

xxxv.

O, my love and my darling!

Your barley has risen thick and golden,

your fair cows are well-milked,

but such pain grips my heart still

that all of Munster cannot fix me a

remedy,

nor even Fair Island's gifted smithery.

Unless Art Ó Laoghaire returns to me

this grief will never be eased,

it weighs on my heart so brutally,

keeping it sealed so tightly

as a lock clasps a chest

whose golden key has been lost from me.

xxxvi.

Oh, you women who cry outside,

halt your feet a while,

let Conor's son Art call a drink

and more for the other poor souls,

for soon, they'll all enter that school

together –

in pursuit of neither learnèd song nor

verse,

but only to raise cold stone and earth.

CAOINEADH AIRT UÍ LAOGHAIRE

i.

Mo ghrá go daingean tú!
Lá dá bhfaca thú
ag ceann tí an mhargaidh,
thug mo shúil aire duit,
thug mo chroí taitneamh duit,
d'éalaíos óm charaid leat
i bhfad ó bhaile leat.

ii.

Is domhsa nárbh aithreach:
chuiris parlús á ghealadh dhom,
rúmanna á mbreacadh dhom,
bácús á dheargadh dhom,
brící á gceapadh dhom,
rósta ar bhearaibh dhom,
mairt á leagadh dhom;
codladh i gclúmh lachan dhom
go dtíodh an t-eadartha
nó thairis dá dtaitneadh liom.

iii.

Mo chara go daingean tú!

Is cuimhin lem' aigne

an lá breá earraigh úd,

gur bhreá thíodh hata dhuit

faoi bhanda óir tarraingthe;

claíomh cinn airgid,

lámh dheas chalma,

rompsáil bhagarthach –

fír-chritheagla

ar namhaid chealgach –

tú i gcóir chun falaracht

is each caol ceannann fút.

D'umhlaídís Sasanaigh

síos go talamh duit,

is ní ar mhaithe leat

ach le haon-chorp eagla,

cé gur leo a cailleadh tú,

a mhuirnín mh'anama ···

iv.

A mharcaigh na mbán-ghlac!

Is maith thíodh biorán duit,

daingean faoi cháimbric,

is hata faoi lása.

Tar éis teacht duit thar sáile,
glantaí an tsráid duit,
is ní le grá dhuit,
ach le han-chuid gráine ort.

v.

Mo chara thú go daingean!
Is nuair thiocfaidh chugham abhaile
Conchubhar beag an cheana
is Fear Ó Laoghaire, an leanbh,
fiafróid díom go tapaidh
cár fhágas féin a n-athair.
'Neosad dóibh fé mhairg
gur fhágas i gCill na Martar.
Glaofaidh siad ar a n-athair,
is ní bheidh sé acu le freagairt ···

vi.

Mo chara is mo ghamhain tú!
Gaol Iarla Antroim,
is Bharraigh ón Allchoill,
is breá thíodh lann duit,
hata faoi bhanda,

bróg chaol ghallda,

is culaith den abhras

a sníomhthaí thall duit.

vii.

Mo chara thú go daingean!

Is níor chreideas riamh dod mharbh

gur tháinig chugham do chapall

is a srianta léi go talamh,

is fuil do chroí ar a leacain

siar go t'iallait ghreanta

mar a mbítheá id shuí 's id sheasamh.

Thugas léim go tairsigh,

an dara léim go geata,

an triú léim ar do chapall.

viii.

Do bhuaileas go luath mo bhasa

is do bhaineas as na reathaibh

chomh maith is a bhí sé agam,

go bhfuaras romham tú marbh

cois toirín ísil aitinn,

gan Pápa, gan easpag,

gan cléireach, gan sagart

do léifeadh ort an tsailm,

ach seanbhean chríonna chaite

do leath ort binn dá fallaing –

do chuid fola leat 'na sraithibh;

is níor fhanas le hí ghlanadh

ach í ól suas lem basaibh.

ix.

Mo ghrá thú go daingean!

Is éirigh suas id' sheasamh

is tar liom féin abhaile,

go gcuirfeam mairt á leagadh,

go nglaofam ar chóisir fhairsing,

go mbeidh againn ceol á spreagadh,

go gcóireod duitse leaba

faoi bhairlíní geala,

faoi chuilteanna breátha breaca,

a bhainfidh asat allas

in ionad an fhuachta a ghlacais.

x.Deirfiúr Art:

Mo chara is mo stór tú!

Is mó bean chumtha chórach

ó Chorcaigh na seolta

go Droichead na Tóime,

do thabharfadh macha mór bó dhuit

agus dorn buí-óir duit,

ná raghadh a chodladh 'na seomra

oíche do thórraimh.

xi. Eibhlín Dubh

Mo chara is m'uan tú!

Is ná creid sin uathu,

ná an cogar a fuarais,

ná an scéal fir fuatha,

gur a chodladh a chuas-sa.

Níor throm suan dom:

ach bhí do linbh ró-bhuartha,

's do theastaigh sé uathu

iad a chur chun suaimhnis.

xii.

A dhaoine na n-ae istigh,

'bhfuil aon bhean in Éirinn,

ó luí na gréine,

a shínfeadh a taobh leis,

do bhéarfadh trí lao dhó,

ná raghadh le craobhacha

i ndiaidh Airt Uí Laoghaire

atá anso traochta

ó mhaidin inné agam?

xiii.

A Mhorrisín léan ort!-

Fuil do chroí is t'ae leat!

Do shúile caochta!

Do ghlúine réabtha!-

A mhairbh mo lao-sa,

is gan aon fhear in Éirinn

a ghreadfadh na piléir leat.

xiv.

Mo chara thú 's mo shearc!

Is éirigh suas, a Airt,

léimse in airde ar t'each,

éirigh go Magh Chromtha isteach,

is go hInse Geimhleach ar ais,

buidéal fíona id ghlaic -

mar a bhíodh i rúm do dhaid.

xv.

M'fhada-chreach léan-ghoirt
ná rabhas-sa taobh leat
nuair lámhadh an piléar leat,
go ngeobhainn é im' thaobh dheas
nó i mbinn mo léine,
is go léigfinn cead slé' leat
a mharcaigh na ré-ghlac.

xvi. Deirfiúr Art:
Mo chreach ghéarchúiseach
ná rabhas ar do chúlaibh
nuair lámhadh an púdar,
go ngeobhainn é im' chom dheas
nó i mbinn mo ghúna,
is go léigfinn cead siúil leat
a mharcaigh na súl nglas,
ós tú b'fhearr léigean chucu.

xvii.
Mo chara thú is mo shearc-mhaoin!

Is gránna an chóir a chur ar ghaiscíoch

comhra agus caipín,

ar mharcach an dea-chroí

a bhíodh ag iascaireacht ar ghlaisíbh

agus ag ól ar hallaíbh

i bhfarradh mná na ngeal-chíoch.

Mo mhíle mearaí

mar a chailleas do thaithí.

xviii.

Greadadh chughat is díth

a Mhorris ghránna an fhill

a bhain díom fear mo thí,

athair mo leanbh gan aois:

dís acu ag siúl an tí,

's an triú duine acu istigh im chlí,

agus is dócha ná cuirfead díom.

xix.

Mo chara thú is mo thaitneamh!

Nuair ghabhais amach an geata

d'fhillis ar ais go tapaidh,

do phógais do dhís leanbh,

do phógais mise ar bharra baise.

Dúraís, 'A Eibhlín, éirigh id' sheasamh

agus cuir do ghnó chun taisce

go luaimneach is go tapaidh.

Táimse ag fágáil an bhaile,

is ní móide go deo go gcasfainn.'

Níor dheineas dá chaint ach magadh,

mar bhíodh á rá liom go minic cheana.

xx.

Mo chara thú is mo chuid!

A mharcaigh an chlaímh ghil,

éirigh suas anois,

cuir ort do chulaith

éadaigh uasail ghlain,

cuir ort do bhéabhar dubh,

tarraing do lámhainní umat.

Siúd í in airde t'fhuip;

sin í do láir amuigh.

Buail-se an bóthar caol úd soir

mar a maolóidh romhat na toir,

mar a gcaolóidh romhat an sruth,

mar a n-umhlóidh romhat mná is fir,

má tá a mbéasa féin acu –

's is baolach liomsa ná fuil anois ⋯

xxi.

Mo ghrá thú is mo chumann!

's ní hé a bhfuair bás dem chine,

ná bás mo thriúr clainne;

ná Domhnall Mór Ó Conaill,

ná Conall a bháigh an tuile,

ná bean na sé mblian 's fiche

do chuaigh anonn thar uisce

'déanamh cairdeasaí le ríthe –

ní hiad go léir atá agam dá ngairm,

ach Art a bhaint aréir dá bhonnaibh

ar inse Charraig an Ime!

Marcach na lárach doinne

atá agam féin anso go singil –

gan éinne beo 'na ghoire

ach mná beaga dubha an mhuilinn,

is mar bharr ar mo mhíle tubaist

gan a súile féin ag sileadh.

xxii.

Mo chara is mo lao thú!
A Airt Uí Laoghaire
Mhic Conchubhair, Mhic Céadaigh,
Mhic Laoisigh Uí Laoghaire,
aniar ón nGaortha
is anoir ón gCaolchnoc,
mar a bhfásaid caora
is cnó buí ar ghéagaibh
is úlla 'na slaodaibh
'na n-am féinig.
Cárbh ionadh le héinne
dá lasadh Uíbh Laoghaire
agus Béal Átha an Ghaorthaigh
is an Guagán naofa
i ndiaidh mharcaigh na ré-ghlac
a mbíodh an fiach á thraochadh
ón nGreanaigh ar saothar
nuair stadaidís caol-choin?
Is a mharcaigh na gclaon-rosc -
nó cad d'imigh aréir ort?
Óir do shíleas féinig
ná maródh an saol tú

nuair cheannaíos duit éide.

xxiii. Deirfiúr Art:

Mo chara thú is mo ghrá!

Gaol mhathshlua an stáit,

go mbíodh ocht mbanaltraí déag ar aon

chlár,

go bhfaighidís go léir a bpá -

loilíoch is láir,

cráin 's a hál,

muileann ar áth,

ór buí is airgead bán,

síodaí is bheilbhit bhreá,

píosaí tailimh eastáit,

go nídís cíocha tál

ar lao na mascalach mbán.

xxiv.

Mo ghrá is mo rún tú!

'S mo ghrá mo cholúr geal!

Cé ná tánag-sa chughat-sa

is nár thugas mo thrúip liom,

níor chúis náire siúd liom

mar bhíodar i gcúngrach

i seomraí dúnta

is i gcomhraí cúnga,

is i gcodladh gan mhúscailt.

xxv.

Mara mbeadh an bholgach

is an bás dorcha

is an fiabhras spotaitheach,

bheadh an marc-shlua borb san

is a srianta á gcrothadh acu

ag déanamh fothraim

ag teacht dod' shochraid

a Airt an bhrollaigh ghil ···

xxvi.

Mo ghrá thú is mo thaitneamh!

Gaol an mharc-shlua ghairbh

a bhíodh ag lorg an ghleanna,

mar a mbainteá astu casadh,

á mbreith isteach don halla,

mar a mbíodh faobhar á chur ar

sceanaibh,

muiceoil ar bord á gearradh,

caoireoil ná comhaireofaí a heasnaí,

coirce craorach ramhar

a bhainfeadh sraoth as eachaibh –

capaill ghruagach' sheanga

is buachaillí 'na n-aice

ná bainfí díol ina leaba

ná as fásach a gcapall

dá bhfanaidís siúd seachtain,

a dheartháir láir na gcarad.

xxvii.

Mo chara is mo lao thú!

Is aisling trí néallaibh

do deineadh aréir dom

i gCorcaigh go déanach

ar leaba im' aonar:

gur thit ár gcúirt aolda,

gur chríon an Gaortha,

nár fhan friotal id' chaol-choin

ná binneas ag éanaibh,

nuair fuaradh tú traochta

ar lár an tslé' amuigh,

gan sagart, gan cléireach,
ach seanbhean aosta
do leath binn dá bréid ort
nuair fuadh den chré thú,
a Airt Uí Laoghaire,
is do chuid fola 'na slaodaibh
i mbrollach do léine.

xxviii.
Mo ghrá is mo rún tú!
'S is breá thíodh súd duit,
stoca chúig dhual duit,
buatais go glúin ort,
Caroilín cúinneach,
is fuip go lúfar
ar ghillín shúgach –
is mó ainnir mhodhúil mhúinte
bhíodh ag féachaint sa chúl ort.

xxix.
Mo ghrá go daingean tú!
'S nuair théitheá sna cathracha
daora, daingeana,

bhíodh mná na gceannaithe

ag umhlú go talamh duit,

óir do thuigidís 'na n-aigne

gur bhreá an leath leaba tú,

nó an bhéalóg chapaill tú,

nó an t-athair leanbh tú.

xxx.

Tá fhios ag Íosa Críost

ná beidh caidhp ar bhathas mo chinn,

ná léine chnis lem thaoibh,

ná bróg ar thrácht mo bhoinn,

ná trioscán ar fuaid mo thí,

ná srian leis an láir ndoinn,

ná caithfidh mé le dlí,

's go raghad anonn thar toinn

ag comhrá leis an rí,

's mara gcuirfidh ionam aon tsuim

go dtiocfad ar ais arís

go bodach na fola duibhe

a bhain díom féin mo mhaoin.

xxxi.

Mo ghrá thú is mo mhúirnín!

Dá dtéadh mo ghlao chun cinn

go Doire Fhíonáin mór laistiar

is go Ceaplaing na n-úll buí,

is mó marcach éadrom groí

is bean chiarsúra bháin gan teimheal

a bheadh anso gan mhoill

ag gol os cionn do chinn

a Airt Uí Laoghaire an ghrinn.

xxxii.

Cion an chroí seo agamsa

ar mhnáibh geala an mhuilinn

i dtaobh a fheabhas a níd siad sileadh

i ndiaidh mharcaigh na lárach doinne.

xxxiii.

Greadadh croí cruaidh ort

a Sheáin Mhic Uaithne!

Más breab a bhí uaitse

nár tháinig faoim thuairim,

's go dtabharfainn duit mórchuid:

capall gruagach

'dhéanfadh tú fhuadach

trí sna sluaitibh

lá do chruatain;

nó macha breá 'bhuaibh duit,

nó caoire ag breith uan duit,

nó culaith an duine uasail

idir spor agus buatais –

cé gur mhór an trua liom

í fheiscint thuas ort,

mar cloisim á luachaint

gur boidichín fuail tú.

xxxiv.

A mharcaigh na mbán-ghlac,

ó leagadh do lámh leat,

éirigh go dtí Baldwin,

an spreallairín gránna,

an fear caol-spágach,

is bain de sásamh

in ionad do lárach

is úsáid do ghrá ghil.

Gan an seisear mar bhláth air!

Gan dochar do Mháire,

agus ní le grá dhi,

ach is í mo mháthair

thug leaba 'na lár di

ar feadh trí ráithe.

xxxv.

Mó ghrá thú agus mo rún!

Tá do stácaí ar a mbonn,

tá do bha buí á gcrú;

is ar mo chroí atá do chumha

ná leigheasfadh Cúige Mumhan

ná Gaibhne Oileáin na bhFionn.

Go dtiocfaidh Art Ó Laoghaire chugham

ní scaipfidh ar mo chumha

atá i lár mo chroí á bhrú,

dúnta suas go dlúth

mar a bheadh glas a bheadh ar thrúnc

's go raghadh an eochair amú.

xxxvi.

A mhná so amach ag gol

stadaidh ar bhur gcois

go nglaofaidh Art Mhac Conchubhair
deoch,
    agus tuilleadh thar cheann na mbocht,
    sula dtéann isteach don scoil –
    ní ag foghlaim léinn ná port,
    ach ag iompar cré agus cloch.

감사의 말

내가 이 작업을 완성하는 동안 놀라운 관대함으로 나를 지지해 준 래넌 재단에, 그리고 작업 초기의 결정적인 순간에 내게 문학 장학금을 수여해 이 책을 씨앗에서 어린 나무로 키워 낼 꿈을 꿀 시간을 가져다준 아일랜드 예술 협의회에 감사드린다. 이 책을 쓰는 몇 년 동안 나는 로레인 메이와 코크 미드서머 페스티벌, 그리고 내가 슬며시 빠져나가 글을 쓸 수 있도록 내 아이들을 봐준 멋진 여자들—로즈, 미셸, 메리언—로부터 친절한 후원을 받았다. 나를 아낌없이 격려해 준 템플 바 갤러리의 클리오드나 섀프리와 마이클 힐, 워즈 아일랜드, 클레어 아츠 오피스, 그리고 조애너 월시에게도 감사드린다. 나는 트램프 프레스의 리사 코언과 새러 데이비스 고프, 그리고 로라 워델의 작업에 오랜 존경을 품어 왔고, 그들의 손에서 이 책이 나오는 것은 내 꿈이었다. 감사합니다. 아울러 내게 영감을 준 사람들께도 감사드린다. 특히 나 자신이 의심스러워졌을 때 내가 아일린 더브에 관한 글을 계속 쓰도록 격려해 준 칼 도일, 클라라 뒤퓌 모랑시, 애너 카너 쇼필드, 패트리샤 코울런, 클레어 월즈, 린다 코널리, 그리고 새러 마리아 그리핀에게 감사드린다. 내게 조언해 준 어인 세르탈, 존 피츠제럴드, 숀 우어 수이아하인, 숀 크로닌, 티미 오코너, 타이그 오설리번, 이파 브리나치 박사, 그리고 모린 케널리에게도 감사드린다. 이 책에 들어간 글 중 두 챕터의 초기 버전을 지면에 실어 준 「더 더블린 리뷰」는 내 퇴고 작업에 각별한 도움을 주었다. 더모트 머호니 박사에게 존경하는 마음을 보낸다. 마이클 크로티 박사에게도 감사하는 마음을 보낸다. 수전 오설리반 박사, 당신은 나의 영웅이다. 모유 은행과 신생아 집중치료실에서 일하는 모든 분께 감사드린다. 벌 전문가 폴라 미한에게도 감사드린다. 나를 위해 수없이 많은 책을 두 팔 가득 들어 옮겨 준 코크시의 모든 (이해심 많은) 도서관 사서에게 감사를 전한다. 열렬한 우정을 통해 매일 내 기운을 북돋아 주었던 새러 바움에게도 감사를 전한다. 내가 두려움에 차 있을 때 나를 돌봐 준 에이미와 시얼샤에게, 친절함을 베풀어 준 시너드 글리슨에게, 내 길잡이가 되어 준 매튜 터너에게 감사한다. 그리고 내 부모님에게. 가족 중에 작가가 있다는 당혹스러움을 견디기가 쉬운 일은 아니겠지만, 그럼에도 부모님은 내가 내 삶을 글로 써야 한다는 걸 이해해 주셨고, 나는 그 선물에 영원히 감사드릴 것이다. 나의 나나 메이에게 감사한다. 드넓은 마음과 대단한 용기를 지닌 그에게서 나는 너무도 많은 것을 배웠다. 내 아이들에게 변함없이 내 모든 사랑을 보낸다. 그리고 팀에게, '싹둑' 잘라 줘서 고마워. 그리고 여러분 모두에게 깊이 감사드린다.

참고 도서

『아트 올리어리를 위한 애가』의 번역 기초 작업을 진행할 때는 숀 오 투아마가 1961년 출판한 판본을 면밀히 참고했다. 그의 흠잡을 데 없는 학식에 감사드린다. 그밖에도 이 책에서 다룬 시기를 자세히 설명한 많은 도서와 번역서, 학술적 저작이 있다. 다음은 내가 이 주제를 구조적으로 이해하는 데 있어 특히 흥미로웠던 문헌들로, 더 많은 것을 알고 싶어 하는 독자들에게도 흥미로울 듯하다.

Mrs Morgan John O'Connell (1892) The Last Colonel of the Irish Brigade: Count O'Connell and Old Irish Life at Home and Abroad, 1745-1833

Méadhbh Nic an Airchinnigh (2012) 'Caointeoireacht na Gaeilge: Béalaireacht agus Literathacht', PhD thesis, NUIG

Eugene O'Connell (2009) 'The House of Art O'Leary', Cork Literary Review Volume 13

Peter O'Leary (1998) 'The Life and Times of Art Ó Laoghaire', 1998년 9월 13일 인치길라에서 열린 세 번째 올리어리 가족 모임에서 이루어진 발언으로 그 뒤에 Journal of the Ballingeary & Inchigeela Historical Society에 수록되었다.

Eavan Boland (2011) A Journey with Two Maps

Peter Levi (1984) The Lamentation of the Dead

Seán án Ó Tuama (1995) Repossessions

Angela Bourke (2017) '"A Bhean Úd Thall!" Macallaí Idirghaelacha i bhFilíocht Bhéil na mBan', Scottish Studies Volume 37

Angela Bourke (1993) 'More in Anger than in Sorrow: Irish Women's Lament Poetry' in Feminist Messages: Coding in

Women's Folk Culture

Angela Bourke (2002) The Field Day Anthology of Irish Writing, Volume IV, pp 1372-84

Edward MacLysaght (1944) 'Survey of Documents in Private Keeping: First Series - Conner Papers' Analecta Hibernica Volume 15, pp 153, 155-159

James O'Leary (1993) 'A Dead Man in Carriganorthane' in A Time that Was in Clondrohid, Macroom, Millstreet, Kilnamartyra and Ballyvourney

John T. Collins, 'Arthur O'Leary, the Outlaw'와 그 뒤에 나온 부록은 Journal of the Cork Historical and Archaeological Society, Volume 54 (1949), Volume 55 (1950) and Volume 61 (1956)에 수록되었다.

암실문고는 서로 다른 색깔의 어둠을
하나씩 담아 서가에 꽂아 두는 작업입니다.

코펜하겐 삼부작
– 어린 시절
– 청춘
– 의존
토베 디틀레우센 지음
서제인 옮김

야생의 심장 가까이
별의 시간
아구아 비바
클라리시 리스펙토르 지음
민승남 옮김

태풍의 계절
페르난다 멜초르 지음
엄지영 옮김

주디스 헌의 외로운 열정
브라이언 무어 지음
고유경 옮김